外国文学名著丛书

〔英〕高尔斯华绥 / 著

福尔赛世家

第二部

周煦良 / 译

"外国文学名著丛书"编委会

人民文学出版社

目　次

第 一 卷

第 一 章　在悌摩西家里 …………………………… 5
第 二 章　一个名流的下台 ………………………… 18
第 三 章　索米斯打算解决 ………………………… 33
第 四 章　索霍区 …………………………………… 41
第 五 章　詹姆士疑心生暗鬼 ……………………… 50
第 六 章　不再年轻的乔里恩 ……………………… 58
第 七 章　少男少女 ………………………………… 71
第 八 章　乔里恩当起委托人 ……………………… 78
第 九 章　法尔知道了 ……………………………… 88
第 十 章　索米斯迎新 …………………………… 100
第十一章　……又访旧 …………………………… 106
第十二章　在福尔赛交易所里 …………………… 113
第十三章　乔里恩看出自己的处境 ……………… 129
第十四章　索米斯发现自己要什么 ……………… 137

第 二 卷

第 一 章　第三代 …………………………… 143
第 二 章　索米斯去试探 ………………… 155
第 三 章　看望伊琳 ……………………… 166
第 四 章　福尔赛家人最害怕的地方 …… 174
第 五 章　乔里当起裁判 ………………… 184
第 六 章　乔里恩心挂两头 ……………… 194
第 七 章　达尔第告达尔第 ……………… 200
第 八 章　挑战 …………………………… 213
第 九 章　詹姆士家的晚餐 ……………… 220
第 十 章　伯沙撒之死 …………………… 228
第十一章　悌摩西辟谬 …………………… 233
第十二章　侦查的进展 …………………… 242
第十三章　"我们又见面了！" …………… 249
第十四章　外国风光之夜 ………………… 262

第 三 卷

第 一 章　索米斯上巴黎 ………………… 269
第 二 章　蛛网 …………………………… 277
第 三 章　里士满公园 …………………… 282
第 四 章　往河那边 ……………………… 291
第 五 章　索米斯行动 …………………… 293
第 六 章　夏日 …………………………… 297

第 七 章　夏夜 …………………………………… 305
第 八 章　詹姆士在等 …………………………… 309
第 九 章　出网 …………………………………… 314
第 十 章　一个时代的消逝 ……………………… 324
第十一章　疲沓的兴致 …………………………… 337
第十二章　一个福尔赛的诞生 …………………… 346
第十三章　告诉了詹姆士 ………………………… 354
第十四章　他的 …………………………………… 360

插　曲

觉　醒 …………………………………………… 365

第二部　骑　虎

有两家门第相当的巨族，

累世的宿怨激起了新争。

——《罗密欧与朱丽叶》

第 一 卷

第一章　在悌摩西家里

　　人的占有欲是从来不会停止不前的。福尔赛家人总认为它是永远固定的，其实便是在福尔赛族中，它也是通过开花放蕊，结怨寻仇，通过严寒与酷热，遵循着前进的各项规律；它而且脱离不了环境的影响，就如同马铃薯的好坏不能脱离土壤的影响一样。

　　英国八十年代和九十年代的历史学家，到了适当的时候，将会形容这一个相当急剧的变迁为：从一个心安理得、自我约束的地方保守主义进至一个更加心安理得、然而不大约束的帝国侵略主义——换一句话说，整个国家的占有欲都在发展着。因此，福尔赛家也同样在向前发展着，就像是亦步亦趋似的；不但在外表上，而且在家族内部也在同样发展着。

　　一八九五年，福尔赛家那位出嫁的老姑太苏珊·海曼在七十四岁的低龄——简直低得滑稽——追随了她地下的丈夫，并且举行了火葬；奇怪的是，这件事在六位在世的老一辈福尔赛中，简直没有引起什么震动。所以这样冷淡，有下列的三个理由。首先是老乔里恩在一八九二年过世时，几乎没有怎么声张就在罗宾山落了葬；这在福尔赛族中是第一个拒绝归葬海格特墓地祖坟的人。一年前斯悦辛的葬礼举行得那样十分得体，因此，老乔里恩的这次葬礼在伦敦湾水路悌摩西·福尔赛家中更引得议论纷纭；在这个福尔赛交易所里，那些族中的闲是闲非仍旧在集中传播。各种意见都有：裘丽姑太表示惋惜，佛兰茜赞成；而且直言不讳地说："把海格特墓地那些乌烟瘴气的玩意一股脑儿丢掉，真痛快。"的确，自从那一次乔里恩大伯的孙女琼和小波辛尼订了婚，后来小波辛尼又和索米斯的妻子伊琳发生一件离奇而可怜的恋爱之后，乔里恩大伯显然在存心和族中人作对；他一生向来一意孤行，现在，在他们看来，未免有点越出常轨了。当然，他那一点点哲学味儿本来就很容易从福尔赛主义的层层束缚中挣脱出来，因此，他们多少也料到他会葬在一个陌生地方。可是，这事整个说来有点突兀，而且等到他的遗嘱内容在福尔赛交易所里成为流通的货币时，更使这个部落的人全都大吃一惊。从他的全部财产中（一共是十四万五千三百零四镑，负债三十五镑七先令四便士），有一万五千镑，"亲爱的，你想想看，他当真的留给了哪一个？留给伊琳！"就是索米斯出走的老婆；这个女人简直玷辱了福尔赛的家声，而且——尤其令人不解的——和他没有一点血统关系。当然，并不全部给她；只是动利不动本——终她的天年！虽说如此，总是不像话；老乔里恩本来在族中是被尊为完人的，这一来可完蛋了。苏珊·海曼在沃金①举行葬礼所以没有在族中引起什么震动，这是第一个理由。

第二个理由整个说来比较普遍，也比较冠冕。原来苏珊除掉坎普顿山住宅之外，还有一块空地（是海曼临死时留

---

① 塞莱的一个小镇，火葬场所在地。

给她的),就在伦敦边界过去不远的汉斯①那边;据大家知道,海曼家的男孩子所以能够成为那样好的骑手和枪手,都是由于这块地的缘故;这在他们当然很好,而且也是大家信得过的。既然在真正的乡下有那么一块地,好像连她遗体的分散多少也说得过去了——不过,她怎么想得到举行火葬的,他们可弄不懂!讣文照例发出,索米斯和小尼古拉都下去送殡,而且遗嘱按说也是令人满意的,因为苏珊本来只能动利,不能动本,所以财产毫无周折地就归几个儿女平均分配了。

苏珊的安葬所以没有引起震动的第三个理由是最最普遍的。那个脸色苍白、身体瘦小的尤菲米雅说过一句大胆的话,可以概括大家的意见,她说:"我觉得人就是死了,也有权利处理自己的遗体。"以尼古拉那样一个老牌自由党②,而且是最最专制的,他的女儿竟会说出这样的话来,真是骇人。自从一八八八年安姑太逝世之后——那正是索米斯做丈夫的权利在摇摇欲坠的时候,终于闹得那样不可收拾——世情的变化从这件事上也可以看出一点端倪,当然,尤菲米雅说的是孩子话,也没有见过世面;原来她虽则是将近三十开外的人了,仍旧姓福尔赛。可是,种种理由除外,她这句话无疑地表现了自由原则的扩张,也表现了要把占有的中心从别人那里分散并且转移到自己身上来。当尼古拉从海丝特姑太嘴里听到自己女儿这句话时,他破口大骂

---

① 即汉普郡。
② 英国自由党1885年因爱尔兰自治问题而发生分裂,一部分参加保守党内阁的称作保守自由党人,尼古拉即属于这一派。

起来:"这些老婆跟女儿!她们的自由永远闹不完的。我早就知道那个'杰克逊'的诉讼事件,会搞出事情来——那样乱引用人身保护权。"当然,他对于已婚女子财产法案①到现在还没有能完全释然;如果不是因为他在这条法案通过之前就结了婚,他就会遭到很大的麻烦。可是,事实上,在那些小一辈的福尔赛中间,那种对别人占有自己的反抗是无可否认的。这种殖民地自主的倾向,一直都在发展着,而且令人不可解的,这恰恰就是帝国主义的先驱。那些小辈现在多数都结婚了,没有结婚的只有下面几个:乔治仍旧死盯着德孚酒店和伊昔姆俱乐部;佛兰茜在切尔西区金斯路一家音乐室里从事她的音乐事业,仍旧带她的"情人们"上跳舞会;尤菲米雅住在家里,终日埋怨着尼古拉;还有那一对"德罗米欧哥儿俩",海曼家的加尔斯和吉赛。第三代的人丁还不多——小乔里恩家三个,维妮佛梨德家四个,小尼古拉家倒有了六个,小罗杰有一个,玛丽安·狄威第曼有一个;圣·约翰·海曼两个。可是余下十六个结了婚的——二房詹姆士家的索米斯、莱西尔和茜席丽;四房罗杰家的欧斯代司和汤姆士;五房尼古拉家的亚其保尔德和佛劳伦斯;海曼家的奥古斯特和安娜蓓儿·斯宾德——这些房分这么多年来都没有生育。

就是这样,在老一辈的十个福尔赛里面,生下了二十一个儿女;可是小一辈的二十一个人里面,到现在才只有十七个后裔;而且看上去,除掉自不小心再添上一两个而外,大概也不

---

① 英国于 1872 和 1880 年才通过女子财产法案;在这以前,女子结婚后其所有财产即归丈夫所有。

会更多出来。一个研究统计学的人很可以从这上面看出人口出生率的升降是和你投资的利息成比例的。十九世纪初期的杜萨特大老板福尔赛祖父的年息是一分,也就是十厘钱,因此就生了十个儿女。这十个儿女里面,四个没有婚嫁的除外,把裘丽姑太也除外(因为她的丈夫席普第来斯·史木尔几乎才结婚就死掉,所以当然不计在内),平均每人拿到四厘钱到五厘钱的利息,因此生的儿女也是这么多。他们生的二十一个儿女现在只净拿三厘钱了,因为他们父亲把产业留给他们时,为了逃避遗产税起见,大都拿来捆在公债上;这些儿女里有六个生了儿女,一共是十七个,每一房恰好是二厘又六分之五。

生殖率这样低也还有别的原因。他们都不大信得过自己赚钱的能力,这从维持开销上说也是自然的;同时,他们也知道自己的父亲一时不会死;这些都使他们谨慎起来。一个人有了儿女可是没有进项,生活起居的标准就必然要降低;两个人的饭是不够四个人吃的,如是类推——还是等一等,看看老头子的情形再说。还有,一个人能够想到度假期就度假期,没有任何妨碍,也是好的。所以他们宁可全部享有自己,而不愿意享有孩子,这正合得上当时新兴的所谓"世纪末"风气。这样做法,不但毫无后顾之忧,而且还可以买一部汽车。事实上,欧斯代司已经买了一部,可是车子颠得厉害,而且轧掉了他一只上犬齿;所以还是等这些车子走得安全些再说吧。目前,孩子可不要再有了!连尼古拉都在收篷了,原来的六个孩子不算,整整三年来就没有生过。

这一切都是征兆,表明了福尔赛家族的衰颓,或者说,这个家族的解体;不过情形还没有达到严重的程度,因此,当罗杰·福尔赛在一八九九年逝世时,这一家人并不因此而没有重新集合。那一年的夏天非常明媚,福尔赛家人有的到国外去,有的上海边去度夏;当他们差不多全都回到伦敦的时候,罗杰突然在他王子园自家的房子里断气了;这种死法也颇有点他在世时那种独出心裁的派头。在悌摩西家里,就有人悲哀地说:认为罗杰在饮食上一直就是放任自己——举个例子,他不是别的牌子的羊肉都不吃,只肯吃德国羊肉吗?

虽说如此,他在海格特墓地举行的殡礼仍旧是尽善尽美;送完殡之后,索米斯几乎不由自主地向湾水路他的叔父悌摩西家走来。那些"老古董"——裘丽姑太和海丝特姑太——都愿意听他谈谈出殡的情形。他的父亲詹姆士已经八十八岁了,自知吃不消送殡的劳顿;悌摩西本人当然照例不去;所以,老弟兄里面只有尼古拉一个人参加。虽则如此,送殡的人还是不少;裘丽姑太和海丝特姑太一定愿意听听。在这种好心肠里面,索米斯显然也还夹有一些别的企图,那就是使自己的所作所为都能捞点同情回来;这是福尔赛家人的一个主要特征,也是每一个国家里面那些健全的组成部分的主要特征。索米斯的父亲过去也有这种习惯,每星期至少有一次去看望住在悌摩西家里的那些姊妹,一直到八十六岁,人已经神志不清,没有爱米丽照应就不能出门时,方才停止不去;因为带了爱米丽去是不成的;当着自己的妻子,一个人怎么跟人谈得了话?索米斯来湾水路悌摩西家里,谈谈族中的一些事情,无非是奉行自己父亲的习惯;他跟过去的詹姆士一样,几乎每星期天都抽空去跑一趟,在那间小客厅里坐上半天。小客厅里的布置已经被他按照自己的艺术眼光——那当然是没有问题的——改变了不少,摆了许多他认为还不够自己严格标准的瓷器;另外至少有两张不大靠得住的巴比松派油画,是他在圣诞节送去的。他自己在收集巴比松派画家上着实捞了一笔,近几年来,已经改收马里斯弟兄①、伊斯拉埃尔斯②和毛沃③了,而且希望捞得更多些。在他现在住的靠近买波杜伦④那所沿河的房子里,就有一间画廊,挂得真是漂亮,而且光线也非常充足;伦敦的古董商人哪一个不熟悉!偶尔逢周末招待客人——那是他的妹妹替他张罗的,有时候是维妮佛梨德,有时候是莱西尔——这间画廊在星期天下午也很可带领客人看得。他虽则卖弄自己的收藏时,不大多说话,可是大都能使那些客人非常佩服他在收藏上那种不声不响的毅力;他们能看出他的声望并不仅仅基于艺术上的好恶取舍,而且还有一种本领,能够预测市价涨落。每次他上悌摩西家里来,他和古董商打交道上几乎总有点小小的胜利可以告诉大家;他的两个姑母就会来上一大套恭维,替他得意,这个他也非常爱听。今天下午他的兴致也很好,不过是为了别的原因。他穿了一件参加罗杰葬礼回来的深颜色衣服,非常整洁;衣服的颜色并不是纯黑,说实在话,叔父总不过是叔父,他从心里面讨厌表现得过分哀痛。他坐在一把雕花的椅子上,头高高抬起,凝望着用灰泥镶了金边的天青色墙壁,看得出很沉默。不管是不是因为送殡回来的缘故,总之,今天下午,他脸上那种特有的福尔赛相貌看上去非常顺

---

① 指19世纪荷兰风景画家马里斯三弟兄。
② 约瑟夫·伊斯拉埃尔斯(1824—1911),荷兰风俗画家。
③ 安东·毛沃(1838—1888),荷兰风景画家。
④ 近牛津的小镇,在泰晤士河上游。

眼,一张长长的脸,凹脸,下巴如果不是长了肉的缘故,就会显得特别大;整个看上去,就是下巴,然而,一点不难看。他比平时更加感到悌摩西庸碌到不可救药,感到这两位姑母还是维多利亚中期的灵魂,简直可怜。今天他只有一个话题要谈,就是他在法律上还没有离婚的问题;但是说不出口。然而这个问题在他的脑子里显得比任何事情都重要。这种情形只是今年春天才开始的;从那时候起,他就逐渐产生了一个新的愿望,是这个愿望怂恿着他采取行动,而他蛮知道,以一个四十五岁的福尔赛来做这种事情,简直近于荒唐。近年来,他愈来愈感觉到自己"发"了。那一年,他想到在罗宾山造房子时,他的财产已经很是可观;不幸的是他和伊琳的婚姻最后就毁在这所房子上。在这十二年孤独的岁月里,他几乎是一心放在盘财上面,此外什么事都不管,因此财产的增加达到惊人的速度。他现在的身价足足在十万镑以上,然而,偌大的家财却没有一个人可以托付——这一来,他那种近似宗教式的孜孜营求就变得漫无目的了。就算他干得不怎么起劲,钱也是会赚的;敢说他还没有怎么样时,就会有十五万镑的财产。在索米斯的性格里,家庭观念、儿孙观念本来一直就很强烈;过去由于受到挫折而潜藏起来,可是现在到了这个所谓"壮年"的时期,这些思想又蠕动了。近来更由于受到一个女子的绝色吸引,嗣续观念变得更加具体、更加强烈,简直使他一脑门子都只有这一件事了。

而且这个女子又是个法国人,不大会昏了头脑,或者接受任何非法的结合。而且,索米斯自己也不愿意考虑这种情形。他在多年被迫的独身生活中,也曾背地里试过那些下流勾当,而且事后总引起反感,因为他本来就很挑剔,而且生来是尊重法律和社会秩序的。偷偷摸摸的男女私情他决不干。在巴黎的英国大使馆举行婚礼,加上几个月的旅行,他就可以把安耐特带回来,和她过去的身世绝缘;说实在话,她的身世并不太出色,她不过是在自己母亲的索霍区饭店里管账;安耐特回来之后,以她的法国眼光和端庄的风度,在靠近买波杜伦的"栖园"坐镇,一定使人觉得非常新颖。福尔赛交易所里那些人和他沿河一带的交游一定会传遍他在旅行的时候碰见了一位漂亮的法国姑娘,又和她结了婚的消息。娶一个法国老婆听上去很有点浪漫气息,而且神气。不!这些他一点也不担心;可诅咒的是他现在还没有离婚,还有就是安耐特会不会要他的问题;这件事,在他还没有能给她提供一个明确甚至光耀的前途之前,他是不敢尝试的。

  在他姑母的客厅里,他对那些照例的问候只是模模糊糊地听见:他亲爱的父亲可好?不出门吗?当然喽,眼前天气正要转凉了。索米斯可得记着告诉他,说海丝特用冬青叶治她的胁下痛很受用;每三小时敷一次,事后再用红法兰绒贴上。他能不能尝一下她们做的蜜饯李子,只来这么一小罐——今年的李子真鲜呀,而且吃了非常之补。哦!谈到达尔第他们——索米斯可曾听说亲爱的维妮佛梨德跟蒙达古闹得很不开心?悌摩西认为应当有人给她撑撑腰才是,据说——不过索米斯可不要完全相信——蒙达古拿了维妮佛梨德的一部分首饰送给一个乌七八糟的跳舞女人。亲爱的法尔现在刚要进大学,这件事情对孩子的影响多坏。索米斯没有听说吗?是啊!可是他得去看看他的妹子,马上查点一下!依他看来,那些布尔人①会不会真的抵抗呢？悌摩西为这件事情很着急。公债的行情很高，他捆在公债上的钱又是那样多。依索米斯看，一有战事发生，公债会不会跌下来？索米斯点点头。可是战事很快就会结束的。要是不结束的话，悌摩西可真糟了。索米斯的父亲这样大的年纪听见这消息当然会吃不消。可怜的罗杰这次总算幸免了，少却担惊受怕。谈到这里，裘丽姑太用一块小手绢擦去一大滴正要爬上她左颊那块永恒肉球上的眼泪；裘丽姑太的脸颊已经十分苍老了，可是她却在回想着亲爱的罗杰和他一切独出心裁的玩意儿，以至于两人做孩子时罗杰常拿针刺在她脸上的事情。海丝特姑太天生就害怕听丧气话，这时候插了进来：索米斯看，他们会不会立刻命张伯伦②当首相呢？他会迅速奠定大局的，那个老克留格尔最好能放逐到圣赫勒拿岛③去。她始终记得当初拿破仑逝世消息传来时的情景，索米斯的祖父听到时大大地松了一口气。当然，那时候她跟裘丽并没有觉得怎样——我们那时候还穿长裤子④呢，"亲爱的。"

~~~~~~~~~~

① 布尔人是17世纪殖民非洲的荷兰人后裔，在非洲土生土长已有好多代，并建立了德兰士瓦共和国。19世纪初，英国开始侵入南非，以武力侵占了布尔人的土地。1897年，德兰士瓦与奥兰治自由邦成立联盟。当时布尔人和外地人（布尔人这样称呼英国人）的关系日趋紧张，英国当即派遣军队到德兰士瓦。德兰士瓦总统克留格尔要求军队撤退不遂，即联合奥兰治自由邦向英国宣战，即所谓布尔战争，或南非战争(1889—1902)。英军死伤甚众，但结果荷兰人在南非的殖民地完全为英国吞并。
② 约瑟夫·张伯伦(1836—1914)，当时任英国殖民地大臣，卖劲地执行了帝国主义的扩张政策。所以海丝特姑太问到他会不会出任首相的话。
③ 圣赫勒拿岛是拿破仑战败后被放逐的地方，后来就死在岛上。
④ 维多利亚朝初期妇女与儿童穿的一种齐脚踝的长裤。

索米斯从她手里接过一杯茶,赶快喝掉,吃了三块悌摩西家著名的杏仁饼。他脸上微带傲慢的笑容,仅仅加重了那么一点点。的确,他的族人始终就是浅陋到这样不可救药的地步,不管他们之间在伦敦的基业有多大。在这些剧进的日子里,这些人的浅陋比平时更显得触眼了。怎么,老尼古拉现在仍旧是个自由贸易主义者,仍旧是那个自由主义的顽固堡垒——除旧俱乐部——的一个会员,不过当然喽,那里面的会员现在已经几乎全部是保守党了,否则,他自己也不会加入;还有悌摩西,据说,现在还戴着帽子睡觉呢。裘丽姑太又开口了。亲爱的索米斯气色真好,比亲爱的安姑过世时简直一点没有老;那时候,亲爱的乔里恩,亲爱的斯悦辛,亲爱的罗杰,他们全都团聚在一起呢。她停了一下,一滴正要爬上她右颊肉球的眼泪刚好被她截住。索米斯可曾——近来可曾听到伊琳的消息?海丝特姑太肩膀看得出耸了一下。糟糕,裘丽总是要讲些出格的话!索米斯脸上的笑容消失了,把手里茶杯放下来。他自己的这个问题现在被人家给他提出来了,然而尽管他满心想要细谈,他可没法搭上话。

裘丽姑太相当匆忙地往下说:

"他们说亲爱的乔里恩本来把那笔一万五千镑无条件赠给她的;后来当然是看出这样不妥,才改为只终她天年使用。"

索米斯可听说过没有?

索米斯点点头。

"你的堂兄小乔的妻子已经故去了。他是伊琳的委托人;你当然知道喽,是吗?"

索米斯摇摇头。他其实知道,可是故意要显得冷淡,自从波辛尼噩耗传来那一天起,小乔里恩和他一直就没有见过面。①

"他现在总该是中年以上的人了,"裘丽姑太接下去说,一面出神,"我算算看,他是在你亲爱的大伯住在蒙特街时生的;比他们搬到斯坦厄普广场要早好多年——是一八四七年十二月里,就在巴黎公社成立之前。② 他五十多了!可想得到!那样一个漂亮娃娃,我们全都把他当个宝;是你们一辈子的老大呢。"裘丽姑太叹口气,一绺不完全属于她自己的头发散了下来,急得海丝特姑太微微打了一个寒噤。索米斯站起来,他发现自己有种地方真怪:这次跑来,他原以为可以在这方面谈谈,甚至还想谈谈自己没法摆脱的处境,可是——看哪,这位出名的颠三倒四的裘丽姑太才一提起,他就畏缩了。

哎呀,索米斯难道就要走了!

索米斯微带辩护意味地笑笑说:

"走了。再见。替我问候悌摩西叔叔!"他在每人的前额上淡淡地吻了一下——那些额上的皱纹像在竭力拥抱他的嘴唇,指望被吻掉似的——就丢下她们走了。两位姑太喜滋滋地望着他的后影——亲爱的索米斯,今天真难为他跑来,刚巧碰到她们的心情是这样的——

索米斯一面心里感到有点不过意,一面走下楼梯——这里樟脑和波尔图葡萄酒的味道总是那样好闻——又走下那所

---

① 这句话是作为索米斯的口气说的。第一部末尾小乔里恩到索米斯那里去通知伊琳波辛尼死耗时,和索米斯迎面碰到的事实,索米斯在这里故意不提。

② 巴黎公社成立于 1871 年 3 月 18 日,裘丽姑太却把这和 1848 年法国的二月革命混淆了。

终年不透风的房子的石阶。可怜的老东西——他并不是故意要使她们难受啊！到了街上,他立刻忘掉她们,脑子里又充满了安耐特的美貌,一面盘算自己可恨的处境。当初那个混蛋的波辛尼被车子撞死时,为什么不把事情彻底解决,办好离婚手续呢？那时候证据要多少有多少！① 这样想着,他转弯向他妹妹维妮佛梨德·达尔第在梅费尔区格林街的寓所走去。

---

① 根据英国的法律,离婚的理由是 1. 通奸,2. 遗弃,3. 虐待,4. 精神失常;双方意见不合或分居多年都不能成为离婚理由。索米斯要提出和伊琳离婚,只能援引第一条,但是她在 12 年前和波辛尼的爱情事件已经事过境迁,法院不会受理了。

第二章　一个名流的下台

蒙达古·达尔第在这所房子里至少住了有二十年；以他这样一个受命运播弄的名流，如果不是他岳父把房租、捐税、修理费等一股脑儿包下来，恐怕早就要现底了。用这样简单而笼统的方法，詹姆士·福尔赛总算使自己女儿和几个外孙过点安稳日子。说到底，以达尔第这样一个横冲直撞的赌徒，能有一个容身之处，那好处是数不尽的。这一年来，他几乎是异乎寻常地安分，一直到最近几天都是如此。原来乔治·福尔赛也是个跑马迷，迷得简直不可开交，老罗杰为这件事弄得很不开心，现在总算得到安息了。前些时乔治和达尔第合伙养了一匹牝驹；它的母亲是殉道者①，父亲是火衫儿，火衫儿的母亲是背带儿，他们给它起名叫袖钮儿；虽说是系出名门，这匹三岁的栗色驹却因种种原因从没有显过身手。达尔第既然在这匹大有可为的动物身上有一半主权，他就和无数其他的人一样，所有的理想，原来不知道躲在哪里的，一时都露了头角，而且几个月来都使他不声不响地满怀着热望。奇怪的是，一个人生活里有点好事情可以指望时，平日也不会吃得那

---

① 殉道者、火衫儿、背带儿都是名马的名字，欧洲人养马最着重追溯马的世系。

样醉醺醺的了。而且达尔第手里的这匹马的确是件好货色——秋季让点赛的机会是三对一,外面公开的估价是二十五对一。旧式的天堂哪里敌得上这个,所以他连衬衫都捆在火衫儿的女儿身上了。可是究竟能够比他的衬衫多出多少,那就全要看这个背带儿的孙女了。四十五岁是一个浪荡时期,福尔赛家人熬不了,甚至达尔第家人也熬不了,不过也许和其他时期比起来并不那么显著罢了;所以,达尔第近来对一个跳舞女子忽然钟情起来。按说也是真情真意,可是没有钱,光是那么热,这种爱情很可能到头来和她的舞裙一样飘忽;而且达尔第一直就没有钱,平时仅靠从维妮佛梨德手里讨一点或者借一点在那里苦挨;维妮佛梨德又是个坚强女子,养活他全为了他是孩子的父亲,和一点可以留恋的旧情——那些在青年时期吸引她的华杜尔街面孔[①]现在已经在消失了。她,以及其他可以借点钱给他的人,和他在打牌赛马上输掉的(奇怪的是,有些人输钱也能作为一种借口),就是他的全部生活来源;因为詹姆士现在年纪太大了,烦不了神,索米斯总是严词拒绝,这两个人都没法找。所以说好多月来,达尔第都是靠空想过日子,并不是过甚其词。他对于钱本身从来就不感兴趣;像福尔赛家人那种盘钱的习惯,他一向就看不起,不过却安心利用他们这个弱点。他喜欢钱的是钱能够买到的东西——就是个人的受用。

"一个真正爱好运动的人决不爱钱。"他总说,一面向乔治借了二十五镑,蛮知道五百镑休想启口。蒙达古·达尔第

[①] 伦敦的一条以卖旧家具和假古董出名的街道,经营者多数是意大利人,这里就借用来形容达尔第的面貌,有华而不实的意味。

有种地方非常可爱。照乔治·福尔赛说来,是个头号角色。

让点赛那天早晨天气晴朗,正是九月的最后一天。达尔第头一天夜里就赶到纽马克特,穿了一身整洁的格子呢衣服,走上一个土堆子,看他的半只牝驹最后一次遛腿。如果它跑赢了,他就可以稳拿三千镑——总算勉强;这许多星期来,他们伺候着它参加这次比赛,他也满怀希望地克制着自己,耐着性子,还不是为了这个?可是他没有能够加码。现在它已经升到八对一了,要不要趁此割掉呢?云雀儿高高在他头上唱着,高原上青草发出清香,那匹漂亮的牝驹在他面前驰过,昂着头,浑身亮得像一匹缎子;这时候,他一心就在盘算着这件事情。反正输了也不要他付钱,现在割掉会使他的赚头减掉一半——一千五百镑哪里买得到一个跳舞女人死心塌地跟你。更加强烈的是达尔第家人的血液里都渴想豪赌一下。所以他转身对乔治说:"它是匹好马。跑起来准没有回手。我要干到底。"乔治早已把马票全部割掉,另外还押上一点,所以不管胜负如何,他总是胜算在握。听到达尔第这几句话,他的魁梧身材低下来朝达尔第看看,咧开大嘴笑了,一面说:"哈哈,好汉子!"原来乔治付学费时期早已过去了;他很遭过些风险,全亏老罗杰的钱使他安然度过,而那些钱又是听了老罗杰不少言语才得来的;现在他的福尔赛性格已经开始代替马主人在他心中的地位了。

人们的一生中往往碰到许多幻灭的时刻,连敏感的作者都有些怕提。毋庸说,这件好事情垮了。袖钮儿连个末奖都没有跑上。达尔第连衬衫都输掉了。

在这些事情和索米斯向格林街走来的一段时间里面,怎么会不出事情!

像蒙达古·达尔第这样性格的人,几个月来抱着宗教一样的虔诚克制着自己,最后仍旧得不到酬报时,他并不诅咒上帝而去死掉,他一面诅咒上帝一面照旧活着,并且闹得一家人很不开心。

维妮佛梨德虽则时髦得过分一点,却是个坚强女子。她受了他整整二十一年的折磨,可是从来不相信他会做出现在做的这种事情来。她和许多做妻子的人一样,认为自己已经尝足他的滋味,可是她并没有看出四十五岁的他——在这种年纪,他和许多男人一样,都有那种"此时不做,更待何时"的心理。十月二日那一天,维妮佛梨德查点了一下自己的首饰盒,不由得吓了一大跳;她的一根最出色的珍珠项链不见了。这串珍珠项链是一八八六年维妮佛梨德生下小班尼狄特时蒙达古买给她的;而且是一八八七年春天詹姆士为了怕把事情声张出去,逼着付的钱。当时维妮佛梨德立刻找达尔第想办法。达尔第嗤了两声,说项链总会找到的。维妮佛梨德后来发急了,厉声说:"好吧,蒙第,那么我就亲自上苏格兰场①去!"达尔第这才答应去追。可惜的是,这种迅疾的措施要能收效,少不了要有稳谋深算,然而偏偏受到贪杯的影响,把事情耽搁下来。那天晚上,达尔第回到家里时,什么心事都抛在九霄云外,叽里呱啦讲个不停。在平常日子,维妮佛梨德只要把自己房门锁上,让他睡过一夜就行了,可是今天因为放心不下项链的下落,弄得只好守着他。达尔第从口袋里取出一支小手枪,举到餐桌上,直接告诉她说,她的死活他全不管,可不要她再啰唆;他自己是活得腻味透了,维妮佛梨德抵着餐桌的

---

① 伦敦警察厅所在地。

另一面,回答说:

"不要装蒜了,蒙第。你去过苏格兰场没有?"

达尔第拿手枪抵着自己胸口,连扳了几下。手枪没有上子弹。他骂了一声,丢下手枪,说:"看在孩子的面上吧。"就倒在一把椅子上。维妮佛梨德先拾起手枪,然后给他一点苏打水掺白兰地喝。这杯酒非常神效。他这一生受尽了折磨;维妮佛梨德从不"理解"他。项链是他给她的,除了他,还有哪个有资格拿?给了那个西班牙小雌儿了。维妮佛梨德要是反对的话,他就割——她的——脖子。这算做什么?(这句出名的"割脖子"说不定就是这样第一次用出来的,便是些最古典的语言也往往这样来源不明。)

维妮佛梨德,早在一个严格学校里学会了自我约束,这时抬起头来,对他说:"西班牙小雌儿!你是指我们那次在庞地梦尼姆芭蕾舞团看见的那个跳舞女孩子吗?那么,你是个贼,同时是个混蛋!"这句话对于一颗创痛已深的心太吃不消了;达尔第从椅子上跳起来,一把抓着妻子的胳膊,想到自己儿时的得意杰作,就把胳膊扭了起来。维妮佛梨德含着眼泪,忍着痛,可是一声不哼。她等待达尔第有这一下松劲时,把胳膊挣脱;接着和他隔着餐桌,咬牙切齿地说:"蒙第,你是个'瘪三'。"(毫无疑问,这两个字就是这样用起来的,——英语就是在这种紧张状态下形成的。)她丢下胡须上满是唾沫的达尔第,上了楼,锁上房门,拿热水洗了胳膊,一夜都没有合眼,总在盘算自己的珍珠项链戴在另一个人的脖子上,盘算自己的丈夫送了项链可能受到的优待。

名流醒来时觉得自己已经名誉扫地,同时迷迷糊糊记得被人骂作"瘪三"。晨曦中他在自己睡觉的圈椅上坐了半小时——可能是他有生以来度过的最不快乐的半小时,因为便在一个达尔第的眼中,一件事情的收尾总是有点悲伤的。而且他自己明白已经到了收尾了。餐室里挂的窗帘是维妮佛梨德从臬根斯买飞斯公司买来的,詹姆士付的钱;从此以后,他再不会在这间餐室里睡觉,再不会看见晨光从这些窗帘里透进来了。他再不会在被窝里打个滚起来,洗一个热水澡,再在这张花梨木餐桌上吃芥末炒腰子了。他从燕尾服口袋里把皮夹子掏出来。四百镑钱,全是五镑和十镑的票子——这是他半只袖钮儿卖剩的一点钱,昨天当场和乔治·福尔赛成交的;乔治因为在这次赛马获胜,并不像他现在这样突然对这匹马厌恶起来。后天,那个芭蕾舞团就要上布宜诺斯艾利斯去了,他也要去。这串珠子的全部价值还没有收回来;一顿酒席还只是开了一个头。

他悄悄上了楼;也不敢洗澡或者刮胡子(而且水也是冷的),只是换了衣服,偷偷地把自己能够收拾的东西收拾起来。这双油光闪亮的靴子真舍不得丢下,可是有些东西只好牺牲掉。收拾停当后,他一手提了一只提箱,向楼梯口走去。屋子里很静——他的四个儿女就是在这所屋子里生的。站在他妻子卧室外面这短短片刻内,他的心理很古怪——这个女子过去他也许没有爱过,可是总欣赏过,而现在却骂他是"瘪三"。他用这句话使自己狠一狠心,蹑着脚走了过去;可是第二道门却不大容易过得去。这是他两个女儿的房间。毛第进学校去了,可是伊摩根准在房内睡着;达尔第一双清晨的眼睛湿了。伊摩根深色头发,棕色的媚眼,在四个孩子中最最像他。刚才成年,一个美人儿!他把两只手提箱放下来。这样正式放弃做父亲的资格使他很不好受。晨光落在他的脸上,照出他的真情激动。打动他的绝不是什么虚伪的忏悔,而是真正的慈爱和一种黯然"永别"的滋味。他舔一下嘴唇;有这么一会儿完全拿不出主意来,格子呢裤子里的两条腿就像麻木了一样。真吃不消——这样逼得要离开自己的家!"他——的!"他咕噜着,"没想到会是这种情形。"楼上传来的声响警告他女佣们已经开始起身了。他抓起两只提箱,蹑着脚下了楼。他觉得颊上湿了,这种感觉使他很安慰,就像是证明他的牺牲是真实似的。他在楼下房间里停留了一会,把自己所有的雪茄、一些文件、一顶折帽、一只银烟盒、一本《罗夫赛马指南》①全部装好。然后给自己掺了一杯浓浓的威士忌苏打,点起一支香烟,站在两个女孩子的照片面前踌躇起来。照片装在银框子里,是维妮佛梨德的东西。"没有关系,"他想,"她可以再拍一张,我可不能了!"他把照片塞在皮箱里。接着,他戴上帽子,穿上大衣,另外又拿了两件东西,雨伞和他那根最好的棕榈手杖,就去开前门。他把前门轻轻带上,到了屋子外面,有生以来从没有携带过这么重的东西;他绕过街角去等待清早过路的马车……

蒙达古·达尔第就这样在四十五岁时从他叫作自己的房子里消失了……

维妮佛梨德下楼时,发觉他不在屋子里,她的第一个反应是一种无名的愤怒;她一夜没有闭眼睛,自己安心准备好的那些责备话就这样轻轻被他滑掉了。他是上纽马克特,或者布赖顿去了,敢说带上了那个女人。下流!当着伊摩根和女佣,她只好一声不响;她也知道没法告诉詹姆士,他决计受不了这

～～～～～～
① 一种赛马年鉴,1842 年由罗夫创刊。

种刺激;当天下午她忍不住跑到悌摩西家里,把失掉项链的事一五一十告诉了裘丽姑太和海丝特姑太,并且要她们严守秘密。直到第二天早上,她才发觉照片不见了。这是什么意思?她把自己丈夫剩下来的东西仔细查点一下,这才使她恍悟他是一去不返了。当这个结论变得愈来愈有力时,她一点不动地站在他的更衣室的中间,所有的抽屉都抽开了,竭力在揣摩自己的心情。这很不容易!虽则他是个"瘪三",可仍旧是她的财产,不管她怎么想,总没法不感到自己的损失。四十二岁就守活寡;带着四个孩子;引得人人注目,成为怜悯的对象!被一个西班牙女人勾走了!过去她认为早已死去的那些往事和旧情,全都涌上心来,又痛苦、又怨恨、又缠绵。她机械地把一个一个抽屉关上,上了床,躺在床上,脸埋在枕头里。她并没有哭。哭有什么用处?当她下床到楼下吃午饭时,她觉得好像只有一件事情能够安慰自己,那就是把法尔找回来。法尔是她的大孩子,下月就要拿詹姆士的钱去上牛津大学;这时候正在小汉普登跟他的"教练"准备初次考试最后一次试跑,这是法尔学他父亲的口气说的。她命人打一个电报给他。

"我得查点一下他的衣服,"她向伊摩根说,"不能让他随随便便就上牛津去。那些男孩子非常挑剔。"

"法尔的衣服多着呢。"伊摩根回答。

"我知道;可是需要收拾一下。我希望他会回来。"

"他会飞一样地回来,妈。可是他可能要错过考试呢。"

"没有办法,"维妮佛梨德说,"我要他。"

伊摩根天真而机警地把母亲脸色看一下,就不响了。当然是父亲的事情!六点钟,法尔飞一般地回来了。

你想象一个半顽童、半福尔赛的混合品,这个人就是小蒲

25

柏里斯·法尔利斯·达尔第。一个小伙子取了这样的名字，还能够变成别的样子吗？他生下来时，维妮佛梨德正在得意之秋，凡事都要出人头地；她打定主意要使自己孩子的名字取得与众不同（总算好——她现在觉得——她差一点给伊摩根取名叫西斯贝①）。可是法尔的这个名字还要怪乔治·福尔赛那个老促狭鬼。那天达尔第和他碰巧在一起吃晚饭——就在他的儿子和接代人生下来一星期之后——他和乔治谈起维妮佛梨德的这个心愿。

"叫他加图好了，"乔治说，"多么俏皮！"原来他赛马刚赢得十镑钱，那匹马就叫加图。

"加图！"达尔第当时回答——两个人的酒都有点"上劲"了，当时就有这种说法——"不像是一个基督徒的名字。"

"你来！"乔治把那个穿短裤的侍役叫来。"把图书室里的《大英百科全书》拿来，C字的一本。"

侍役把百科全书取来。

"你看！"乔治说，用手里的雪茄指指："加图——普布利马斯·瓦列里马斯②，维吉尔与莉迪娅所生。③ 这不是你要的吗？普布利马斯·瓦列里马斯总够得上一个基督徒了吧？"

---

① 皮拉姆斯与西斯贝为古巴比伦传说中的一对情人。两人从墙隙通情，并择定在一棵桑树下幽会。西斯贝先到，见一母狮吞噬一牛，弃衣而逃。皮拉姆斯后至，见西斯贝衣染牛血，以为情人已死，遂自杀。西斯贝复返，见皮拉姆斯已死，亦自杀殉情。莎士比亚《仲夏夜之梦》中有此戏。
② 罗马诗人兼语法学家，生于公元前1世纪。
③ 乔治在这里用赛马者口吻和达尔第开玩笑；英国人养马最重马的世系，赛马时必须交代清楚。乔治信手从百科全书中给加图拈来一对父母，其实莉迪娅是加图写的一首诗，这首诗曾经被人误认为是维吉尔写的。

26

达尔第回到家里,把乔治的话告诉了维妮佛梨德。她听了很中意。"帅"得很。普布利马斯·瓦列里马斯就这样做了孩子的名字,虽则后来发觉他们选中的却是那个无名的加图。① 可是到了一八九〇年,小普布利马斯快长到十岁时,"帅"已经不时髦,反而讲究庄重了。维妮佛梨德这时才开始惶惑起来。小普布利马斯亲身的经验也证明了这一点;进学校才进了一个学期,回来就抱怨日子过不下去了——同学都赶他叫"宝贝"。维妮佛梨德真是一个有决断的女人;立刻换了一个学校,并且把他的名字改作法尔,那个普布利马斯不但不叫,连缩写也不写了。

十九岁的时候,他是一个活泼的青年,脸上长些雀斑,阔嘴,淡眼珠,睫毛又乌又长,笑起来相当讨人喜欢,对于不应当知道的事情相当熟悉,对于应当做的事情却毫无经验。在学校里,像他这样差一点儿被开除掉的男孩子可以说绝无仅有——这个骗人的坏蛋。他吻一下母亲,拧一下伊摩根的嘴巴,就三层一跨上了楼,又四层一跨下了楼,穿好吃晚饭的礼服。他很抱歉,可是他的"教练"也上来了,邀他上牛津-剑桥俱乐部去吃晚饭;不去是不好的,老头儿会生气。维妮佛梨德一面不开心,一面替他得意,答应了他。她原要他待在家里,可是他的补习先生这样喜欢他,倒也使人听了高兴。他出去时向伊摩根挤挤眼睛,同时说:

"哦,妈,能不能给我留两只鸽鸟蛋回来吃?——厨子那里还有呢。当消夜太好了。哦,想起来了——你有钱没

---

① 罗马史上两个有名的加图,一是监察官加图(前234—前149),政治家兼作家;一为小加图,即前者之曾孙,为哲学家兼政治家。

有?——我被迫向老斯诺贝借了五镑钱。"

维妮佛梨德带着溺爱的精明神气,回答说:

"亲爱的,你在钱上真是阔气。可是不管怎样,你今天晚上总不能还他;你是他的客人呢。"他穿着白背心多漂亮,身材修长,睫毛是那样乌又那样浓!

"哦,可是你知道,我们也许要去看戏呢;戏票我觉得总应当由我来买;他手里一直不宽裕,你知道。"

维妮佛梨德掏出五镑钱,一面说:

"那么,你还是把五镑钱还他吧,不过戏票你不要再会东了。"

法尔把五镑钱塞在口袋里。

"我还他钱,就没法会东了,"他说,"再见,妈!"

他昂头走出来,喜滋滋歪戴着帽子,就像一只放到林地里来的年轻猎狗,嗅着皮卡迪利大街的空气。真是开心的事!在那个发霉的狗地方待了那么久。

他找到"补习先生",原来并不在牛津-剑桥俱乐部,而是在山羊俱乐部。这个"补习先生"只比他大一岁,是一个漂亮青年,美丽的褐色眼睛,光滑的黑头发,小嘴,椭圆脸,懒洋洋的神气,浑身上下穿得无懈可击,相当地冷静,这种青年往往不费吹灰之力就能在他的同伙中间显得高人一等。一年前他和法尔一样,差一点被学校开除出去,这一年他进了牛津,因此在法尔眼中简直近似天神了。他的名字叫克伦姆,在打发银钱上更没有人比他打发得更快的了。这好像是他生活的唯一目的——把小法尔看得眼花缭乱,因为他的一半福尔赛性格有时候也会站在一旁观看,弄不清这些钱究竟为什么花的。

法尔和克伦姆一起静静地吃晚饭,吃得又神气又考究;两人抽着雪茄出了俱乐部,各人口袋里只放一瓶酒,就上自由剧场去看戏,坐在前排。法尔怀着鬼胎,觉得像克伦姆这样娴静的公子哥儿派头,自己是永远赶不上的,所以连滑稽歌曲的声音和美丽的大腿有时候都变得模糊,甚至于听不见、看不见了。他的理想被激发起来;碰到这种情形,一个人决不会十分自在的。肯定说,他自己的嘴太大了,背心的式样也不顶好,裤子上没有辫子花边,淡紫色手套的背面也没用黑线缝上两道细线。而且,他笑得太厉害了——克伦姆从不笑出声来,只是微笑,同时两道修整而乌黑的眉毛稍许抬一点起来,刚好在他下垂的眼皮中间形成一道锋棱。的确!他永远赶不上克伦姆。不过反正戏倒是出色的,辛茜雅·达克简直叫人笑痛肚皮。在换幕中间,克伦姆搬出辛茜雅私生活的事情吊他的胃口,而且最使法尔骇异的是他还有法子到后台去,法尔恨不得说:"你带我去呢!"可是自惭形秽不敢开口;这一来,那最后的一两幕戏看得很不开心。出了戏园,克伦姆说:"我们再上庞地梦尼姆去看看,离散戏还有半小时呢。"两人坐上马车走了一百码下车,买了两张七先令六便士的座位,为的只打算站一会儿,就走进站池。① 克伦姆就在这种小事情上显得落落大方,叫人羡慕;他花钱全不在乎。芭蕾舞正演着最后一晚的最后一幕,当时站池里挤得走都不好走。三排男人和女人全挤在那道栏杆前面。舞台上旋转得叫人眼花,灯光半明半暗,烟草味和女人身上的香味混杂在一起,一切在站池里常见的男女混杂的奇特情调,开始把法尔从他的理想里释放出来。他艳羡地望一望一个年轻女子的脸,看出她并不年轻,又赶快

---

① 在楼下厅座后面,男女混杂,所以合克伦姆的胃口。

看开去。辛茜雅·达克的阴魂啊！年轻女子的胳膊不自觉地碰了他一下；一股麝香和木樨的香味，法尔用眼角瞄了一下。也许她毕竟是年轻的。她的脚踩到他了，向他道歉。他说：

"没有关系；芭蕾舞很好，可不是？"

"哼，我看得厌烦了；你厌烦不厌烦？"

小法尔笑了——一张大嘴笑得相当惹人疼；除此以外，并没有其他表示——他还不大相信，他的一半福尔赛性格坚持要更加有把握些。舞台上的芭蕾舞像万花筒一样旋转着，雪白的、浅红的、翠绿的、淡紫的，突然间凝聚成一座五色缤纷的金字塔。掌声爆发出来，戏完了！深紫色的帷幕把金字塔隔开。栏杆前面的半圈男人和女人散了，年轻女子的胳膊和他的胳膊紧抵着。离他们不远，好像有人在闹事，全都围着一个襟上插粉红石竹花的男子；法尔偷眼瞧一下那个年轻女子，女子正望着前面的那群人，人群里挤出三个人来，挽着胳膊走着，都有点立足不定。当中一个人插了一枝粉红石竹花，穿一件白背心，留了一撮深褐色上髭；这个人走路时有点晃。克伦姆的声音说得又慢又平，"你看那个'流氓'，他醉了！"法尔掉头望去。那个"流氓"已经把胳膊抽出来，笔直地指着他们。克伦姆的声音越发冷静了，他说：

"他好像认识你呢！""流氓"说话了：

"喂！"他说，"你们大家来看！这就是我的混蛋儿子！"

法尔看出来了。原来是他的父亲！他真想一头钻进大红地毯里去。倒不是因为在这里撞见他父亲，也不是因为自己的父亲喝醉了；而是克伦姆的那句"流氓"，就像上天的启示一样，使他当时看出来这是真情。像他父亲那样一张漂亮的黄黄的脸，插一枝粉红石竹花，大摇大摆走着，的确像个"流氓"。他一句话不说，低下头躲在年轻女子后面，就溜出站池；耳朵里听见后面喊法尔！他顺着铺了厚厚地毯的台阶跑下去，穿过几个弹压的人就到了方场上面。

觉得自己的父亲丢人，也许是一个年轻人所能经历到的最伤心的事情了。在法尔的心里，当他匆匆溜走时，好像自己的锦绣前程还没有开头就已经完结了似的。他现在怎么能上牛津去跟那班人——跟克伦姆的那些漂亮朋友混呢？因为这些人都会知道他父亲是个"流氓"！忽然间，他恨起克伦姆来。克伦姆是他妈的什么东西，敢说出这种话来？这时候，如果克伦姆在他身边，他准会把他打倒在人行道上。他的亲生父亲——亲父亲呵！他的喉咙里堵塞起来，两只手深深插在大衣口袋里。他妈的克伦姆！他忽发奇想，打算赶回去找自己父亲，挽着他的胳膊，跟他走在一起，就走在克伦姆的前面；可是这念头立刻就打消掉，他仍旧沿着皮卡迪利大街走去。一个年轻女子挡着他的去路。"不要这么发火呀，心肝！"他吓了一跳，躲过女子，忽然间变得冷静下来。只要克伦姆吐出半句话来，他就给他的头死捶一顿，事情不是完了吗？他又走了一百码光景，觉得这个打算很不错，接着又整个儿不安起来。并不是这样简单！他记得在学校时，有些不大体面的家长下来看孩子，后来的嘲笑简直永远闹不完。这种耻辱是没法磨去的。为什么她母亲要嫁他的父亲呢，既然他是个"流氓"？太岂有此理了——给人一个"流氓"的父亲，简直跟自己过不去。顶糟糕的是，这两个字才从克伦姆嘴里说出来之后，他就明白自己在潜意识里老早就认为自己父亲并不是什么上流人了。这是他碰上的最最残酷的事情——对于任何人都是最最残酷的事情！他一生中从来没有感到这样灰心丧气过,就这样到了格林街,用一把偷来的钥匙开门进去。餐室里,两只鸨鸟蛋已经摆好,看上去很好吃,还放了几片面包和牛油,酒壶里留了一点威士忌——不多不少,这是维妮佛梨德的主意,为了使他觉得自己像个大人。他看了看这些东西,非常倒胃口,就上了楼。

维妮佛梨德听见他经过自己房门口,心里想:"乖乖回来了。谢天谢地!他要是学他父亲的样子,我可不知道怎么办是好!可是他不会——他像我。亲爱的法尔!"

第三章　索米斯打算解决

维妮佛梨德的小客厅是路易十五时期的陈设,有一个小小的凉台,夏天永远挂些绣球花,现在则是放了几盆天香百合;索米斯走进妹子的客厅时,他感到的并不是人事无常,而是人事不变。二十一年前,维妮佛梨德和达尔第新结婚,他第一次上门时,客厅的布置就是这样子。家具当时是他亲手挑选的,而且挑得非常齐全,因此尽管随后又添置了些,却没有能改变这间屋子的情调。他给自己妹妹安排得的确非常妥帖,而且她也需要有这样的照应。老实说,跟达尔第混了这么多年,始终还保持这样排场,在她可煞费苦心呢。他自己从一开头就觉察达尔第这个人不对头,可是他表面上那一套花言巧语和笼络手段,以及那张漂亮面孔,把维妮佛梨德、她母亲,甚至于詹姆士都搞昏了,连一点生前赠予都不要就让那个家伙娶了自己的女儿——做得糟糕透了。

他先看见家具,后看见妹子;维妮佛梨德这时正靠着那张布尔式的书桌①坐着,手里拿了一封信;她起身向他走来。她跟他一样高,大颧骨,衣服很讲究,脸上神情使他看了恻然。

---

① 一种嵌铜和玳瑁的书桌。布尔(1642—1732)是法国著名家具工匠,路易十四的王室工匠。他的木镶嵌技艺高超,被称为布尔工艺。

她把手里的信团掉,可是又改变了主意,把信递了给他。他是她的哥哥,也是她的律师啊!

索米斯在伊昔姆俱乐部的信纸上读到下面这些话:

> 你再没有机会在我家里对我进行侮辱了。我明天就离开英国。你的本领要完了。我被你也侮辱得够了。都是你自作自受,任何一个有自尊心的人都忍受不了。从此我决不再要你一文。再见。两个女孩子的照片我拿去了。替我吻她们。你家里人不管说什么话我都不在乎。这全是他们造成的。我要开始一个新生活了。
>
> 蒙·达

这封信是酒醉饭饱后写的,信上面有一滴泪渍,还没有完全干。他望望维妮佛梨德——明摆着这泪渍是她的;他才要说"走掉好!"又止住自己;接着想到维妮佛梨德收到这封信的处境,正和自己的处境一式一样——同是福尔赛,同是没有离婚,所不同的是一个刚开始,一个正在竭力想摆脱罢了。

维妮佛梨德已经背过身去,正拿一只小金头瓶子用劲在嗅。索米斯心里引起一阵迟钝的怜悯,同时还隐隐夹有一点伤心。他本来是想跟她谈谈自己的处境,想获得一点同情,可是她却和他的处境一样,当然也希望跟他谈谈,想获得同情。总是这样!好像从没有人想到他自己也有苦处、也有打算似的。——他把那封带有泪渍的信折好,说:

"究竟是怎么一回事呢?"

维妮佛梨德把失去项链的经过平心静气地重说一遍。

"你看他是真的走了吗,索米斯?你可以看出这封信是喝醉酒写的。"

索米斯碰到自己有某种希冀时,总要假装认为事情不大会成功,借此和缓上苍,所以回答说:

"我看不会。我到他的俱乐部里可以打听出来。"

"乔治如果在那儿,"维妮佛梨德说,"或许他会知道。"

"乔治吗?"索米斯说,"他父亲今天出殡我还看见他的。"

"那么他一定上俱乐部了。"

索米斯看见妹妹看事这样清楚,暗暗喝彩,带着怨气说:"好吧,我去转转。你在公园巷提起过没有?"

"我告诉了爱米丽。"维妮佛梨德回答,她称呼自己母亲时仍旧保留那种"趣"味儿,"爹听了一定会晕倒。"

的确,现在一切不顺心的事情都小心瞒着詹姆士,不告诉他了。索米斯把家具又环视一下,像是衡量一下他妹妹的真实境遇似的,就出门向皮卡迪利大街走去。夜色已经降临——十月暮霭里微带一丝寒意。他走得很快,一副闷闷不乐、心思集中的神气。他一定要赶快对付掉这件事,因为他要上索霍区吃晚饭。穿堂里的侍役告诉他达尔第先生今天没有来过;他听了朝那个可靠家伙看看,决定只问乔治·福尔赛先生在不在俱乐部里。他在。这位堂弟平时总喜欢拿他寻开心,所以索米斯一直对他有点侧目而视,今天跟在侍役后面心里倒相当舒坦,因为乔治新近才死了父亲。他一定到手有三万镑,那些为了逃避遗产税被罗杰生前过在他名下的还不算在内。他看见乔治坐在一扇拱窗前面,瞠眼望着,面前放的一盆甜饼才吃掉一半。魁梧的身材穿了一身黑,迎着光简直显得怕人,不过仍旧保持赛马迷的那种超凡的整洁。一张多肉的脸微微带笑说:

"你好,索米斯!来一块甜饼。"

"不吃,谢谢。"索米斯咕了一句;他一面抹着帽子,想到应当说几句得体而同情的话,又接上一句:"五婶好吗?"

"多谢,"乔治说,"就这样。好多日子不看见你了。你从来不跑马。城里生意怎么样?"

索米斯觉察出有点调侃的味儿来了,赶快把话打断,回答说:

"我想问问你达尔第的情形。听说他——"

"跑了,跟漂亮的罗拉①溜往布宜诺斯艾利斯去了。对于维妮佛梨德和几个孩子倒好。真是个活宝。"

索米斯点头。这两个堂弟兄虽则天生合不来,在对达尔第的看法上却是一致的。

"詹姆士伯伯现在可以睡得着觉了,"乔治又说,"我想他累你也累够了。"

索米斯微笑。

"啊!你还不清楚他呢。"乔治亲切地说,"他是个十足的流氓。小法尔要稍微管束管束才是。我一直都替维妮佛梨德抱屈,她是个硬挣女人。"

索米斯又点头。"我得回到她那里去,"他说,"她只想把事情弄弄清楚。我们也许要打官司,这里没有搞错吧,我想?"

"完全保险,"乔治说——很多这样的怪话都被人家当作

---

① 借用以指舞女;罗拉·蒙蒂兹(1818—1861),原名吉尔伯特,母为西班牙人。20岁时与人私奔,五年后离异,以舞女身份演出于英国皇家剧院和欧洲各大城市。1846年巴伐利亚国王路易一世封她为兰茨费尔德公爵夫人;封后一年中在政治上赞助自由主义,反对耶稣会派;1848年革命后流亡以死。

其他方面来的,其实是他发明的,"昨晚上他醉得就像个大亨,可是今天早上仍旧安然走了。他坐的船叫塔斯卡罗拉。"掏出一张名片来,他嘲笑地读道:

"'蒙达古·达尔第先生,布宜诺斯艾利斯邮局留交,'我是你的话,一定赶快打官司。昨晚上简直把我怄死了。"

"是啊,"索米斯说,"可是并不总是那样容易。"随即他从乔治的眼色里看出这句话提醒他想到自己的事情,就站起来,伸出手。乔治也站起来。

"替我问候维妮佛梨德。你要问我的话,我就劝你立刻替她直截了当'押上离婚'。"①

索米斯走到门口,又回头斜视了一眼。乔治又坐下来,瞪着一双眼睛望;穿了一身黑孝服,那样子又伟岸又寂寞。索米斯从没有见他这样神色沮丧过。"我想他多少总感到一点难受。"他肚里说,"他们每一个人总拿到五万镑光景,什么都包括在里面。那些房地产最好大家放在一起,不要分掉。如果有战事的话,房产就要跌。不过,罗杰叔叔眼光很不错呢。"街上天快黑了,安耐特一张脸却在他面前亮了起来:褐色头发、蓝眼睛、褐色睫毛,尽管伦敦的天气这样坏,嘴唇和香腮仍旧红润润的,还有那种法国女人的身材。"一定要解决!"他肚子里说。回到维妮佛梨德的房子门口时,他碰见法尔,两人一同进去。索米斯忽然起了一个念头。他的堂兄乔里恩是伊琳的委托人,第一步该是到罗宾山去看他。罗宾山!这三个字引起的感受多么特别——真正特别。罗宾山——那所波辛尼替他和伊琳造的房子——那所他们从来没有住进去过的房

﹏﹏﹏﹏﹏﹏﹏﹏

① 乔治说话总脱离不了赛马术语。

子——那所不祥的房子！现在乔里恩住在里面了！哼！忽然他想起来:人家说他有个孩子在牛津上学！何不把小法尔带下去给他们介绍一下！作为借口！不至于显得太突兀——好得多！主意想定，就在上楼时向法尔说：

"你有个表哥在牛津；你跟他从来没有见过。我想明天带你到他住的地方去给你介绍介绍。你可以有个照应。"

法尔虽则答应，可是对这个建议，同样并不太起劲。索米斯赶快和他敲定。

"我午饭后来接你。他住在乡下——不太远；你去了一定觉得很有意思。"

在客厅门口时，他好容易才想起目前所要考虑的是维妮佛梨德的问题，而不是他自己的问题。

维妮佛梨德仍旧坐在那张布尔式书桌面前。

"是真的，"他说，"他上布宜诺斯艾利斯去了，今天早上动的身——我们最好在他登陆之前就把他看着。我立刻去打电报。不这样，以后也许要花上很大一笔钱呢。这些事情做得越快越好。我一直懊恼当初没有——"他停下来，从侧面望望沉默的维妮佛梨德。"还有，"他又说下去，"你能证明有虐待吗？"

维妮佛梨德不起劲的声音说：

"我也不知道。什么叫虐待？"

"噢，他打过你没有，或者其他什么？"

维妮佛梨德摇摇头，下巴变得坚强起来。

"他扭过我的胳膊。还有用手枪指着算不算？还有醉得连衣服自己都不会脱，还有——不行，我不能把孩子也牵涉进来。"

"不要,"索米斯说,"不要。我不懂!当然,有一种法律上的分居——这是可以做到的。可是分居!哼!"

"分居是什么意思?"维妮佛梨德沮丧地问。

"就是他不能碰你,你也不能碰他;你们两个人又算是结婚,又不算结婚。"他又哼了一声。事实上,这就是使他自己可恨的处境在法律上合理化!不行,他不能把她也拖进去!

"一定要离婚,"他决然说,"没有虐待行为,还可以控告他遗弃。现在有办法把两年的期限缩短了。我们可以向法院请求恢复夫妇关系。那样时,如果他不服从的话,六个月后,我们就可以提出离婚。当然,你是不想他回来的。可是法院的人不会知道。不过他仍旧有回来的可能,不妥的地方就在这里。我宁可告他虐待。"

维妮佛梨德摇摇头。"太不体面了。"

"那么,"索米斯咕噜说,"也许要他回来也没有什么不妥的地方,只要他迷在那上面,而且手边有钱,他是决不会回来的。你跟任何人都不要提起,他欠的债你也不要还。"

维妮佛梨德叹口气。尽管她吃过达尔第那么多苦头,她从心里还是舍不得他。现在叫她不要再替他还债,越发使她深深感觉到如此。好像人生丧失了某种乐趣似的。丈夫没有了,项链没有了,连过去觉得自己在家庭旋涡之上的勇敢表现感也没有了,现在她只好自己单独去对付。她真正觉得像死了亲人一样。

索米斯在妹妹前额上吻了一下,比他平日冷冷的一吻多加进一点热气。

"我明天得上罗宾山去,"他说,"找小乔里恩商量事情。他有个孩子在牛津读书。我想把法尔带去给他介绍一下。星

39

期六到'栖园'来玩,把孩子也带来。哦!想起来了,不要吧,不成了;我还请了别的客人呢。"说完,他就别了妹子上索霍区去了。

第四章 索霍区

在伦敦这样一个五方杂处、令人莫测的怪地方,索霍区恐怕是最最不适合福尔赛精神的了。如果乔治看见他堂兄上这种地方去,他准会说:"哈哈,好汉子!"地方那样污秽,到处充塞着骗子、社会渣滓、猫、意大利人、番茄、饭馆子、手摇风琴、花花绿绿的衣料、怪姓氏、从楼上高窗子里窥望的人;它就像个离群索居的人,和英国这个国家不相往来。然而它却有它自己一套夹七夹八的经营本领,和它自己的某种繁荣,因此别区里的房租下跌,它这里的房租却在上涨。拿索米斯来说,多年来他熟悉的部分都只限于它的西面堡垒——华杜尔街。这里被他捡到了不少的便宜货;便在波辛尼身死和伊琳出走之后,他在白里登住的七年中,偶尔在这里也还买到珍贵的东西,不过没有地方放罢了。当时的经过是这样的:他一经断定自己的妻子已经一去不返时,就在蒙彼利埃广场自己那所房子外面挂上一个牌子:

精美住宅出售
接洽处:贝尔格莱维亚,考特街,列生-杜克斯公司。

房子不到一个星期就卖掉了——那所精美的住宅——而

过去在它无懈可击的阴影里,一个男子和一个女子曾经不声不响地痛苦得要死。

那一天是一月里一个雾蒙蒙的傍晚,就在那块牌子取下之后不久,索米斯又到房子那边去看了一次,倚着广场的栏杆站着,眺望那些没有点灯的窗子,一面细细回味那些痛苦的往事,为什么她从来不爱他呢?为什么?她要什么他都给了她,而且在那长长的三年中,他要的她也都给了他——老实说,不给的只是她的心。他不由得发出一声呻吟,一个过路的警察带着疑心朝他望望:那扇有雕花门钮的绿门,现在挂着"出售"的牌子,他已经没有权利进去了!他的喉管突然像堵塞着一样,三脚两步在雾里走掉。当天晚上,他就住到白里登去了……

索霍区的马尔他街快到了,布列塔尼饭店也快到了;安耐特将会伛着香肩在店里管账呢。索米斯一面走,一面盘算着自己在布赖顿度过的那七年。真奇怪,在那样一个连香豆花的香气都闻不见的小镇上,连个放画的地方都没有,他怎么会住得下去,而且住得那样久呢?的确,那些年头里就没有一点时间看画——这一段时间全在死命搞钱;有更多的有限公司都聘请福尔赛,勃斯达,福尔赛律师事务所担任法律顾问,多得简直照应不过来。每天早上坐在普尔曼式火车①里进城,每天傍晚从城里坐普尔曼式火车下去。吃完晚饭,仍旧是埋头在法律文件里,弄得精疲力竭才去睡觉,第二天一早又爬起来。古怪的是星期六到星期一都是在伦敦自己的俱乐部过

---

① 普尔曼式火车是美国人普尔曼发明的,一节火车分为若干隔离的车厢,对坐的座位可以兼作卧铺。

的——和习惯的做法恰好相反①,因为他牢固的、谨慎小心的本能使他觉得一个人工作紧张时需要每天两次上火车站呼吸海空气,休息时非得享受一下天伦之乐不可。星期天去公园巷看他的父母,去悌摩西家,去格林街,或者偶尔到别的人家去,对他的健康来说,就如同星期一到星期六的海空气一样少不了。便在移居买波杜伦之后,他还是保持这种习惯——一直到认识了安耐特才有所改变。是安耐特在他的看法上引起了革命,还是他的看法的革命使他看中了安耐特,索米斯跟我们一样不知道,就如同一个圆圈没有人说得出哪里是起点一样。总之,有财产而没有一个人可以付托,就等于否定真正的福尔赛主义;这一点心理非常复杂,而且他愈来愈感到是如此了。最近一年来,他为这一件事情着实摆布不下;究竟要不要一个继承人,在某种意义上成为自己生命的延续,在他放下的地方开始——事实上是保证不放弃自己那些放不下的东西。那天是四月里一个傍晚,他买了一件韦奇伍德的陶器,后来就上马尔他街去看看;在那条街上他父亲有座房产被人改装成饭店——这样做法很不妥当,而且和租赁条件也不合。他先把饭店外表看了看——漆得很漂亮的奶油色,进门的地方凹了进去,放两只孔雀蓝的木箱子,里面栽了些小桂树——门上面是一行金字"布列塔尼饭店";索米斯看见了金字,倒还中意。进了门,他看见已经有几个客人坐在那里,一张张绿色小圆台子,上面都摆了小盆鲜花和布列塔尼瓷的盆子。索米斯向一个衣服整洁的女侍役说要见她们的老板。她们引他到一间后房里去,房里一个女孩子靠一张简陋的书桌坐着,桌上摊

---

① 一般生意人大都平时上俱乐部,周末和家人相聚。

了些文件,一张小圆桌摆了两个人的餐具。女孩子站了起来,说:"先生,你要找妈妈吗?"音调很特别;这一来,索米斯原来的整洁雅致的印象就更加得到证明了。

"是的,"索米斯回答,"我代表这里的房东;我就是房东的儿子。"

"你请坐,好吗? 先生,告诉妈妈来见这位先生。"

他很高兴,女孩子对他很亲热,说明这也是生意眼;忽然间,他发现她非常之美——美得简直使他的眼睛没法不盯着她的脸看。她移步搬一把椅子给他坐时,身体有一种奇妙的轻微的摇摆,就好像被人运用一种特殊的秘密技巧凑成的一样;一张脸和微微露出来的颈子看上去就像洒上花露水一样。也许就在这个时候,索米斯下了并没有违反租约的结论;不过从他自己和他父亲的角度来看,他这个结论所根据的原则是这些违法装修的效果并不差,饭馆的生意兴隆,而且拉摩特太太的经营本领显然也很不坏。不过,有些事情还要等看了再说,这一点他并没有忽略掉;有这个缘故,他就不得不一趟一趟地跑来,因而在那间后房里,他的消瘦,但不是瘦弱而仅仅是不碍眼的身材,他的苍白和方下巴的脸,修得整齐的小胡子和两鬓还没有花白的深褐色头发,也就成为很熟悉的了。

拉摩特太太觉得他是"一位很神气的先生";①而且——不久以后——"很和气,很妙",一面冷眼看着他盯着自己的女儿望。

拉摩特太太就是那种身体发福、眉目清秀、深褐色头发的

---

① 原著常在拉摩特太太和安耐特嘴里插进一些法文,以衬出说话人的身份,用楷体以示区别。其他原文为法文之处,同样用楷体以示区别。

法国女人；她们的每一动作、每一个声音笑貌都使人对她们的能力，不论在她们管理家务方面，在烹饪知识方面，和小心积累银行存款方面，都感到百分之百的放心。

自从拜访了布列塔尼饭店之后，索米斯其他的拜访都停止了——当然，并不是什么具体的决定，因为索米斯和所有的福尔赛家人一样，也和他的绝大多数的国人一样，天生就是个经验主义者。然而，正是这种生活方式的改变，使他逐渐具体地意识到需要改变自己的处境，需要从一个没有结婚的已婚男子改变为已婚男子重又结婚。

在这个一八九九年十月上旬的傍晚，当他转身向马尔他街走来的时候，他买了一份报纸，看看那个德雷福斯案①有没有什么下文——因为拉摩特太太和她的女儿都是天主教徒，而且都是反对德雷福斯的，为了要和她们母女混得更亲热些，跟她们谈谈德雷福斯的案子一直都很收效。

索米斯把新闻版浏览了一下，并没有找到什么法国新闻，可是看到证券交易所债券普遍下跌，和一篇关于德兰士瓦的其兆不祥的社论。他进门时心里想："战争是肯定了。我要把公债卖掉。"这并不是说他私人的公债很多，利钱太低了；可是他应当忠告他的那些公司——公债肯定要跌。当他穿过饭店走往里房时，一眼就看出生意还是和平时一样好；这一点，如果在四月里的话，他看了就会高兴，可是现在却使他感到相当不舒服。如果他不得不提出离婚的结果，最后能娶到安耐特，那么她母亲肯定会回法国去，而饭店生意兴隆很可能

---

① 犹太人德雷福斯是法国炮兵上校，被诬告泄露国防秘密，判处流放徒刑。此事曾引起法国作家左拉很大愤懑，写了著名的《我控诉》一文。

反而成为一种障碍。因为法国人到英国来都是为了赚钱,他当然只有出钱把饭店盘下来的一法,这一来,价钱就会要得很高。究竟要多少钱呢?这时,他已经走到小房间的门口,平时那种心儿微跳、喉咙管里隐隐发甜的味儿又来了,他也就没有想下去。

走进小房间时,他好像看见一条宽大的黑裙子在门口消失掉,溜进饭店里去,同时看见安耐特两只手举起来摸头发。这是他最最喜欢看的姿势——那样地秀挺,那样地柔和,真美。他说:

"我不过是来跟你母亲谈拆掉那扇隔板的。不,不要叫她。"

"先生跟我们吃晚饭,好吗?十分钟就开了。"索米斯这时还握着她的手,忽然情不自禁起来,连自己都有点诧异。

"你今天晚上很美,"他说,"非常美。你可知道你长得多美呀,安耐特?"

安耐特手缩回来,脸红了。"先生真好。"

"一点儿不好。"索米斯说,废然坐下来。

安耐特做了微带表情的手势;没有搽口红的樱唇浮出一点微笑。

索米斯一面望着樱唇,一面说:

"你在这儿快乐吗,还是愿意回法国去?"

"哦,我喜欢伦敦,巴黎当然也喜欢。可是伦敦比奥里昂好,而且英国的乡下真美。上星期天我去里士满玩过呢。"

索米斯心里挣扎了一下,盘算要不要提出买波杜伦来。他敢吗?他毕竟敢邀她们下去,并且指给她看可以指望到些什么嘛!可是!那边你可以谈话。在这间房间里什么都不可能谈。

"我想约你和你母亲,"他忽然说,"下星期天下午上我那儿去玩。我的房子就在河边上,现在的天气还不太冷,我还可以给你们看些名画。你说怎么样?"

安耐特拍起手来。

"太好了。河上真美啊。"

"那么,就说定了,我来跟你母亲说。"

今天晚上,他用不着跟她再说什么了,免得露出痕迹。可是他的话不是已经说得太多了吗?约一个开饭店的女人和她的漂亮女儿上自己乡间别墅去玩,会没有用意吗?就算安耐特看不出,拉摩特太太总会看得出。好吧!反正拉摩特太太也很少有什么事情看不出来的。况且,这是他第二次耽下来跟她们吃晚饭了;他本来欠她们的人情呢……

一路走回公园巷时——他现在住在父亲家里了——他还回味着安耐特的柔荑握在自己手里的感觉,心情很愉快,有一点心旌摇曳,弄得人迷惑不解。提出来解决!解决什么!怎样解决!把丑事传开来?真是可恨!哪个不知道他精明强干,看事情看得远,替人家排忧解难办法很多!他这个一向代表私有利益的人,法律的柱石,现在偏偏受到法律的播弄!一想到这里,简直叫人冒火!维妮佛梨德的事情已经够糟的了!一个人家闹出两件事情来,怎么成!还是弄一个情妇的好——一个情妇,生一个儿子过继在自己名下,好不好呢?可是那个黑皮肤、肥硕、尖利的拉摩特太太挡着他的视线。不行!这做不到。那样想,就好像是安耐特会真正地爱他似的;在他这样年纪,不可能指望做到。如果她母亲愿意,如果明摆着有大利可图,——也许可能!否则的话,肯定会碰钉子。而

47

且,他心里想:"我也不是个坏蛋。我并不想坑她;也不想偷偷摸摸做什么事情。不过我的确要她,还要个儿子!除了离婚没有别的办法——不管怎样——反正——要离婚!"他沿着格林公园栏杆,在悬铃木的影子和灯光下面,慢步走去。在灯光照不到的那些苍茫的树身中间,暮霭凝聚着。当他年纪还很轻的时候,他从他父亲公园巷的房子里出来,或者在那四年的婚后生活中,他从自己蒙彼利埃广场的房子里出来,都要走过这些树木,总有几百次了!今天晚上,当他正在打主意想法子摆脱自己长期无益的婚姻束缚时,他忽然兴起,一路从海德公园三角场走进公园,再从武士桥门出来,就跟过去日子里伊琳还和他在一起、他回家时那样走法。伊琳,不知道她现在怎么样了?——这些年不见面,她是怎样过的呢?算来已是十二年,乔里恩大伯留给她那笔钱也有了七年了!她还美吗?不知道碰见时会不会还认识她?"我还没有怎么老,"他心里想,"我想她老了。她使我太痛苦了。"他忽然想起一天晚上、他第一次一个人出去吃晚饭的情形来——马尔堡校友聚餐——就在他们结婚的头一年。他多么急急忙忙地赶回来啊;进门时,脚步轻得像只猫,这时候,他听见她正在弹琴。他开了客厅的门,一点声音没有,站在那里,注视她脸上的表情,那种神情和他平日看见的完全不同,坦率得多,而且那样的诚实无欺,就好像把一颗他从来没有看见的心交给她弹的音乐似的。他又想起当时她停止下来,转身看见他,脸上又回到他平时看见的那种神气,使他周身打了一个寒噤,尽管接着他就过去抚摸她的肩头。的确,她使他太痛苦了!离婚!这么多年完全不在一起,现在提出来好像有点荒唐!可是非得如此不可。没有别的法子!"问题是——"他忽然接触实际起来,

"由哪一个提出呢？她,还是我？是她丢掉我的。她欠的债她还！我想,总会有个人的。"他不自觉地狞笑一声,转身回公园巷去了。

第五章　詹姆士疑心生暗鬼

管家亲自来开门,把门轻轻地关上,留着索米斯站在门内擦脚垫上。

"少爷,老爷不很好呢,"他咕噜说,"他不去睡觉,非要等你回来;现在还在餐厅里。"

索米斯小声地回答,在这所房子里现在已经习惯这样了。

"他是什么缘故,瓦姆生?"

"烦神,我想是。也许是出殡的事情;也许是达尔第太太今天下午来过。我看他耳朵里总听到什么话了。我给他送了一杯尼格斯酒进去。太太刚才上楼。"

索米斯把帽子挂在一根桃花心木做的鹿角上。

"好吧,瓦姆生,你可以去睡了;我自己搀他上楼。"说了就走进餐厅……

詹姆士坐在一把大圈椅上,向着火,穿了大礼服的肩头裹了一条驼毛披肩,又轻又暖,长长的白下须垂在上面。灯光下映出一头还不算稀的白发;一双淡灰眼睛出神地瞪着,两颊依然相当红润,上面黏糊糊的有些泪痕,又深又长的皱纹,一直拖到蠕动着的刮得精光的嘴角,像在喃喃自语。两条长腿,瘦得像鹭鸶,穿着黑白格子呢的裤子,弯成比直角还小一些的角度,一只瘦长的手放在膝盖上动个不停,指头张开,长指甲闪闪放光。在他身边一只矮凳上放了一杯尼格斯酒,喝了一半,杯子外面凝聚些水珠。一整天中间,除掉吃饭的时间,他就坐在这里。虽则八十八岁了,他的身体还很健旺,可是总觉得人家什么事情都不告诉他,弄得非常苦恼。他怎么会知道罗杰今天下葬的,真叫人弄不明白,因为爱米丽始终都瞒着他。爱米丽总是把事情瞒着不告诉他。爱米丽才七十岁!詹姆士很不痛快自己的妻子这样年轻。有时候想到自己已经没有多少年好活,而她却还可以活上好多年,他真懊悔;早知如此,就不该娶她。这是不合情理的。他死了之后,她还可以活上十五年到二十年,说不定要用上一大笔钱;她总是喜欢乱花。据他知道的,那些汽车她说不定就想买下一辆。茜席丽和莱西尔和伊摩根和所有那些年轻人——现在全都骑那些自行车了,什么地方都去乱闯。现在罗杰又故去了。他真不知道——也说不出来!这个家要垮了。索米斯总会知道自己的叔父留下多少钱。奇怪的是,罗杰在他的脑子里只是索米斯的叔父,而不是他的亲兄弟。索米斯!他愈来愈感觉到,在这样一个什么都在消灭的世界里,索米斯是唯一的一块踏脚石。索米斯为人谨慎;好心肠;可是没有一个可以继承他产业的人。就是这样!他真弄不懂!还有张伯伦那个家伙!原来詹姆士的政治主张在一八七〇年到一八八五年之间已经定了型;在那些年头里,那个"混蛋的过激派"简直是财产的死对头,尽管他后来投诚,他到今天还是不相信他;这个人会把国家搞得一团糟,非要把钱贬得不值钱决不罢休;是个坏星宿!索米斯上哪儿去了?当然他是去送殡的,这件事他们想瞒着不告诉他。他完完全全知道;他看见儿子的裤子就知道了。罗杰!罗杰也进棺材了!他还记得两个人在西部上学,一八二四年一同坐在那部旧式的慢邮车的驾驶座上回来,罗杰溜进下面行李厢,睡着了。詹姆士发出一声无力的干笑。一个可笑的家伙——罗杰——专会独出心裁!他可不懂得!比他年纪轻,可是进了棺材!这个家要垮了。还有法尔要读大学;现在从不来看他了。他在大学里可要花很大一笔钱呢。这是个浪费的时代。他的四个外孙要花他的这笔很大的钱在他的眼前活跃起来。并不是给他们钱花他不痛快,他不痛快的是花了这么多钱,将会给他们带来多大的危险,这一点他非常着急;他不痛快的是怕会弄得保不住家业。现在茜席丽嫁了,她说不定也会有孩子。他不知道——也说不出来!这个年头,人都是什么事不想,只想花钱,到处乱闯,照他们的说法来"快活一下"。一辆汽车在窗外开过去。顶讨厌的东西,轰隆轰隆闹得这样厉害!可是话又说回来,国家也是闹得稀里哗啦的!人都是那样匆匆忙忙的,连个派头都不顾了——像他的四轮马车和栗色马,那种漂亮的排场足可以抵得上所有这些新式的东西。还有公债到了一百十六!国内的钱一定着实不少。还有这个老克留格尔!她们想把老克留格尔的事情瞒着他。可是他比她们清楚;南非的事情一定弄得很棘手!当初格莱斯顿那个家伙——感谢上帝,现在总算死了——在马尤巴①那次糟糕事件之后,就弄得一塌糊涂,那时候他就知道事情不妙了。敢说总要把这个大英帝国闹得四分五裂、不可收拾才算完。整整有一刻钟的工夫,他眼睛看见的只是这个帝国闹

---

① 马尤巴山在德兰士瓦共和国边境八英里以内。1880—1881年,英国入侵时,英国的乔治·考莱率领600人于1881年2月26日夜占领这座山;但次日清晨即被布尔人扫荡净尽,考莱阵亡。当时格莱斯顿任英国首相,所以詹姆士归罪于他。

得不可收拾的情形,简直紧张到了极顶。就因为这样,他连午饭也没有吃好。可是,他的真正的精神灾难是在午饭后才发生的。他正在打瞌睡,忽然听见讲话的声音——声音很低。啊,他们什么事情都不告诉他!是维妮佛梨德和她母亲的声音。"蒙第!"那个达尔第家伙——永远是那个达尔第家伙!声音去远了;剩下詹姆士一个人,耳朵竖得像只兔子,五脏六腑都吓得直打抖。她们为什么撇开他呢?为什么不来告诉他?一个可怕的念头,多年来一直盘踞在他脑子里的事情,迅速地变得真实了。达尔第破产了——骗人家钱弄得破产了;为了挽救维妮佛梨德和几个孩子,他——詹姆士——只好出钱了结!他——或者索米斯——有什么法子把达尔第变作个有限公司呢?不成,他也没有办法!就是这样糟糕!在爱米丽回来之前,每一分钟都使他的疑心增加得更厉害。呀,说不定是假签字呢?詹姆士眼睛盯着墙壁中间那张看不准的透纳油画望,就像受着刑罚一样。他看见达尔第关进监牢,几个外孙流浪街头,自己睡在床上。他看见这张看不准的透纳在乔布生行里拍卖,看见自己所有的产业的华厦搞得七零八落。他幻想维妮佛梨德穿着过时的衣裳,幻想爱米丽的声音说:"哎,詹姆士,不要闹了!"她总是说:"不要闹了!"她就像是没有知觉似的。他就不该娶一个比他年轻十八岁的女子。接着是爱米丽真正的声音:

"你睡得好吗,詹姆士?"

睡觉!他在这里活受罪,她却问他这种话!

"达尔第是什么事情?"他问,目光闪闪望着她。

爱米丽永远是那样镇静的派头。

"你听到什么呢?"她温和地问他。

"达尔第是什么事情?"詹姆士重复一句,"他破产了。"

"胡说!"

詹姆士大力挣扎一下站起来,挺起木柴似的身体。

"你什么事都不告诉我,"他说,"他破产了。"

爱米丽看出这时候只有打破他死心眼儿的一法,别的事都只好不管。

"他没有破产。"她毅然决然回答,"他去了布宜诺斯艾利斯。"

如果爱米丽说"他上了火星",她给詹姆士的震动也不会比这句话更厉害些;他的想象完全局限在英国的财产里,这一个地方和那一个地方同样搞不清楚。

"他上那儿做什么!"他说,"他没有钱,他带了什么呢?"

爱米丽本来为着维妮佛梨德的事情着恼,而且詹姆士这样经常的哭丧着吵闹已经不止一次了,人也激动起来,就泰然说:

"他带了维妮佛梨德的项链和一个跳舞女人。"

"什么!"詹姆士说,坐了下来。

看见他忽然瘫了,爱米丽着了慌;她摸摸他的额头,就说:"现在,不要闹了,詹姆士!"

詹姆士的双颊和额头顿时抹上一层猪肝色。

"那项链还是我付的钱呢,"他抖着说,"他是个强盗!我——我早知道会是这样。他要我的老命;他——"他找不出话来骂,坐着一动不动。爱米丽自命很了解他,这时倒慌了起来,就向放挥发盐的橱柜走去。她可没有看出,在那个颤抖的瘦身躯里,福尔赛的坚韧精神正在发动,抗拒着这种因福尔赛主义受到破坏而引起的过分刺激,那里面蛰伏的福尔赛精神在说:"你切不能难过,切切不行。你吃的午饭要不消化的。你要晕过去!"爱米丽的眼睛看不见,可是这个声音对于詹姆士要比挥发盐有效得多。

"把这个喝掉。"她说。

詹姆士挥开。

"维妮佛梨德管的什么事呢,"他说,"让他把项链给偷了去?"爱米丽看出危机过去了。

"她可以拿我的项链,"她泰然说,"我从来不戴的。她还是离婚的好。"

"你又来了!"詹姆士说,"离婚!我们家从来没有人离过婚。索米斯哪里去了?"

"他就要回来了。"

"不会,他不会就回来,"詹姆士说,简直其势汹汹,"他去送殡了。你以为我一点不知道。"

"那么,"爱米丽平心静气说,"我们把事情告诉你了,你就不应当这样闹。"她给他把靠垫拍拍松,把盐汽水放在他旁边,就出去了。

可是詹姆士坐在那里,眼前出现了种种幻象——维妮佛梨德向法院提出离婚,报纸上把福尔赛家的名字揸了出来;黄土盖上罗杰的棺材;法尔学他父亲的样;想到他付钱买的而永远再不能看见的项链;想到利息又跌到四厘钱,国家闹得不可收拾;从下午挨到黄昏,喝完了茶,吃完了晚饭,这些幻想就变得更加混乱,更加惊心动魄——他想到她们什么事情都不告诉他,最后弄到自己倾家荡产,一文不名,她们还是一点不告诉他。索米斯哪里去了?他怎么还不回来呢?……他一只手抓那杯尼格斯酒,举起来正要喝时,

才看见儿子站在那里看他。他唇间发出一声叹息,如释重负;他把杯子放下来,说:

"你来了!达尔第上了布宜诺斯艾利斯!"

索米斯点点头。"没有关系,"他说,"走掉好。"

詹姆士脑子里感到一阵安慰。索米斯已经知道了。索米斯在这些人里面是唯一有见识的人。为什么他不能住到家里来呢?他自己又没有一个儿子。他凄然说:

"我这样年纪容易烦神。我希望你家里能多来来,孩子。"

索米斯又点点头;一张面具似的脸一点显不出他已经懂得詹姆士的意思,可是他走近点,就像很随便的样子碰了碰父亲的肩膀。

"悌摩西家里的人问候你,"他说,"丧事很顺当。我去看了维妮佛梨德来的。我预备打官司。"他心里想:"对了,可是不能让你知道。"

詹姆士抬起头来;长白胡子抖着,瘦喉颈夹在硬领的尖角中间,望上去就像一片赤裸裸的软骨。

"我整天都非常不好,"他说,"他们什么事情都不告诉我。"

索米斯心里挣扎了一下。

"不要紧。没有什么大不了的事情。你现在上楼好吗?"他一只手来搀父亲的胳膊。

詹姆士顺从地颤颤抖抖站起来;父子两个缓缓走出那间被灯光照得很华丽的房间,到了楼梯口,非常之慢地上了楼。

"晚安,孩子。"詹姆士在卧房门口说。

"晚安,爹。"索米斯回答。他一只手拍拍披肩下面的袖管,里面的胳膊瘦得就像没有东西似的;卧房门口射出的灯光照见索米斯转过身去,走上额外一级楼梯,进了自己的卧房。

"我要个儿子,"他坐在床边上想,"我要个儿子。"

第六章 不再年轻的乔里恩

　　树是不理会时间的;当年波辛尼来到罗宾山坡子上面草地上,四仰八叉躺在这棵橡树下面,对索米斯说:"福尔赛,我给你找到房子的理想地点了。"现在这棵树看上去还是一点不老。自从那次下来,斯悦辛曾经在它的枝柯下做过梦,老乔里恩曾在这下面死去。现在,靠近那个秋千架,这位不再年轻的乔里恩时常就在这里作画。把世界上所有的名胜放在一起,这个地方在他眼中恐怕是最最神圣的了,因为他和自己的父亲感情很好。
　　他时常望着这棵合抱的大树——树身已经皴裂,而且长了苔藓,可是还没有蛀空——遐想着时光的飞逝。这棵树可能目睹过整个英国的真实历史;敢说,从伊丽莎白王朝起就有了。他自己这短短的五十年和它的木头比起来简直比不上。等到树后面这座房子——现在是他的房子——上了三百年而不是十二年的时候,这棵树说不定还在这里,长得又大又空——说实在话,哪一个胆敢砍下这个有神物护持的东西呢?那时候房子里说不定还住着一个福尔赛,气势汹汹地保卫着它。想到这里,乔里恩又盘算这所房子上了三百年的时候将会成为什么样子。房子墙上现在已经长满了藤萝——全没有新房子的气象了。三百年后,它会不会仍旧安然无恙,并且保持着波辛尼赋予它的庄严呢?会不会已经被这个伦敦巨人包围起来,兀立在一片荒野似的破烂房屋中间,像一个避难所呢?不论在室内或者在室外时,他都时常想起当年波辛尼造这所房子,是如有神助似的。他真的把心交给了这座房子。将来说不定会成为那些"英国之家"里面的一个——在这种江河日下的建筑年代里,一座房子造成这样是稀有的成就。这时候爱美的精神和他的继续占有的福尔赛意识联合起来,他觉得自己能有这样一座房子很快意,而且很值得骄傲。他打算把这房子子子孙孙传下去;这里很有点虔敬和祖先崇拜的味儿(便是一个祖先也没有关系)。他父亲曾经喜爱过这所房子,喜爱这片风景,这些园地和这棵树;他的余年便是在这里快乐地度过的,而且在他以前并没有人在这里住过。作为一个画家来说,过去在罗宾山住的这十一年是乔里恩一生中最最成功的时期。他在水彩画方面现在已经很出名,到处都出风头。他的画卖上很大的价钱。他以自己血统的顽强专门研究运用这一种媒介,现在终于"发"了——迟是迟了一点,可是这个人家的人,都是自认为必定不死的,那也就不算太迟。他的艺术的确变得深蕴了,提高了。为了配得上他的身份起见,他特地留了短短一簇美髯,现在正开始花白,而且遮起他那个福尔赛的下巴;一张深黄的脸上已经看不见他在放逐时期那种牵强的神情——他的容貌如果有什么改变的话,那就是看上去反而年轻了些。一八九四年他的妻子故去;虽说是一件家庭间的痛事,但是到头来对于大家都有好处。他其实自始至终都爱自己的妻子,原因是他这人本来多情,可是她却变得愈来愈难缠了;她忌妒他前妻的女儿琼,甚至于忌妒她自己的小女儿好丽,而且不绝地抱怨乔里恩不爱她,因为她病成这个样子,"对什么人都没有用,还是死掉好。"她逝世之后,他哭得很伤心,可是人倒看上去年轻了些。如果她在世时能够相信自己使他幸福,那么这二十年夫妇之间就要快乐得多!

琼跟她的关系从来就没有真正搞得好过,她总是恨她代替了自己的母亲;自从老乔里恩逝世之后,她就在伦敦租下一间画室之类的房子住下来。可是她的继母一死,她就回到罗宾山,事无巨细一把抓在她坚决的小手里。乔里那时候读哈罗公学;好丽还跟布斯小姐读书。家里既然没有什么放不下的事情,乔里恩就携着自己的画箱和悲痛上国外去了。他在国外到处跑,大部分时间消磨在布列塔尼,最后才在巴黎定居下来。他在巴黎住了七个月,回来时就带了一副年轻相和那簇短短的美髯。他本来就是个随遇而安的人,所以由琼来统管罗宾山对他倒是十分合适;这样他就可以无拘无束,随时带着画具,什么地方好就上什么地方去。固然,琼总是想把这所房子看作她那些可怜虫的收容所;可是乔里恩自己也经过那些不容于社会的日子,所以对于一个为社会所摈弃的人,心里永远充满了同情,因此琼的那些"可怜虫"跑来并不使他生气。只管让她找他们下来,请他们饱啖一顿好了;而且虽则他微微带着讥讽的幽默,看出这些人不但打动了他女儿的仁慈心肠,也同时奉承了她的大爷脾气,他却始终佩服她能找到这么多的可怜虫。说实在话,近年他对待子女已经愈来愈采取一种不即不离的友善态度,把他们看作就像自己的平辈一样,简直出了格。有时候他到哈罗公学去看儿子乔里,他简直分不清究竟哪一个大,跟儿子坐在一起,从一个纸袋子里掏樱桃吃,脸上带着亲热而讽刺的微笑,眉毛皱了起来,嘴唇微屈。他袋子里总记得放些钱,而且衣服总要穿得时新些,免得儿子的脸上不光彩。两个人顶要好,可是从来没有一个机会谈谈体己话,因为双方都有那种福尔赛的敏感,而且不相上下。双方都知道碰到困难时两个人会站在一起,可是不需要讲出来。乔里恩最最吃不消的就是一副道学面孔——一半是因为人生来是有罪的,另一半也是因为自己早年有过那些"离经叛道"的行为。他跟儿子如果有什么话要讲的话,那就顶多只能这样:

"你听我说,孩子,不要忘记你是个有身份的人。"接着又会想入非非,怀疑这样讲话究竟算不算势利眼。最叫人吃不消,而且尴尬的是两个人一同去看那一年一度的板球大比赛,因为乔里恩的中学时代是在伊顿读的。① 在比赛的时间中,两个人总是特别当心,碰到对方的学校失手,自己高兴时,就会叫"好啊!啊呀,倒霉,孩子!"或者"好啊!啊呀,糟糕,爹!"这样地相互不绝打招呼。碰到这样场合,乔里恩为了顾全儿子的面子起见,总是舍去平日的硬呢帽不戴,换上一顶灰色大礼帽,黑大礼帽他可受不了。儿子进牛津大学时,乔里恩也陪了他一同去,自己又好笑,又谦卑,外加上一点点担心,不要使这个孩子在同学中间被人看不起,因为那些年轻人看上去好像比他还要老成,还要大得多。他时常想,"好在我是个画家,"——他早已放弃在劳埃德保险社的保险员职务了——"完全与人无争。你没法瞧不起一个画家——你也没法真正把他当作一回事。"原来乔里天生有一种高贵派头,一来就加进一个小圈子,使他的父亲看了暗暗好笑。这个孩子头发的颜色很淡,稍微有点拳,眼睛是他祖父的深铁灰色眼

---

① 伊顿和哈罗是英国两个有名的中学,每年必定要举行体育比赛。

睛;高高大大的身材,腰杆笔挺,很投合乔里恩的审美观念;就像画家们羡慕自己同性的健康美时总有点畏惧似的,他对儿子也有那么一点点畏惧。可是那次去牛津,他真个鼓起勇气来劝诫了儿子,下面就是他的话:

"我说,孩子,你一定会弄得欠债;你记着,欠了债马上就来找我。当然,我是会付的。不过一个人花钱有个打算,将来就会更加看得起自己,这句话你不妨记着。而且切切不要向人家借钱,除掉向我借,行吗?"

当时乔里说:

"好的,爹,我决不借钱。"他果然从此没有借过钱。

"还有一件事情。我也不大懂得什么叫道德不道德,不过有一点:永远在你做一件事情之前,想一想是不是万不得已才伤害一个人的,这样想很有好处。"

乔里显出深思的神气,点点头,随即抓着父亲的手紧紧勒了一下。乔里恩接着想:"不知道我有没有资格讲这种话?"他一直担心父子之间的那种相互的默契和信任会一旦丧失;他记得自己曾经有好多年丧失了父亲的信任,因此两个人之间感情虽则很好,却从来不形于辞色。不用说,他是低估了这个时代的精神的;他不知道自从他一八六五年进了剑桥之后,时代已经变了;他可能也低估了自己儿子的理解力,因为在乔里的眼中看来,他这人简直是随和到了极顶了。就由于这样随和——可能和他的怀疑主义也有关系——他对琼总是那样莫名其妙地怀有戒心。琼就是那种很有主见的人;知道自己要干什么;想要一样东西,不达到目的决不甘休——后来又会迫不及待地扔掉,往往如此。她母亲过去就是这样,所以流了那一大堆眼泪。这并不是说他跟女儿的关系和过去跟她母亲的关系处得一样坏。在女儿的事情上，一个人可以一笑置之；跟老婆你可没法一笑置之。看见琼那样下巴鼓起来，一门心思地做一件事情，对他并无所谓，因为基本上她并不妨碍到乔里恩的自由——一谈到自由，他自己的下巴也会鼓出来，而且那个装在花白胡须下面的下巴也很坚强。两个人没有什么知心话要说，一点没有必要。自我解嘲一下就完了——事实上他时常就是这样。琼最大的毛病是从来够不上他的审美观念，虽则就她的金红头发、海蓝色眼睛和那一点武士般的奋斗精神来说，本来也还是过得去的；好丽就完全不同了，人温柔娴静，怯弱而且多情，在某些地方又带一点淘气味儿。他对这个小女儿特别感觉兴趣，从她孩提时起就一直留心看着。她会不会长成个美人儿呢？长了那样一副鹅蛋脸，灰色的深思的眼睛，褐色的长睫毛，她说不定会是个美人，也说不定不会。一直到去年他才算看出一点。对了，她会长成个美人——皮肤稍嫌黑一点，永远是那样羞答答的，可确实是个美人。她现在是十八岁，布斯小姐已经告退；在这十一年中，那位出色的女人脑子里一直就想着"那些有教养的小泰洛"，现在，换了一个人家，她的心里又会激动地想起那些"有教养的小福尔赛"了。她教好丽讲法文跟她自己讲得一样好。

　　乔里恩虽则并不长于画像，可是替小女儿已经画了三幅。这一天是一八九九年十月四日，乔里恩正给好丽画着第四幅像时，用人送上来一张名片，使他看了眉毛都抬了起来：

索米斯·福尔赛	
鉴赏家俱乐部，	栖园
圣詹姆士街。	买波杜伦

可是写到这里,这部世家又得离开正题一下……

那一年乔里恩上西班牙旅行了几个月,回来时看见房子的窗帘全拉了下来,小女儿茫然哭泣,自己的慈父安静地长眠着;他本来是那样一个容易感受而且心地慈祥的人,这些情景他从来没有能够忘怀,而且看上去永远也不会忘怀。还有,他每想到这个惨痛的日子,想到自己的老父一生行事都是那样有条不紊,那样冷静,那样光明磊落,会这样不明不白死去,心里总不免怀着疑窦。他简直信不过自己的老父会不说出自己的打算,不给儿子留下遗言,不正式和家人诀别,就这样突然撒手。小好丽有一搭没一搭地提到一个"浅灰衣服的女子",布斯小姐提到一位"爱伦"①太太,使他如堕五里雾中,一直等到他读了父亲的遗嘱和遗嘱后面附项,才算清楚一点起来。他是遗嘱和附项的执行人,有责任去通知伊琳——他堂弟索米斯的妻子——这笔一万五千镑的遗赠,只是动利不能动本,终她的天年。他曾经去看过伊琳,告诉她这笔指定拨在她名下的款子全部是印度股票,每年除去所得税外,净利将是四百三十镑多一点。他看见索米斯妻子这还是第三次——不过她现在究竟是不是索米斯的妻子,他也说不准。他记得第一次看见她坐在植物园里等候波辛尼——一个楚楚动人的美人儿,使他想起提香的《天堂之爱》;第二次是在获悉波辛尼死耗的那一天下午,他父亲派他上蒙彼利埃广场去向她报信。他还记得那时候她突然在客厅门口站出来——一张美丽的脸上从狂热的希望转为冰冷的绝望;他还记得自己心里起一种怜惜,记得索米斯发出一声狞笑,同时说"我们不见客",就砰

---

① 是布斯把海隆的姓照法文读的。

的一声把门关上。

现在第三次见面,她的容貌和身条显得更加美了——那些狂热的希望和失望全消失了。乔里恩看着她时,心里想:"对了,你恰恰就是爹喜欢的那种女子呢!"他父亲那段离奇的残夏逐渐在他脑子里变得清晰起来。她谈到老乔里恩时带着尊敬,并且含着眼泪,"他待我太好了,我真不懂是什么缘故。他坐在树底下那把椅子上,看上去那么美丽,又那么安静;你知道,我是第一个跑来看见他睡在那把椅子上的。天气是那样好。恐怕没有比这样一个结局更幸福的了。我想我们都愿意这样子死去。"

"很对!"他当时想,"我们全都愿意在这样一个盛夏时节,同时有一个美人从草地上向我们走来时死去呢。"

他把那间几乎是四壁萧然的小客厅稍稍扫视一下,就问她现在有什么打算。"我打算稍微享受一下,乔里恩大哥。一个人自己能有点钱真不错。我从来就没有过钱。我想,这个公寓还是住下去;已经住习惯了;可是我现在能够上意大利去走动走动了。"

"一点不错!"乔里恩咕噜了一句,眼睛望着她微带笑意的嘴唇;离开时,他心里想:"真是个迷人的女子!太可惜了!我很赞成爹留给她这笔钱。"后来就没有见过她,可是每一季他都要给她开一张支票,解进她在银行里的户头,同时给她住的切尔西公寓写个便条,说款子已经解进银行;每次他都收到一封简短的复信,告诉他款子收到,一般是从公寓那边寄出,但有时候是从意大利寄来的;接触到那张微微有点香味的浅灰色信纸,一手娟秀的直体字,和那句"亲爱的乔里恩大哥",使他时常觉得如见其人。他现在也是有产业的人了,当签发那张为数不大的支票时,他时常会想起:"恐怕她不过勉强够用罢了。"接着又会设想,如果不是有这一笔钱,不知道她怎么混下去呢,在这样一个世界里,那些男人哪个会随便放过美色的。开头,好丽还不时讲到她,可是"浅灰女子"不久便在儿童的记忆里消失了;还有琼,在她祖父逝世的最初几个星期里,只要有人提到她过去密友的名字时,她总是闷声不响,这样也就不便多提。只有一次,琼算是明白表示了意见:"我已经原谅她。我非常高兴她现在不求人了……"

乔里恩接到索米斯的名片,就对女佣说——男管家他最吃不消——"请他在书房里坐,说我即刻就来;"接着他望望好丽,说:

"你记得那个常来教你弹琴的'浅灰女子'吗?"

"当然,怎么?她来了吗?"

乔里恩摇摇头,没有开口,一面脱掉粗麻布的套衫,换了一件上褂;这些旧事,他忽然看出,跟年轻人还是不说的好。当他向书房走去时,他一张脸上活活是一副古怪而迷惑的神情。

站在落地窗前面的是一个中年男子和一个青年人,正从走廊向那棵橡树望出去;他盘算:"那个男孩子是谁?他们自己没有生过孩子啊。"

年长的一个转过身来。这两个第二代的福尔赛比起第一代来还要虚情假意得多;在这所为第一个造的,而现在为第二个所有而且居住着的房子里,两个人见面时特别显得有点勉强,同时表面上却看出要装得亲热。"他来是为他妻子的事情吗?"乔里恩盘算着;索米斯心里想:"我怎么开口呢?"法尔——本来带他来是打破僵局的——吊儿郎当地站在那里，在深浓的睫毛下面打量着这个"山羊胡子"。

"这是法尔·达尔第，"索米斯说，"我的外甥。他正要进牛津大学。我想到倒可以给他介绍跟你的孩子认识。"

"哦！可惜乔里不在家。上哪个学院？"

"布雷兹诺兹学院。"法尔回答。

"乔里是在基督教会学院。他一定很高兴来看你的。"

"多谢。"

"好丽在家——你要是不怕和女亲戚接近的话，可以叫她带你去逛逛。你到厅堂里穿过那些窗帘就可以找到她。我刚才还给她画像呢！"

法尔又说了一声"多谢"，就跑掉了，剩下两弟兄仍然僵着。

"我在水彩画俱乐部里看见你几张画。"索米斯说。

乔里恩眼睛眨了眨。他跟福尔赛家人总有二十六年没有什么接触，可是在他的脑子里，这些人都使他想到弗里思[①]的《德比的跑马大赛日》和兰西尔的那些雕刻画[②]。他听见琼说索米斯是个鉴赏家，这就更使他讨厌。他而且感到一种说不出的厌恶心情。

"好久没有看见你了。"他说。

"好久没有见了，"索米斯含糊回答一下，"还是——老实说，我就是为了这件事情来的。我听人说，她的事情是你

[①] 威廉·鲍威尔·弗里思(1819—1909)，英国画家，作品以《德比的跑马大赛日》这张画最出名。

[②] 埃德温·亨利·兰西尔(1802—1873)，英国的名动物画家，作品由其父约翰·兰西尔和其兄汤姆·兰西尔雕刻行世。

管的。"

乔里恩点点头。

"十二年不是一个短时间,"索米斯迅速说,"我——我是厌了。"

乔里恩找不出适当的话回答,只好说:

"你抽烟吗?"

"不抽,谢谢你。"

乔里恩自己点起一支香烟。

"我要解除我们的关系。"索米斯没头没脑地说。

"我并不跟她碰面。"乔里恩吐着烟咕噜了一句。

"可是你知道她住在哪里,我想?"

乔里恩点点头。他并不预备告诉他,那要先得到伊琳同意。索米斯好像看出他想的什么。

"我不要知道她的住址,"他说,"我早就知道了。"

"你究竟打算怎样呢?"

"她抛弃了我。我要离婚。"

"有点像明日黄花,是不是?"

"是啊。"索米斯说。两个人都沉默下来。

"这些事情我不大清楚——至少,我已经忘记了。"乔里恩说时勉强笑了一下。他自己就是一直等到自己前妻死了之后才获得离婚的。"你要我找她谈谈吗?"

索米斯眼睛抬起来望着堂兄的脸。

"我想她总有个人。"他说。

乔里恩的肩膀耸了一耸。

"我一点不清楚。我觉得你们两个人都可以当作对方死掉了一样。这种情形很普通。"

索米斯转身望着窗外。散落在走廊上是一些早凋的橡树叶子,正在风中卷着走。乔里恩望着好丽和法尔的后形,正穿过草地向马厩走去。"要我两面做好人可不行,"他心里想,"我要给她撑腰。爹如果活着,一定赞成我这样。"有这么一刹那,他好像看见自己的老父坐在那把旧圈椅里,就在索米斯身后,跷着腿,手里拿着《泰晤士报》。一会儿就不见了。

"我父亲很喜欢她。"他泰然说。

"他为什么要喜欢她,我真不懂。"索米斯答,头也不回过来,"她害了你的女儿琼。她害了每一个人。她要的我都给了她。我甚至于愿意——饶恕她——可是她宁可离开我。"

乔里恩心里很可怜他,可是听到这种严峻口吻,连可怜也可怜不起来。这个家伙是什么缘故使人没法同情呢!

"你愿意的话,我可以去找她谈谈。"他说,"我想她说不定愿意离婚,不过我什么都不清楚。"

索米斯点点头。

"好的,务必请你去一趟。我说的,她的住址我知道;可是我不想见她。"他的舌头尽在舔嘴唇,就好像嘴唇很干似的。

"你喝杯茶好吗?"乔里恩说,把一句"同时看看房子"的话咽了下去。他领前走进厅堂。拉铃喊人预备茶时,他走到画架前面把自己作的画翻过来向着墙。不知道为什么,他很不愿意自己的作品被索米斯看见。索米斯这时正站在这间大屋子中间;当初打样时,就准备特地在墙上留出足够的地方给索米斯挂他自己那些藏画的。乔里恩望着自己堂弟的脸,和他自己一样都是那副福尔赛家的相貌,下巴鼓出来,狭狭的轮廓,凝神的派头;他心里想,"这个家伙永远不会忘掉什么事情——也决计不会有一句真心话的。这个人真是可悲!"

第七章　少男少女

　　小法尔离开两个福尔赛第二代时，心里在想："这趟下来真没意思！索米斯舅舅上算了。不知道这个女孩子怎么样？"他预计不会跟她玩得开心，忽然间他看见她站在那里望他。怎么，她很美呢！真运气！

　　"恐怕你不认识我吧？"他说，"我叫法尔·达尔第——我们是表兄妹，你知道。我母亲是你姑姑。"

　　好丽的一只纤手还让他握着，不好意思抽开；她说：

　　"我们的亲戚我一个都不认识。人多吗？"

　　"一大堆。讨厌得很——多数的人，至少，我也不知道——有几个是如此。亲戚大都这样，可不是？"

　　"我想他们也会觉得别人讨厌。"好丽说。

　　"我不懂得他们为什么要觉得。当然，他们不会觉得你讨厌的。"

　　好丽看看他——一双浅灰的眼睛带有幽怨和天真，小法尔看见时，忽然觉得自己一定要保护她。

　　"我的意思是说人与人之间各有不同，"他机警地接上一句，"譬如说，你父亲看上去就非常正派。"

　　"哦，当然啦！"好丽热烈地说，"他是正派。"

　　法尔两颊红起来，想起在庞地梦尼姆剧院里那幕情景——一个插粉红石竹花的黑汉子忽然变作自己的父亲!"可是你不知道那些福尔赛家人的滋味,"他简直带有恶意地说,"哦!我忘了;你不认识他们。"

"他们怎么样呢?"

"哦!小心翼翼到了极顶。谈不上一点义气。你看看索米斯舅舅那个样子!"

"我倒想看看。"好丽说。

法尔想挽起她的胳膊,又抑制住自己。"不必了,"他说,"我们到外面去走走。你一会儿就会看见他的。你哥哥怎么样?"

好丽领他上了走廊,到了草地上,并不答话。她没法形容乔里;从她有记忆时起,乔里在她的心目中一直就是她的领袖,她的主人和理想。

"他欺负你吗?"法尔狡狯地问,"我们在牛津会碰头的。你们养马吗?"

好丽点点头。"你要不要看看马房去?"

"也好!"

两个人经过橡树下面,穿过一片稀疏的小树丛,进了马厩的院子。钟楼下面躺着一头蓬松的棕白二色的狗,已经老得站都站不起来,只能轻微地摆动着反贴在背上的尾巴。

"这是伯沙撒,"好丽说,"很老了——老得不成样子,跟我差不多大。可怜的老东西!它对爹顶忠心。"

"伯沙撒!怪名字!它不是纯种,你看得出吗?"

"不是纯种!可是顶惹人疼。"她说时弯下身去把狗拍拍。她又温和又柔顺,深颜色的头发没有戴帽子,纤柔的颈子和手晒得黄黄的;在法尔的眼中,她是又陌生又可爱,和他已往的经验全然不同,然而又那么亲切。

"爷爷去世时,"她说,"它两天都不肯吃东西。你知道,它看见他死的。"

"是老乔里恩爷爷吗?妈总说他是个好人。"

"当然。"好丽简简单单地回答,把马厩的门打开。

一匹五英尺来高的栗色马,身上一块块银灰色的斑点,站在散厩里,鬃毛和长尾巴都是黑的。"这是我的马——叫仙女。"

"呀!"法尔说,"一匹很不错的小马。可是你应当把尾巴剪短。看上去要漂亮得多。"随即看见她茫然的神气,他忽然想:我一点不知道——她喜欢什么!他深深嗅一下马厩里的空气。"马真是有趣得很,可不是?我父亲——"他停止不说。

"怎么?"好丽说。

他几乎忍不住要把心里话倾吐出来,不过总算被他忍着。"噢!我不知道——他时常在马身上糟掉不少的钱。我也很迷——骑马啊,打猎啊。赛马我也非常喜欢;我很想做一个业余的赛马手。"他忽然忘记自己只能在伦敦再耽一天,而且已经有两个约会,就冲口而出说:

"我说,明天我去租一匹马,一同上里士满公园去遛一趟,你说好不好?"

好丽拍手赞成。

"当然好呀!我就喜欢骑马。可是乔里有匹马,你何不就骑他的?就在这里。我喝了茶就去。"

法尔迟疑地望望自己穿长裤子的腿。他想象这双腿,要穿上棕色长统靴和灯芯绒裤,在她眼睛里一点没有瑕疵才行。

"我不大想骑他的马,"他说,"他也许不高兴。而且索米斯舅舅恐怕就要回去了。倒不是我甘心受他挟制,你知道。你恐怕从来没有过一个舅舅吧?这个畜生倒还不错。"他接上一句,一面打量乔里的那匹枣红马;那马正朝他眨眼睛。"我想,你们这里恐怕不大打猎吧?"

"不打,打猎我倒不想。一定很有意思;可是残忍,你说对不对?琼就这样说。"

"残忍?"法尔脱口而出,"哦,那全是狗屁。琼是哪一个?"

"我姐姐——不是一个母亲生的——比我大得多。"她举起两只手捧着马的两颊,用鼻子去擦马鼻子,轻轻哼着;马就像受了催眠一样。法尔打量着她倚在马鼻子的脸颊,她的眼睛对他闪闪发光。"她真是个小鸟。"他心里想。

回到大房子去时,两人之间的谈话少下来;老狗伯沙撒随在后面,比世界上任何东西都走得慢,而且显然指望他们不要走得使它赶不上。

两人已经走到橡树下面,停下来等伯沙撒跟上。"这地方真不错。"法尔说。

"是啊,"好丽说,叹了口气,"当然我想各处去跑跑,我愿意我是个吉卜赛女人。"

"对了,吉卜赛女人最快活。"法尔回答,这个见解是他刚才有的,"你知道,你就有点像吉卜赛女人。"

好丽脸上突然泛上红霞,就像深暗的叶子被太阳照成金黄一样。

"没头没脑到处乱闯,把什么都见识到,而且吃饭睡觉就在露天底下——呀!这多么够味儿?"

"我们也来!"

"对了,我们也来!"

"一定有意思透顶了,就是我跟你两个。"

好丽随即看出不对头,脸红了。

"对了,我们一定要做。"法尔顽固地说,可是脸也红起来。"你喜欢做的事情我认为都可以做。那边是什么?"

"是菜园、池子和小树林,还有农场。"

"我们下去看看!"

好丽回头朝房子望一下。

"喝茶了,我想是;爹在招手呢。"

法尔像只狗哼了一声,随着她向大房子走去。

两人重新走进那间有回廊的厅堂;看见两个中年的福尔赛正在一起喝茶,两人就像受了禁止似的,立刻沉默下来。眼前这幕情景的确给人的印象很深刻。一对堂弟兄并排坐在一把嵌花的长椅上,形状就像三张银红色的椅子拼起来的,前面放了一张矮茶几。两个人都坐得远远的,好像故意挑选了这个位置,避免面向着对方;两个人都只顾喝茶吃点心,不大讲话——索米斯的吃相就像是瞧不起那些点心,乔里恩的神情像在暗笑自己。不留心的人会当作他们并不怎样贪嘴,其实两个人都装了不少营养下肚。两个年轻人由人送上茶点,也都不声不响地进行吸收。一直等到抽烟阶段,乔里恩才问索米斯:

"詹姆士二叔好吗?"

"多谢,很龙钟了。"

"我们家的人真了不起,可不是? 那一天我从我父亲的家传《圣经》上查了一下十个老辈子的年纪。平均是八十四

75

岁,还有五个活着。他们一定会打破纪录。"说时他模样很怪地对索米斯看看,又接上一句:

"你晓得,我们可不是他们那样了。"

索米斯笑了;那意思好像说,"你当真认为我会承认自己比不上他们?你以为我有什么东西,尤其是生命,会随随便便放手么?"

"我们也许会活到他们的年纪,"乔里恩又说下去,"可是你知道总是吃亏在过敏性上,不同的地方就在这里。我们失掉了信念。这种过敏性几时有的,怎样有的,我从来就弄不明白。我父亲有一点,可是福尔赛家其他的人,我知道就从来不曾有过。他们从来不会用别人的眼光看自己,这是绝妙的延年术。这一个世纪的全部历史就表现在我们两代的差别上。还有,在我们和你们之间,"他接下去说,从烟圈里滑稽地盯着法尔和好丽看看,弄得他们两个很不好受,"还有另外一种差别。我也不知是什么。"

索米斯掏出表一看。

"我们再不走,"他说,"要赶不上火车了。"

"索米斯舅舅从来不肯误掉火车的。"法尔咕了一句,嘴里塞满了点心。

"为什么要误掉?"索米斯简短地回答。

"噢,我不知道,"法尔咕哝着,"别的人可误掉。"

在门口时,他悄悄地把好丽的瘦削的黄手使劲勒了好一会。

"明天我候你,"他低声说,"三点钟。我在路口等你;省得找。我们痛快地遛一下。"他到了园门口,回头望望她;如果不是有碍自己城里人的身份,就会向她招手。这时候,他舅舅找他谈话,他可没有心思理睬。可是他不用害怕。索米斯一直都保持着十足的沉默,心里充满了辽远的思绪。

甥舅两个一路走去时,黄叶纷纷在他们身边落下来;在多年前那些日子里,这一英里半的路程索米斯是时常走的;每次下来看房子造得怎样,心里都暗暗得意。造这所房子原是预备他和那个女子住的,而现在却要解除这个女子对自己的约束。他一度回头望望夹在淡黄篱落中间的那条无穷尽的秋色小径。真是如同隔世!"我不想见她。"他刚才跟乔里恩说。这是真的吗?"我也许还得见她一下。"他在想。他打了一个寒噤,突然觉得没来由地毛骨悚然,就像人家说的听见自己坟墓上的脚步声一样。世界多冷酷啊!多怪啊!他从侧面把自己外甥瞄了一眼,心里想:"我最好像他这样年纪!不知道她现在怎么个样子了!"

第八章　乔里恩当起委托人

索米斯甥舅走后,天已经快黑了,所以乔里恩并没有重去作画;他走进书房;适才在一刹那间看见他父亲坐在那把褐色的大皮圈椅上,跷起腿,从圆圆的大额头下面抬起一双目光锐利的眼睛凝望着;现在他有意无意地很想能再看见一下。这间小书房是全幢房屋里最舒适的一间;乔里恩时常在这里和他的亡父有那么片刻的心灵相通。并不是他真正相信什么精神不死——这种感觉不大合逻辑——毋宁说是一种气氛的感染,就像香味,或者像画家的眼睛特别容易从形体或者光线效果所感受到的那种强烈精神印象。还有,只有在这间他父亲生前消磨时间最多的小屋子里——屋内的陈设一点没有变——只有在这里能够使他重新感到自己的父亲并没有全然离开人世,感到自己父亲的老谋深算和坚强而仁慈性格的力量仍旧继续存在着。

眼看着这出老悲剧像旧病一样又要复发,他父亲会有怎样的指示呢——这个在他一生最后几个星期中最最受他赏识的女子,现在遭到这样的威胁,他会有怎样的忠告呢?"我一定要为她出一把力,"乔里恩想,"他在遗嘱上把她托付给我的。可是究竟出什么力呢?"

就像是想要重新获得那个老福尔赛生前的沉着、机智和世故似的,他在那把旧圈椅上坐下,跷起腿来;可是只觉得自己像个影子坐在那里;心头没有涌起一丝灵感。外面的风像手指一样敲着落地窗,窗格子上的光线已经暗了下来。

"去看她一次?"他想,"还是约她下来呢?她前些时怎么过的呢?现在不知道又是怎么情形?在这种时候搅这种臭茅坑,真是可恨。"他堂弟当年那副嘴脸又突现在他眼前了:一只手搭着漂亮的橄榄绿漆大门,形象非常鲜明,就像老式时辰钟报点时出现的那些人儿一样;而且他当时讲的那些话在乔里恩耳朵里也比任何钟声清晰:"我的事情不要人管。我已经跟你说过,现在再对你说一遍:我们今天不见客。"他当时对索米斯极端厌恶——瘦削的两颊,胡子剃得光光的,神气完全像只斗牛狗;腰杆微伛,就像是望着一根自己消化不了的骨头似的;这些当时都引起他极端的厌恶。现在这种厌恶又引起来,跟过去一样强烈,甚至于还要强烈些,连他自己都觉得奇怪。"我讨厌这个人,"他想,"从心底里讨厌他。这样也好;反而更容易支持他的妻子。"乔里恩本来一半是艺术家,一半是福尔赛,生性就不喜欢"吵吵闹闹的"——照他自己的说法;只要不触怒起来,他非常符合那句形容母狗的老话:"它宁愿逃走,不愿打架。"他的胡子挂上一丝微笑。真够讽刺的,想不到索米斯会跑到这儿来——跑到这所他替自己造的房子里来!张口结舌地望着这片自己过去心愿的废墟;偷偷地就着那些墙壁和楼梯,闻闻嗅嗅,估量着一切!乔里恩忽然有了个直觉:"我敢说这个家伙到现在还想住在这里。他对自己曾经一度占有过的东西是永远不能忘情的!我一定要对付他,且不管怎样对付法;可是多么头痛啊——头痛极了。"

当晚他给切尔西公寓去了一封信,问伊琳可肯见面一谈。

这个老大的世纪,过去曾经亲眼看见个人主义的花朵开得如日中天,现在正面临着一个风暴将临的黄昏。伦敦在暑假末尾本来就是闹哄哄的,现在战争的谣言使它看上去更加活跃了。乔里恩虽则不大进城,这些街道在他眼中看来简直有点疯狂的神气;都怪这些新兴的汽车和出租汽车,因为和他的审美眼光格格不入。他从自己的马车里数了数这些车子,发现每二十部车子里就有一部。"一年前还是三十部里有一部呢。"他心里说,"已经站住脚跟了。这一来,车轮的声音就要骨碌骨碌吵得更加厉害,臭气更加四溢呢。"原来乔里恩对任何新兴事物,只要具备物质形式,他都是反对的,在自由党里这种人很少见,而他恰恰就是一个。因为这个缘故,所以他告诉车夫赶快避开拥挤的街道,到了河边,打算从秋老的悬铃木帘幕里凭眺一下河流。那座小公寓就在离河边五十码的地方;马车开到时,他告诉车夫等着,自己走上二楼。

是的,海隆太太在家!

他还记得八年前上这小公寓来给她送佳音时,那种四壁萧然的情形,现在有了固定的收入,虽则为数甚微,那气派一眼就看出和过去大大不同。屋内一切陈设都清雅绝俗,而且隐隐闻得出花香。整个的色调是银灰色,偶尔一两处点缀些黑色、蓝色和金黄。"真是一个风雅女子。"乔里恩对自己说。岁月对于乔里恩很留情,因为他是个福尔赛。可是岁月对于伊琳好像连碰都没有碰一下——至少乔里恩的印象是如此。她穿了一条深灰色的丝绒裤子,深褐色的眼睛和深金黄的头发,站在那里,看上去一点也没有老。她伸出手来,带着微笑说:

"请坐好吗?"

他坐在椅子上大概从来没有感觉这样局促过。

"你的样子一点没有变。"他说。

"你看上去更年轻了,乔里恩大哥。"

乔里恩两只手搔搔头发,他对自己的头发这样多感到一种快慰。

"我是老了,可是自己不感觉老。绘画就有这点好处,能替你保持青春。提香活到九十九岁,如果不是瘟疫,还不会送命呢。你知道,我第一次看见你时就想到他的一张画?"

"你第一次看见我是在什么时候?"

"在植物园里。"

"你怎么知道是我呢,以前又没有见过我?"

"我看见一个人上来找你,才知道的。"他大胆望着她,可是她脸上神色不变,平静地说道:

"是的;隔了几世了。"

"你的驻颜术是什么呢,伊琳?"

"心如死灰的人都保养得非常之好。"

哼!心如死灰的人!伤心语!可正是一个开头,他就凑上去。"你记得我的堂弟索米斯吗?"

这句话问得有点突兀,他看出她微微好笑,立刻接下去说:"他前天跑来看我!要离婚。你愿意吗?"

"我?"这个字好像从心坎里叫了出来,"事隔十二年?未免太迟了一点。会不会有困难呢?"

乔里恩死命盯着她的脸看。"除非——"他说。

"除非目前我有个情人。可是那事之后,我从来就没有过。"

这些简短而坦率的话他听了究竟有什么感觉呢?是宽

心,诧异,还是怜悯!维纳斯十二年没有一个情人!

"不过,"他说,"我想你也巴不得能够自由呢,对不对?"

"我也不知道。现在还有什么关系?"

"可是如果你万一爱起来呢?"

"我当然愿意。"她这句简单的回答好像把一个不容于世的人的全部哲学都概括了。

"好吧!你有什么话要我转达给他呢?"

"你只说,他没有能够自由,我很抱歉,他有过这样的机会。我不懂得他为什么没有利用。"

"因为他是个福尔赛;你知道,我们是从来不放弃什么的;除非指望有别的东西可得的时候,那自然又当别论;不过就是那样,也不一定就放弃。"

伊琳笑了。"你呢,乔里恩大哥?——我觉得你就肯放弃。"

"当然,我有点像混合种——不是纯粹的福尔赛。我开支票从来不把半便士扣掉。总是添半个便士上去。"乔里恩不安地说。

"那么,索米斯现在放弃我,他指望的什么呢?"

"我也不懂;也许是儿子吧?"

她半晌默然,头低下去。

"对了,"她低声说,"是苦痛的。我如果做得到的话,倒愿意帮助他得到自由。"

乔里恩瞠目看着自己的帽子,愈来愈觉得窘;同时对这个女子也愈来愈佩服,愈奇怪,愈怜惜。这样娇艳,又这样孤单;这事完全是活闹鬼。

"好吧,"他说,"我反正得去看索米斯。如果有什么事情要我做的话,你只管吩咐。我虽然不行,也还可以像先父那样照应一下,所以你不要见外。不管怎样,我和索米斯谈话之后,有什么事情,我都会告诉你的,说不定他自己会拿出些办法来。"

她摇摇头。

"你知道,他不会的。他是有名誉地位的人;我什么也没有。我很愿意他能够自由;可是我想不出有什么办法帮助他。"

"眼前我也想不出。"乔里恩说,随即起身告辞。他下楼上了马车。三点半钟!索米斯总还在他的事务所呢。

"去鸡鸭街。"他向窗洞里喊一声。在议院前面和怀特霍尔大街上,卖报人喊着"德兰士瓦局势严重!"可是那些叫嚷简直不引起他的注意;他正在出神,回想着那个美丽的身条,那副温柔而忧郁的目光和那句"那事之后,我从来就没有过"。这样一个心如古井的女子,她的日子是怎样过的呢?孤孤单单一个人,没有一点儿保护,所有男人的手都指着她,或者毋宁说,都伸手向着她,只要稍许有一点暗示,就会一把将她抓着。然而年复一年她却这样活下来了!

凌驾在来往行人上面的一声"鸡鸭街",把他唤回到现实世界中来。

青豆色底子上漆了一行黑字:"福尔赛,勃斯达,福尔赛律师事务所"。他看了招牌,劲头鼓了一点起来,一面走上石级楼梯,一面咕噜着:"腐臭透顶的占有权!哎,我们还是少不了它!"

"我找索米斯·福尔赛先生。"他对开门的小伙子说。

"您贵姓?"

"乔里恩·福尔赛。"

小伙子看看他,觉得奇怪,从来没有看见过一个福尔赛留下须的,就溜了进去。

"福尔赛,勃斯达,福尔赛律师事务所"已经逐渐把屠丁-保尔斯律师事务所合并,占据了整个二楼楼面。事务所里现在只剩下索米斯和一些管理员和练习生。詹姆士约莫在六年前完全退休了,生意因此反而好起来;勃斯达洗手不干之后,生意更是百尺竿头再进一尺;许多人都认为勃斯达的精力是在佛莱雅控告福尔赛的案子上消耗光的;这个官司愈来愈打得难解难分,而且看上去对于过去那些受惠的人也没有什么可贪图的了。索米斯在实际问题上比较头脑清楚,所以从不肯在这件案子上动脑筋;相反,他早已看出老天已经在这件案子上不折不扣长年送给他二百镑,所以——又何必不拿呢?

乔里恩走进事务所时,看见这位堂弟正在抄一张公债数字表;这些他预备向他的那些公司建议,要抢在别家公司前面立刻拿到市上抛出,他侧过脸来看了一下,就说:

"你好?等一下。请坐,好吗?"他抄下三个数目字,用一根尺压着原来的地方,就转身望着乔里恩,一面啃着自己扁食指的一侧。

"怎么样?"他说。

"我去看过她。"

索米斯眉头一皱。

"那么?"

"她始终念念不忘旧情。"

说了这话,乔里恩心里顿时不过意起来。他的堂弟一张脸涨成暗红,红里泛黄。这个倒霉鬼,他怎么想到来开他的玩笑!"我的意思是说,她对你没有自由很抱歉。十二年是很长的一段时间。法律是你的本行,你懂得比我清楚,有没有办法可想,你应该知道。"索米斯发出一声古怪的短啸,两个人整整有一分钟没有说话。乔里恩望着那张红晕迅速消退的窄脸,心里想,"就像蜡做的!他心里想的什么,或者打算采取什么行动,决不会在我面前露出一点来。就像蜡做的!"他把视线移到墙上挂的小镇地图上,这个新兴的小镇叫作"海上小街",地图上画的是它的未来景象,引诱着那些到事务所来的当事人的占有欲。他脑子里忽然来了一刹那的怪想:"不知道我这次跑来会不会给我开张账单——与乔里恩·福尔赛商谈我的离婚事件,听取他访问我妻子的经过,并且指示他再去看她,十六先令八便士。"

索米斯猛然说:"我不能再这样下去。我对你说,我不能再这样下去。"两只眼睛向左右张望,就像走投无路的野兽似的。"他的确痛苦,"乔里恩想,"不能因为我不欢喜他,就忘掉这个,也不应该。"

"当然,"他温和地说,"事情全在你自己。一个男人认真要解决时,往往能找到路子。"

索米斯转身正面向着他,那声音就像从心灵深处发出来的。

"我为什么还要吃苦呢?我已经吃了不少苦了,为什么还要吃呢?"

乔里恩无话可答,只好耸耸肩膀。他的理智同意这种说法,他的本能却起反感;是什么缘故他也说不出。

"你父亲,"索米斯继续说下去,"对她很关切——天晓得是什么缘故!我想你也关切吧?"他狠狠看了乔里恩一眼,

"看上去好像一个人只要能够做一件对不起别人的事情,就可以得到所有的同情。我不懂得我究竟错在什么地方——从来不懂得。我一直待她很好。不管她想什么东西,我都给她。我并没有不要她。"

乔里恩的理智又点点头;他的本能又摇摇头。"这是什么道理?"他心里想,"我这个人一定有什么地方不对头。可是如果这样的话,我宁可不对头,不愿意对头。"

"归根结底,"索米斯一脸阴狠的样子,"她过去总是我的妻子。"

倾听的对方脑子里掠过一种想法:"占有欲来了! 的确,我们都占有东西。可是——人! 呸!"

"你得看事实说话,"他淡淡地说,"或者说,看有没有事实。"

索米斯带着疑心迅速地看他一眼。

"有没有事实?"他说,"是呵,可是我就不大相信。"

"请你原谅,"乔里恩说,"她的话我已经告诉你了。一点不含糊。"

"根据我的经验,我从来就不肯盲目听信她的话。将来看好了。"

乔里恩站起来。

"再见。"他简短地说。

"再见。"索米斯回答;乔里恩走出事务所,一面竭力想捉摸他堂弟脸上那种一半惊异、一半威胁的神情。他向着滑铁卢车站走去时,心情非常激动,就像自己的道德面具被揭下来一样;坐在火车里,他一路上都想着伊琳在她的冷清公寓里,想着索米斯在他的冷清事务所里,想着两个人的生命同样没来由地被冻结着。"这叫骑虎难下!"他心里想,"两个人都下不了台,两个人都被套住脖子——而其中一个的脖子还是那样地美!"

第九章　法尔知道了

践约在小法尔·达尔第的生活里还没有成为怎样的大事；因此，两个约会没有去在他全不放在心上；倒是跟好丽骑马出游之后，从罗宾山颠着回城里来的时候，使他更加感到出乎意料。好丽骑着她那匹栗色银灰斑、长尾巴的小驹，在他看来，比昨天愈加美丽了；而且，在他们两小时的偕游中，从头到尾好像只有他的马靴发出亮光；这是他在雾沉沉十月黄昏和伦敦外围自我检查出来的。他掏出自己的新"猎人"金表①——詹姆士的礼物——并不看上面的时间，而是察看打开表壳子里面发亮部分映出来的自己一部分脸。自己一道眉毛上面有个临时的瘰疬，这使他很不高兴，因为好丽刚才一定看了不喜欢。克伦姆脸上从来就没有什么斑记。想到克伦姆，连带就想起在庞地梦尼姆站池里的那一幕情景。今天他丝毫没有打算向好丽倾吐他父亲的事情。他父亲缺乏诗意，而且十九年来在他还是第一次感到诗意在心里洋溢着。自由剧院以及那个几乎像是神话的欢乐化身辛茜雅·达克；庞地梦尼姆以及那个年纪说不上来的女子——在法尔刚和这个羞怯的深色头发的新表妹亲近之后，这两者好像已经完全不在

---

①　表面有盖子的一种怀表。

心上了。她骑马骑得很不错,所以在里士满公园那一段长长的驰道上,让他领前随便地带着她跑,就愈加使人觉得受用,其实她在这上面比他好得多呢。回顾一下全部的经过,他对自己那样讷讷不能出口的情形简直迷惑不解;他觉得只要再碰上这种机会,他一定能够讲出一大堆"逗人"的话来;一想到明天就要回小汉普顿去,而且十二日要去牛津——而且参加那个讨厌的考试——走之前连和她见个面的机会都没有,他的心情就黯然下来,甚至比夜色黯然得还要快。不过,他应当写信给她,而且她也答应写回信。也许,她也会上牛津来看他哥哥。当他骑马走进斯隆广场边上的巴狄克马房时,这个希望就像黄昏时第一颗星照了出来。他下了马,舒舒服服伸了个懒腰,因为足足骑了有二十五英里路了。他的达尔第天性使他和小巴狄克拉呱了有这么五分钟,谈的是剑桥州赛马哪匹马最有希望;后来说了声"把马钱记在我的账上",就走了,膝盖有点合不拢来,一面用自己有节的小马鞭轻敲着马靴子。"我一点不想出去,"他心里说,"这是最后一晚,不知道妈肯不肯给我来点香槟!"有了香槟和脑子里的回忆,他总还可以在家里消磨一个夜晚。

他洗了个澡,下楼来穿得洁无纤尘;看见自己母亲穿了一件低领子的晚礼服,神情诡秘,而且使他着恼的是在座的还有索米斯舅舅。他进来时,两个人中止了谈话;后来他舅舅说:

"还是告诉他好。"

这句话当然是指他父亲的一切事情,可是他听见时,第一个想起的却是好丽。会不会是什么下流事情?他的母亲开口了。

"你父亲,"她说,那声音仍旧做作得很时髦,一面手指扯着那块海绿色的绣花,相当可怜相,"你父亲,我亲爱的孩子,已经——他并不在纽马克特;他上南美洲去了。他——他离开我们了。"

法尔看看她,又看看索米斯。离开他们!他难受吗?他喜欢不喜欢自己的父亲呢?好像他自己也不知道。后来,猛然间——就好像吸进一口栀子花香味和雪茄烟似的——他的心在里面扭了一下,他真的难受起来了。自己的父亲总是自己的,不能这样就走掉——这是不行的!他也不总是庞地梦尼姆站池里的那样一个"流氓"。关于他,也还有些可贵的回忆,缝衣店里,赛马,上学校时一点零钱,有时运气好时,一般在他身上也肯大花其钱。

"可是为什么?"他说;随即就懊悔自己这样问,理由是他也算个漂亮人物,他母亲那张面具似的脸显得非常痛苦;他脱口而出说:

"好吧,妈,不必告诉我了!不过,这是什么意思呢?"

"恐怕要离婚,法尔。"

法尔微微发出一声古怪的呻吟,迅速把自己舅舅看上一眼——这个舅舅,过去他一直都认为是对于他有这样一个父亲的一种保险,这是从小就灌输的;甚至于对于他自己血液里的达尔第性格是一种保险。那张两颊瘦削的脸好像在抽搐,这使他慌起来。

"不会闹出去吧,会不会?"

他想起过去报纸上许许多多的离婚案件,他自己眼睛盯着那些不大得体的细节看的情形,简直活现在眼前。

"有没有法子偷偷地离掉呢?太丢脸了——对于——对妈——对大家。"

"一切都会尽量地不宣扬出去,你可以放心。"

"对了——可是,为什么非要离婚不可呢?妈又不要重新嫁人。"

他自己,家里的女孩子,他们的姓氏,弄得多么不光彩——在他的同学和克伦姆,和牛津的那班人,和——好丽的眼中。太吃不消了!这样有什么好处?

"你要嫁人吗?妈?"他厉声问。

这一来弄得维妮佛梨德没法再讳言自己的想法了,而问话的又是她在世界上最最钟爱的人;维妮佛梨德从自己坐着的帝国时代大椅子上站了起来。她看出,如果不把事情全部说出,她儿子就会恨她;可是怎么能告诉他呢?就这样,一面仍旧扯着那块锦缎,她向索米斯盯着看。法尔也盯着索米斯看。肯定说,这个上流人士和财产意识的代表决不会希望自己的亲妹子受到这样的责难!

索米斯用一把裁纸刀缓缓地划着一张嵌花桌子的光滑桌面;后来,眼睛也不看着自己外甥,开始说:

"你不知道你母亲二十年受的什么罪。这不过是一点尾声罢了,法尔。"他斜睨了维妮佛梨德一眼,又说:

"要不要我告诉他?"

维妮佛梨德不作声。如果不告诉法尔,他就会恨她!然而,听到他的亲生父亲会做出这种事情来,将使他多么难受呵!她紧闭着嘴唇,点点头。

索米斯说得很快,声音一点没有高低:

"他一直就是挂在你母亲脖子上的一个累赘。你母亲屡次替他还债;他时常喝醉酒,威胁你母亲;这一次他跟一个跳舞女人跑到布宜诺斯艾利斯去了。"就像是不大信得过这些

话对这孩子产生应有的效果似的,他很快地又说:

"他把你母亲的珍珠项链偷了送给那个女人了。"

法尔听到这句话,手甩了一下。维妮佛梨德看见这个痛苦的姿势,叫出来:

"得了,索米斯——不要讲了!"

在法尔的心里,达尔第血液和福尔赛血液在斗争着。欠债,喝酒,玩跳舞女人,他还有相当的同情;可是偷项链——不行!这太过分了!忽然间,他觉得自己母亲的手紧握着自己的手。

"你看出吗,"他听见索米斯说,"我们没法子把事情圆起来了。事情总要有个限度;要打铁就得趁热。"

法尔挣脱自己的手。

"可是——你决不能——决不能把项链的事情捅出来!我受不了——简直受不了!"

维妮佛梨德大声叫出来:

"不,不,法尔——不啊!这不过是叫你看出你父亲是多么不堪!"他舅舅听了这话点点头。法尔稍稍平静下来,取出一支香烟。这只弯弯的扁香烟盒子还是他父亲买给他的。唉!太叫人吃不消了——而且正在他要上牛津的时候!

"能不能不离婚使母亲得到保障呢?"他说,"我可以照应得了她。将来真正非离婚不可时再离,反正随时都可以提出的。"

索米斯嘴边浮出一刹那的微笑,接着气愤起来。

"你不懂得你说的什么话;在这种事情上,再没有比拖延更坏的事了。"

"为什么?"

"我告诉你,孩子,最坏的事就是拖延。我是亲身体验过的。"

他的声音带有着恼。法尔眼睛睁得多大地望着他,他就从来不知道他舅舅流露什么情绪过。哦!对了——他现在想起来了——从前有过一个伊琳舅母,出了什么事情——关于这件事,人人都讳莫如深;他听见他父亲谈到她时用过一个不能出口的字眼。

"我不想说你父亲的坏话,"索米斯坚决地说下去,"可是我对他太熟悉了,有把握说,一年不到的时间他就会回到你母亲的身边来。你可以想象得到,在这次事情之后,他回来对于你母亲以及对于你们全家是怎样的一个滋味。唯一的办法是把关系断掉。"

法尔虽则不以为然,可是动容了;这时他碰巧看看自己母亲,这才真正体会到自己的好恶并不是最最重要的;在他也许可以说还是第一次。

"好吧,妈,"他说,"我们愿意支持你。不过,我愿意知道几时提出来。你知道,这是我的第一个学期。我不想事情闹出来的时候还留在那边。"

"哦!乖儿子,"维妮佛梨德咕噜了一句,"对你真是个麻烦。"从她脸上的表情看来,她就是以这样的措辞表示她最深切的遗憾;这在她已经成为习惯了。"几时呢,索米斯?"

"没法说——总还要好几个月。我们先得要求批准复核。"

"这搞的什么鬼?"法尔心里说,"律师真是些蠢东西!还要好几个月!有一件事情我是肯定了;晚饭决不在家里吃!"

他说:

"真对不起,妈,我现在可得出去吃晚饭了。"

虽则这是他在家里的最后一个晚上,维妮佛梨德简直感激地点点头;双方都觉得在情感流露上两个人都做得有点过头了。

法尔向格林街走去,想在雾蒙蒙的空气里舒散一下心情,一直走到皮卡迪利大街时,他才发现身上只有一个半先令。一个半先令可吃不了什么晚饭,而他又很饿。他企盼地望望伊昔姆俱乐部的窗子,想到过去时常跟自己父亲在那里吃得非常考究!那些项链!这是没法子说得过去的!可是他心里越盘算,而且越是走得远,肚子自然越饿。回家当然谈不上,除此以外,他就只有两处可以去,公园巷他外祖父家里,和湾水路悌摩西家里。这两处,哪一处比较不讨厌些呢?在他外祖父家里,他大概马上就可以吃到一顿比较好的晚饭。在悌摩西家,他们盼望你去时会请你大啖一顿,不盼望时就休想吃得到。他决定上公园巷去,同时也还被另一个念头打动了,那就是他上牛津而不给他外祖父一个机会给他一点零用钱,对于双方都不大说得过去。当然,他母亲会知道他上了公园巷,可能会觉得蹊跷;可是他也没法想了。他按一下铃。

"哈啰,瓦姆生,你说,有我的晚饭吃吗?"

"他们刚才进去,法尔少爷。福尔赛先生看见你一定很高兴。午饭的时候他还说近来简直看不见你的人呢。"

"那么,我现在来了。你把肥牛犊宰了①,瓦姆生,来点香槟。"

瓦姆生微笑——在他的眼睛里,法尔是个"小促狭鬼"。

---

① 暗用《新约·路加福音》第15章浪子回家的故事。

94

"我要问问福尔赛太太,法尔少爷。"

"我告诉你,"法尔咕噜一句,一面脱下大衣,"我现在已经不是中学生了,你知道。"

瓦姆生并不是一个不懂风趣的人,他打开那只鹿角衣架后面的门,说道:

"太太,法科勒斯先生。"

"混蛋!"法尔想,一面走了进去。

爱米丽给他一个热烈的拥抱,"怎么,法尔呀!"詹姆士微带颤声说,"你这总算来了!"他的自尊心又恢复了。

"你为什么不预先通知我们?现在只剩羊胛肉了。"爱米丽说,"香槟,瓦姆生。"两个人就接着谈下去。

那张可以伸缩的大餐桌子已经缩得最短了;在这张桌子下面,多少条时髦的腿都曾经休息过;这时詹姆士坐在桌子的一头,爱米丽坐在桌子的另一头,法尔就坐在他们中间;他们的四个孩子现在都已羽毛丰满飞走了,两个老人显得非常寂寞,这一点连法尔也多少感觉到。"我希望不要老得像外公这样就死掉。"法尔想,"可怜的老东西,他瘦得就像根铁条呢!"他外祖父正跟瓦姆生谈论着汤里放糖的事,所以法尔把声音放低下来,向爱米丽说:

"家里真吃不消,外婆。我想你知道了。"

"知道的,乖乖。"

"我出来时,索米斯舅舅还在那里。我说,不离婚难道就没有办法可想吗?为什么他急得那样非离婚不可呢?"

"哦!乖乖!"爱米丽咕噜着,"我们瞒着你外祖父呢。"

桌子那一头来了詹姆士的声音。

"什么?你们讲的什么?"

"讲的法尔的学校,"爱米丽回答,"小巴里塞也上那个学校,詹姆士;你记得吗——他后来几乎把蒙特卡洛的银行都挤倒了。"

詹姆士喃喃地说他不知道——法尔在学校一定要自己当心,不要染上坏习气。他带着忧郁把自己外孙看看,在忧郁中隐隐露出不信任的慈爱。

"你知道,我担心的,"法尔眼睛看着盆子说,"是钱接济不上。"

他靠本能觉察到这个老头儿的弱点,就是担心自己的外孙和外孙女生活没有保障。

"哦,"詹姆士说,他汤匙里的汤经这一来全淌掉了,"你可以有一笔很可观的津贴,不过你可不能超出。"

"当然,"法尔喃喃地说,"如果是可观的话。有多少呢,外公?"

"三百五十镑;真是不少。我在你这样年纪时,简直什么钱也没有。"

法尔叹口气。他本来希望四百镑,同时又害怕只有三百镑。"不知道你那个表哥拿多少,"詹姆士说,"他也上牛津。他父亲很有钱呢。"

"你没有钱吗?"法尔大胆地问。

"我吗?"詹姆士回答,慌了起来,"我有这么多的开销。你父亲——"他不响了。

"乔里恩表哥家里的地方真不坏。我跟索米斯舅舅下去过——马房太好了。"

"啊!"詹姆士带有深意地咕噜一声,"那座房子——我早知道会是怎样'结果'!"他一面啃着鱼骨头,一面陷入忧郁的深思。他儿子的悲剧,和这出悲剧在福尔赛家族中造成的深刻裂痕,仍旧有股力量把他拖进疑虑和惶惑的旋涡里。法尔渴望谈谈罗宾山,因为谈罗宾山就等于谈好丽,他转身对爱米丽说:

"那座房子当初是不是就是替索米斯舅舅造的?"看见爱米丽点一下头,又继续说:"我真想你能跟我谈谈他的事情,外婆。伊琳舅母后来怎样?她还在吗?"他今天晚间对于某些事情非常兴奋。

爱米丽用一根指头抵着嘴,可是,伊琳两个字已经传进詹姆士的耳朵。

"讲的什么?"他说,一块羊肉就停在嘴边,"哪个看见过她吗?我知道自从那次之后,我们就没有听见过她的消息。"

"没有,詹姆士,"爱米丽说,"你吃你的饭。谁也没有看见过谁。"

詹姆士放下叉子。

"你又来了,"他说,"也许非要等我死掉,你才肯告诉我。索米斯是不是要离婚?"

"胡说,"爱米丽带着无比的镇静说,"索米斯是极其懂事的。"

詹姆士伸手去摸自己的颈子,把两簇长白腮须和颈皮、颈骨全都抓在手里。

"她——她一直都是——"他说,只有这一句闷葫芦,谈话就中止了,因为瓦姆生这时已经回来。羊胛肉下面是点心、咸菜和水果、甜食,再下面是到手的一张二十镑的支票和他外祖父的一吻——跟世界上任何接吻都不同,就好像抑制不了自己似的,嘴唇猛然向前这么一戳;可是到了穿堂里,他又恢

97

复进攻了。

"跟我谈谈索米斯舅舅的事情,外婆。为什么他这样急于要妈离婚呢?"

"你索米斯舅舅,"爱米丽说,声音故意显得若无其事的派头,"是个律师,乖儿子。他当然懂得怎么样做最好。"

"是吗?"法尔咕噜着,"可是伊琳舅母后来怎样呢?我记得她长得非常漂亮。"

"她——嗯——"爱米丽说,"行为很不好。我们都不谈它。"

"对了,我也不要弄得牛津那边人人都知道我们的事情。"法尔猛然说,"这种办法太野蛮了。为什么不能够私下把父亲约束住,非要捅出来不可呢?"

爱米丽叹口气。她过去一直就生活在离婚的气氛里,原因是她自己就有那种赶时髦的习气——那些曾经把腿搁在她桌子下的人,有许多都已经弄得臭名昭著了。可是碰到自己家里人时,她跟别的人一样不喜欢。不过她出名地讲究实际,而且是一个敢说敢为的女人,放着实际不管,去追求一个影子,决不是她的为人。

"你母亲,"她说,"如果能够完全自由的话,她就会快乐一点,法尔。晚安,乖乖;到了牛津不要穿花花绿绿的衣服,目前不大时兴这样。这是给你的。"

手里又弄到一张五镑钞票,心里感到一点点温暖——他原是喜欢外婆的——法尔出了公园巷。雾气已经被风吹散了,秋天的树叶子沙沙作响,星儿在照耀着。口袋里有这么多钱,他那个"看看生活"的冲动又在心里作怪了;可是向皮卡迪利大街的方向走了还不到四十码远时,好丽的一张羞答答的脸在他眼前出现了,一双眼睛严肃之中夹着顽皮劲儿;他的手好像握在她温暖的戴手套的手里,有点发抖,"真该死,"他心里想,"我要回家!"

第十章　索米斯迎新……

　　河上已经是深秋了,可是天气仍旧很好;黄叶下面,夏天依旧逗留着。那天星期天早晨,索米斯在他靠近买波杜伦的河滨花园里,有好多次眺望天气。他亲手拿鲜花在自己的碇船①上到处插起来,把那只平底船也收拾好,预备吃过午饭,提议带她们到河上去逛。他把那些中国式的靠垫放在游船上,自己也弄不清是不是巴望带安耐特单独去坐船。她太美了——他能保得了自己不识轻重地讲些收不回来的话吗?走廊上的玫瑰还在开着,那些篱笆还是青枝绿叶的;眼前这片景色可以说没有一点点深秋的情调扫人兴致;然而,他仍旧感到心神不宁,左不是,右不是,对于自己是否能够做得恰如其分,简直不放心得有点古怪。这一次邀她们下来是打算让安耐特和她母亲对他的财产有个正确的认识,这样往后碰到他要向她们有所建议时,她们也就不会不放在眼里了。他衣服穿得极其慎重,使自己看上去既不太年轻,又不太老,可喜的是他的头发仍旧又密又光,而且一点没有花白。他有三次上去看看自己的画廊。如果她们稍微在行一点的话,一定一眼就会看出他的收藏至少值上三万镑。他把那间俯瞰河流的卧房也

---

　　① 靠河边的大船,并不开动,仅作为凭眺风景之用。

仔仔细细察看了一下，因为她们要在这间房里卸下帽子。如果——如果事成，安耐特做了他的妻子，这就是她的卧房了。他走到梳妆台面前，用手摸摸那只淡紫色的针囊，上面插了各式各样的针；一盆什锦香料，发出一股香气，使他闻到时头微微偏了过来。他的妻子！如果这事能够就手解决多好，免得心心念念丢不下。先要办好离婚手续，他抑然蹙着额头，向玫瑰花和那片草地外面的明亮河流望出去。拉摩特太太决计不会拒绝自己女儿的这种机会；安耐特也决计不会拒绝她的母亲。只要他获得自由就行！他坐马车上车站来接她们。法国女人真懂得穿戴！拉摩特太太穿的黑衣服，加上一点淡紫的点缀。安耐特穿一件淡紫灰的麻纱，乳白色的手套和帽子；脸上带点苍白，而且十足伦敦派头；蓝眼睛显得很端庄。索米斯站在会客室一扇敞开的落地窗那儿，等她们下来吃午饭；窗外的太阳、花草、树林使他感觉五官非常受用；这种快乐只有青春和美陪伴着自己的时候才能够充分享受到。这顿午饭是他费了好大心思吩咐的；酒是一种特别的苏特恩酒①，所有的菜都点得尽善尽美；在走廊上喝的咖啡可以叫绝。拉摩特太太喝了薄荷酒，安耐特不肯喝。她的风度非常迷人，只是无形中带有那么一点点的"自以为美"的味儿，"对啊，"索米斯盘算着，"在伦敦再住一年，过着这种生活，她就会给毁掉。"

拉摩特太太完全是法国式的兴高采烈，高兴之中带有沉静。"太可爱了！太阳真好！样样都是这样的漂亮，可不是，安耐特？先生真正是个基督山伯爵呢。"安耐特咕噜些附和的话，不时看索米斯一眼，使他猜不出她是什么用意。他提议

---

① 一种甜味的淡白葡萄酒。

坐船到河上去转一转。可是,面对着两个人划船,而其中一个倚在那些中国式的靠垫上是那样的令人心醉,只使人起一种坐失良机的苦痛感;因此他们只朝着潘本的方向划了一小段路,就慢慢顺着河流荡回来,不时看见一片秋叶落到安耐特或者她母亲的肥硕的黑身躯上。索米斯并不开心,尽在盘算:"怎么说——几时说——什么场合说——说什么呢?"这些思绪弄得他很苦恼。她们还不知道他结过婚。告诉她们自己结过婚,说不定会毁掉他的所有机会;可是如果不让她们确实知道他愿意娶安耐特,这朵鲜花说不定在他获得自由之前就会被别人摘去了。

喝茶时,母女两个都只放柠檬。① 索米斯谈起德兰士瓦的局势。

"要打仗了。"他说。

拉摩特太太很不以为然。

"那些可怜的牧羊人啊!"② 为什么一定要干涉他们的事情呢?

索米斯笑了——在他看来,这话问得非常荒唐。

太太是商界中人,当然懂得英国人总不能够放弃自己合法的贸易利益。

"哦! 是这个!"可是拉摩特太太觉得英国人有点虚伪。他们总是讲正义,讲"外地人",不讲做生意。先生还是第一个跟她讲起做生意呢。

"这些布尔人不过是半开化的,"索米斯说,"他们阻碍着

---

① 茶里放牛奶是英国人的习惯。
② 指布尔人。

进步。决计不能放弃我们的宗主权。"

"这句话是什么意思?宗主权!多奇怪的字眼!"这些对私有法则的威胁使索米斯激动起来,同时安耐特的眼睛盯着他望也刺激了他;他振振有词地讲起来。很高兴的是安耐特不久就说:

"我觉得先生是对的。这些布尔人应当给他们一顿教训。"她很懂事呢。

"当然,"他说,"我们应当适可而止。我并不是主张侵略的。我们行动一定要坚决,可是决不鲁莽。上楼看看我的画去,好吗?"在他这些宝物前面一张张走过去,他不久就看出她们一点儿不懂。他的最后一张毛沃,那张《稻草车回家》的精品,她们就像看一张石印那样随便就看过去了。这张伊斯拉埃尔斯是他藏画中的珍珠;伊斯拉埃尔斯的价钱他留意到一直都在涨,现在他差不多肯定说已经涨到头,所以还是再拿来送出去吧。他几乎是提心吊胆地等着看她们对这张画怎么看法。她们连看都没有看。这使他骇然;可是像安耐特这样一张白纸也好,可以慢慢养成她的眼力,比起那些愚蠢的、半生不熟的英国中产阶级的爱好反而吃得消些。在画廊的尽头是一张梅索尼埃①;这张画他觉得有点丢脸——梅索尼埃的价钱一直在跌。拉摩特太太在这张画前面站住了。

"梅索尼埃!呀!真是个宝!"这个名字她从前听到过的;索米斯抓着这片刻的机会,轻轻碰一下安耐特的胳膊说:

"我这个地方你喜欢不喜欢,安耐特?"

---

① 让-路易-埃内斯特·梅索尼埃(1815—1891),法国画家,所以拉摩特太太知道。

她没有退缩,也没有反应;她盯着他看了一眼,眼睛垂下去,低声说:

"哪个不喜欢呢?这样地美!"

"也许有一天——"索米斯说,就不响了。

她是这样美,又这样神态自如——使他害怕。一双淡绿的蓝眼睛,那个乳白脖子的姿态,修长的线条——对于人们的邪念永远是个诱惑!不!不!一个人一定要站稳自己的脚跟——这样就会有把握得多!"我如果拖下去,"他想,"就是逗弄她了。"他过去到了拉摩特太太身边;她仍旧站在那张梅索尼埃前面。

"对了,这是他晚年作品里相当好的一张。你下次一定还要来,太太,在灯光下面看这些画。你一定要下来在这里住一晚。"

太妙了,这些画在灯光下面看上去一定很美呢。而且这条河在月光下面,一定也很爱人!

安耐特低声说:

"你真多情啊,妈妈!"

多情!这个穿黑衣服的、长得顺眼的、世故极深的胖法国女人,多情!猛然间他变得非常有把握肯定这两个人都谈不上多情。这样更好!多情有什么用?然而——!

他陪着她们坐马车上车站,送她们上火车。安耐特的指头在他紧紧握着的手里好像有那么一点点反应,一张脸在夜色中向他微笑。

他回到马车那儿,一面沉思。"你回去吧,约旦,"他跟马车夫说,"我要走走。"他大步走上那些光线暗下来的小街,警戒和占有欲在他心里反复着。"再见,先生!"她这句法国话说得多温柔。要想知道她心里想的什么？这些法国人——她们都是狐狸——你什么都说不出来！可是——多美啊！把这样一个年轻的美人儿抱在怀里，多妙！给自己的继承人弄这样一个母亲！他想到自己的家里人，和他们看见自己讨一个法国妻子时的惊异，想到他们的好奇心，以及自己将会怎样玩弄，怎样打击这种好奇心，不禁微微一笑——这些人都是混蛋！白杨树在黑暗中叹息着；一只猫头鹰呜呜叫；水上的影子更浓了。"我一定要得到自由，"他心里想，"我不能再这样宕着了。我要去看伊琳。要事情成功，就得亲自动手；我一定重新生活——生活、动作，而且存留。"①就像是回答这句古怪的《圣经》句子似的，教堂的钟声响起晚祷的召唤了。

---

① 见《新约·使徒行传》第17章第28节。

第十一章 ……又访旧

星期二那一天傍晚，索米斯在俱乐部里吃过晚饭，就出去干那件需要更多的勇气，而且不需要过分把细的事情；在他的一生中，除掉出世和另外一次行动外①，恐怕还没有做过类似的事情。他选择了晚上，一部分理由是，伊琳晚上在家的可能性比较大，另一部分理由是他在白天就没法下得了十足的决心，需要一杯酒壮壮自己的胆子。

他在切尔西河滨道下了马车，自己一直步行到老教堂；他记得伊琳住的是一幢公寓房子，可是拿不准是哪一幢。后来在一幢大得多的房子后面被他找到了；他看看楼下门牌上的姓名："伊琳·海隆太太"——海隆，果然是她！她的娘家姓；原来又用起这个名字了，气人吗？——他退后两步到了街上，望望二楼的窗子。角上那幢公寓映出灯光，他能听得见有人在弹钢琴。他从来就不喜欢音乐，他以往那些日子里，还对音乐暗恨，因为那时候伊琳每每把钢琴当作避难所，明知道这一行他是进不来的。可恨啊！多年来，原来被他克制着的、暗藏的愤恨终于揭开了！随着音乐带来了苦痛的回忆。一定是她在弹琴；这一来他几乎有十足把握能见到她，却使他站在那里

---

① 指第一部《有产业的人》里面控告波辛尼的行动。

更加迟疑不决起来。预感引起他一阵阵的战栗;他觉得舌头发干,心跳得很快。"我没有理由害怕。"他心里想。接着他的律师头脑在开动了。这件事他是不是做得太蠢呢?恐怕还是应当约好她的代理人一起正式谈一次好吧?不!乔里恩那个家伙,他就同情她,不能当着他谈!决不!他又走进大门,为了使自己的心跳得好些,缓缓走上那一串楼梯,按了门铃。门开时,一阵远远从以往岁月里传来的香气,控制住他的感官。那股香味!就是他时常进去的那间客厅,他自己的那所房子的香味——是干玫瑰叶子和蜂蜜的香味啊!

"就说福尔赛先生,"他说,"你太太肯见的,我知道。"这是他早已想好的;她会当作是乔里恩呢!

女佣进去了,剩下他一个人在那间狭小的穿堂里;墙上一盏蓝灰色罩子的烛杆射出暗淡的灯光,墙壁、地毯、一切东西都很灰,使得墙壁中间的空间显得十分阴惨;他只能够可笑地想着:"我穿着大衣进去呢,还是脱掉进去?"音乐停了,女佣在客厅门口说:

"请进来,先生。"

索米斯走了进去。他木然注意到一切仍旧是银灰色,小钢琴是椴木的。她已经站起身来,斜靠着钢琴;一只手放在琴键上,就像是靠它撑着身体;忽然间按了一下,钢琴发出一阵不调和的声音,停留有这么一刹那,方才放掉。钢琴上有灯罩的烛架,照见她的颈子,衬得脸上相当阴暗,她穿一件黑色晚礼服,肩头上披了一点薄纱之类的东西——他记不起曾经看见她穿过黑衣服,这时脑子里掠过一个念头:"她一个人在家都要穿礼服呢。"

"是你!"他听见她低声说。

这一幕戏在索米斯幻想里已经排演过好多次。可是排演对他毫无帮助。他简直说不出话来。这个他过去曾经那样热烈地要过、完全占有过的女子，十二年不见，没料到一见之下竟然仍旧使他动心得这样厉害。他曾经想象自己，一面说，一面做着，半像生意人，半像法官那样。现在看来，就好像他面对着的并不是一个平常女子，一个行为不检的妻子，而是一种来自自己里面和外面的力量，就像空气一样虚空，一样不可捉摸。他心里涌起一阵防御性的自我嘲笑。

"对了，这是一次古怪的拜访，你身体好吗？"

"谢谢。你请坐。"

她已经离开钢琴，走到一把靠窗的椅子面前，深深坐进去，两只手放在膝上紧紧握在一起。这里光线能够照得到她，所以索米斯这才看见她的脸、眼睛和头发，奇怪的是就跟他记得的一样，也同样异常地美。

他在靠近自己站的地方一把椴木椅子上坐下，椅子垫是银色料子做成的。

"你没有。"他说。

"没有吗？你来有什么事？"

"谈事情。"

"你的要求你哥哥已经告诉我了。"

"那么怎样呢？"

"我愿意。我一直就愿意。"

她讲话的声音既矜持又严峻，身体摆出一种防范的、保卫性的姿势，这些在这时候反而帮了他的忙。千千万万对她的回忆，那些一直对他的防备，这时候浮上了心头。他愤愤地说：

"那么你不见怪的话,能不能告诉我一点事实,使我可以着手呢?总得照法律办事。"

"我能够告诉你的,你都知道了。"

"十二年了!你以为我会相信你这种话吗?"

"我想我说的话你一句也不会相信;不过那都是事实。"

索米斯恶狠狠看着她。刚才说她没有变;现在看出她是变了。并不是变在脸上,脸上是变得更美了;也不在身腰上,身腰只是变得丰满了一点——不是的!她是精神上变了;她有一种地方看上去又活跃又勇敢,而在过去仅仅是消极的抵抗。"哼!"他心里想,"这是因为她有了自己的收入的缘故。可恶的乔里恩大伯!"

"我想你现在过得很舒服了吧?"他说。

"谢谢你,是的。"

"为什么你不让我负担一点?尽管有那些事情,我也会肯的。"

她嘴边淡淡地一笑,可是没有回答。

"你总之仍旧是我的妻子。"索米斯说。他为什么要说这句话,说这句话是什么意思,他在当时以及事后始终搞不懂。说这种废话,简直近乎荒唐,可是引起的后果却叫人意想不到。她从窗座上站起来,有这么半晌站着一动不动,盯着他看。他能看出她的胸口起伏着,接着转过身去把窗子打开。

"开窗子做什么?"他厉声说,"你穿着这种衣服要着凉的。我并不可怕啊。"他发出一阵短促的笑声。

她也回答他一阵笑——轻微的笑声——轻微地,恨恨地。

"这是——习惯。"

"相当老的习惯!"索米斯同样愤愤地说,"把窗子关上!"

她关上窗子,又坐下来。这个女人——这个——他的妻子!已经有了一股力量了!她坐在那里时,他觉得这股力量从她身上发出来,就像一层铠甲似的。他几乎是不自觉地站起来,向她走近一点;他想看看她脸上的表情。她的眼睛毫不畏缩地和他对看着。天哪!这双眼睛多么清澈,被那白皮肤衬得更加呈深褐色,还有那一头火一样的琥珀头发!还有,肩头多么白皙!真是怪感觉!他应当恨她啊!

"你还是告诉我的好,"他说,"离掉了对于我好,对于你也好。当初那件事情太过时了。"

"我已经告诉你了。"

"你难道指望我相信你没有一点事情——没有人?"

"没有人。你得在你自己身上去找。"

这一顶,顶得他很不好受,索米斯向钢琴走了几步,又回到火炉面前,这样来回走着,就像旧日在他们的客厅里自己的心情受不了时常常做的那样。

"这不行,"他说,"你丢掉我的。按照一般道理,应当由你——"

他看见她的白肩膀耸了一下,听见她低低地说:

"是的。为什么那时候你不跟我离婚呢?当时我会在乎吗?"

他停下来,带着一种好奇心凝望着她。如果她真正是一个人过的话,她平日究竟怎样消磨呢?而且当初他为什么不跟她离婚呢?他一面瞪目看着她,一面重又感到她一直不了解他,一直就对不起他。

"为什么你不能给我做个好妻子呢?"他说。

"对了;嫁给你是个罪恶。我已经受过惩罚了。也许你会想出什么办法来。你用不着怕我丢脸,反正没有什么可丢的。现在我看你还是走吧。"

索米斯感到一阵失败感,就像一股袭人的寒雾;他觉得连自己的正当辩护都被人剥夺了似的,觉得另外有种东西连自己也解释不了。他木然抬起手来,从火炉架上取下一只小瓷碗,翻过来看。

"洛斯托夫特瓷,"他说,"你哪儿得来的。我在乔布生拍卖行买到一只跟它完全一样。"猛然间,他想起好多年前他曾经跟她一同买过瓷器;他一面忍受着回忆的痛苦,一面直盯着那只瓷碗看,就像碗里盛着过去的一切似的。她的声音使他惊醒过来。

"你拿去吧。我不要这个东西。"

索米斯把碗放回原处。

"拉拉手好吗?"他说。

她的唇边浮出一点微笑,把手伸出来,在他相当热烈的心情下,手碰上去很冷。"她是冰做的,"他心里想——"她永远是冰做的!"可是便在脑子里掠过这种念头时,她衣服和身上的香味仍旧使他的心神把持不住,就好像她心里面的温情——从来不是给他的——在挣扎着表现它的存在。他转身走了;出了房子一路走去,仿佛有人挥着鞭子在后面赶他那样;连马车都不叫一辆,看见空荡荡的河滨道,寒冷的河流和悬铃木叶子密层层铺在地上的影子,反而好受——他心绪非常之乱,慌慌张张的。又是慌,又是气,隐隐有点着急,就像自己造成什么大错,而这些错误的后果他一时还看不到似的。忽然他脑子里来了一个怪念头:她如果不说"我看你还是走吧"而是说的"我看你还是住下吧!",他会是怎样的感想,又

111

会做出怎样的事情来呢？经过这么多年的分居和怀恨,她那可诅咒的魅力便在现在还是等着他。等在那儿,随时随地只要有那么一个手势,或者碰这么一下,就会骑到他的头上来。"我跑去真是个傻瓜!"他喃喃说着,"一点进展没有。哪个想象得到？我从没有想到——"记忆飞回到他结婚的头几年里,和他开起残酷的玩笑来。她不配保留她的美——他曾经占有过的而且那样熟悉的美。他对自己倾慕的顽强涌起一阵愤恨。多数的男子会见都不要见她,这正是她自己找的。她毁掉他的一生,伤透了他的自尊心,害得他连个儿子都没有。然而仅仅见她一面,和从前一样地冷,一样地顽抗,却有力量使他完全颠倒！她真有这样的魔力,他妈的！无怪她这十二年来,如她自己说的,一直守身如玉呢。原来波辛尼——想起这个家伙真是可恨——这么多年来仍旧活在她的心里！索米斯说不出自己知道这种情形时的心理,究竟是开心还是不开心。

　　快到他的俱乐部时,他终于停下来买了一份报纸。一条头号标题印着:"布尔人不承认宗主权!"宗主权！"就跟她一样!"他想:"她一直就这样不承认。宗主权！我在法律上仍旧有。她住在那所破烂的小公寓里一定极其寂寞呢!"

第十二章　在福尔赛交易所里

索米斯加入了两个俱乐部做会员；鉴赏家俱乐部被他印在名片上，但是很少去，除旧俱乐部他不肯印在名片上，但是常去。这原是一个自由党的组织，但是五年前，他先弄清楚了这里面的会员，即使在政治主张上不是保守党人，但在思想感情上和财力上差不多全是十足的保守党人；这样弄清之后方才加入。拉他进去的是尼古拉叔叔。那间漂亮的阅览室是亚当①式的装修。

那天晚上走进俱乐部时，他先看一下电报牌子上有什么德兰士瓦的新闻，看到公债从今天早上就跌到七十六。他正在转身向阅览室走去时，听见身后一个声音说：

"怎么样，索米斯，那天丧事办得不错。"

原来是尼古拉叔叔，穿了一件大礼服，领子是自己特别缝制的，一根黑领带上面穿了一只圈子。天哪！八十二岁了，看上去多么年轻，又多么整洁！

"我想罗杰活着一定会高兴的，"他的叔父又说下去，"事情办得真的不错。布莱克勒吗？② 让我记下来。巴克斯顿对

----

① 罗伯特·亚当(1728—1792)，英国名建筑家。
② 意不明，或是指一种补药。

我毫无用处。那些布尔人闹得我心烦意乱——张伯伦这家伙简直在逼着国家打仗。你怎么看法？"

"准要打。"索米斯咕噜一句。

尼古拉一只手摸摸自己剃得很光的下巴，夏季休养之后脸色是那样红红的；他的嘴唇微微噘了出来。这件事情使他所有的自由党人的主张又复活了。

"我不放心这个家伙；他是个坏星宿。如果打仗的话，房产就要跌价。罗杰的财产就会弄得你很棘手。我时常跟他说有些房子应当卖掉。他啊完全是个顽固不化的呆鸟。"

"你们两个是一对！"索米斯心里想。可是他从来不跟一个叔父顶嘴，他就是这样使他们始终觉得他是个"精明家伙"，而且请他担任自己财产方面的法律顾问。

"悌摩西家里的人告诉我，"尼古拉说，声音低下来，"达尔第终究逃走了。对于你父亲倒是放下千斤担子。这个人是不可救药的。"

索米斯又点点头。如果说有什么问题在福尔赛家人中间会意见一致的话，那就是关于蒙达古·达尔第的人格了。

"你要当心，"尼古拉说，"否则他又会出头露面。维妮佛梨德最好把坏牙拔掉，我要说。东西已经坏了犯不着再留下来。"

索米斯斜睨了一眼。经过刚才一番会见的激怒之后，他在这些话里面很容易感到是涉及他自己。

"我是劝她这样。"他简短地说。

"哎，"尼古拉说，"我的轿车在伺候着；我得回家了。我身体很不好。替我问候你父亲。"

这样把血统关系神而明之一下之后，他就以年轻的步伐走下石阶,由那个小侍役给他把皮大衣裹上。

"我看见的尼古拉叔叔永远在说'身体很不好',"索米斯沉吟着,"也永远是这副活到一百岁的样子,我们这家人真怪!照他的样子,我还有三十八年的健康呢,哼!我可不打算拿来白活。"他走到一面镜子前面,站在那里打量自己的容貌。脸上除掉一两条皱纹,两撇小黑上须有三四根白的外,他比起伊琳来又老到哪里去呢?都在壮年——他和伊琳确确实实都在壮年。他脑子里忽然来了一个古怪的念头。荒唐!蠢透!可是同样的念头又来了。这样一再引起来使他当真着了慌,就像要发寒热之前第二次打寒战一样。他在称体重的机器上坐下。十一英石。① 二十年来,他的体重增加了还不到两磅。她几岁了?快要三十七了——这样的年纪,还不算太老,还来得及生个孩子——一点不算老!下月九号才三十七岁。她的生日他记得很清楚——过去他一直都像奉行宗教仪式一样地给她庆祝生辰;便是最后那一次她没有多久便离开了他的生日,他那时几乎已经肯定她对他不忠实了,但仍旧照样庆祝。四个生日在他家里过掉。过去他总是盼望这个日子,因为他送礼物的用意,表面上好像是感谢,实际上是企图多少以此获得她的欢心。只有最后那个生日,的确是个例外——那一次他因为有私心,弄得宗教味儿太重了!想到这里,他就避免再想下去。记忆是一堆枯叶,一个人的所作所为就像是覆在枯叶下面的死尸,隐隐传出一股令人不愉快的气味来。接着他忽然想起,"她过生日我可以送她一样礼物。反正我们都还是基督徒啊!能不能——能不能我们又复合

----

① 英国重量单位,1英石合14磅。

呢?"他坐在体重机上深深叹口气。安耐特!唉!可是在他和安耐特之间的一个最大阻碍就是这个混蛋的离婚!怎么离法呢?

"男人只要自己肯承担的话,离婚总是离得掉的。"这是乔里恩的话。

可是他为什么要自己出丑,出这次丑呢?他的整个事业就是保障法律,这一来连他的前程都有断送的危险。这不公平!这是傻瓜做的事情!分居了十二年,在这十二年中,他从来没有提出离婚过,这使他在法庭上不可能拿她和波辛尼的过从作为离婚理由。他既然始终没有提出离异,这就是说他已经不予追究了;现在即使能搜集到当年她和波辛尼交往的证据,也无济于事,而且证据未见得搜集得到。还有,他还有自己的身份,决不容许自己旧事重提。他受的痛苦太深了。不行!只有她那一方面有把柄才离得掉——可是她却否认了;而且——几乎可以说——他也相信她。没办法!简直没办法!

他从坐得凹进去的红丝绒座椅上站起来,觉得五脏六腑都不受用。这样下去,他断断睡不了觉。他拿起大衣和帽子,走出俱乐部,向东走去。到了特拉法尔加广场时,他发觉一阵骚动的人声从河滨道口子上向他迎过来;原来发现是许多报贩在大声叫唤!简直听不出叫的什么,他驻足倾听,正好一个报贩走过来。

"卖报啊!号外!克留格尔提出最后通牒!宣战!"索米斯买了报纸。是报馆的最后消息!他的第一个念头是"布尔人在自杀!"他的第二个念头是"我还有什么股票应当卖掉的?"如果有的话,他就是错过机会——明天股票的行情一定会大跌。他轻蔑地颔一下首,算是接受了这种想法。这个最后通牒是大不敬。他宁愿蚀本决不放它过身,布尔人要给他们一点苦头吃吃,而且一定会吃到苦头;可是要他们就范至少得三个月,那边的军队还不够,永远落在时间后面,这个政府。这些报贩子真可恶!把大家吵醒了有什么用处?明天早饭的时候知道蛮来得及。他想到自己的父亲怕了起来。这些报贩子一定会一路嚷到公园巷。他招呼了一辆马车,上了车,他就叫车夫上公园巷去。

詹姆士和爱米丽才上楼去睡觉。索米斯先把消息告诉瓦姆生,就预备随瓦姆生上楼。后来一想,又站下来说:"你是怎么想的,瓦姆生?"

管家原在拿一把帽刷子刷着索米斯的丝绒帽子,这时停下来,脸向前微倾,低声说:

"哦,少爷,当然,他们一点希望没有。可是听人说,他们枪打得很准。我有个儿子就在恩尼斯基伦骑兵旅①服役。"

"你,瓦姆生,我还不知道你结了婚呢?"

"是啊,少爷。我没有讲过。我想他是会开出去的。"

索米斯自以为对瓦姆生一直很熟悉,现在才发现自己知道他的身世很少,不觉有点震动,可是及至发现这次战争说不定会影响到他的个人生活方面时,这点些微震动却被战争给他的小小震动盖下去了。他是在克里米亚战争那一年生的,等到他能够记事时,印度兵变②已经结束了;从那时候起,英

---

① 英国的名骑兵旅。
② 指1857—1858年的印度士兵起义,是印度人民反对英国统治的一次起义。

帝国的许多小战争全都是职业性质的①,跟福尔赛家人以及他们在这个国家所代表的一切都不发生关系。这一次战争当然也不会例外。可是他的心思很快就想到自己的一家人。海曼家的两个孩子听说在什么骑兵义勇队里——这件事一直都使他觉得高兴,在骑兵义勇队里相当神气;他们总是,或者经常是,穿一套蓝军服,上面镶些银边,骑着马。还有亚其保尔德,他记得也参加过一个时期的民兵团,可是他父亲尼古拉生了很大的气,说他游手好闲,穿着军服到处招摇,弄得亚其只好不干了。最近他在哪儿听到,小尼古拉的长子,小小尼古拉参加了义勇兵。"不,"索米斯心里想,一面慢慢上楼,"这算不了什么!"

他站在自己父母的卧室和更衣室外面上楼的地方,盘算着要不要闯进去说两句安慰的话。他打开楼梯口的窗子,倾听着。他只听见从皮卡迪利大街那边传来一片隆隆声,心里想,"这些汽车再增加的话,房产可要受影响了。"他正准备上楼到那间经常替他留的房间去,就在这时候传来了一声报贩粗嘎而匆促的叫唤,虽则人离开还有一段路。来了!而且要经过这所房子!他敲敲自己母亲的房门,走了进去。

他父亲正坐在床上,在一头被爱米丽经常剪得很漂亮的白发下面,两只耳朵正竖着听;白被单、白枕头,衬得他脸色红红的,而且极端整洁;高领的薄睡衣下面耸出两块肩胛骨,就像山峰一样。詹姆士的头并不动,只有枯皱的眼皮下面一双灰眼睛,带着猜忌的目光,正从窗口移向爱米丽这边来。爱米丽裹着一件长服,在室内来回走着,一面按着一只香水瓶的橡

---

① 即只动用了正规部队,并不招募平民参军。

皮球。室内微微闻得出她洒的花露水味道。

"不要紧!"索米斯说,"不是火警。布尔人宣战——罢了。"

爱米丽停下来。

"哦!"她只说了一个字,眼睛看看詹姆士。

索米斯也看看自己父亲,詹姆士有点出乎他们的意料,就好像有什么他们不熟悉的念头在他脑子里作怪似的。

"哼!"他忽然说,"我可看不到战争结束了。"

"胡说,詹姆士!不到圣诞节就会完的。"

"你懂什么?"他厉声回答她,"事情很糟糕——而且在这样深夜里!"他沉默下来,他的妻子和儿子,就像受到催眠一样,等待他说:"我说不了——我也不知道;我早知道会是这样!"可是这些话他并没有说。一双灰色眼珠移动着,默默地,在室内找不到什么。接着被单下面动起来,两只膝盖突然耸得很高。

"他们应当派罗伯茨①去。这全是格莱斯顿那个家伙和他的马尤巴事件搞出来的。"

两个听的人从他的声音里听出跟平日有点两样,含有一种真正的焦灼。那意思好像是说:"我将永远看不见这个老国家太平了。在我还没有来得及知道她打胜的时候,我就得死了。"母子两个虽则同样感到不能鼓励詹姆士这样闹下去,可是都有点感触。索米斯走到床前,抚摩他从被底下伸出来的一只满是青筋的、又长又皱的手。

~~~~~~~~~~

① 弗雷德里克·罗伯茨,英国侵略印度的将军,所以詹姆士认为应当派他去;后来布尔战争失利,英国仍旧派了罗伯茨去挽回局势。

119

"记着我的话!"詹姆士说,"公债要跌到票面。我敢说,法尔说不定会去报名参军。"

"哦,不要,詹姆士,"爱米丽叫道,"你讲话好像有什么大祸临头似的。"

她安慰的声音好像使詹姆士总算平静下来。

"嗯,"他说,"我是告诉你会是什么情形。敢说,我也不知道——从来也不告诉我什么。你睡在这儿吗,孩子?"

危机过去了,他现在会平静下来,回到他正常的焦灼程度了;索米斯告诉父亲说他今晚睡在家里,把父亲的手按一下,就上楼进自己的房间去了。

第二天下午索米斯到悌摩西家去;这么多年来从来没有看见过这么多的人。在这种国家出了大事的时刻,一个人简直是没法避免不上这儿来的。并不是因为事情有什么不妙,也不是因为有那么一点点儿不妙而需要互相肯定一下并没有什么不妙才跑来的。

尼古拉早就到了。他头一天碰见过索米斯——索米斯说准要打起来。这个克留格尔老家伙真是昏了头——可不是,他不是足足七十五岁了吗?(尼古拉是八十二。)悌摩西讲了什么?那次马尤巴事件之后,就使他很不好受。布尔人全是贪得无厌的!黑头发的佛兰茜紧接着尼古拉就到了,她的抬杠子口气真不愧一个罗杰女儿的自由精神;她插嘴说:

"没有一个好的!尼古拉叔叔。外地人①值几个大钱?"几个大钱,什么话!新说法,大家认为都是她哥哥乔治造出

---

① 布尔人虽是荷兰人血统,但在南非已经土生土长了200年,所以称19世纪殖民到南非来的英国人为"外地人"。

来的。

裘丽姑太认为佛兰茜不应当讲出这种话来。亲爱的马坎德太太的儿子查理·马坎德就是个外地人,可是没有人能说他贪得无厌啊。佛兰茜听到这里,就来了一句自己的俏皮话,听得大家非常震骇,而且后来常常被人拿来重复:

"哼,他父亲是个吝啬鬼①,他母亲是个胆小鬼。"

裘丽姑太赶快把耳朵堵起来,已经迟了,海丝特反而笑起来;至于尼古拉,本来没有说俏皮话的本领,因而对俏皮话也没有口味。正在这时,马琳·狄威第曼来了,几乎接着就是小尼古拉。尼古拉看见儿子,站起身来。

"我得走了,"他说,"尼克现在可以告诉你们这次赛马哪个赢。"他给自己的大儿子来这么一下,就走了;这个大儿子在会计上大名鼎鼎,而且是一家保险公司的董事。跟他父亲一样从来就不是个跑马迷。亲爱的尼古拉!他指的什么赛马呢?还是他讲的一句笑话呢?这么大的年纪真精神!亲爱的马琳要放几块糖?加尔斯和吉赛好吗?裘丽姑太认为他们的骑兵义勇队目前一定忙着巡逻海岸呢,不过,当然布尔人是没有军舰的。不过法国人一有机会,可说不准会来点花头②,尤其在那次可怕的法绍达恐慌③之后,悌摩西弄得极端不安,事后有好几个月都没有买进什么。可恨的是那些布尔人,待他

﹏﹏﹏﹏﹏﹏﹏﹏
① 这是英格兰人看不起苏格兰人的口头禅,在英语中吝啬和苏格兰是同一个单词。
② 当时欧洲大陆上的舆论都同情布尔人,不赞成英国的举动,法国尤其明显。
③ 1898年9月法军两路进军侵入埃及尼罗河上游,占领尼罗河边的法绍达城,企图将法属刚果和红海出口打通,后为基钦纳的英埃联军逼退。悌摩西大约因为持有苏伊士运河股票,所以吓了一大跳。

们那么好,还要忘恩负义——把詹姆森博士关了起来①,而马坎德太太一直就讲他是那样的一个好人。国家还派了米尔纳爵士②那样一个才智之士去和他们谈判!她真不知道布尔人究竟要些什么?

可是,正在这时候来了一件破天荒的事情——在悌摩西家里真是难得——这都是出了大事情时才会偶尔带来的。

"琼·福尔赛小姐。"

裘丽姑太和海丝特姑太立刻站了起来,一面克制住旧怨,一面旧感情又在翻上来,一面又对这个"浪子回家"的琼感到得意,几种复杂心情使两个人抖了起来。呀,这真是难得!亲爱的琼——这么多年——她气色多好呀!一点没变。她们几乎到了嘴边要说:"你亲爱的祖父好吗?"在这冲昏头脑的一刹那,两个老姊妹已经忘掉那个可怜的、亲爱的老乔里恩已经在地下长眠七年了。

在福尔赛家人中间,琼一直是最勇敢、最爽快的人;坚定的下巴,奕奕的眼睛,头发红得像火,身个又小又矮;她在一把有镶珠垫子的金边椅子上坐下,就好像自从上次来看望过两位祖姑之后,根本没有隔开十年似的——十年的旅行、独立生活和照顾可怜虫的岁月啊。那些可怜虫近来全都是一个类型的画家、镂刻家和雕刻家了,因此她对福尔赛家人和他们不可救药的艺术见解就更加感到不耐烦。的确,她差不多已经忘

---

① 詹姆森任英国南非公司的经理,企图将自己的军队和亲英的威特兰人联合起来,在德兰士瓦推翻布尔人。他的军队被击溃,自己也做了俘虏。

② 艾尔弗雷德·米尔纳爵士是英国当时新任命的南非总督;他去了不久,就爆发了布尔战争。

掉她的族人还活在世上,现在带着挑战式的坦率向周围巡视一下,使屋内的人全都感到极端的不舒服。她只是来看望一下两个"可怜的老东西",并没有指望会见别人,而且为什么她要跑来看望这两个可怜的老东西,她也简直弄不懂;要么是这个原因,在她从牛津街往拉蒂默路一家画室的途中,忽然想起这两个被她不瞅不睬了好多年的老可怜虫,感到不过意起来。

又是裘丽姑太打破这种沉寂的局面:"我们刚才还说,亲爱的,这些布尔人多么可恶!那个克留格尔老家伙又是多么无耻!"

"无耻!"琼说,"我觉得他完全做得对。我们干什么要干涉他们?那些混蛋的外地人如果被克留格尔全赶走了,那才真叫活该。他们只是要钱。"

由于惊异而引起的沉默总算被佛兰茜打破了,她说:

"怎么?你是个亲布尔派吗?"(无疑地这个名词还是她第一次用。)

"这个!为什么我们要管他们的事情呢?"琼说,就在这时候,女佣在门口说:"索米斯·福尔赛先生。"破天荒加上破天荒!室内的人全都要看琼跟索米斯会面时怎样一副嘴脸,因为大家都有一个鬼心眼,尽管并不知道,可总是疑惑自从琼的未婚夫波辛尼和索米斯的妻子演了那次不幸的事件之后,这两个人就没有碰过面;就因为大家全抱有这样的好奇心,连问候一时都几乎打断了。这时只看见两人的手微微碰一碰,而且只朝对方的左眼瞟了一下。裘丽立刻出来挽救这种局面。

"亲爱的琼真是独出心裁。你想,索米斯,她认为不能怪布尔人。"

"他们不过是要独立,"琼说,"为什么他们不能独立呢?"

"因为,"索米斯回答,他嘴边的微笑稍稍偏了过来,"他们碰巧承认了我们的宗主权。"

"宗主权!"琼鄙夷地重复一句,"我们就不会喜欢别人对我们有宗主权。"

"他们有钱进项,这总是有利的,"索米斯回答,"合同总是合同。"

"合同并不全是公平合理的。"琼冒火了,"如果不公平合理的话,那就要取消。布尔人比我们弱得多。我们大方一点没有关系。"

索米斯冷笑一声。"这只是感情用事。"他说。

海丝特姑太最怕抬杠子,这时候身子向前耸起,毅然说:"在这个季节,这些时的天气会这么好。"

可是琼并不容她打断。

"我不懂得为什么感情用事有什么可笑的地方。这是世界上顶好的事情。"她恶狠狠向四周环视一下,裘丽姑太不得不再来拦阻。

"你最近买了什么画没有,索米斯?"

她真不愧是一个天生会说话的第一流能手。索米斯脸红了。要他宣布最近买了些什么画,等于把自己送进轻蔑的虎口。因为不知怎么的,大家都知道琼就是偏袒那些还没有成名的"天才",而且最最鄙视"发迹",除非是有她的一把力在里面。

"买了两张。"他说。

可是琼的脸色变温和了;她的福尔赛性格使她看出这是

一个机会。为什么索米斯不能买点伊立克·考伯莱的画呢——伊立克是她最近的一个可怜虫?她立刻展开攻势:"索米斯可知道这个人的作品吗?真是了不起。这人是有希望成功的。"

哦,是的,索米斯看过他的画。据他看来,简直是乱涂,永远不会受到欢迎。

琼冒火了。

"当然不会;受欢迎死也不来。我还以为你是个鉴赏家,不是画商呢?"

"索米斯当然是个鉴赏家啊,"裘丽姑太赶快说,"他的眼光真是了不起——哪个人的画会成功他事先总能够知道。"

"哦,"琼抽进一口气,从镶珠垫子的椅子上一下站了起来,"我就恨这种成名的标准。为什么买画不找自己喜欢的买呢?"

"你的意思是,"佛兰茜说,"因为你喜欢那些。"

在这刹那的停顿中,可以听得见小尼古拉轻声轻气谈维娥莱(他的第四个)正在请人教粉笔画,他就不懂得这有什么用。

"再见,太姑,"琼说,"我得走了。"她吻了两位祖姑,恶狠狠地把室内环视一下,又说了声"再见",就走了。一阵风好像随着她刮了出去,就像是大家都叹了气似的。

还没有人来得及开口,又来了第三个破天荒。

"詹姆士·福尔赛先生。"

詹姆士轻轻拄着一根手杖走进来,穿一件皮大衣,使他的样子看上去大得有点离奇。

室内的人全站起来。詹姆士真老了;而且快有两年不上悌摩西家来了。

"这儿很热。"他说。

索米斯帮他脱掉大衣,在脱大衣时,看见自己父亲穿得那样利落,不由得暗暗喝彩。詹姆士坐了下来,人家只看见他的膝盖、肘弯、大礼服和两簇长腮须。

"这是什么意思?"他说。

这句话虽然没有什么明显的意义,可是,他们全知道是指的琼。他的眼睛搜索着儿子的脸。

"我想还是亲自来看看,他们给克留格尔什么回答呢?"

索米斯取出一份晚报,念出上面的标题。

"我国政府立即采取行动——宣布战争状态!"

"啊!"詹姆士说,叹口气,"我就怕他们会像老格莱斯顿那样拉起脚来就跑呢。① 这一次我们可要干掉他们了。"

大家全盯着他望。这个詹姆士!永远是唠唠叨叨。永远是心神不宁,永远在烦神!这个詹姆士老是说,"我早就告诉你会这样的!"还有他的悲观主义和他的小心谨慎的投资。一个福尔赛家年纪最大的人而有这样坚强的意志,简直有点怪诞。

"悌摩西哪里去了?"詹姆士说,"他应当注意这件事情。"

裘丽姑太说她不知道;悌摩西今天午饭的时候没有说什么。海丝特姑太站起来走了出去,佛兰茜有点不怀好意地说:

"布尔人不容易对付呢,詹姆士伯伯。"

"哼!你这个情报哪里来的?从没有人告诉过我。"

小尼古拉平和的声音说,尼克(他的最大的)现在经常要

---

① 1877 年英国侵占德兰士瓦,1880—1881 年布尔人起义,迫使格莱斯顿承认德兰士瓦共和国的独立。

去操练了。

"啊!"詹姆士说,瞠着一双眼睛望着——他的脑子里想着法尔。"他得照应他的母亲,"他说,"他没有工夫去操练,那样一个父亲。"这些隐秘的吐露使得大家全都沉默下来,后来还是他开口。

"琼上这儿来做什么?"他带着怀疑的目光把室内人挨次地看了过来,"他父亲现在是个阔人了。"谈话转到乔里恩身上去,他还是什么时候看见过他的。现在他的妻子去世了,想来他会到国外去走走,会见各式各样的外国人呢;他的水彩画说不上来,可是倒出了名了。佛兰茜甚至于说:

"我们很想再碰见他;他相当地讨喜。"

裘丽姑太想起有一次乔里恩在长沙发上睡着了,就在詹姆士坐的地方。他总是那样地和蔼可亲;索米斯怎么看?

大家知道乔里恩是伊琳的委托人,都觉得这个问题有点微妙,全带着兴趣望着索米斯。索米斯颊上微微有点红了。

"他的头发花白了。"他说。

真的吗?索米斯见过了他吗?索米斯点点头,脸上红晕消失了。

詹姆士忽然说:"这个——我不知道,我不懂得。"

这两句话恰恰说出了在座的每个人的心情,好像什么事情后面都有点鬼似的,所以没有人搭腔。可是就在这时候,海丝特姑太回来了。

"悌摩西,"她低声说,"悌摩西买了一张地图,而且插上了三面国旗。"①

---

① 这是因为当时的布尔人分三路进攻英属纳塔尔。

悌摩西插了——一声叹息在举座间传开来。

如果悌摩西的确已经在地图上插上三面国旗的话,那么——这就说明国家在奋起之后是能有所作为的。这个战争等于已经结束了。

第十三章　乔里恩看出自己的处境

乔里恩站在好丽的旧卧室窗口；这房间现在已经改为画室，并不是因为有朝北的光线，而是因为窗外的景色可以一直望见埃普索姆赛马场的大看台。他移到旁边面临马厩院子的窗口，向成天躺在钟楼下面的伯沙撒吹吹口哨。那只老狗仰起头把尾巴摇摇。"可怜的老东西！"乔里恩想，又移到北窗那边去了。

自从他打算执行委托人义务以来，整整一个星期他都静不下来；他的良心一直是敏锐的，现在觉得很不舒服了，他的怜悯本来容易激动，现在弄得更加烦乱了；此外还有一种怪感觉，仿佛自己的审美观找到了什么具体的着落似的。秋意已经侵上那棵老橡树，树叶已经转黄。今年夏天的太阳又大，又热。树如此，人的生命也是如此！"我应当活得久，"乔里恩想着，"因为缺少热的缘故，我也变黄了。如果我不能作画的话，就上巴黎去。"可是，他记忆中的巴黎并不给他什么快感。还有，他怎么走得了呢？他得留在这儿看索米斯搞出什么事来。"我是她的委托人。不能丢下她没有人照应。"他想。他还能够清楚看见伊琳在她那间小客厅里，而这间小客厅他总共只进去过两次，这使他觉得很奇怪。她的美貌一定有一种强烈的和谐！任何惟妙惟肖的画像决计画不出她那种神态来;她的本质就是——呀！对了,是什么呢？……马蹄声把他又唤回那扇窗子口。好丽正骑着她的长尾小驹进了马厩院子。她抬起头来,乔里恩向她招一下手。好丽近来相当沉默;年纪大了,他认为是,开始要为她的未来着想了——全都是这样,这些年轻人！时间这个东西的确是个坏蛋！走得多快呀！忽然感到自己这样浪费时间简直是不可饶恕的愚蠢,他又提起画笔来。可是没有用;他的眼睛就没法集中——而且,光线也暗下来了。"我要进城去一趟。"他想。在厅堂里,一个用人和他碰上。

"一位太太要见你,叫海隆太太。"

"太巧了！"他走进画廊——这间房现在还叫这名字——看见伊琳就站在窗口。

她向他走过来,一面说:

"我是闯进来的;穿过那边小树林和花园,从前总是这样跑来看乔里恩大伯的。"

"你来这儿不算是闯,"乔里恩回答,"这是历史安排好的。我刚才还想起你。"

伊琳笑了。那样子就像有什么东西使人眼睛一亮;并不仅仅是一种精神质地——比这还要安详,还要完美,还要魅人。

"历史！"她低声说,"我有一次告诉乔里恩大伯爱情是不死的。唉,事实并不是这样。只是厌恶永远存在。"

乔里恩眼看着她。难道她对波辛尼的心终于淡了吗？

"对了！"他说,"厌恶比爱和恨还要深些,因为厌恶是神经的自然作用,是我们改变不了的。"

"我是来告诉你,索米斯来看过我。他说了一句话使我害怕起来。他说:'你还是我的妻子!'"

"怎么?"乔里恩冲口而出,"你不应当一个人住。"他仍旧瞠目望着她,心里痛苦地想着,只要哪儿有美色,哪儿就不会风平浪静;有那么多人认为美色不道德,敢说就是这个缘故。

"还有呢?"

"他要和我握手。"

"你握了吗?"

"握了。他进来时,我敢说他并没有要握手的意思;可是在屋子里他变了。"

"啊!你决不能再一个人在切尔西住下去了。"

"我又不认识什么女人可以邀来同住的,而且我也没法定制一个情人,乔里恩大哥。"

"不成话说!"乔里恩说,"这事情真是尴尬;你在这儿吃晚饭好吗?不吃?那么,我送你进城去;今天晚上我本来要进城的。"

"真的吗?"

"真的。你等五分钟我就来。"

在往车站的途中,两人谈到绘画和音乐,谈到英国人和法国人性格的对比,和他们对艺术见解的分歧;可是在乔里恩眼中,那条直而长的小径上篱落间的秋色,一路上随着他们啁啾的苍头燕雀,杂草烧完后的清香,她的头颈的姿态,一双深褐而迷人的眼睛,不时盯他一眼,以及那个动人的身条,给他的印象要比相互间的谈话深刻得多。他不自觉地腰杆直了起来,步伐也更加有弹性了。

在火车里,他就像向她进行口试一样问她平日是怎样消磨时间的。

她做做自己的衣服,上店家买买东西,弹弹钢琴,搞点法文翻译。有一家出版社经常接点稿子,似乎可以增加一点收入。晚上很少出去。"我一个人生活得太久了,你知道,所以一点不在乎。我想我是天生的孤僻性格。"

"我不相信,"乔里恩说,"你熟人多不多?"

"很少。"

到了滑铁卢车站时,他们叫了一辆马车,乔里恩送她到公寓的门口。分手时他握着她的手说:

"你知道,你随时都可以上罗宾山来找我们;有什么事情你一定要让我们知道。再见,伊琳。"

"再见。"她轻声说。

乔里恩重又爬上马车,不明白为什么没有邀她一同去吃饭、看戏。她的生活多么孤独,多么枯寂,多么没有着落啊!"什锦俱乐部。"他向车窗说了一声。马车驶上河滨大道时,一个人戴着大礼帽,穿着大衣在旁边走过去,走得非常之快,而且紧挨着墙,就好像身子在擦着墙壁似的。

"天哪!"乔里恩心里说,"索米斯呀! 他这时候来打的什么主意?"他在街角上停下马车,从马车里出来,向着索米斯走去的方向一步步走了回去,一直到眼睛看得见公寓的大门为止。索米斯已经在大门口停下来,正在望她窗子里的灯光。"他如果进去,"乔里恩想,"我怎么办? 我又有什么资格怎么办呢?"这家伙讲的话不错。她现在还是他的妻子,他要找她的麻烦可绝对挡不了!"哼,他要是进去,"乔里恩想,"我就跟着进去。"他开始向公寓走去。索米斯又走近一步;已经快走进大门了。忽然间,索米斯停下,转了一个身,向河这边走来。"怎么回事!"乔里恩想,"再走上十几步,他就会认出我了。"他转身就溜。他堂弟的脚步声紧紧跟在后面。可是他赶到马车面前,趁索米斯没有拐弯就上了车。"走!"他向车窗里说了一声。索米斯的脚步声挨着马车追了上来。

"马车!"他说,"有人了吗?咦!"

"咦!"乔里恩回答,"是你?"

灯光下照出他堂弟苍白的脸上突然显出疑心,乔里恩主意拿定了。

"我可以带你一段路,"他说,"如果你向西的话。"

"多谢。"索米斯回答,就上了马车。

"我去看了伊琳。"马车走动时乔里恩说。

"是吗?"

"你昨天去看了她,我晓得。"

"是的,"索米斯说,"她是我的妻子,你知道。"

那种口气,那种微翘的讥讽的嘴唇,使乔里恩忽然恼怒起来;可是他抑着怒气。

"你当然明白,"他说,"但是如果你要离婚的话,那还是不去见她为妙,你说是吗?人不能一脚跨两条船。"

"很感谢你的忠告,"索米斯说,"可是我还没有拿定主意呢。"

"她已经拿定了,"乔里恩说,眼睛正视着他,"你知道,再要像十二年前那样是不可能的了。"

"那要看情形。"

"你听我讲,"乔里恩说,"她现在很难处,我是唯一的在法律上对她的事情有发言权的人。"

"还有我,"索米斯顶他,"我也很难处。她这样是自作自受。我是她造成的。现在我还没有决定,为她本身的好处究竟要不要她回家。"

"什么?"乔里恩叫了出来;他整个身体感到一阵战栗。

"我不懂得你这句'什么'是什么意思,"索米斯冷冷地回答,"你在她的事情上的发言权,只限于付给她的进账;请你记着这个。当初因为离婚使她太丢丑了,我才保留了自己的权利,而且,如我刚说的,要不要行使这些权利,我现在还不敢说。"

"天哪!"乔里恩脱口而出,接着发出一声短笑。

"对了!"索米斯说,声音里带有恶毒意味,"我还没有忘记你父亲给我取的诨名呢,'有产业的人'!我这个诨名并不是白白给人起的。"

"这简直匪夷所思。"乔里恩喃喃说。哼,这家伙总不能逼着自己妻子和他同居。那些旧礼教的日子已经过去了。反正!他转过来朝索米斯看看,心里想,"他是真的吗,这个男人?"可是索米斯看上去非常真实,端端正正坐着,苍白的脸上两撇剪得很齐的小胡子,看上去很漂亮,一片嘴唇翘成固定的微笑,露出一只牙齿。有这么大半天,双方都不作声,乔里恩心里想,"我不但没有帮她忙,反而把事情搞得更糟了。"索米斯突然开口了:

"从各方面说来,这对她是再好不过的事情。"

乔里恩听了这话,心绪变得极端激动起来。在马车里简直坐都坐不住。那情形就像自己和千千万万的英国人囚禁在一起,和他认为十分可厌然而明知道完全是人情之常、但是无法理解的国民性格关在一起——这种性格就是英国人对契约和既得权利的强烈信念,和他们强迫执行这些权利的心安理得的道德观。现在在这辆马车里,坐在他旁边的恰恰就是这种财产意识的具体表现,可以说是它的肉身——而且是他的亲骨肉!这太荒诞不经了,太吃不消了!"可是这里面还要多一点!"他带着厌恶想着,"人家说,狗是会吃自己吐出来的东西的!看见她之后又唤起了他的欲望。美色啊!真是见鬼!"

"我说的,"索米斯说,"我还没有拿定主意呢。你能够做做好不要管她的闲事,我就感谢不尽。"

乔里恩咬着自己的嘴唇;他这人一向讨厌吵架,现在几乎巴不得吵一下了。

"我不能答应你这种事情。"他简短地回答他。

"很好,"索米斯说,"那么我们大家都有数了。我在这儿下车。"他叫马车停住,没有说话,也没有打招呼就下车走了。乔里恩上了自己的俱乐部。

街上正叫唤着战事的头一次消息,可是他并不理会。他有什么办法帮她忙呢?他的父亲如果活着多好!他父亲会有很多办法可想呢!可是为什么他不能做他父亲所做到的那一切呢?他的年纪难道不够大吗?——快五十岁了,而且结过两次婚。还有两个女儿、一个儿子都已经成年。"真怪,"他心里想,"如果她姿色平平,我未见得会这样关心。美色,当你感觉到它时,真是个魔鬼!"他怀着烦乱的心情走进俱乐部的阅览室。就在这间阅览室里,有一年夏天的下午他曾经跟波辛尼谈过话;便是现在他还记得自己为了琼的缘故给了波辛尼一大段隐秘的演讲,还大胆提出自己关于福尔赛家人的诊断;而且他当时警告波辛尼提防的究竟是哪一种女人,他自己就弄不清楚。现在呢!他自己几乎也需要这样一个警告了:"可恨又可笑!"他心里想,"真正的可恨又可笑!"

第十四章　索米斯发现自己要什么

那句"那么我们大家都有数了"说说很容易，但是说时究竟是什么意思，可不是那样容易。索米斯说这句话时也不过是发泄一下自己痛苦着的妒忌本性而已。他从马车里出来时满怀愤恨——恨自己没有看见伊琳，又恨乔里恩看到伊琳；现在又恨没法说出自己究竟要的是什么。

他不坐马车是因为再坐在他堂兄身边太吃不消了；他一面快步向东走去，一面在想："乔里恩这个家伙我一点也不相信。一个为人不齿过的人，永远是为人不齿的！"这家伙当然会同情——同情——放荡的（他避免用罪恶这个词，因为对于一个福尔赛来说，这字眼未免太戏剧化了）。

这样决定不了自己要的什么在他还是一件新事情。他就像小孩子一样，人家答应给他一件玩具，又拿走他一件玩具，在两者之间总放不平；他对自己感到诧异。不过在上星期天，他的愿望还很简单，只要自由和安耐特。"我上她那儿去吃晚饭。"他想。看见安耐特说不定会重新使他心思坚定，烦躁平息，头脑清楚起来。

饭馆里人相当地满——有不少外国人和外表好像是文学家和艺术家的人。从杯盘声中间传来片断的谈话，他清楚听见有人同情布尔人，并且谴责英国政府。"她们的这些主顾真不足道。"他想。他木然吃完晚饭,喝掉另外叫的咖啡,始终不让拉摩特母女知道他来了,一直等到吃完,才小心不让人家看见,向拉摩特太太的密室走去。不出他所料,母女两个正在吃消夜——这顿消夜看上去要比他吃的晚饭好得多,他倒有点懊悔起来——她们招呼他时表现的诧异简直就像真正的诧异,使他忽然疑心起来,心里想:"我敢说她们老早就知道我来了。"他偷偷看了安耐特一眼,但是看得很仔细。这样美,而且看上去这样坦率;她会不会是在引他上钩呢?他转向拉摩特太太说:

"我在这里吃的晚饭。"

真的吗?她早知道多好!可以给你推荐几样菜;可惜可惜!索米斯的疑心更加证实了。"我做事得当心点儿!"他突然想。

"先生,再来一小杯最特等的咖啡;和一杯格兰马尼尔吧?"拉摩特太太站起来,吩咐这些精美饮料去了。

索米斯现在单独和安耐特在一起了,他说,"怎么样,安耐特?"唇边浮起一点防御性的微笑。

女孩子脸红了。在上星期天这就会使他不能自持,现在给他的感觉却像看见自己养的一条狗望着自己摇头摆尾。他有一种古怪的权力欲,就像自己说一声"来吻我",她就会过来吻他似的。然而——古怪的是——屋内好像另外还有一张脸,一个身材;而他感到心痒难熬的,究竟是为了那一个,还是为了这一个呢?他的头向饭馆那边掉一下,说道:"你们有些主顾很特别,你喜欢这种生活吗?"

安耐特看了他一下,眼睛垂下去,玩弄着手里的叉子。

"不,"她说,"我不喜欢。"

"我已经到手了,"索米斯想,"只要我要她。可是我要她吗?"她有风度,长得美——很美;很娇嫩,趣味还不算俗。他的眼睛在小房间里溜了一转,可是脑子里已经溜到另外一个地方——灯光半明半暗,银色的墙壁,椴木钢琴,一个女子靠钢琴站着,就像要避开他似的——这女子的雪肩是他晓得的,而那双深褐色的眼睛是他渴望晓得的,头发好像一堆深琥珀。正如一个艺术家总在追求那不可实现的,而且愈追求愈感到饥渴的东西一样,索米斯在这当儿心里也涌起一阵由于旧情从来没有得到满足而引起的饥渴。

"不过,"他泰然说,"你还年轻呢。你有很大的指望。"

安耐特摇摇头。

"我有时觉得除了做苦活之外,什么指望都没有。我并不像妈妈那样欢喜做活。"

"你母亲真了不起,"索米斯带点开玩笑的味儿说,"她决不肯让失败做她的房客。"

安耐特叹口气。"人有钱一定非常好过。"

"哦!你有一天也会有钱的,"索米斯答,仍旧带那一点开玩笑的味儿,"你别愁。"

安耐特耸耸肩膀,"先生是好心肠。"她在自己噘起的嘴唇中间塞进一块巧克力糖。

"对了,亲爱的,"索米斯想,"嘴唇很美呢。"

拉摩特太太捧着咖啡和甜酒进来;谈话结束了。索米斯坐了一会就起身告辞。

索霍区的街道一直给索米斯一种财产不得其人的感觉;这时他在街上一面走,一面在盘算。伊琳过去只要给他生过一个儿子,他现在也不会这样尴里尴尬地追求女人了!这种思想从他意识深处那间阴暗的小警卫室里跃了出来。一个儿子——使你能有所指望,使你的余年能活得值得,使你能把自己遗留给他,使自己能永远存在下去。"如果我有个儿子,"他咬牙切齿地想着,"一个正式的合法的儿子,我就可以像过去那样百事迁就地生活下去。反正女人都是一样。"可是他走着走着又摇头起来。不然!女人并不都是一样的。往日他过着不如意的婚姻生活时,有不少次曾经企图这样想过,但是总不成功。他现在还是没法这样想。他想把安耐特看作跟另外那个女子一样,可是并不一样,她没有往日的那种情感诱惑。"而且伊琳是我的妻子,"他心里想,"我的合法妻子。我并没有做什么对不起她的事情,使她要离开我。为什么她不能和我复合呢?这是正正当当的事情,法律容许的事情,一点不会引起人家闲话,一点不大惊小怪的。如果她不喜欢——可是为什么她要不喜欢呢?我又不是个麻风病人,而她——她现在已经没有什么爱情对象了!"她就像一所空房子,就等着他这个法律上有所有权的人重新住进去,重新占有她;所以为什么他要接受离婚法庭上的那些迁就,那些忍辱含垢,和那些无形的失败呢?以索米斯这样一个有城府的人,一想到一点不招致物议就可以悄悄重新收回自己的财产,这简直是一种强烈的诱惑。"不,"他沉吟着,"我很高兴去看了那个女孩子。现在我知道我要哪一个了。只要伊琳肯回来,她要我多么体贴我就多么体贴;她可以自顾自地生活;可是也许——也许她会来迁就我的。"他的喉咙像塞了一块东西似的。他顽强地沿着格林公园的栏杆向他父亲的房子走去,一面故意踏着月下走在自己前面的影子。

第 二 卷

第一章 第 三 代

十一月里的一个下午,乔里·福尔赛正沿着牛津的高街一路走来;法尔·达尔第正沿着这条街一路走去。乔里刚换掉划船的法兰绒裤子,正要上油锅俱乐部去;这个俱乐部他是新近被吸收为会员的。法尔是才换掉骑马装束,正要往火里跳①——那是谷市街的一家马票号。

"你好!"乔里说。

"你好!"法尔回答。

这两个表弟兄只见过两次面,第一次是二年级的乔里请法尔吃饭;第二次是昨天晚上在一个有点外国情调的场合下碰见的。

在谷市街一家缝衣店的楼上住着那些得天独厚的未成年的年轻学生之一,这家伙父母双亡,承继了一大笔遗产,保护人离得很远,而且天生的劣根性;十九岁时就开始搞起那种富有诱惑力,而且为普通人所不能理解的玩意儿,因为对于一般人来说,一次破产就很够受了。由于备有在牛津能找到的唯一的一座轮盘赌具,他已经出了名,而且正以令人目眩的速度

---

① 西谚有"从油锅里跳进火里",作者借用这句谚语从油锅联系到跳火,以喻法尔嗜赌。

超前花掉他的未来遗产。他比克伦姆还要克伦姆气,不过比较属于那种脸色红红的,肥头大耳的类型,没有克伦姆那种逗人的懒洋洋派头。对于法尔来说,有人带他去玩轮盘赌简直等于受一次洗礼,接着在若干小时后,又会受一次回校的受信礼,那就是从装有遮人耳目的铁窗爬进去。有一次晚间,正玩得兴高采烈的时候,法尔一双原来盯着那诱惑的绿呢台子的眼睛抬了起来,在烟雾弥漫中看见对面正是他的这位表哥:"红胜,押单,押小!"后来就没有看见过他。

"上油锅俱乐部去喝杯茶。"乔里说,两人走了进去。

一个外人看这两个人在一起,定会在这两个第三代福尔赛表弟兄中间看出一种说不出的类似的地方;脸上的骨架完全一样,不过乔里的眼睛灰得深一点,头发淡一点,而且还要鬈。

"侍役,请你来点茶和松饼涂牛油。"乔里说。

"抽一支我的香烟吗?"法尔说,"昨天晚上我看见你的,运气怎样?"

"我没有赌。"

"我赢了十五镑。"

乔里想起自己父亲有一次神经起来,谈到赌博的话——"你被人家赢了去,你会不开心,你赢了人家的,又会不过意。"他很想把这话重说一遍,但是仅仅说:

"无聊的玩意儿,我觉得;那个家伙我跟他中学同学。一个顶无聊的人。"

"哦,我不知道,"法尔说,就像自己信仰的神被人家轻薄时在做辩护一样,"人倒很漂亮。"

两个人不作声,喷着香烟。

"你见过我的家里人吧,是不是?"乔里说,"他们明天下来。"

法尔脸有点涨红了。

"是吗!我可以透给你一点曼彻斯特本月让点赛的苗头,很难得的。"

"谢谢,我只对老式赛马①有兴趣。"

"那种跑马你赢不了钱。"法尔说。

"我就讨厌那种跑马场,"乔里说,"又闹又有气味。我喜欢草地赛马。"

"我喜欢赌看中的马。"法尔回答。

乔里笑了,笑得就像他父亲一样。"我就不会看马,我每次赌钱总是输。"

"当然啊,你得花钱学乖。"

"当然,可是只是乱七八糟地你欺我诈。"

"当然喽,否则他们就会欺诈你——有意思就在这里。"

乔里显出轻蔑的神气。

"你自己玩点什么呢?划船吗?"

"不——骑马,到处去跑。下学期我要打马球了,如果能够叫外公出钱的话。"

"那是詹姆士爷爷,是不是? 他是什么样子?"

"比山岳还老,"法尔说,"而且总认为自己要弄得倾家荡产。"

"我想我的祖父跟他是弟兄。"

"我觉得这些老古董没有一个够得上大方的,"法尔说,

---

① 英国的这种大赛马只卖彩票,赌博的气味较少。

"他们一定是崇拜金钱。"

"我的祖父并不!"乔里热情地说。

法尔弹掉香烟上的烟灰。

"钱只配拿来花掉,"他说,"我真想能够多一点钱。"

乔里眼睛直接抬起来把他看了一眼,这种判断的目光,是从老乔里恩遗传来的;钱是不应当拿来在嘴里谈的!又是沉默,两人喝着茶,吃着松饼涂牛油。

"你家里人下来住在哪里?"法尔问,竭力装得随便的样子。

"住彩虹旅馆。你对战局怎样看法?"

"始终很糟糕。那些布尔人一点不痛快,为什么不堂而皇之打一下?"①

"为什么要那样?除掉他们这种打法,别的打法都是对他们不利的。我倒佩服他们。"

"骑马和打枪他们是会的,"法尔承认,"可是讨厌得很。你认识克伦姆吗?"

"默顿学院的吗?只认识他的脸。他也是那伙浪里浪荡的一个,可不是?纨绔,绣花枕头。"

法尔用肯定的语气说:"他是我的朋友。"

"哦!对不起!"两人都窘着坐在那里,瞪着一双眼睛不看对方,都抓着各自一套心爱理由开始瞧不起对方来。因为乔里不自觉地在模仿一种类型的人,那些人的格言是:"你这种人要我们讨厌都不配。人生太短促了,我们要谈得快些,

---

① 布尔人由于地形熟悉,擅长游击战,尤其在布尔战争后期使英国军队感到非常棘手。

干脆些,多做,多知道,而且任何你能够想象得到的事情我们都不大想谈,我是'最优秀的'——最坚强的。"而法尔也在不自觉地模仿另一种类型的人,那些人的一套格言是:"你这种人要我们感兴趣,或者起劲,才不配呢。我们什么新鲜事儿都见识过,就是没有,也装着见过。我们生活得简直筋疲力尽了,有什么深更半夜对于我们是太迟的?我们可以赌得把衬衫输掉,然而毫不在乎。我们飞得非常之快,把什么都抛在后面。全都是香烟的烟雾。安拉!"英国人血统里那种根深蒂固的竞争精神逼使这两个年轻的福尔赛各自要有个理想;而在这个世纪的末尾,理想也是五花八门的。贵族阶级大体上已经采取了"管他妈的"原则;虽则零零落落,还看得见克伦姆那样的人——他也是个贵族子弟——彻头彻尾还是那副懒洋洋的神气,在艳羡着那片赌徒的乐土,而这个正是八十年代中那些旧式的"纨绔"和"猎艳者"的最高境界,而且在克伦姆那种人的周围还聚集了一伙贵族敢死队,还有一批富家子弟跟在后面。

可是在这两个表弟兄之间还存在着一种不大显明的恶感——正由于两人的面貌有种说不出的类似,而且双方可能都厌恶这个;或者由于两个人都或明或暗地意识到,在这个部落的两个支脉中间仍旧存在着古老的仇恨,这都是他们的长辈随口的一句话或者一点半点暗示在他们头脑里形成的。由于这种情形,所以乔里一面把茶匙搅得山响,一面盘算:"他这枚领带别针,这件大衣,这种慢吞吞的说话派头和赌钱的习惯——天哪!"

法尔呢,一面把松饼吃完,一面也在想:"这个家伙真是小畜生!"

"我想你要去接家里人了吧?"法尔说,就站起来,"你可以告诉他们,我很愿意带他们参观一下布雷兹诺兹学院——并不是说有什么可看的——如果他们高兴的话。"

"谢谢,我问问他们。"

"来吃午饭怎么样?我一个用人菜做得倒还不错。"

乔里拿不准他们有没有工夫。

"不过,你总替我问一下,行吗?"

"谢谢你的好意。"乔里说,他的意思是决定不让他们去的;可是,由于生来就有礼貌,他又接上一句:"你明天还是来和我们一起吃晚饭吧。"

"也好。什么时间?"

"七点半。"

"穿礼服吗?"

"不用。"两人分手了,各自心里燃烧着微妙的敌意。

好丽和她父亲坐了中午的火车到达。这在她还是第一次来到这个梦幻尖塔之城,她一句话也不说,几乎是羞涩地望着自己的哥哥,因为他也是这个名胜的一部分。吃完午饭,她随意走动走动,抱着强烈的好奇心在察看乔里的屋内陈设和他的生活内容。乔里的起坐室是木板镶的墙壁,一套印刷的巴尔托洛齐雕刻代表了艺术,还是老乔里恩当初买来的,另外就是些大学生活的照片——都是些年轻人,充满活力的年轻人,有点英雄气概,正好拿来和她记忆中的法尔做个比较。乔里恩也留心察看着这一切,因为很能说明自己儿子的性格和趣味。

乔里急于要他们看他划船,三个人就出发上河边去。好丽走在父亲和哥哥中间,当人们掉头盯着她望时,就感到得意。为了看个痛快,父女两个在上船的地方丢下乔里,过河到了拉纤的小路上。乔里的身材本来不胖(在所有福尔赛家人当中,只有斯悦辛和乔治是肥硕的),所以在一个八人的选拔赛中,当了二号选手。那种神气非常认真,而且卖劲。乔里恩觉得他是这伙人中间最漂亮的一个,心里很是得意;好丽和一般做妹妹的一样,却比较看上另外一两个,可是死也不会说出来。那天下午,河上很是明媚,草地绿油油的,树木的颜色仍旧很美。一种异常的静谧笼罩着这座古城;乔里恩打定主意,天气如果仍旧好下去,一定拿出一天来画些素描。八人队第二次划过他们,沿着许多平底船使劲地向家里赶——乔里板着一副脸,不让人家看出他划输了。父女两个回到河这边来等他。

"哦!"乔里走在基督教会学院的草地上说,"今天晚上我得邀法尔·达尔第那个家伙来吃晚饭。他要请你们吃中饭,并且带你们参观布雷兹诺兹学院,所以我想还是邀他一下;那样你们就不用去了。我不大喜欢这个家伙。"

好丽一张相当狭长的脸变得红了起来。

"为什么?"

"哦,我也不知道。我觉得这个人有点浮华,而且派头不好。他家里人是怎样的人,爹?他只是远房表兄弟,是不是?"

乔里恩只好用微笑来避免回答。

"你问好丽,"他说,"她看见过他舅舅的。"

"我喜欢法尔,"好丽回答,眼睛望着她前面的地上,"跟他的舅舅派头——完全不同。"她从睫毛下偷看了乔里一眼。

"孩子们,"乔里恩带着莫名其妙的心情说,"你们可听人

149

谈到我们家的历史过？完全像童话。第一代的乔里恩·福尔赛——不管是不是第一个，总之是我们稍微知道一点的，而且是你们的高祖——在多塞特郡海边靠一块地过活，正如你们那些祖姑说的，在职业上是个'农业家'，而且是一个'农业家'的儿子——事实上就是种田的；你祖父时常说他们是些'毫不足道的人'。"他看看乔里，看他的少爷气受得了受不了，另一只眼睛瞟一下好丽，看出她对自己哥哥的脸色微微板下来感到一种不怀好意的喜悦。

"我们可以设想他们都是又粗又大的，就像代表工业革命还没有开始之前的英国似的。第二代的乔里恩·福尔赛——是你的曾祖，乔里，人家都叫他杜萨特·福尔赛大老板——根据正史的记载，他是造房子的，生了十个儿女，并且迁到伦敦居住。据说，他喜欢喝马德拉酒。我们可以设想，他是代表拿破仑战争和普遍动荡时代的英国。他的六个儿子里最大的一个是乔里恩三世，也就是你的祖父，乖乖——他是茶商和几家公司的董事长，是英国人里面最正直的，也是我最心爱的一个人。"乔里恩原来的讽刺口吻消失了，一对儿女都庄严地望着他，"他为人公正而且坚强，心却是慈爱而年轻的。你们记得他，我也记得他。谈谈其余的人吧！你们的二叔祖詹姆士，那就是小法尔的外公，有一个儿子叫索米斯——就是从他那里来了那个夫妇不和的传说的，我想还是不告诉你们的好。詹姆士和杜萨特大老板的另外八个儿女可以说是代表维多利亚时代的英国，也代表这时代的五厘利息加本钱的生意经和个人主义——如果你们懂得这里的意义。总之，在各自漫长的一生中他们把原来三万镑的财产翻了又翻，最后各人的财产加起来足足有一百万镑。他们从来不干一件荒唐事情,只有你们的三叔祖斯悦辛算是例外,因为我好像知道他有一次和人压宝受了骗,而且因为赶过一辆双马的马车,被人称作'四马手福尔赛'。他们的时代已经过去了,他们这种类型的人也过去了,对于国家来说并不一定就好。他们很平凡,但也很正常。我是乔里恩·福尔赛第四代——很不配这个称号——"

"配,爹。"乔里说,好丽紧抓着父亲的手。

"不配,"乔里恩又说一句,"只能算是次货,我怕什么都不代表,只能代表世纪末。不劳而获的收入、玩票思想和个人自由——这跟个人主义是两回事,乔里。你是乔里恩·福尔赛第五代,孩子,你是新世纪开山的人。"

说到这里,三个人转弯向学院大门走去,好丽说:"有趣得很,爹。"

两个人都不大懂得她是什么意思。乔里的脸色很严肃。

彩虹旅馆的特色是一点儿不时髦,只有牛津的小旅馆能够这样;旅馆里给他们准备了一间橡木板壁的私人小起坐室;那个唯一客人到达时,好丽正一个人坐在室内,穿一件白衣服,羞怯的样子。

法尔就像伸手去碰飞蛾那样握着她的手。她可愿意戴这朵"草花"吗?戴在头发上一定很漂亮。他从大衣上把栀子花取下来。

"哦!不,谢谢你——不好意思吧!"可是,她接过来用别针别在颈上,因为忽然记起"浮华"那句话来。法尔在大衣领上插一朵花一定会惹人厌恶;而且她非常盼望乔里喜欢他。其实法尔当着她是最最规矩也最最安静,所以吸引她,一半奥妙也许就在这里,她可曾明白到呢?

"我从来没有提到我们骑马的事情,法尔。"

"还是不要提好！只有我们两个人知道。"

他的两只手那种不自如的样子和两只脚的局促派头,使她产生一种很甜蜜的权力欲;一种柔情蜜意——那就是愿意使他快乐一点。

"你非要跟我谈谈牛津不可。一定非常有意思。"

法尔承认能够自由自在地生活真是开心的事情。上课简直不算什么;还有几个同学人很不错。"只不过,"他又加上一句,"当然我很想能够住在伦敦,那就可以下乡来看你。"

好丽一只手羞怯地在膝盖上动着,眼睛垂下去。

"你还没有忘记,"他忽然鼓起勇气来说,"我们要一同去流浪吧？"

好丽笑了。

"哦！那不过是幻想的一套。人大起来不可能做那种事情的,你知道。"

"滚它的——表姊妹总可以,"法尔说,"下回放暑假——六月就开始,你知道,而且长得没有完——我们再看机会。"

可是,虽则密谋的快乐和兴奋在她血管里流动着,好丽仍旧摇摇头。"做不到的。"她低声说。

"做不到！"法尔激动地说,"哪个会来阻挡？你父亲和你哥哥总不会。"

就在这时候,乔里恩和乔里走了进来;罗曼司只好溜进法尔的漆皮靴和好丽的白缎鞋里面去了;在那个并不能公然倾心吐腹的晚上,它一直就在那里惹得人心痒痒的。

乔里恩向来善看风色,不久就发觉两个男孩子中间暗藏的敌意,同时有点弄不懂好丽是怎么回事;自己不知不觉变得讽刺起来,这对于青年人的健谈是一个致命伤。晚饭后,有人给他送来一封信,使他忽然沉默下来,一直到乔里和法尔起身告辞时,他都不大说话。他陪着他们出来,一面抽着雪茄,跟儿子一直走到基督教会学院的大门口。转身回来的路上,他把那封信取出来,就着街灯又读了一遍。

亲爱的乔里恩:

索米斯今天晚上又来了——今天是我三十七岁的生日。你说得对,我不能再住在这里了。明天我就上皮德蒙特旅馆去住,可是在出国之前一定要见见你。我觉得冷清,而且心绪很坏。

伊琳

他把信折好放在口袋里,向前走去,对自己这样激动很是诧异。这家伙说了些什么话,有过什么举动呢?

他转弯到了高街,向杜尔街走去;一大堆尖塔、穹顶、长长的学院建筑和垣墙就像摆成一个迷阵,在强烈的月光下或者照得雪亮,或者罩在漆黑的影子里;他就在这些中间走着。在这个英国上流社会的中心,很难想象到一个孤独的女子会受到人家的纠缠或者追逼,可是她这封信除掉这个又说明了什么呢?索米斯一定逼着要和她复合,而且这样做还会得到舆论和法律的支持!"一千八百九十九年了!"他想,一面望着一家村舍墙头上晶莹的碎玻璃,"可是碰到财产时,我们还是个未开化的民族!明天早上我就上伦敦。我要说她出国是再好不过的了。"可是这个念头使他并不高兴。为什么索米斯要把她赶到国外去呢?而且,索米斯也可能跟了去,在国外,她丈夫的那些殷勤就更加没法子对付了。"我得小心点儿,"

他想,"那个家伙做事可以毫不顾面子。那天晚上在马车里的派头我就不喜欢。"他的心思转到琼的身上。琼能帮点忙吗？过去有一个时期,伊琳是她顶好的朋友,现在她是个"可怜虫"了,准会投上琼的脾气！他决定打电报给女儿,叫她到帕丁顿车站来接他。当他一步步走回彩虹旅馆时,很弄不懂自己为何要这样大惊小怪。是不是每一个女人碰到这种情形他都会烦神呢？不会！决不会如此！这个坦白的结论使他觉得很是丧气;他看见好丽已经睡了,就进了自己的房间,可是睡不着,在窗口坐上大半天,蜷缩在大衣里面,看着屋顶上的月光。

隔壁房间里,好丽也醒着,想着法尔上眼皮和下眼皮上的睫毛,尤其是下面的;同时在想自己怎样能够使乔里比较喜欢他一点。栀子花在小卧室里的香气很浓,而且闻上去很好受。

这时法尔正从布雷兹诺兹学院二楼自己房间的窗子里探出身来,眼睛盯着月光照着的四合院,可是一点看不见,他看见的是好丽穿着白长服的苗条身材,坐在炉火旁边,就是他走进房间时那个样子。

可是乔里,在他那间窄得像个鬼影的卧室里,一只手压在颊下睡着,梦见自己和法尔坐在一条船上,在参加一次失利的比赛,他父亲站在拉纤小径上喊:"二号！手不要放在那里,天哪！"

第二章　索米斯去试探

在那许多用橱窗使伦敦西城增辉的珠光宝气商店当中，盖夫斯-考第高尔首饰铺是索米斯认为最最"有吸引力"的一家——这个名词新近才时髦起来的。他从没有像他叔父斯悦辛那样喜欢宝石过；自从伊琳在一八八九年离开家，把他送她的全部亮晶晶的东西丢下之后，他对这种形式的投资就厌恶起来。可是碰到一颗好钻石时，他仍旧认得是一颗好钻石，所以在伊琳生日的前一个星期里，他上鸡鸭街或者从鸡鸭街回来的途中，总要找一个机会在几家大珠宝店的门口停留一下；在这些大店里，你即使不能一分钱买一分货，至少货色是相当靠得住的。

从那一次和乔里恩同车之后，他一直就在肚子里盘算，而且愈来愈认识到自己一生中这一个时期的极端重要性；他非得采取行动不可，而且不能错一点。他有一种冷静而理智的想法，要留种就趁现在，要成家立业也趁现在，否则永远休想；可是与此同时，他对这个过去曾经热烈追求过的妻子，自从上次见面后，还暗怀着一种欲望，而且深深觉得这样白白放过自己的妻子简直是违反人情之常，也违反福尔赛家人从不张扬的尊贵传统。

他曾经向皇家法律顾问德里麦讨教过关于维妮佛梨德

讼事的意见——他觉得华特布克要好得多，可是他们已经叫他当了法官（任命得这样迟，简直使人像经常一样怀疑这是一个政治手腕）——德里麦忠告他们立刻进行，好取得恢复婚姻关系的判决；对于这一点索米斯从来就没有怀疑过。等到他们获得恢复婚姻关系的判决之后，那就得看判决是否遵守。如果不遵守的话，这就构成法律上的遗弃，他们就可以收集品行不端证据，提出离婚请求。这一切索米斯全清楚。他们还说德里麦是首屈一指呢。他妹妹的问题这样简单还要经过这些手续，使他更加对自己问题的解决感到绝望。事实上，从各方面看来，伊琳回来是最简单的办法。如果她现在还觉得一肚皮委屈的话，难道他就没有委屈吗？他也要消消气，原谅原谅她对不起自己的地方，并且忘掉自己的痛苦啊！他至少从来没有对不起她过，而这个世界又是妥协的世界啊！他给她的享受可以比她现在的享受好得多。他还会给她留下一笔很大的赡养费，而且不使她受到任何不方便。这些日子他时常端详自己的相貌。他从来就不是达尔第那样的一个风流人物，也从来没有幻想自己是一个情场圣手，可是他对自己的仪表却有相当的信心——这并不是没有理由，因为他身材长得匀称，保养得很好，眉清目秀，健康，血色少些，可是看不出一点纵酒或者其他不节制的征象。那只福尔赛的下巴和心思集中的神情在他看来应当是优点。要他自己来说，他身上并没有一点可以叫人厌恶的地方。

　　人本来是天天靠思想和愿望生活的，所以虽则离开实现还有那么一大段路，那些想法慢慢也就变得很自然了。只要能够用实际行动来充分证明自己决心不咎既往，而且尽自己的一切去博取她的欢心,为什么她不能回到自己身边来呢?

所以在十一月九号那天的早上,他就走进了盖夫斯-考第高尔首饰铺买了一枚钻石别针。"四百二十五镑,先生,便宜得不像话了。这才是阔太太们戴的。"这句话正打中了他的心坎,所以哼也不哼一声就买下来,他把那只扁扁的绿摩洛哥皮的盒子揣在怀里上了鸡鸭街,一天当中,有好几次把盒子打开来瞧,椭圆的丝绒垫子里平放着七粒钻石,放出柔和的光。

"如果太太不喜欢的话,先生,随时都可以掉换。你只管放心好了。"如果能真的放心得了,就好了!他办完一大堆事务,这是他知道的唯一能使自己冷静的办法。正在办公时,布宜诺斯艾利斯的代办所来了一个详细的电报,还提到一个女侍役的姓名住址,答应随时都可以出面做证。索米斯最深恶痛绝的就是弄得臭名远扬,这封电报又及时地给他刺激一下。他坐地铁上维多利亚车站去时,在晚报上看到一条时新的离婚诉讼,这对于他的复合愿望又是一个新的推动力。凡是一个真正的福尔赛,心里焦急不安时,总是想到要回家;这种使这家人坚强而巩固的集体倾向,使索米斯决定回到公园巷去吃晚饭。至于他的心思,他不打算向家人吐露一个字,也没法吐露——他太沉默寡言,而且太要面子了——可是,他们知道的话一定高兴,而且会祝他成功;想到这里人觉得很开心。

詹姆士的兴致很颓唐;原先被克留格尔那个无耻的通牒所燃起的热衷,经过上个月战事的微小进展和《泰晤士报》上要大家努力的呼吁,等于浇了一盆冷水。他不知道会是怎样的收场。索米斯不断地提到布勒①,想借此使他高兴一点。可是他说不上来!就拿从前的考莱说吧——弄得死在那座山上,还有这个莱迪史密斯城困守在盆地上②,在他看上去全是一团糟;他觉得他们应该把海军派出去——这些人才是角色,上次在克里米亚打得真出色。索米斯转移了安慰的阵地。维妮佛梨德收到法尔的来信,牛津大学在盖伊·福克斯节③那天闹得厉害,还有一个营火会,他把脸上涂黑了,因此没有人认出来。

"啊!"詹姆士喃喃说,"他是个聪明的小家伙。"可是说了不久就摇起头来,说他不知道法尔会变成怎样的人,一面苦苦望着索米斯,不断地叽咕索米斯始终没有生一个儿子。他很想有一个姓自己姓的孙子。而现在——唉,弄成这样!

索米斯退缩了一下。他没有料到会给自己来这样一个挑战,要他摊出心里的秘密。爱米丽看见索米斯脸色尴尬,就说:

"无聊,詹姆士;不要这样说!"

可是詹姆士,一个人的脸也不看,自顾自说下去。你看罗杰、尼古拉和乔里恩;他们全有孙子。斯悦辛和悌摩西是从来没有结婚。他自己能够做到的都已经做了;可是眼看着自己就要死了。就像讲的这一大堆话给他莫大宽慰似的,他沉默

---

① 布勒是布尔战争开始时英国的统帅,后来一再吃败仗,才改派罗伯茨代替他。
② 莱迪史密斯城在南非纳塔尔,1899年11月2日被布尔人围困,次年2月28日方才解围。
③ 1605年11月5日,英人盖伊·福克斯在上议院埋伏炸药,阴谋炸死英王,事发被捕,后来这一天就叫作盖伊·福克斯节;英国一些贵族学校的大学生在这个节日要烧掉象征福克斯的草人,并且喧闹。

下来,用一只叉子吃着羊脑和一块面包,而且把面包吞了下去。

索米斯一吃完晚饭就托故走掉。天气并不真冷,可是他却穿上皮大衣,这样可以替自己挡御一下这一天不时袭来的神经战栗。在潜意识里面,他知道比穿一件普普通通的皮大衣看上去神气得多。接着,摸一下胸口的那只扁皮盒子,他就出发了。他平时并不抽烟,可是却燃起一支香烟,一面走,一面小心翼翼抽着。他慢步沿着海德公园驰道向武士桥走去,算好在九点十五分时间到达切尔西。她在这种鬼地方每天晚上怎样消遣呢?女人是多么神秘啊!和她们生活这样接近,然而一点不了解她们。不知道她看中波辛尼那家伙哪一点使她这样为他疯狂?说到底,她的所作所为的确近于疯狂,疯狂得就像着了魔一样,使她简直不顾一切,毁掉她自己也毁掉他的一生!一时间他忽然变得趾高气扬起来,就好像自己是故事里面的那种充满基督精神的男人,就要使她重新获得人生的一切希望,原谅她,忘记她过去的所作所为,并且成为她的前途救星。在武士桥岗哨对面一棵树下面,月光照得非常清澈,他重又把那只摩洛哥皮盒子掏出来,让月光把那些钻石映成五彩。对的,这些是净度最高的钻石!可是,当他用劲把盒子关上时,他心上又来了一个寒战;他加速步伐向前走去,两只戴了手套的手在大衣口袋里勒得紧紧的,简直巴望她不在家最好。一想到她那样神秘又使他着了慌。一个人在公寓里吃晚饭,夜夜如此,——而且穿着晚服,就像假装着在交际似的!还弹钢琴——弹给自己听!看那个样子,连只狗或者猫都没有。这使他忽然想起自己在买波杜伦养的那匹专供上车站用的牝马来。只要他上马厩去,它总是冷冷清清地在那里打瞌睡,然而在回家的路上它总比出去的时候跑得轻快些,就好像急于要回到马厩里那种冷清生活似的!"我要待她好,"他胡乱想着,"我要非常小心!"忽然间,索米斯的安排家庭生活的本领在心里变得充沛起来,使得他走到肯辛顿车站对面时竟而做起好梦,而这种安排家庭生活的本领是弄人的造化过去好像一直吝惜赋予他的。在国王路上,一个汉子从酒店里歪歪扭扭走出来,拉着一只手风琴。索米斯有半晌望着那汉子在人行道上随着自己拉长而刺耳的琴声疯癫地跳舞,接着自己就走过马路,避免和这种醉鬼撞上。一夜的拘禁!人是多么的愚蠢啊!可是那汉子已经发觉他这种回避的举动,从马路对面传来一连串的快活的辱骂。"希望有人把他拘走,"索米斯恶毒地想着,"街上这么多的单身女人,让这种流氓乱闯!"这个念头是走在他前面的一个女子身形引起的。那女子走路的派头好像熟悉得很,而且当那女子在他要去的街角上转弯时,他的心开始跳起来。他赶快走到街口转弯的地方看看清楚。对了!就是伊琳;她在那条肮脏小街上走路的派头没有错。她又转了两个弯,他在第二个转角上,看见她走进自己的公寓房子。这时他追上几步,看清楚是她,就急急忙忙赶上楼梯,刚好撞见她站在自己公寓门口。他听见大门钥匙在开门,就在她开门时吃了一惊转过身时,自己刚好赶到她身边。

"不要慌,"他喘息地说,"我刚巧碰见你。让我进来坐一会。"

她一只手已经掩着胸口,脸色发白,眼睛睁得大大的,后来好像是镇定下来,头点了一下,说,"好吧。"

索米斯关上门。他也需要平息一下,所以在走进那间小客厅的时候,他整整挨了有一分钟,深深地透气使自己的心跳得慢下来。在这个充满希望的时刻,把那只摩洛哥皮盒子拿出来未免显得鲁莽。然而不拿出来这样和她面对面碰上就找不出什么跑来的借口。处在这种尴尬情况下,他对这一套借口和解释的把戏完全变得不耐烦起来。这是一出戏——整个是一出戏,而且非硬着头皮唱不可!他听见她说话了,声音里带有不快和怜悯!

"你又来做什么?你难道不知道我不愿意你来吗?"

他注意到她的衣服——一件深褐色的花丝绒,黑貂领子,一顶用同样料子做的小圆帽。这些衣服她穿起来非常适合。显然,她还有余钱买衣服呢!他没头没脑地说:

"今天是你的生日。我给你买了一样东西。"就把那只绿摩洛哥皮的盒子递给她。

"哎!不要——不要!"

索米斯按一下盒子;七颗钻石在浅灰色丝绒上发出光彩。

"为什么不要?"他说,"就算表示不再对我有敌意不行吗?"

"我不能。"

索米斯把别针拿出来。

"我看你戴起来什么样子。"

她向后退了两步。

他走近两步,一只拿着别针的手伸了出来,碰到她胸前的衣服。她又退后两步。

索米斯手放下来。

"伊琳,"他说,"过去的事情算是过去了。如果我能做到,肯定你也能做到的。我们来重新开头,就像过去没有那种事情一样。行不行?"他的声音里含有饥渴,眼睛注视着她的脸,显出恳求的神气。

她已经等于抵着墙壁站着,这时候噎了一口气,算是她唯一的回答。索米斯又说下去。

"你难道真的愿意像个半死人一样在这种鬼地方一生一世住下去吗?回家去,我可以给你一切满足。你可以照你自己的意愿生活,我可以发誓。"

他看见她脸上讽刺地战栗起来。

"是啊,"他又说,"可是这一次我是说的真心话。我只求你一件事情。我要——我要一个儿子。不要这副样子!我的确要一个。太吃不消了。"他的声音变得急促起来,两次把头甩向后面,就像是透不过气来似的。还是看见伊琳的眼睛盯着他望,阴沉的神色带有一种激动的恐惧,使他振作起来,由痛苦的语无伦次状态转为愤怒。

"这难道有什么不近人情?"他咬牙切齿说,"跟自己的妻子要一个孩子难道是不近人情?你害了我们的一生,而且弄得什么事都不对头。我们只像半死人一样活着,一点希望都没有。你想想,尽管你过去做了那些事情,我——我仍旧要你做我的妻子,这难道对你还不够有面子吗?你说话呀,天哪!说话呀。"

伊琳像要说话,可是说不出来。

"我并不想吓唬你,"索米斯说,口气稍微温和一点,"天晓得。我只是要你知道我再不能这样下去了。我要你回去。我想你。"

伊琳举起一只手来遮着下半截脸,可是眼睛始终盯着他的眼睛看,就好像靠这双眼睛抵挡着他似的。这时候,多年来的孤寂和痛苦的回忆,自从——啊,从什么时候起的——几乎自从认识她起,就像一片巨浪在索米斯胸中涌起来;脸上显出一阵怎样也控制不了的抽搐。

"现在还来得及,"他说,"还来得及——只要你相信得过。"

伊琳的手从唇边拿开,两只手在胸前做了一个痛苦的姿势。索米斯一把抓着她的手。

"不要!"她低声说。可是他仍旧抓着不放,竭力盯着她那双毫不动摇的眼睛看。后来她静静地说:

"我是一个人住在这里。你不能再像从前那样地举动。"

他立刻松开手,就像避开烙铁一样,转过身去。世界上真会有这种刻骨的仇恨吗?那一次粗暴的占有行动难道她到现在还耿耿于怀吗?难道他因此就全然没有指望吗?他头也不抬起来,固执地说:

"我非等你回答不走。我提出的是男人全都不愿意提的,我要一个——一个理智的回答。"

这时几乎有点出乎他的意料,他听见她回答了。

"你得不到一个理智的回答。理智和它毫无关系。你只能知道一个残酷的真理。我宁可死。"

索米斯瞠目望着她。

"噢!"他说。这时他突然觉得说不出话来,也没法动弹得了,就像一个人受到了极大的侮辱,一时想不出怎样应付,或者毋宁说,把自己怎样办时所感到的战栗一样。

"噢,"他又说了一句,"有这样糟吗?真是的!你宁可死掉。太好了!"

"很对不起。你要我回答。我不得不说真话,你说呢?"

这句古怪的由衷之言倒把索米斯拉回现实的怀抱。他把别针放在盒子里,把盒子关上,放进衣袋。

"真话!"他说,"女人有什么真话会说。全是神经——神经。"

他听见她低声说:

"对了;神经从来不隐瞒事实,你难道没有发现过吗?"他不作声,心里胡乱在想,"我要恨这个女人。我要恨她。"毛病就在这里!他真的能够恨她就好了!他向她瞥了一眼,她抵着墙站着一动不动,昂着头,双手紧紧勒着,简直像是等待枪毙似的。他赶快说:

"你的话我一个字也不相信。你有个情人。你要是没有情人,决不会这样——这样蠢。"从她眼睛里的表情,他意识到自己说话有点语无伦次,太像过去同居在一起时那样随便讲话了。他转身向着门口,可是没法走出门。在他的心里有一种东西阻挡着他——福尔赛性格里最深藏和最隐秘的气质,那就是没法放得了手,没法看见自己的坚韧性是多么荒唐和不可救药。他又回过身来,站在那里,背抵着门,就像她背抵着墙一样,完全意识不到两个人这样隔开整个的房间有什么可笑的地方。

"你除掉自己之外,可曾想到过别的人?"他说。

伊琳的嘴唇颤动起来;后来缓缓回答说:

"你可曾想到,在我们结婚的头一个晚上我就发现自己铸成大错——不可救药的错误;你可曾想到我有三年一直都在挽救——你可知道我一直都想挽救吗?这难道是为我自己?"

索米斯把牙齿咬得响响的,"天知道你为的谁,我从来就不了解你;我永远不会了解你。你过去要什么有什么;现在你还可以要什么有什么,而且还可以要得多。我的毛病究竟在哪里?我明明白白地向你提一个问题:在哪里?"他并不意识这句话问得很凄惨,又继续激动地说,"我又不跛,又不讨厌,又不腻味,又不傻里傻气,是什么呢?我又有什么神秘的地方呢?"

她的回答是一声长叹!

她两只手握在一起,那种姿态在他眼中非常之充满表情。"今天晚上我来这里的时候,我是——我是希望——我是诚心诚意想要能够把过去完全抹掉,重新来一个公平的开始。可是你回答我的只是'神经'、沉默和叹气。一点实在的东西都没有。就像——就像个蜘蛛网。"

"对了。"

这句从房间对面传来的低声回答重又使索米斯火冒起来。

"好吧,我可不愿意落在蜘蛛网里。我要割掉。"他一直走到她面前,"你听着。"究竟他走到她面前打算做出些什么,自己其实并不知道。可是当他走近时,她衣服上的熟悉的香味忽然打动了他。他两手搭着她的肩头,弯下来吻她。他吻到的并不是嘴唇,而是嘴唇瘪进去的一条细硬线;她两只手随即推开他的脸;他听见她说:"啊,不要!"羞耻、内疚和徒劳的感觉浸满他整个的人;他转过身,头也不回就走了出去。

第三章 看望伊琳

乔里恩发现琼就在帕丁顿车站上等他。她是早饭的时候接到电报的。她租的一间画室和两间卧房,就在圣约翰林一个什么花园那儿;是为了这样可以完全独立才特地租下来的。这样既没有恶意的邻居老太太监视她,又没有经常的家庭仆役给她许多不便,她就可以没日没夜地随时招待她的那些可怜虫,而且一些可怜虫自己没有画室的,也常常利用琼的地方。她这样自由自在觉得很开心,而且始终保持着一种处女的热情;过去她浪费在波辛尼身上的狂热——加上她的福尔赛的顽强,一定缠得波辛尼很腻味——现在被她用来广泛布施给艺术界的那些失败者和萌芽中的"天才"。实际上她的生活就是把那些她认为是天鹅的丑小鸭变成天鹅。保护热诚歪曲了她的判断力。可是她既忠实又慷慨;一只急切的小手总是在反抗学院派和商业界的专制意见,所以虽则她的收入相当可观,存款折子上却往往是透支的。

上帕丁顿车站之前,她刚看望了伊立克·考柏莱,正充满一肚子的闷气。一家鬼画店竟然拒绝这位直头发天才开个人画展。那个无耻的经理,看了他的画室之后,发表了这样的意见说,"从卖钱的角度来看,只能是蚀本交易。"没有骨气到了透顶的市侩典型,竟然拿来对付她最得意的可怜虫——而考柏莱又是那样拮据,还有一个老婆和两个孩子,弄得她又透支了——这使她那张坚毅的小脸到现在还在发火,金红头发比平时更加通红了。她搂了父亲一下,就同他上了马车,她有一大堆事情要找他,就如同他有一大堆事情要找上她一样。当前亟待解决的问题是哪个先提出来。

乔里恩才说了一句:"亲爱的,我找你来是——"就看见她脸上两只蓝眼睛左右移动——好像猫儿怀着鬼胎时的尾巴一样——知道她心不在焉。

"爹,我难道绝对不能动用我的钱吗?"

"只能用利钱,幸而是,亲爱的。"

"多么地不讲情理啊!能不能想个办法呢?总该有点办法。我知道有一家小画店,有一万镑我就可以盘下来。"

"一家小画店,"乔里恩喃喃说,"好像并不是什么奢望。可是你祖父老早见到了。"

"我觉得,"琼气呼呼地说,"这样在钱上面煞费苦心太叫人吃不消了,而世界上却有这么多的天才就是因为缺少那一点钱完全被摧残掉。我是永远不会结婚生孩子的;为什么不能让我拿来做点事情,一定要全部捆着不能动用来预防那永远不会有的万一呢?"

"亲爱的,我们家姓的是福尔赛,"乔里恩用他的讽刺口吻回答,这种口吻是他这个性情冲动的女儿至今还不能完全习惯的,"而福尔赛家人,你知道,就是那种把财产留给自己的孙儿孙女,但是为了防备他们死在父母之前,他们一定要立下遗嘱,只有在他们父母去世之后,财产才能归他们所有。你弄得懂吗?我也不懂,可是事实就是如此;我们一生坚持的原则是,只要有办法把财产保留在家族以内,决不让利权外溢;

如果你没有结婚就死掉,你的钱就归乔里和好丽和他们的儿女,如果他们结婚的话。所以不管你们怎样胡来,你们任何一个人总不会过穷日子,这难道还不开心吗?"

"可是我能不能借用一下呢?"

乔里恩摇摇头。"当然你可以租下一家画店,只要你能够从你的进项里开支掉。"

琼轻蔑地哼了一声。

"对了;而且弄得没有一点剩余去帮助人家。"

"亲爱的孩子,"乔里恩啜嚅说,"算起来还不是一样吗?"

"不同,"琼说,这在她就是精明了,"我一万镑可以盘下来,那就是一年只出四百镑。可是租下来一年就得出上一千镑租金,这一来我就只剩下五百镑了。我假如能盘下那片画店,爹,你想我有多少事情可以做啊!我可以一转眼间就使伊立克·考柏莱成名,以及许多别的人成名。"

"该出名的到时自然会出名。"

"在他们死了之后。"

"你可知道,亲爱的,有什么活人成名之后还会有进步的?"

"知道,就是你。"琼勒一下父亲的胳膊。

乔里恩一惊。"我吗?"他心里想,"哦!嗯!现在她要我帮她的忙了。我们——我们福尔赛家人——全有一套达到目的的办法。"

琼在车子里和他挨近些。

"好爹爹,"她说,"你盘下那家画店,我每年付给你四百镑。这样我们两个人谁也不吃亏。再说,这还是一笔很好的投资呢。"

乔里恩推托起来。"你想想看,"他说,"以一个艺术家去盘下一家画店是不是有点儿不明不白?而且,一万镑钱是个大数目,我的性情又不近于经商。"

琼带着钦佩的神气打量着他。

"当然你不是,可是你的生意经很不错。我有把握我们开店赚得了钱。把那些混蛋的商人和买画的人羞辱一下,这是最好的办法。"她又勒一下父亲的胳膊。

乔里恩脸上显出尴尬的失望。

"这家可爱的画店在哪里呢?我想地点一定非常理想吧?"

"离考克街只有一点儿路。"

"啊!"乔里恩想,"我早知道就差那一点儿路。现在我要找上她了!"

"好吧,让我考虑一下,可是目前不谈它。你记得伊琳吗?我要你陪我一同去看她。索米斯又在追她了。如果我们能够给她找个地方避难,说不定要安全些。"

避难这个字眼是他无意用上的,可是最最能指望引起琼的兴趣的也是这个字眼。

"伊琳,我没有看见她有——当然!我非常愿意能帮她的忙。"

现在轮到乔里恩勒一下琼的胳膊了,这算是表示一种深切的钦佩,佩服自己亲生的小东西这样勇敢而且胸怀宽大。

"伊琳很高傲,"他说,眼睛斜瞥了一下,看见琼这样拘谨忽然疑心起来,"帮她的忙很不容易。我们一定要谨慎些儿。就是这个地方。我打电话给她,叫她等我们的,我们把名片递上去。"

"索米斯我真吃不消,"琼下车时说,"只要是不出名的作品他都看不起。"

伊琳就在皮德蒙特旅馆的所谓"女宾"客厅里。

坚持正义的勇气是琼的最大优点,她一直走到自己老友前面,吻了她的面颊,就一同在旅馆开张以来那张从来没有人坐过的长沙发上坐下。乔里恩可以看出伊琳被这种单纯的饶恕深深打动了。

"索米斯又来找你的麻烦吗?"他说。

"昨天晚上他跑来看我;要我跟他回去。"

"当然你不能回去,对吗?"琼叫出来。

伊琳微笑,摇摇头。"可是他的处境很尴尬。"她低声说。

"那只能怪他自己;他应当当时就跟你离婚的。"

乔里恩想起当年琼曾经多么热烈地盼望不要闹什么离婚案子出来,免得辱没她死去的不忠实情人的姓名。

"让我们听听伊琳有什么打算。"他说。

伊琳的嘴唇微颤,可是泰然说:

"我顶好能够给他一个新的借口和我解决掉。"

"不像话。"琼叫出来。

"此外还有什么办法?"

"谈不上这个,"乔里恩静静地说,"没有奸情。"他讲了一句法文。

他以为伊琳要哭出来;可是她迅速站起来,半个身子转了过去,站在那里努力使自己镇定下来。

琼忽然说:

"我要去找索米斯,跟他说不能来麻烦你。他这么大年纪还想些什么?"

"想个孩子。这也是人之常情。"

"想个孩子;"琼鄙夷地叫出来,"当然喽!好把他的钱留下来。他要是真的急于想有儿子的话,可以找个人生一个;那时你就可以跟他离婚,他就可以跟那个女人结婚。"

乔里恩忽然看出他带琼来是个失着——她的激烈偏袒等于替索米斯卖气力。

"顶好还是让伊琳不声不响住到我们罗宾山来,看看事情怎样一个眉目。"

"当然,"琼说,"不过——"

伊琳对乔里恩看了一眼——事后他尽管多少次想分析看他这一眼是什么意思,可是总分析不出来。

"不行!我只会给你们添麻烦。我到国外去。"

从她的声音里,乔里恩知道她已经决定了。他的脑子里忽然掠过一个毫不相干的念头:"那么,我就可以在国外看见她了。"可是他说:

"你想,如果他也跟了去,你在国外不是更加没有人倚靠了吗?"

"我不知道。只能试试看。"

琼猛然站起来,在客厅里来回走着。"太不像话,"她说,"为什么人要被这个可恨的虚伪法律一年年地蹂躏下去,永远痛苦着,永远没有办法可想呢?"可是有人进来了,琼只好站着。乔里恩走到伊琳面前。

"你要钱吗?"

"不要。"

"要不要我替你把公寓租出去?"

"好的,乔里恩,就请你办一下。"

"你几时动身呢?"

"明天。"

"那么你暂时不会回到切尔西那边去了,是不是?"他说这句话时带点焦灼,自己觉得很奇怪。

"不去了;我把用的东西全带来了。"

"你可要把国外的地址告诉我们。"

她向他伸出手来。"我觉得你是座山。"

"可是长在沙滩上,"乔里恩说,使劲握着她的手,"可是我很高兴随时能效点力,你记着这个。而且如果你改变主意的话——来吧,琼,和伊琳告别。"

琼从窗子那边过来,张开两臂搂着伊琳。

"不要去想他,"她小声说,"自己乐一下,上帝保佑你!"

伊琳眼睛里含着眼泪,嘴边带着微笑,想起过去的一切。父女两个极其沉默地走掉,经过那个打断了他们谈话的妇女面前,她正在翻阅桌上的报纸。

走到国立美术馆的对面时,琼叫出来:

"真有这种不要脸的畜生和混蛋的法律!"

可是乔里恩没有搭腔。他有自己父亲的那一点冷静头脑,便是在情绪激动时也还能公正地看问题。伊琳说得对,索米斯的处境跟她一样糟,甚至还要糟些。至于法律——法律天生是把人性看得很低下的,也就是为了伺候低下的人性而设的。他觉得再跟自己女儿待在一起的话,多少总会说出什么不检点的话来,就告诉她要赶火车回牛津去;他雇了一辆马车,丢下她自己去看透纳的那些水彩画,并且答应她考虑一下盘下画店的事情。

可是他心里盘的并不是画店,而是伊琳。据说,怜和爱是相近的!这样的话,他肯定自己有爱上她的危险,因为他非常可怜她。试想她这样无依无靠,这样孤零零地在欧洲漂泊!"我真希望她头脑冷静些!"他想,"很容易走上绝望的地步。"事实上,她现在和那点可怜的职业关系断绝之后,他就没法想象她将怎样生活下去——这样一个尤物,一点人生指望没有,然而却是任何人逐鹿的对象!他这样焦灼,好像不仅仅就是一点点担心和忌妒。女人到了无路可走时常会做出莫名其妙的事情来。"不知道索米斯现在怎么办?"他心里想,"一大堆乌七八糟的事情!而且恐怕他们还要说她是自作自受呢。"上火车时,他又是心不在焉,又是恨,连车票都差点儿找不到;到达牛津车站时,他向一位太太脱一下帽子;这位太太的脸好像记得,名字却叫不出来,便在彩虹饭店看见她喝茶时也仍旧叫不出来。①

---

① 这位太太,作者的意思是指乔里恩在皮德蒙特饭店客厅里和伊琳会面时见到的那个女子,也就是包尔第派来侦察伊琳行动的密探,但是乔里恩和伊琳的过从一直到乔里恩上巴黎时才由包尔第得正式报告给索米斯,那个密探这时就追踪乔里恩到了牛津似乎不大讲得通。

173

第四章　福尔赛家人最害怕的地方

希望挫败了，那只绿摩洛哥皮的盒子仍旧扁扁地抵着他的胸口，索米斯一面抖，一面反复盘算着，心里恨得要死。真是蜘蛛网！他走得很快，看不见月光下面的任何东西，盘算着适才经过的一幕情景，回忆着她被他抓着时的坚硬身体。愈盘算愈肯定她有个情人——她那句"我宁可死掉"的话要是没有情人就太可笑了。就算她从来没有爱过他，她也是一直等到波辛尼跑来才闹开的。对啊；她又有了情人，否则的话，她决不会对他的建议做出这样戏剧性的回答，因为他的提议从任何方面说来都是入情入理的！好吧！这样事情就简单了！

"我要设法打听出自己是什么处境，"他想着，"明天早上第一件事情就上包尔第得那儿去！"

可是便在做出这样决定时，他知道还有不少的麻烦要对付。平时在执行律师业务时，他曾经有好几次雇用过包尔第得这家私人侦探，便在最近为了达尔第的案子也雇用过，可是从来没有想到可以用这班人来侦视自己的妻子。

这使他太难堪了。

他怀着这种打算和挫折的自尊心去睡了——与其说睡，毋宁说睁了一夜眼睛；只在剃胡子时才猛然想起她是用自己的娘家姓海隆的。包尔第得在一开头决不会知道她是哪一个人的妻子,至少在一开头决不会那样谄媚地望着他,而在背后嗤笑他。只说她是一个当事人的妻子。而且这话也说得并没有错——他可不就是自己的律师吗?

他生怕自己不能当机立断,那样的话,他说不定会始终下不了手。所以他命瓦姆生一清早就给他烧了一杯咖啡喝掉,不等到早饭时间就悄悄出门,急急忙忙向西城一条小街走去;包尔第得和其他为那些比较殷实的阶级服务的私家侦探都设在这条街上。过去他总是叫包尔第得上鸡鸭街来看他;可是他的地址他完全知道,所以一开门他已经到了。外面一间收拾得很舒适,简直有点像放印子钱的人家;一位太太跑来招呼他,看上去很配得上做一个小学教员。

"我要看克劳德·包尔第得先生。他认得我——你不用告诉他姓什么。"

不让任何人知道他索米斯·福尔赛弄得要雇人侦视他的妻子,这是他最强烈的念头。

克劳德·包尔第得先生——和路易·包尔第得①完全不同——是那种黑头发、鼻梁微钩、眼睛深黄而灵活的一类人,人家说不定会当他是犹太人,其实是腓尼基人;他引索米斯进了一间有厚地毯和厚窗帘的寂静屋子里;实际上是一间设计得非常隐秘的房间,一点文件的影子都看不见。

包尔第得向索米斯恭敬地招呼一下,就带着相当卖弄的神气把那扇唯一的门上的钥匙转了一下。

---

① 这大约是包尔第得的父亲,过去也是干这个行业,而且和索米斯有过接触。

"如果一个当事人叫我去，"他惯常这样说，"他愿意怎样戒备就怎样戒备；如果上这儿来，我们就得使他相信决不会泄漏风声。我可以有把握说，我们别的地方即使不及人家，在保守秘密这一点上是首屈一指的……现在，先生，你有什么见教？"

索米斯的喉咙已经堵得完全说不出话来。绝对要瞒着这个人，要叫他认为自己在这件事情上除掉职业性的利害外并没有其他关系；他的脸不由而然地转为一种侧面的微笑。

"我今天这样早跑来找你是因为事情一点儿都不能耽搁。"他如果耽搁一点儿，说不定会自己拆自己的台！"你没有一个靠得住的女人抽得出来吗？"

包尔第得先生打开一个抽屉，拿出一张履历，眼睛看了一下，就把抽屉关上。

"有的，"他说，"只有她能做。"

索米斯已经坐下来，跷起大腿——脸上除掉一点红晕之外，什么都看不出，而这点红晕很可能就是他的正常肤色。

"那就马上派她去侦查一位住在切尔西特鲁公寓丁室的伊琳·海隆太太，到下次通知为止。"

"马上就做，"包尔第得先生说，"离婚吧，我想是？"他向一个话筒喊道，"布兰齐太太在吗？我要在十分钟内找她说话。"

"任何报告都要你来写，"索米斯又说，"而且要你亲手寄给我，上面写好密件，盖上火漆，而且挂号。我的当事人要求绝对保守秘密。"

包尔第得先生笑了，那意思好像说，"你在教你祖爷爷的乖呢，我亲爱的先生。"他的眼睛有这么一刹那以非职业性眼光在索米斯脸上扫了一下。

"你叫他完全放心。"他说,"抽烟吗?"

"不抽。"索米斯说,"你懂得吗,不能出一点事情。如果有个人的名字泄漏出去,或者被人觉察到有什么侦查行为,那就可能发生严重的后果。"

包尔第得先生点点头。"我可以拿来列入密码的范围。按照密码的做法,姓名是从来不提的;我们只用号码。"

他又打开一个抽屉,取出两张纸头,在上面写了几个字,拿一张交给索米斯。

"你留着这个,先生;这是你的密码表,我保留这张副本。这个案子我们叫作七辛。侦查的对方将是 17;侦查人是 19;公寓是 25;你自己——按说是你的事务所——是 31,我的事务所是 32,我自己是 2。如果你要在信里提到你的当事人的话,我就称他作 43;任何我们认为有嫌疑的人都是 47;再有一个就是 51。进行的期间有什么特别的吩咐或者指示没有?"

"没有,"索米斯说,"就是说——做事情要周到。"

包尔第得先生又点点头。"费用呢?"

索米斯耸一下肩膀。"合理就行。"他简短回答一句,站了起来。"整个事情你要亲自掌握。"

"一定。"包尔第得先生说,忽然在索米斯和那扇门中间冒了出来。"另外一个案子不久我就可以来找你,再见,先生。"他的眼睛重以非职业性眼光把索米斯扫了一下,就把门打开。

"再见。"索米斯说,眼睛连两边都不瞧一下。

到了街上,他自己暗自默默地诅咒着。真是蜘蛛网,可是要割断蛛网他又非得用这种阴险的、秘密的、下流手段不可;

对于一个素来把自己私生活看作是最神圣的财产之一的人，这种做法简直使他厌恶。可是事情已经做了，再没法子收回了。他一直上了鸡鸭街事务所，把绿摩洛哥皮盒子和那张行将彻底搞清楚他的家庭生活破产情况的密码表一齐锁了起来。

奇怪的是，一个毕生就从事把别人的一切私人财产纠纷和家庭勃豀揭露在公众眼前的人，竟会这样害怕公众的眼光落到自己的身上来；可是这并不奇怪，因为又有哪一个比他更懂得法律的全部冷酷过程呢？

他整天都在拼命工作。维妮佛梨德四点钟就要跑来，他要带她上法学院找皇家法律顾问德里麦商量事情，所以一面等她，一面把她写给达尔第要他回来的信重又读了一遍；这封信是达尔第离开的那一天由索米斯逼着维妮佛梨德写的。

  亲爱的蒙达古——收到你的信，获悉你已经永远离开我，并且正在赴布宜诺斯艾利斯的途中。这当然使我极端震骇。我现在趁早写信告诉你，只要你肯立刻回来，我愿意不咎一切既往。我的心绪很乱，目前不愿多谈。这封信挂号寄往你在俱乐部留下的地址。请电复。
          依旧是你的爱妻
         维妮佛梨德·达尔第

哼！多么可恨的无聊玩意！他记得维妮佛梨德抄他的铅笔稿子时，自己弯着腰看着她抄；她放下笔时，曾经那样说，"假如他回来呢，索米斯？"那声调非常特别，就好像一点没有主意似的。"他不会回来，"索米斯当时回答她，"除非他把钱用光了。所以我们非立刻采取行动不可。"达尔第在伊昔姆俱乐部里喝醉酒乱写的那张纸条子也附在信后面。索米斯当时很可能希望这张纸条子最好不要这样让人显然看出是喝醉酒写的。法庭就专找这种岔子。他能听见法官的声音说："你把这张纸条子看得这样认真吗？要这样认真写信给他？你认为他这话算数吗？"没有关系！达尔第已经搭船走了，而且现在还没有回来，这总是明明白白的事实。还有他打来的回电："决不回来。达尔第。"也作为附件。索米斯摇摇头。这件事情如果不能在今后几个月里全部解决掉，那个家伙就会像坏铜子一样又跑出来了。赶掉他至少可以一年省上一千镑，还可以省掉维妮佛梨德和他父亲许多烦神。"我一定要给德里麦打气，"他想，"一定要加紧进行。"

维妮佛梨德打扮成戴半孝①的样子，这和她的淡颜色的头发和高个儿都很相称；她是坐的詹姆士的四轮活顶马车，驾着詹姆士的双马来的。索米斯自从詹姆士五年前从事务所退休之后，还没有看见他的马车开到商业区过，这种不调和的情调使他吃了一惊。"时代是变了，"他想，"以后还不知会变成什么样子呢？"连大礼帽也愈来愈少了。他问起法尔。"法尔，"维妮佛梨德说，"来信说他下学期要打马球了。"她觉得他交的一班朋友很不错。接着她又问了一句，非常时髦地掩饰着心里的焦灼！"我的事情会不会闹得满城风雨，索米斯？报纸上难道一定要登出来吗？弄得法尔和女孩子们太难堪了。"

索米斯自己事情还愁不过来，就回答说：

"报纸专门抢着打听这种事情；要他们不宣扬出去很不

---

① 即黑衣服稍微来点白色、灰色和浅紫的点缀，是重孝和脱孝之间穿的。

容易。他们装作保卫公众道德,但是他们的下流报道只能使公众道德堕落。可是今天还没有到那种情形。今天我们只是去见德里麦谈恢复关系的问题。当然他懂得这是为了进一步离婚做准备;不过,你一定要装得好像真正渴望达尔第回来似的——今天你不妨练习一下。"

维妮佛梨德叹口气。

"唉!蒙第真是个傻瓜!"她说。

索米斯狠狠盯了她一眼。看得出她没法跟她的达尔第认真干起来,而且有一点点机会就会和达尔第和好如初。他自己在这件事情上从一开头就坚决。眼前怕出一点丑只会给他妹子和几个孩子日后带来真正的羞辱,如果让达尔第仍旧累着他们,一天天败下去,把詹姆士打算留给女儿的钱花得精光,说不定弄得倾家败产。虽则这一笔钱事实上已经不能动了,那个家伙总有法子从那笔赠予上挤出钱来,而且叫他家里人付出一大笔钱,使他不至于破产,甚至于也不会坐牢!两个人下了油光闪亮的马车,把两匹油光闪亮的马和两个帽子铮亮的马夫留在河滨大道上,走上皇家办公室德里麦皇家法律顾问的事务所。

"拜尔贝先生在这里,先生,"职员说,"德里麦先生十分钟内就到。"

拜尔贝先生是助理辩护士——并不是想象中的助理那样年轻——原因是索米斯非要是有名气的辩护士决不请;的确,那些辩护士究竟有些什么名气使他要雇用他们,这对他永远是个谜——拜尔贝先生坐着,把手里的文件最后翻阅一下。他刚从法庭回来,假发和长袍还没有除下,这样装束和那只像小喷水筒柄子一样突出来的鼻子,一双精明的小蓝眼睛,和相当鼓出的嘴唇配起来倒很顺眼——作为德里麦的副手和打气的人没有比他更适合的了。

索米斯给维妮佛梨德介绍之后,两个人就跳过天气的寒暄,谈起战局来。索米斯忽然插进来:

"他如果不回来的话,我们不能提出六个月后离婚的请求。我希望现在就提,拜尔贝。"

拜尔贝先生讲话微微带一点爱尔兰口音,向维妮佛梨德微笑说:"这是法律上的拖延,达尔第太太。"

"六个月!"索米斯又说一句,"那就要拖到六月里!案子开庭就要等过长长的暑假,我们非把锣鼓打得紧不可,拜尔贝"——为了防止维妮佛梨德反悔,他愿意把自己的一切工作都丢开。

"德里麦现在可以见你了,先生。"

三个人鱼贯而入,拜尔贝先生先走进去,索米斯看着自己表上走了一分钟光景才陪维妮佛梨德进去。

皇家法律顾问德里麦穿了一件长袍,可是假发已经除掉,正站在炉火前面,就仿佛这次会谈是招待性质似的;他有饱学之士的那种坚韧的、油光闪亮的肤色,一只相当大的鼻子架着一副眼镜,微微花白的腮须;他最喜欢睐起一只眼睛,并且用上嘴唇包着下嘴唇,因此他的话常叫人听不清。他还有一个派头,会突然绕过谈话的对方;这个派头,和那种令人不安的声气,以及一种开始说话之前号叫的习惯——这一切奠定了他在遗产案件和离婚案件方面很少有人比得上的名气。他睐着一只眼睛,听完拜尔贝先生轻快地大致叙述一下事实之后,就号叫道:

"这些我全知道。"当时就绕到维妮佛梨德跟前,咕噜咕噜地说了下面的话：

"我们要找他回来，可不是，达尔第太太？"

索米斯断然插进来：

"舍妹的处境肯定不是人受的。"

德里麦号了一声。"一点不错。你看，我们能不能就凭一封拒绝的电报，还是应当等到圣诞节过后，给他一个机会写一封——要紧的就在这里，你看呢？"

"能够多快，就——"索米斯开始说。

"拜尔贝，你怎么看法？"德里麦说，绕到拜尔贝面前。

拜尔贝先生好像一只猎犬在那里嗅气味。

"我们的案子要到十二月中旬才能开庭。我们给他的宽限不需要比这个更多。"

"当然，"索米斯说，"为什么舍妹要弄来这许多麻烦，他反而可以任意——"

"任意花天酒地！"德里麦说，又绕到他跟前来，"很对，一个人不应当花天酒地，可不是，达尔第太太？"他提起长袍一把抓成扇形，"我同意。我们可以提出来。还有什么事吗？"

"目前没有了，"索米斯同意地说，"我本来只要你和舍妹见见面。"

德里麦轻轻号了一声："荣幸得很。再见！"把他保卫性的长袍放了下来。

三个人又鱼贯而出。维妮佛梨德先下楼，索米斯留在后面。便是索米斯对德里麦也不得不佩服了。

"证据是够的，我觉得，"他跟拜尔贝说，"我只是跟你说，这件案子如果不赶快做掉的话，也许永远达不到目的。你想他懂得意思吗？"

"我想法使他懂得,"拜尔贝说,"可真是一把好手呢——好手。"

索米斯点点头,去追上自己的妹子。他看见她很难受,用面纱遮着脸,忍着眼泪,自己马上说:

"那个女招待的证据就已经很够了。"

维妮佛梨德脸板下来;态度变得严肃了;两人走到马车那里。在驶回格林街的途中,自始至终两个人都默默无言,两个人心里都在反复想着同一个问题:"唉,为什么!为什么我的不幸要弄得这样人人都知道呢?为什么要雇密探侦查我的私人纠纷呢?又不是我自己惹出来的。"

第五章 乔里当起裁判

占有的本性,在受到绝对无法挽回的挫折时——就像福尔赛家这两个人碰上时那样——固然会促使人们放弃那不再能占有的东西;但是,在英国国家里,这种本性却一天天变得更加坚决了。尼古拉本来不大相信这一次战争会影响到财产,近来也听到他骂这些布尔人是一伙没脑子的人了;说他们开销很大一笔钱,应当给他们受一次教训,愈早愈好。要他来做,他就要派吴士礼①出去!他看事情总是比别人看得远些——所有福尔赛的巨万家财都是这样来的——所以他已经看出布勒不中用了——一头笨牛,总是那样横冲直撞,他们再不小心的话,连莱迪史密斯城都要陷落了。他说这话时还是在十二月初,接着就来了黑色星期,这时他就振振有词地逢人便说:"我不是早就说过了。"在那个福尔赛家人从未经历过的阴暗星期里,小小尼古拉在他的团队"魔鬼营"里参加了好多次训练,急得小尼古拉去找家庭医生查问儿子的健康,而且吃惊的是儿子一点毛病也没有。这孩子不过才从法学院熬出了头,新近当了律师,还花了一点钱;目前平民里面熟练军事的人可能很是需要,而他却

---

① 加尼特·约瑟夫·吴士礼(1833—1913),当时英国历次侵略殖民地战争中的"名将"。

在这种时候受军事训练,这在他的父母看来简直有点像噩梦。他的祖父当然认为这是庸人自扰;英国和人家打仗都是小规模的,而且是职业军人的事情,他在这上面的感情教育受得非常彻底;什么全国动员,他根本就不相信会有;而且他这样子对自己并不利,因为他手里有德皮尔股票①,现在跌得很厉害,这足足抵得上牺牲自己的孙子而有余了。

可是在牛津那边倒是另一种情绪占了上风。在黑色星期前本学期的两个月中,那种年轻人集体固有的兴奋已经逐渐明朗,成为对立的两派。正常的青年人——这种人在英国总是趋向保守,不过对事情不大认真——都激昂慷慨地主张一举荡平布尔人,而且痛惩一下。这一部分人比较占多数,法尔当然是属于这一部分人。另外一些过激的青年则主张停战,并且承认布尔人独立自主;这班人虽则是少数,可能吵得还要厉害些。不过这两派在黑色星期之前壁垒并不分明,两派中间也没有一道鸿沟,只不过有些学院式的争辩罢了。乔里就是那些不知道自己究竟站在哪一方面的一个。他祖父老乔里恩的那一点点正义感他也有,这使他不至于只看问题的一面。还有,在他那"最优秀"的一小撮人中间有一位"管他妈的"见解极其高明,而且个人影响相当大。乔里动摇了。他父亲的看法好像也模棱两可。而且虽则他密切注视着自己的父亲——这在一个二十岁的人是很自然的——留心看他有什么还可以纠正的缺点,但是父亲仍旧保持着一种"气派",这种气派使他的讽刺的容忍原则具有一种光彩。当然,如所周知,艺术家都是优柔寡断的,在这一点上,一个人可不可以一定看在

---

① 这家公司在德兰士瓦,所以布尔人失败只有对尼古拉不利。

自己父亲的面上,就是跟他要好也不能这样。可是乔里恩原来的看法是:"在不需要你的地方硬去插一脚"(就像那些"外地人"那样),"然后玩弄手腕使自己骑在人家头上,可不是什么上等的玩意儿";他这种看法不管有没有事实根据,对儿子倒有相当的吸引力,因为儿子很重视高贵品质。另一方面,对于那些他自己一帮人叫作"神经病"或者法尔一帮人叫作"没种"的,他都受不了,所以当黑色星期的钟声响时,他还徘徊在两者之间。一——二——三,从斯托姆堡①,从马赫斯方丹②,从科伦索③传来一连串其兆不祥的拒敌消息。听到第一个消息之后,那个顽强的英国气质的反应是,"啊!还有梅休因呢!"听到第二个消息之后的反应是:"啊!还有布勒呢!"接着,带着更沉重的忧郁,心狠起来。乔里跟自己说:"不行,他妈的!现在我们非得痛惩那些穷鬼不可;是非我全不管。"而且,如果他知道的话,他父亲也是同样的想法。

接下来的一个星期天,乔里被邀去参加那些优秀者之一的酒会。大家来第二次干杯,乔里说了一句"布勒,而且给布尔以毁灭",——脚跟都不碰一下,就把大学酿制的勃艮第葡萄酒一饮而尽;这时候他注意到法尔·达尔第也在被邀之列,而且正在咧着嘴望着他笑,一面跟邻座嘀咕几句。他知道那准是在诽谤。乔里就脸红了起来,不再作声,原因是,他最不喜欢人家注意,或者当着众人闹出来。他一直对这位远房表弟有种说不出的敌意,这时突然变得强烈起来。"好吧!"他

---

① 指英将加达克尔为布尔人惨败于斯托姆堡。
② 指英将梅休因率领一万人集中奥兰治河岸边,趋救金伯利之围,于夜袭马赫斯方丹一役被布尔人击溃。
③ 指英军统帅率领两万人趋救莱迪史密斯城,被布尔人在科伦索击溃。

肚子里说,"你等着,朋友!"按照大学里的习惯,大家吃酒都过了量,这使他更加忘记不了;当大家排队走到一个幽静的处所时,他碰一下法尔的胳膊。

"你刚才在那儿讲了我什么?"

"难道我不能随便讲话?"

"不能。"

"那么我说你是个亲布尔派——你就是这样!"

"你放屁!"

"你要闹出来吗?"

"当然,可不在这儿;在花园里。"

"行,来吧。"

两个人一同走去,相互斜睨着对方,歪歪扭扭地,毫不退缩;两人爬过花园栏杆;栏杆上面的尖刺稍微刮了一下法尔的袖子,使他分了一下心。乔里心里则在盘算着两个人要在学院附近的一个双方都不熟悉的地区打架。这事情不大好,可是不管它——这个小畜生!

两人走过草地进入几乎是整个的黑暗里,都把上衣脱掉。

"你没有吃醉吧?"乔里突然说,"你要是吃醉了我可不能跟你打架。"

"并不比你更醉。"

"那么来吧。"

也不拉拉手,两个人立刻就摆出防御的架子。两个人的酒都已经过量,所以特别当心要做出一副规规矩矩的派头。后来乔里险些儿打中法尔的鼻子。这一来,两个人就扭了起来,在老树阴影下只看见漆黑的丑陋的一团,也没有人在旁边喊"停止";最后双方都筋疲力尽,各自放手,都踉踉跄跄地退

了几步,就在这时,一个声音叫道:

"你们叫什么名字,少爷?"

这句从园门那边灯下发出的讽刺询问就像是神的责问一样,使两个人都着了慌,一把拿起上衣向栏杆跑去,爬过栏杆,就朝刚才出发的幽静地点跑去。这里有一点亮光,两人各自在脸上抹一下,也不相互说话,离开有十步光景,向学院大门走去。两个人不声不响出了大门。法尔沿着酿酒厂向宽街走去,乔里沿着小巷向高街走。乔里心里还在冒火,老在懊悔怎么打得那样不够科学,一面将适才没使出来的反击和绝招一一温习过来。他的心思涉猎到一个幻想的搏斗上去,和他刚才经过的搏斗大不相同,要英勇得多;自己佩着肩带,拿着军刀,又刺又拦,就像在最心爱的大仲马小说里一样;他幻想自己是拉莫勒,是阿拉米斯,比西,希科和达达尼昂搓成的一个人,可是没法把法尔想象为科科纳斯,或者布里萨斯,或者罗什福尔。这个家伙就是个混蛋表弟,什么都够不上。没有关系。他刚才总算给了他一点苦头吃。"亲布尔派!"这句话很使他觉得不好受,从军的念头塞满他头痛的脑子里;他想到骑马驰过南非的大高原上,英勇地放着枪,同时看见布尔人就像野兔子一样纷纷倒在地上。他抬起酸痛的眼睛,看见高街顶上面的星光照耀,自己裹了一条棉被匍匐在卡卢河边(不管这是什么),来复枪准备好,眼睛紧盯一片灿烂的星空望着。

第二天早上他的头痛得非常厉害;他按照一个优秀人的派头,把头浸在冷水里,烧了一杯浓浓的咖啡,可是喝不下去,午饭时只能呷一点霍克酒。脸上的一条伤痕被他编了一套鬼话,说是在街角上被"什么冒失鬼"撞伤的。打架的事情他决不告人,因为盘算一下之后,他觉得有失自己的身份。

第二天他就"下伦敦"去了,并且从伦敦一直到了罗宾山。他父亲已经上巴黎去了,只剩下琼和好丽。这个假期他过得非常之不安心,总是坐不住,跟两个姊妹一个也不搭讪。琼当然一心放在那些可怜虫身上,这些人乔里向来就吃不消,尤其是那个伊立克·考柏莱和他的一家人,不上台面的人,总是在假期里把房子搞得不成样子。好丽和他之间则是有了一条古怪的分野,就好像她开始有了自己的主张似的,而这是太——没有必要了。他恶狠狠捶了一阵皮球①,亡命地但是孤独地上里士满公园去骑马,一心一意要跳过用来挡着一条走坏了的青草马路的高栏——照他自己说,是使精神不致散漫。他还买了一支来复枪,在罗宾山田里竖了一个靶子,从小池子那边向着菜园的墙放枪,也不管那些园丁的死活,同时心里在盘算,也许有一天自己会去参军,为祖国把南非保存下来。事实上,那些要骑兵义勇队参军的号召引得他心思非常混乱。他应不应当去呢?以他目前所知,——而且他和好几个人都在通信——那些"优秀的"一个都不打算参加。只要他们真正提倡一下,他就会立刻报名——他的竞争心非常之强,而且最爱体面,事事总不甘落后——可是自顾自去做也许看上去像"出风头",因为肯定说,并不是真正非如此不可。何况他并不想去,因为这个小福尔赛性格的另一面是没有看准之前决不敢跳的。他的心情非常复杂,酸甜苦辣都有,人完全不是平时那样安静、那样高贵的派头了。

接着,有一天,他看见一件事情,使他很不好受,简直冒火——就在里士满公园靠近汉姆门的林中空地上,他望见两

---

① 这是练习拳击。

个骑马的人,左边女的肯定是好丽骑着她的银色小驹,右边男的也同样肯定是那个"瘪三"法尔·达尔第。他第一个想法是策马赶上去,责问他们这种荒唐行为是什么意思,叫那个家伙滚开去,自己带好丽回家。他的第二个想法是——如果他们不睬他的话,他就会被人看成一个傻瓜。他勒马躲到树后面去,随即看出即使是窥伺也同样不成体统。除了回家等好丽回来别无其他办法!跟那个流氓小子偷偷溜出来!他也没法跟琼商议,因为琼那天早上就紧追着伊立克·考柏莱和他那一群人上伦敦去了。他父亲还在"混蛋的巴黎"。他在中学里时,时常跟一个叫布兰特的同学把报纸点了火放在书房里面,使自己能在危急的时刻保持冷静;他觉得眼前正是这样一个他在中学里苦苦训练自己应当保持冷静的时刻。可是在马厩院子里等着时,他却一点冷静不下来,懒洋洋地拍着老狗伯沙撒;伯沙撒就像肥胖的老和尚一样,胃里很不受用,而且因为主人不在家很难受,这时抬起头来,对他这样照顾,惴惴表示感激。好丽过了半个钟点才回来,脸上红红的,而且样子比平时好看得多,简直不配。乔里看见她迅速看他一眼——当然是心里有鬼——就跟着她进了屋子,抓着她的胳膊,把她带进过去祖父的那间书房。房间现在已经不大使用,对于乔里和好丽两个,便在今天还时常使他们隐隐约约地想起祖父的温和、大白胡子、雪茄的香味和笑声。在这间书房里,乔里在没有进学校的十足的青春时期,常和祖父扭打;他祖父尽管已经是八十岁的人,还禁止不了自己拿腿钩人的习惯。在这间小书房里,好丽时常蹲在皮圈椅的靠手上,一面抹着一只耳朵上面的银丝,一面向耳朵低诉自己的秘密。有无数次三个人就从那扇落地窗跑出去,到草地上去打板球,或者玩一种叫作"胡皮西——抖数"的神秘游戏,别的人决不让他们懂得,玩得老乔里恩很热。在这里,在一个温暖的夜里,好丽曾经穿着睡衣进来,说自己做了一个噩梦,要老乔里恩给她压惊。在这里,乔里有一天早晨把泻盐放在布斯小姐的新鲜鸡蛋里,这已经够不好了;更坏的是把他送到祖父(由于父亲不在家)面前时,还有下面这段谈话:

"啊,乖乖,你不能还是这样不听话。"

"她打我一下耳刮子,爷爷,因此我只好也打她一下,她就又打我一下。"

"打一位妇女?这无论怎样都不行!你向她道歉了没有?"

"还没有。"

"那么你非立刻去向她道歉不可,去吧。"

"可是她先动手的,爷爷;而且她打了我两下,我只打了她一下。"

"乖乖,这事做得太不像话了。"

"是她发脾气的;我并没有发脾气。"

"去吧。"

"那么你也去,爷爷。"

"好吧——就这一次。"

两个人手搀手走了。

在这里,那些司各特的小说,拜伦的诗集,吉本的《罗马帝国衰亡史》和洪堡的《宇宙》,和火炉板上面的那座铜像,和那幅油画名作《落日中的荷兰渔船》,都仍旧像命运一样一点没有移动,而且就算有什么改变的地方,室内仍旧好像有个老乔里恩坐在那里,在大圈椅上跷着大腿,鼓出的额头,深陷的

眼睛,严厉地在看《泰晤士报》。一对孙儿孙女就在这时来到书房里。乔里先说:

"我在公园里看见你跟那个家伙在一起。"

看见她两颊涨得飞红,自己稍稍感到满意;她应当觉得惭愧!

"怎么?"她说。

乔里吃了一惊;他指望的比这句回答要多些,或者更少些。

"你知道,"他郑重地说,"他上学期叫过我亲布尔派?我而且跟他打过架。"

"哪个胜?"

乔里想说:"我本来可以胜的。"可是觉得不值得说。

"你听我说!"他说,"你这是什么意思?什么人都不告诉?"

"我为什么要告诉人?爹也不在家里;我为什么不能跟他骑马?"

"有我可以跟你去骑马。我觉得他是个没出息的小混蛋。"

好丽气得脸上雪白。

"他不是。你不喜欢他只能怪你自己。"

她掠过哥哥走了出去,留下他一个人瞪眼望着那只龟壳上面的维纳斯铜像,这铜像刚才被他妹妹戴软毡骑马帽的一头乌发遮着。他心里怪不好受,人有点撑不住,觉得威风扫地。他走到维纳斯面前,木木然察看那只乌龟。为什么他不喜欢法尔·达尔第呢?他也说不出来。上一辈的事情他完全不清楚,仅仅知道十三年前由于波辛尼对琼不忠实,爱上了索

192

米斯的妻子,两家隐隐有那么一段仇隙;他对法尔的情形一无所知。他就是不喜欢法尔。不过问题是:他怎么办才是呢?法尔·达尔第是一个堂房表弟。可是这并不是说好丽就可以跟他过从。可是把他适才碰见的事情声张出去又不是他的为人。在这样进退为难时,他走到那把皮圈椅面前坐下,跷上大腿;坐在圈椅上,眼睛望着长落地窗外面的那棵老橡树,枝条那样茂盛然而还没有发叶子;天色暗下来,那棵橡树逐渐暗成印在暮色中的一块深黑色的图形了。

"爷爷啊!"他胡乱想着,把表掏了出来。他看不见时针,可是他把打簧按开。"五点钟了!"这是他祖父第一只有壳面的金表,多年来已经用得油光闪亮——所有的花纹全磨平了,而且跌了许多凹印子。打簧声就像从当年那个黄金时代发出来的小小声音;那是他们从伦敦圣约翰林第一次到这所房子里来——跟着祖父坐着他的马车下来的,而且几乎立时就爱上了这些大树。自己爬到树上,爷爷在树下面浇那些绣球花床!怎么办呢?告诉爹叫他赶快回家吗?把心里话告诉琼吗?不过她这人太——太性急了!不管它,一切听天由命!反正假期就要完了。上伦敦去找到法尔,警告他不要来!可是怎样弄得到他的地址呢?好丽是不会告诉他的!真是千头万绪,就像堕入五里雾里一样!他点起一支香烟。香烟吸了一半时,他的眉头松了下来,简直就像一只老年人的枯手在他额上轻轻抚摸过似的;而且耳朵里好像有人在低声说:"不要动;你要待好丽好,待她好,乖乖!"乔里深深叹口气,心情平静下来,把烟从鼻孔里呼出去……

可是在楼上自己房间里,好丽卸掉骑装,仍旧眉头深锁。嘴唇形成的动作仍旧是那两句话,"他不是——他不是!"

第六章　乔里恩心挂两头

乔里恩在巴黎常到的地方是圣·拉萨尔车站附近一家著名饭店楼上的小私人旅馆。他就恨自己那些到国外来的福尔赛同类——就像离开水的鱼一样没精打采地挤在被它们足迹踏遍了的水槽里——歌剧院,里沃利路和红磨坊。那种派头,就好像跑来是为赶快要往别处似的,使他看了就生气。可是,这个地方除了乔里恩之外,却没有别的福尔赛挨近过;这里,他在卧房里可以用木柴升个火,而且咖啡也非常之好。在他的眼中,巴黎的冬天总是比较更加可爱。人家烧的木柴和烤栗子钵子升起来的辛辣烟味,在晴朗天气,冬天阳光老是那样地明朗,不顾凛冽冬气的露天咖啡座,大马路上悠然自得的活跃人群,这一切都像在告诉他,冬天的巴黎有一个候鸟那样的灵魂,在炎夏时节飞走了的。

他法文讲得很好,有几个交游,知道哪些小馆子可以吃到好菜,而且看见一些古怪的人。他觉得自己到了巴黎就变得有哲学气味,讽刺的锋芒也更尖锐了;人生有了一种细致的、没有目的的意义,变成一束香气袭人的鲜花,一片为变幻光线所穿透的黑暗。

当他在十二月的第一个星期决定上巴黎来时候,他绝不承认是受伊琳在巴黎的影响。到了巴黎不到两天,他就承认大部分原因还是想看见伊琳。在英国时,明明是很自然的事情人也不肯承认。他曾经想到不妨告诉她一下公寓出租和其他的事情,可是一到巴黎,他心里就清楚得多。巴黎就像罩上一层光彩似的。第三天他给她写了一封信,收到回信时他的神经感到一阵快乐的战栗:

亲爱的乔里恩:
　　非常开心能见到你。

伊琳

他上她旅馆去的那一天,天气非常晴朗,心情就像去看一幅心爱的画时常有的那样。在他的记忆里,从来就没有一个女子能使他有过这种特别强烈,然而并不牵上私人感情的兴奋过。他要坐在那里,眼睛尽情消受,而且走开时对她更多一分了解,而且准备明天再来消受一番。那家小旅馆就靠近塞纳河边;当他走进旅馆那间褪色的绮丽小客厅时,他就是这样心情。就在这时候,一个小侍役说了一声"太太"就不见了,接着她就向他走来。她的脸庞、她的笑容和她的腰身,正和他刚才脑子里描绘的一样,而且脸上的表情说得很清楚:"是自家人啊!"

"好吗?"他说,"有什么新鲜事情没有,可怜的流亡者?"
"一点没有。"
"索米斯一点没有事情?"
"没有。"
"我给你把公寓租出去了,而且就像好管事的一样,我给你送了一点钱来。你觉得巴黎怎么样?"
当他向她发出这一连串的问题时,他觉得像这样美丽而性感的嘴唇,下唇微微朝上弯一点,上唇的一角碰到一个简直不大看得出的酒窝,自己从来就没有看见过。这就像发现过去只是一座柔和而斑驳的女子雕像,本来就对它简直有点不带私人感情的倾倒,现在忽然变成了活人似的。她承认一个人住在巴黎有点吃不消;然而巴黎又是这样充满了生命,使它时常就像沙漠一样,她老实承认,对人并无害处。而且,英国人目前并不受欢迎啊!

"这跟你毫不相干,"乔里恩说,"你在法国人眼睛里应当是吃香的。"

"也有不便的地方。"

乔里恩点点头。

"那么,你得趁我在巴黎的时候让我带你出去走走。我们明天就动起来。你上我的小旅馆来吃晚饭,我们一同上喜剧场看戏去。"

这就天天碰面了。

乔里恩不久就发现,一个人只想使感情保持现状并不那么容易。跟一个美丽女子亲近,巴黎是一个最好的,同时也是最糟糕的地方。启示就像一只小鸟一样歇在你的心头,唱着:"她是你的梦啊!她是你的梦啊!"有时候,这好像很自然,有时候,简直可笑——一个临老学少年的最坏例子。由于自己一度受过社会的冷淡,他从那时候起从来就没有把传统的美德真正放在眼里过;可是爱的念头顶多只占据在他的潜意识里,他爱她,她也决不会爱他——她怎么会爱上他这么大年纪的人呢?他对她的生活这样无聊和这样孤寂,充满不平。他觉察到自己能给她一种安慰,觉察到多次和她出游时她那样显明地感到高兴,因此就更加怡然自得,决不愿意有什么不端的举动,或者说出什么不适当的话来,把这种快乐毁掉。这情形就像看着一株憔悴的植物吸进水分一样,眼看着她和自己在一起时吸收着友谊。据他知道的,除了他以外没有一个人知道她的住址;她在巴黎没有认识的人,他认识的人也很少,所以,在那许多散步、谈话、听音乐会、看美术馆、上剧院、上小馆子、上凡尔赛宫、圣克卢以及枫丹白露的接触中,好像并没有必要检点似的,时间溜得真快——整整一个月,没有过去和将来的一个月——过去了。如果是在他年轻的时候,这种情感肯定会变成一种不顾一切的热情;现在呢,虽则也许同样情深,可是要温柔得多,由于倾倒、不带有希企,和一种骑士式的义愤,变得有节制了——至少只要她在场,在友谊的气氛下微笑着并且感到快乐,而且在他的眼中总是那样美,那样心灵相通——他就宁愿把自己的感情约束在保护性的友伴关系上;因为她的人生哲学好像和他的步伐是一致的,总是比较容易受到情感的影响,而不大受理智的影响,对许多事情都是一种不信任的讽刺态度,对美的事物很敏感,几乎是热烈地带有人情味和容忍,然而在天性里就带有一种坚强,而这是他这个单纯的男子不大能做到的;这一切都使他钦佩。还有,在这整整一个月的做伴中,他从来没有摆脱掉第一天出门时的那种就像是去看一件心爱艺术品的心情,也就是一种近于不关个人得失的欲望。未来——总是那样不徇情地威胁着现在的——他小心翼翼地不去正视它,生怕搅乱自己平静的心情;可是他却计划怎样找一个更加有意思的,太阳晒得很热,而且有些古怪的东西可看可画的地方,重新享受一下。结局来得真快,一月二十日那天,他接到一封电报:

   已报名参加皇家义勇兵——乔里。

乔里恩正要出门和伊琳在卢浮宫美术馆碰面。就在这时收到电报。这对他就像个晴天霹雳。他应当是这孩子的军师和向导,而现在正当他在这里优游岁月的时候,这孩子突然向着危险、困苦(说不定还有死亡)跨近了一大步;他从心里觉得不好受,忽然间悟出,伊琳就像一株藤蔓一样,已经紧紧缠着他的存在的树根了。这样来一个分手的威胁,他和伊琳之间的关系——因为这已是事实了——已经不再是不带个人情感的关系了。乔里恩看出,那种同游共赏的平静乐趣已经一去不返了。他知道自己是什么心情,是一种沉溺忘返,看上去也许好笑,但是非常之真实,迟早非要现底不可。而在目前,他觉得,自己可不能露出一点,决不能露出一点痕迹来。乔里的这件事情毫不徇情拦在中间。他为乔里的参军感到骄傲;为自己的孩子出发为祖国作战感到骄傲;原来黑色星期在乔里恩的亲布尔主义上也留下创痕了。就是这样,事情还没有开头就结束了!好在他一点没有过表示!

当他走进美术馆时,她正站在那张《岩石中的处女》前面,风度翩翩,一心贯注,微笑着,毫不觉察有人在看她。"我难道非要放弃看这个不可吗?"乔里恩想,"只要她愿意我看她,这样放弃是违反自然的。"他站在那里并没有被觉察到,留意看她,一面将她身条的形象往脑子里装,一面忌妒那张使她打量得那么长久的名画。她有两次掉头向进门的地方望一下,他想:"这是为的我啊!"终于他走了上去。

"你看!"他说。

伊琳看了电报,他听她叹了口气。

这声叹气也是为的他。他的处境真是残酷。为了对得起自己儿子,他应当跟她拉个手就走。为了对得起自己的内心感情,他至少应当告诉她自己是什么心情。她能不能体会到,会不会体会到他瞪目望着那张画时的沉默呢?

"恐怕我得立刻回家,"他终于说了,"眼前这样开心,我真不舍得走!"

"我也一样;可是,当然,你得回去。"

"那么!"乔里恩说,手伸了出来。

和她眼睛碰上时,他几乎控制不了自己心中涌起的感情。

"人生就是这样!"他说,"自己保重!"

他的两腿感到非常僵硬,就像脑子不肯带他走似的。在门口时,他看见她抬起手来,用指头碰一下嘴唇。他庄严地抬一下帽子,就不再回顾了。

第七章　达尔第告达尔第

　　维妮佛梨德对这场官司虽则从心里拿不定一个主意，可是案子仍然遵照减法规则向着裁判日前进。达尔第告达尔第，这件要求恢复夫妇同居权的案子在圣诞节休庭前都没有开审，但在圣诞节后重新开审那天，这件案子却排在第三。维妮佛梨德过这次圣诞节的心情比往常更加讲究时髦，这件案子只是深锁在她领口开得很低的衣服里面的胸中。詹姆士这次过圣诞节对待她特别优厚，借此表示同情和宽慰，总算她跟这个"宝贝流氓"的婚姻快要解除了，他的心感觉到，可是嘴却说不出来。

　　达尔第的失踪跟公债的跌价相形之下变得不足道了；这个家伙他实在恨透了，而且，在一个快要离开这个世界的十足福尔赛看来，财产毕竟是愈来愈胜似名誉，这些念头都使詹姆士对打官司出丑这件事情能无动于衷；不过除非他自己谈起，别的人都小心不提到打官司的事情。以一个律师而兼父亲的人，他最最烦心的是害怕达尔第说不定会忽然出现，并且在法庭判决时表示服从。这才叫人哭笑不得呢！事实上他为这件事愁得非常厉害，所以在送给维妮佛梨德一张巨额的圣诞节支票时，他说："这是给外面那个家伙的；免得他回来。"这当然是糟蹋好钱，可是性质完全和保险一样，只要离婚成功,他就不至于受到破产的威胁了;他并且严词诘问过维妮佛梨德,非要她再三说已经把钱汇了出去,才算放心。可怜的维妮佛梨德!汇出这笔钱时,她好多次感到痛心,这钱迟早还不是进了"那个贱货"的美容袋里。索米斯听到这事,大摇其头。他们对付的这个人并不像一个福尔赛那样的心思坚定。那边的情形一点不知道,就这样寄钱出去,非常之危险。不过,在法庭上讲出来倒还漂亮;他要关照德里麦提起这件事。"不知道,"他忽然说,"那个芭蕾舞团离开阿根廷再上哪儿去。"只要有机会,他决不忘记暗暗提醒维妮佛梨德一下,因为他知道维妮佛梨德就算对达尔第没有什么留恋,至少还不忍心把他的丑事抖出来。索米斯虽则不大会表示钦佩,却也承认维妮佛梨德表现得很好——家里的孩子一个个都像张着大嘴的雏鸟一样,等待着父亲的消息——伊摩根正到了出来交际的年龄,法尔则是对整个事情感到十分不安,他觉得对维妮佛梨德来说,法尔是这件事情的症结所在,因为她爱法尔肯定比爱其他的孩子都要厉害。这孩子只要有意思的话,还能够使这件离婚案子受到阻挠。索米斯因此很小心不让初审快要开庭的消息传到法尔的耳朵里。不仅如此,他还请法尔上除旧俱乐部来吃晚饭,在法尔抽着雪茄的时候,有心提起法尔最心爱的话题。

"我听说,"他说,"你打算在牛津打马球呢。"

法尔躺在椅子里的身体直了一点起来。

"倒是的!"

"嗯,"索米斯说,"这个玩意儿很花钱。你外公未见得肯答应,除非他弄清楚别的方面没有再要他开销的地方。"他停下来,看看法尔懂得他的意思没有。

法尔的浓睫毛遮着自己的眼睛,可是一张大嘴微微显出狞笑,说道:

"我想你是指我的父亲!"

"对了,"索米斯说,"恐怕要看他是不是继续拖后腿。"他没有再说什么,让这孩子自己去做梦吧。

可是,法尔这两天却在梦想着一匹银灰色小驹和骑在小驹上的女孩子。虽则克伦姆也在伦敦,而且只要法尔开口,克伦姆就可以给他介绍辛茜雅·达克,可是法尔并不开口;真的,他还避免和克伦姆见面,过着一种连他自己也觉得奇怪的生活,只有跟成衣店和马房算账的事情算是正常的。在他母亲、他的两个妹妹和小兄弟的眼睛里,他好像把假期花在"拜访人"上面,晚上则待在家里打瞌睡。白天只要他们提议做什么事情,总是碰到一样的回答:"对不起,我得去看个家伙。"而且他得想出种种非常的办法来使自己穿着骑马装束,在出门和回家的当儿不被人瞧见;后来,总算被通过做了山羊俱乐部的会员,他这才能够搬到俱乐部那边,在没有人注意之下换上衣服,坐上雇来的马溜往里士满公园去。他把自己日益增长的感情像宗教一样藏在自己心里。那些他不去"看望"的"家伙",他决不向他们吐露一个字;拿他们的信条,以及自己的信条看,这件事情未免太可笑了。可是他的其他嗜好却因此毁了,而且毫无办法可想。年轻人到了能够自由行动时总有自己合法的行乐,这事却使他和这些行乐完全隔绝了;这种情形他也知道,自己一定会在克伦姆眼睛里成为懦夫。他现在一心一意只想穿上自己裁制得最新的骑装,神不知鬼不觉地溜到罗宾山大门口,在那里没有多久那匹银色小驹就会载着她的苗条的黑头发主人庄重地跑过来,于是两人就会在树叶脱尽的树荫中并辔骑去;谈话并不多,有时候也跑这么一段路,有时候手搀着手。他有好几次在傍晚时分,一时兴起,忍不住要告诉母亲,这个羞涩的表妹怎样潜进他的生活中来,把他的"日子"毁了。可是人一过了三十五岁都是令人扫兴的,这条创痛的经验阻止了他。反正他总得把大学读完,她也要等到交际年龄,两个人才谈得上结婚;所以只要能和她见面,又何必把事情弄得复杂呢?姊妹是只会开玩笑,谈不上同情你的,兄弟更糟,因此没有一个人可以谈知心话;还有这个混蛋的离婚官司。别的都不姓,偏偏自己要姓达尔第,真是晦气!要是自己姓高登或者史各特或者霍瓦德,或者比较普通的姓,那可多好!可是达尔第——这个姓连人名簿里都找不到第二个!要说不引起人家注意,那么姓毛金还不是一样好,又何必姓达尔第呢!日子就这样过去,一直到了一月中旬;这一天,那匹银灰色小驹不来幽会了。法尔逗留在寒风里,盘算要不要骑马上大房子那边去。可是乔里也许在家,那次不快的交手在他脑子里记忆犹新。总不能跟她哥哥一直打架打下去!所以他垂头丧气回到城里来,闷闷不乐地过了一晚。第二天早饭时,他看出母亲穿了一件不常看见她穿的衣服,而且戴上帽子。衣服是黑色,偶尔一两处带点孔雀蓝,帽子又黑又大——那样子看上去特别漂亮,可是吃完早饭,她却对他说,"你来,法尔。"就领头进了客厅,这使他心里立刻懊丧起来。维妮佛梨德小心地关上门,用手绢擦一下嘴;嗅一下手绢上面浸过的紫罗兰香水。法尔想:"她难道打听出好丽的事情了吗?"

维妮佛梨德的声音打断了他的思索。

"你预备待我好吗,乖儿子?"

法尔满脸疑惑地咧着嘴笑。

"今天早上你肯跟我去吗?"

"我得去看——"法尔才一开口,看见母亲的脸色不好看,就停止不说,"我说,"他说,"你难道是指——"

"对了,今天早上我得上法院去。"

已经来了!这个混蛋案子,由于一直没有人提起,自己几乎快忘记了。现在他站在那里,揭着自己指头上的小皮,一肚子的委屈。后来看出母亲的嘴唇完全一副恳求的神气,他忍不住说:"好吧,妈;我跟你去。那些混蛋!"至于哪些人是混蛋,他也说不出,可是,这句话却概括地说出母子二人共同的心情,因此恢复了一点平静。

"我想我还是换上黑服吧。"他咕了一句,就溜往卧室去。他穿上黑服,戴上高点的领子,插上一枚珍珠别针,穿上自己最整齐的灰绑腿裤,一面嘴里叽叽咕咕骂着。他向镜子里看看自己,说了一句,"我要是有什么表示的话,就是王八蛋!"就走下楼;看见他外祖父的马车停在门口,母亲穿着皮大衣,那副神气就像是上市政府开慈善会去似的。两人在关上车顶的马车里并排坐着,在往法院的路上法尔自始至终对于眼前的这件事情只提了一次。"那些珠子不会提到吧?"

维妮佛梨德皮手筒上面挂着的小白尾巴颤动起来。

"不会的,"她说,"今天完全没有什么了不起。你外祖母也要来,可是我不让她来。我觉得你可以照应得了我。你样子很漂亮,法尔,把你后面的大衣领子再拉上一点——对了。"

"假如他们逼你呢——"法尔才要说。

"哦!他们不会的。我会非常之冷静。唯一的办法。"

"他们不会要我做证或者什么吧？"

"不会,乖乖;全安排好了。"她拍拍他的手。她脸上透出的那副坚定神气使法尔纷扰的心情平息下来,只看见他不停手地把手套除下来又戴上去。他这时才看出自己拿的一副手套和绑腿裤的颜色不配;应当是灰色的,他却拿了一副深黄鹿皮的;他现在拿不定主意戴还是不戴。十点过了一点就到了。法尔还是头一次上法庭,那座建筑立刻使他感到惊异。

"天哪!"两人穿过大厅时,法尔说,"这里可以辟四五个顶好的网球场呢。"

索米斯在一处楼梯下面等他们。

"你们来了!"他说,连手也不握,就好像这件事情使得他们太熟悉了,用不着来这套仪式,"是哈普里·布朗,一号法庭。我们的案子先审。"

法尔的胸口里涌起一种异样的感觉,就好像上板球场击球时感到的那样,可是他硬着头皮跟在母亲和舅舅后面。能够不看就不看,一面心里认为这地方有股霉味。到处好像都有人隐藏着似的,所以他拉拉舅舅的袖子。

"我说,舅舅,你总不会让那些混账报馆的人来吧?"

索米斯斜瞥了他一眼,他这种神情过去使好多人自然而然就没有话好说了。

"已经来了,"他说,"你不用脱大衣,维妮佛梨德。"

法尔随他们走进法庭,很着恼,可是昂着头。在这个鬼地方,虽则那些人(而且是那么多)中间事实上还隔着有一排排座位,然而看上去就像全都坐在别人大腿上似的;法尔有一种感觉,好像这些人全都可能一下子滑到地板上来。有这么一刹那,他看到的桃花心木家具、辩护士的黑长袍、白假发、人脸和报纸全都像怀着鬼胎而且在叽叽咕咕的,不过,随即就泰然挨着母亲在前排坐下来,背向着这一切,很高兴母亲身上洒了紫罗兰香水,又最后一次把手套除下来。他母亲眼睛正在看着他;忽然意识到她的确要他坐在身旁,而且自己在这件事情上是算得上一个人的。好吧!那就让他们看看!他肩膀挺了起来,跷起大腿,瞪着眼睛望着绑腿,叫人看不出他在想些什么。可是就在这时候,一个"老家伙"穿着黑袍,披着长假发像个打扮得很古怪的女人似的,从门里走了出来,坐到对面的高座子上,他只好赶快把大腿放下来,随着余下的人一同起立。

"达尔第告达尔第!"

法尔觉得把人家的姓氏在大庭广众之下这样叫出来,简直说不出的可恶!忽然间,他觉察到靠近他身后有人开始谈论起他的家庭来;他扭过脸去,看见一个白发苍苍的老头,讲话时就像嘴里在嚼着东西似的——真是古怪的老头,就是他在公园巷有一两次吃晚饭时碰见的那种人,死命喝人家的波尔图葡萄酒;他现在才懂得这些人是从哪里找来的。① 虽说如此,他仍旧觉得这些老骨头很有趣,如果不是他母亲碰了他一下胳膊,他还要继续瞧下去。经这一来,他只好眼睛向前望,紧紧盯着法官的脸。这个老"光棍",长了这样一张奸刁促狭的嘴和一双骨碌碌的眼睛,为什么他有权力来干涉他们的私事呢?他难道自己没有事情,同样的麻烦,而且说不定同样地头痛呢?这时候,法尔这一族类所有根深蒂固的个人主

---

① 这句话的意思是说法尔了解到这些人都是法律界的前辈,所以詹姆士认识。

义,就像疾病一样,一时又在他的心里发作了。他身后的声音仍旧继续嗡下去:"银钱上面意见不合——由于'答辩者'浪费"(什么称呼!难道指他的父亲吗?)——"紧张的局面——达尔第先生时常不回家。我的当事人做得很对,堂上一定会同意的,她急于想制止这种——只能导向身败名裂的行为——劝他——不要在纸牌和跑马上赌掉——"("对了!"法尔想,"全搬出来好了!")"十月初祸事来了,答辩者从他的俱乐部里给她写了这封信,"法尔坐直起来,眼睛里直冒火,"我请求将这封信读出来,这是一个人在——我只好说,堂上——在晚饭后写的,有些错字只好加以改正。"

"老畜生!"法尔想,脸色红了一点起来,"给你钱难道叫你开玩笑的吗!"

"你再没有机会在我家里向我进行侮辱了。我明天就离开英国。你的本领要完了。"——这种口气,堂上,在那些没有多大成就的人的嘴里是时常听到的。

"老东西倒会骂人!"法尔想,脸色更加红了起来。

"'我被你侮辱够了。'我的当事人将会告诉堂上这里的所谓侮辱仅仅是由于她骂了他一声'你是个瘪三'。——我敢说,在任何情形之下,这句话的意思并不太重。"

法尔斜看一下母亲神色不动的脸色,眼睛里有一种无可奈何的神情。"可怜的妈。"他想,就用胳膊碰碰她的胳膊。身后的声音又嗡道:

"'我要开始一个新生活了。蒙·达。'

"到了第二天,堂上,答辩者就乘塔斯卡罗拉号上布宜诺斯艾利斯去了。此后就得不到他的消息,只来了一封拒绝回来的电报,那是由于我的当事人第三天在极端苦恼之下写给他一封信,求他回来,这封电报算是答复。堂上如果同意的话,我现在就请达尔第太太出庭做证。"

当他的母亲站起来时,法尔满心想要一同站起来说:"你们听着!你们委屈她我可不答应。"可是他抑制着自己;听见她说:"真话,全部真话,完全说的真话,"就抬起头来。穿着皮大衣,戴着大帽子,她的身材显得特别肥大,颧骨上微泛红晕,态度沉静,神色泰然。他为她能这样面对着这些混蛋的辩护士感到骄傲。审讯开始了。法尔知道这一套不过是离婚的预备步骤,所以带着轻松的心情听那些烦人的问题,以便给人一种印象,就好像她是真正要他父亲回来似的。在他看来,这些人"把这个戴假发的老头骗得真够呛"。可是他接着就受了一下很不好受的震动,因为他听见法官说:

"我说,为什么你丈夫要离开你——你知道,决不是因为你骂他'瘪三'?"

法尔看见自己舅舅抬起眼睛瞧一下证人席,脸上神色不动;又听见身后一阵捣文件的簌簌声;他的本能告诉自己事情很险。难道索米斯舅舅和后面那个老东西把事情搞糟了?他母亲说话的声音稍稍拖长一下。

"不是的,堂上,这情形已经有了好久了。"

"什么有了好久了?"

"我们在钱上面的冲突。"

"可是钱是你供给的。你难道说他离开你是为了改善自己的境遇吗?"

"畜生!老畜生,完全是个畜生!"法尔在想,"他觉察到有点不对头了——在查问呢!"他提心吊胆。如果——如果真被他查出的话,那么他就会知道,他母亲并不真正要他父亲回来。他母亲又开口了,样子显得更时髦了一点。

"不是的,堂上,可是您知道我已经拒绝再给他钱了。他好久好久才相信我是真的不给他钱,但是他终于明白了,一明白之后——"

"我懂了,你拒绝给他钱。可是后来你又寄钱给他。"

"堂上,我是要他回来。"

"你觉得这样会使他回来吗?"

"我不知道,堂上,是家父劝告我这样做的。"

法尔从法官脸上的神情、身后文件的簌簌声,以及他舅舅忽然把大腿跷了起来的情形,微微觉察到她回答得恰当。"狡猾吗?"他想,"天哪,这事情多么无聊!"

法官又开口了:

"再问你一个问题,达尔第太太。你仍旧喜欢你丈夫吗?"

法尔本来张着的一双手,现在勒成拳头。这个法官好没道理,为什么忽然牵涉到私情上来?当着这么多人,逼着他母亲说出心里的事情,而且说不定连她自己都弄不清楚的事情!太不体面了。他母亲回答的声音相当低:"是的,堂上。"法尔看见法官点点头。"我真想拿石头对准你的脑袋就是一下。"他莫名其妙地想着,这时他母亲正回到他身边的位子上来。接着别的证人上堂,证明他父亲忽然离开以及始终没有回来的事实——连他们的一个女佣也上堂做证,这使法尔感到特别不愉快;又是一大串话,无聊之至;后来法官就宣布恢复夫妇关系的判决,他们就站起来走了。法尔跟随在母亲后面出了法庭,下巴鼓着,眼睛垂下来,尽量在恨一切人。穿过过道时,他母亲的声音将他从愤怒的失魂落魄中唤醒。

"你表现得非常之好,乖乖。有你真给人安慰。你舅舅和我打算去吃午饭。"

"好的,"法尔说,"我还来得及去看那个家伙。"他贸贸然丢下他们,一溜烟下了楼梯,到了外面;三脚两步上了一辆马车,就赶到山羊俱乐部;脑子里只想着好丽,以及在她哥哥把明天报纸登载的这件事情给好丽看之前,自己应当怎么办。

* * *

法尔走后,索米斯和维妮佛梨德就向柴郡干酪酒店①出发。他刚才提议在这儿和拜尔贝先生碰头的。这时离中午还早,这一段时间两人总可以松一下,维妮佛梨德并且觉得见识一下这个远近闻名的小酒店倒也"很逗"。两人只叫了很少一点菜(弄得侍役甚为吃惊),于是一面等菜,一面等拜尔贝先生;经过一小时半抛头露面的紧张状态后,两个人的反应都是默然无语。不久拜尔贝先生就到了。先是一只鼻子走到了他们面前,快活的程度和他们不开心的程度刚好是一样。怎么,恢复关系的决定不是到手了吗,这样子算什么!

"对了,"索米斯以适当的低声音说,"可是我们又得开始找证据了。说不定离婚案子要由他来审,——如果我们事先就知道达尔第行为不检的事情被戳穿了,就会弄得很难看。这些问题很足以说明他并不喜欢这种恢复关系的诡计。"

"胡说!"拜尔贝先生快活地说,"他会忘记的!怎么,老兄,他从现在到那时候要审过上百件案子呢。还有,只要证据是令人满意的,他根据先例就非判决你离婚不可。我们决不

---

① 伦敦名酒店,18世纪时为约翰逊、哥尔德斯密斯和鲍斯韦尔等"文学俱乐部"成员常去的地方。

让他们知道达尔第太太知道这些事实的。德里麦做得很仔细——他有点严父似的派头。"

索米斯点点头。

"我并且要祝贺您,达尔第太太,"拜尔贝先生又说下去,"您在做证方面很有天才。像岩石一样稳。"

这时,侍役一只手托了三盘菜过来,同时说:"布丁就来,先生。今天你们会吃到菜里的云雀特别多呢。"①

拜尔贝先生的鼻子点了一下,算对他的预见表示欢迎。可是索米斯和维妮佛梨德颓然望着自己面前的清淡午餐,一堆酱色的东西,一面小心地用叉子拨着,希望能找出那个有滋味的鸣禽的身体。可是,一吃开了头,两人发现比自己意料的饿得多,所以把一盘菜吃得精光,每人还喝了一杯波尔图葡萄酒。谈话转到战事上去。索米斯认为莱迪史密斯城准会陷落,而战争一定要拖上一年之久。拜尔贝认为到夏天就会结束。两个人都认为英国需要增兵。为了维持威信非打一个全胜的仗不可,除此没有别的办法。维妮佛梨德把话头拉回到比较实际的上面来,说离婚案子最好等到牛津大学的暑假开始之后再开庭,那样的话,等到法尔回到牛津时,那些孩子就会忘掉这件事情;伦敦的游宴季节那时候也结束了。两位律师齐声请她放心,六个月的耽搁是必要的,过了这个时候,开庭愈早愈好。这时候饭店里开始上人,三个人分头走了——索米斯进城去,拜尔贝回办事处。维妮佛梨德坐着马车上公园巷去告诉母亲她是怎样对付过去的。这件事情整个说来还是非常令人满意,所以她们认为不妨告诉詹姆士,因为詹姆士

---

① 云雀饼是这家饭店冬季的名菜。

从来没有一天不提到自己不知道维妮佛梨德事情怎样了,他一点不懂得。岁月愈促,尘世的事务对他倒越来越重要了,他的感觉就像是:"我得尽量过问这些事情,而且要多多劳神;不久我就要没有事情可以烦神了。"

他听了母女两个的报告之后很不痛快;这种新式的办法,他真不懂得!可是他给了维妮佛梨德一张支票,并且说:

"我想你花钱的地方一定很多,你戴的这顶帽子是新买的吧?为什么法尔不来看我们?"

维妮佛梨德答应过两天带法尔来吃晚饭。回到家里,她直接进了自己的卧室,这样可以不碰见人。现在法庭命令她丈夫回来归她管教,俾能把他永远从她身边赶走,她要再一次弄清楚自己痛楚和寂寞的心田里究竟真正希望的是什么。

第八章 挑　战

早上本来有雾,快要结冰的样子,可是当法尔骑着马向路汉普登门驰来时,太阳倒出来了;从路汉普登门起,他就缓缓驰向平时幽会的地点去。他的兴致很快地高了起来。早上的审讯过程,除掉隐私被人揭发出来那一点通常的出丑外,也没有什么大不了的地方。"如果我们订了婚的话!"他想,"这类事情都不算什么了。"的确,他觉得自己的情况在人类社会中普遍存在,虽然对婚姻的结果感到不满,提出抗议,然而却还是急急忙忙要去结婚。他在里士满公园冬天冻枯了的草场上驰骋起来,怕会迟到。可是到了幽会地方,仍旧只有他一个人,这是好丽这一方第二次背信了,他心里很不好受。今天在回家之前非见到她不可! 出了公园,他就取道上罗宾山来。他拿不定主意去见谁。倘使她父亲已经回来,或者她姐姐或者哥哥在家呢! 他决定冒一下险,首先把他们全部问到,这样如果他的运气好,碰到他们全不在家的话,最后要见好丽就非常之自然;万一他们里面有一个在家——那就只有靠"遛一趟马"的借口救命了。

"只有好丽小姐在家,少爷。"

"哦,多谢你。能不能让我把马牵到马房那边去? 请你说——我是她的表哥,法尔·达尔第先生。"

他从马房那边回来时,好丽已经在厅堂里,脸色红红的,难为情的样子。她领他到厅堂最远的一头,两人在一条靠窗的宽座上坐下来。

"我刚才很着急,"法尔低声说,"什么缘故?"

"乔里知道我们骑马的事情了。"

"他在家吗?"

"不在;可是我想他就要回来。"

"那么——我!"法尔叫了出来,同时低头一冲,抓着好丽的手。她想要把手缩回来,可是没有来得及,索性让他抓着,苦思地看着他。

"我首先要,"他说,"告诉你一点我家里的事情。我父亲,你知道,人不太——我是说,他离开了我的母亲,他们打算让母亲跟他离婚;因此,他们已经命令他回来,你懂吗?明天你在报上就可以看到。"

她的眼睛的颜色深了起来,又是害怕,又感到兴趣;她的手紧紧勒着他的手。可是这时法尔的赌徒性格抬头了,他赶快说下去:

"当然目前还没有大不了,可是将来,在事情结束以前,我想是会有的;离婚官司真讨厌,你知道。我要告诉你,因为——因为——你应当知道——如果——"他嗫嚅起来,盯着她愁苦的眼睛看,"如果——如果你要成为我的宝贝,爱我的话,好丽。我爱你———一直就爱你;我要订婚。"这事他做得非常之不像样,他简直要捶自己的脑袋;他双膝跪下,想要靠近一点那张温柔而愁苦的脸。"你确是爱我的——是不是?如果你不爱我,我就——"来了一刹那间的沉默和焦灼,弄得他很窘,连远远草地上装得有青草可割的刈草机的声音他都听得见。后来她探出身子；一只空着的手碰到他的头发，他抽进一口气："唉，好丽！"

她的回答非常温柔："唉，法尔！"

这一刻是他过去一直梦想的，但是在梦想时，就像一个完全有把握的年轻情人一样，自己完全是一副命令态度，而现在他却觉得自己很不行，很受感动，并且人有点发抖。他连膝盖都不敢动一下，生怕冲破这种魅人气氛；生怕这样动一下，她就会缩回去，否定自己的屈服——在他的紧握下，她是多么的怯弱啊，眼皮闭上，而且几乎被他的嘴唇碰到了。她睁开眼睛，人好像有点晃，他用嘴唇抵着她的嘴唇。突然间，他跳了起来；是一阵脚步声，和一声惊异的呻吟。他环视一下四周。没有人！可是那遮断外面厅堂的长帘幕却在颤动着。

"天哪！是哪一个？"

好丽也站起来。

"乔里，我想是。"她轻声说。

法尔勒紧拳头和决心。

"好吧！"他说，"现在我们已经订婚，我一点不怕。"说时就大踏步向帘幕走去，把帘幕拉开。乔里就站在厅堂壁炉面前，身子勉强回了过去。法尔向前走了几步。乔里转过身来面向着他。

"对不起，听了你讲话。"他说。

法尔尽管是在求婚，这时却禁不住暗暗佩服；他的神色坦然，声音安静，样子相当神气，就像自己照原则做事一样。

"跟你不相干。"法尔没头没脑说。

"噢！"乔里说，"你上这儿来。"就转身穿过厅堂。法尔跟在后面。在书房门口时，他感到有人碰一下他的胳膊；好丽的

声音:

"我也来。"

"不行。"乔里说。

"行。"好丽说。

乔里开门,三个人都走了进去;一到了小房间里面,就各自站在破旧的土耳其地毯的一个角上,形成一种三角形;身子挺得很不自然,也不相互看看,完全看不出这幕情景的滑稽可笑。

法尔打破了沉寂。

"好丽和我订婚了。"

乔里退后两步,靠着窗楣。

"这是我们家里,"他说,"我不打算在这里对你不敬。不过我父亲出门去了。由我在照顾我妹妹。你是钻我的空子。"

"我没有这个意思。"法尔愤然说。

"我认为你是的,"乔里说,"你假如不是有意的话,就会先跟我谈,或者等我父亲回来。"

"我有我的原因。"法尔说。

"什么原因?"

"关于我家里的事情——我刚才告诉了她。我要她在事情发生之前就知道。"

乔里忽然变得不大神气了。

"你们都是些孩子,"他说,"而且你们自己也知道。"

"我可不是。"法尔说。

"你是——你还没有到二十岁。"

"那么,你呢?"

"我二十岁了。"乔里说。

"不过才到罢了;反正,我跟你一样是大人。"

乔里脸涨得通红,神情显得迷惑起来。看得出他心里在挣扎;法尔和好丽瞪目望着他,那种内心的挣扎非常显著;他们甚至于还听得出他的呼吸。后来他的神情变得开朗了,坚定得有点古怪。

"这个我们再说,"他说,"我现在要做一件事,我要跟你打赌。"

"跟我打赌?"

乔里微笑。"对了,"他说,"跟你打赌;而且我明知道你不敢做。"

一阵惶惑像匕首一样戳了法尔一下;这等于做盲人瞎马。

"我还没有忘记你是决斗家,"乔里慢吞吞地说,"我而且觉得你大约就是这样的人;我还记得你叫过我亲布尔派呢。"

法尔听见自己吃力的呼吸声加上一声喘息,看见好丽的脸向前伸出一点,脸色苍白,眼睛睁得很大。

"对的,"乔里似笑非笑地说下去,"我们就看吧。我预备去参加皇家义勇兵,你敢跟我一样做吗,法尔·达尔第先生?"

法尔的头在脖子上晃了一下。就像有人在你鼻梁上打了一拳似的,完全意想不到,便是做梦也没有这样出格、这样丑恶的;他看看好丽,一双眼睛突然变得动人地可怜了。

"你坐下!"乔里说,"不要急!好好想一下。"他在自己祖父的那把大圈椅靠手上坐下来。

法尔并没有坐;他两只手深深插在马裤口袋里站着——紧紧勒着手,而且发抖。他要么去,要么不去,这种尴尬透顶的决定,就像发怒的邮差一样在他脑门上砰砰敲了两下。他如果不接受这种"挑战",就要在好丽面前丢脸,而且在这个年轻仇敌、她的混蛋哥哥面前丢脸。可是接受挑战呢,唉!一切都完结了——她的脸庞,她的眼睛,她的头发,她才开始给他的亲吻!

"慢慢地,不要急,"乔里又说,"我不想逼你。"

两人同时看看好丽;好丽本来蜷缩着身子,倚着那些一直堆到天花板的书架;乌发抵着吉本的《罗马帝国衰亡史》,一双带有淡灰色的痛苦的眼睛正凝视着法尔。法尔在洞察人情上的天赋虽则不高,这时突然看到一道灵光闪现。她将为她的哥哥——这个仇敌感到骄傲!她将会觉得他可耻!法尔的两只手就像被弹簧吊着一样从裤袋里掏出来。

"好吧!"他说,"就这样办!"

好丽的一张脸——啊!真是古怪!他看见她脸红了,向他走来。他做对了——她脸上闪出渴望和爱慕。乔里站起来,微微一鞠躬,那意思好像说:"你及格了。"

"那么明天,"他说,"我们一同去报名。"

法尔从逼使他做出这样决定的冲动下恢复过来,这时恶意地从睫毛下面看看乔里。"好吧,"他想,"算你赢!我只好报名了——可是我总有法子报复你。"于是他大模大样地说:"随你的便。"

"那么,十二点钟我们在征兵办公室碰头。"乔里说;说完就打开落地窗走到平台上去;和适才突然在厅堂里撞见他们自己退了出去一样,这样做完全是遵守自己的信条。

屋子里只剩下法尔和好丽;就是为了她,使得他要付出这种突然的代价;法尔心里乱极了。不过,"卖弄"的兴头仍旧很高。这种倒霉的事情一定要做得神气才行!

"反正我们可以尽情地骑马打猎一回,"他说,"这总是一点安慰。"他听见一声叹息,就好像是从她内心深处发出似的,自己感到一阵残忍的快乐。

"啊!战争不久就要结束了,"他说,"也许我们连出发都不用出发呢。我除了你什么都不在乎。"那个狗离婚案子他总可以摆脱掉了。这是一阵不吉利的风!他觉得她一只温暖的手滑到他的手里。乔里以为自己阻止他们相爱呢,可不是?他紧紧搂着她的腰,从睫毛中间温柔地看着她,用微笑使她高兴一点,答应不久就下乡来看她,觉得自己长高了几英寸,而且觉得能够使她唯命是听,而这是以前自己不敢想的。他吻了她好多次,最后才上马回城里去。人们占有的本性,就是这样,在那么一点点刺激之下,迅速地繁殖成长起来了。

第九章　詹姆士家的晚餐

公园巷詹姆士家里现在已经不举行晚宴了——每一个人家迟早总会有这样的一天，那就是老爷和太太"精神不够"了；九道菜送进二十块雪白餐巾上面的二十张嘴里，这种事情已经没有了；连那只家猫也弄不懂为什么忽然不再把自己关起来了。

有这些缘故，所以当爱米丽吩咐用人预备六个人而不是两个人的晚餐时，自己颇有点儿兴奋感觉；虽则活到七十岁，她仍旧喜欢不时来次小宴会，和一点时髦花样；她亲自在硬纸上写了不少外国字①，亲自插花——来自里维埃拉②的含羞草和并非来自罗马的罗马白风信子。当然，这六个人不过是詹姆士和她自己、索米斯、维妮佛梨德、法尔和伊摩根——可是她愿意装作仍旧像往日那样的热闹，这样想象地玩一下。她换了晚礼服，这使詹姆士忍不住说：

"你穿上这种东西做什么？要着凉的。"

可是爱米丽知道女人的颈子是有爱漂亮的心情保护的，到八十岁都是如此，所以她只回答：

---

① 英国烹饪术全是从法国学来的，所以菜单上许多菜仍旧保留法文。
② 法国南部的名休养地。

220

"让我来替你戴上一个我买的那些领结,詹姆士;那样你只要换条裤子,穿上你的丝绒上衣,就行了。法尔喜欢看见你漂亮呢。"

"领结!"詹姆士说,"你总是把钱拿来乱花。"

可是他仍旧容忍爱米丽给他戴上,终于颈子也亮了起来,一面喃喃不清地说:

"法尔恐怕是个花钱的祖宗。"

他在客厅里坐下来,眼睛里添了一点光彩,两颊比平时稍微红润了一点,就这样等待大门的门铃响起来。

"今天的晚宴我安排得很像样子,"爱米丽欣慰地说,"我觉得伊摩根正好见识见识——现在她出来应酬,就应当习惯这一套。"

詹姆士含糊地答应一声,一面想着伊摩根小时候常爬到他腿上来,或者跟他拉圣诞节炮仗的情景。

"她一定漂亮,"詹姆士说,"这我敢说。"

"她是漂亮,"爱米丽说,"她应当嫁个好姑爷。"

"你又来了。"詹姆士咕噜着说,"她顶好待在家里,照应照应她母亲。"再来一个达尔第那样的人把他美丽的外孙女抢走准会要他的老命!当初爱米丽也是跟他一样看上了蒙达古·达尔第,这件事到现在还不能使他释然。

"瓦姆生哪儿去了?"他忽然问,"今天晚上我想喝一杯马德拉酒。"

"有香槟呢,詹姆士。"

詹姆士摇摇头。"没有劲,"他说,"我喝了一点受用没有。"

爱米丽从坐在炉火这一边探身出来按一下铃。

221

"老爷要开一瓶马德拉,瓦姆生。"

"不对,不对!"詹姆士说,连耳朵尖子都恼得抖起来,两只眼睛注视着只有他一个人看得见的东西,"你听我说,瓦姆生,你到酒窖的里间去,在左仓最后中间一层架子上,你可以看见七只瓶子;拿当中的一瓶,不要摇。这是我们搬到这里来时乔里恩先生送我的最后一瓶——从来没有动过;应当一点没有变味呢;不过我也说不了,我没法说。"

"好的,老爷。"瓦姆生一面退出,一面说。

"我本来留着等我们金婚时喝的,"詹姆士突然说,"不过我觉得我这样年纪活不到三年了。"

"胡说,詹姆士,"爱米丽说,"不要讲这种话。"

"我应当亲自去拿,"詹姆士咕噜着,"他说不定会摇动。"他变得沉默下来,尽在回想过去在燃着的煤气管子、蜘蛛网和酒味浸透的瓶塞子香气中间消磨的许多时光;这种酒味是他过去多少次宴会前的开胃剂。四十多年来,从他带了新婚妻子住到公园巷来的时候起,四十多年中许许多多的朋友和交游都过世了,这部历史就写在酒窖里的那些陈酒里面;酒窖消耗掉的储藏却像保存了这一家的庆典记录——所有的婚礼、添丁进口,以及亲友的死亡都保存在这里。而且他死了之后,酒窖还会在那里,不知道那时候又是怎样光景。敢说,或者被人喝光,或者糟蹋掉!

儿子进门把他从遐想中拉回来,接着维妮佛梨德和她的两个大孩子也来了。

一家人挽着胳膊走进餐厅——詹姆士挽着初出道的伊摩根,因为这个漂亮的外孙女使他看了高兴;索米斯挽着维妮佛梨德;爱米丽挽着法尔;法尔的眼光落在生蚝上,眼睛一亮。

今天晚上可着实是一顿吃喝呢！他而且觉得经过今天的事情，自己正需要这样吃喝一下，不过他到现在为止还没有宣布。一两杯酒下了肚，想到自己袖子里揣了这一颗炸弹，有这样一件动人的爱国行为，或者说个人勇敢的典型来卖弄一下，倒是件快意的事情——到现在为止，他为女皇和国家做的事情还是完全从个人出发。他现在是"骄子"了，跟步枪和战马拆不散、分不开了；他有资格大模大样一下——当然，这并不是说他打算这样做。他只打算不动声色地宣布一下，等大家谈话停下来的时候。他又看看菜单，决定上草莓冰淇淋的时候最适当；他们吃着这道菜的时候总会庄严一点。在晚餐达到这个粉红色高峰之前，他有一两次猛然想起他们什么事情都瞒着自己这位外祖父的！不过老头儿正喝着马德拉酒，而且气色看上去很不错！何况，这一来把离婚的丑事总算冲掉了，他应当高兴才是。坐在他对面的舅舅也是一个强烈的鼓励。这个舅舅太不够漂亮了，他真巴不得能看见他脸上的表情。还有，与其私下里告诉他母亲还不如这样说出来的好，那样说不定引得双方都伤心！他很替她难受，不过自己现在要跟好丽分手了，还要有心思替别人分忧也不大说得过去。

他外祖父的细声气传到他的耳朵里。

"法尔，在你的冰水里加一点马德拉试试看。你在大学里可喝不到这个。"

法尔看着酒液缓缓倒满他的酒杯，陈酒的油花在酒杯里闪耀着；他闻一下酒香，心里想："现在可以讲了！"这是宝贵的一刻。他呷一口酒，血管里微微感到一股热力，劲头儿已经上来了。他迅速向四周看一下，就说，"今天我去皇家义勇兵报了名，外公。"说完就把杯子里的酒一饮而尽，就好像为自己的这一行动而干杯似的。

"什么!"他母亲就说了这么一句简单的话。

"小乔里·福尔赛和我一同去的。"

"你没有签名吧?"是索米斯舅舅问。

"我签了!我们礼拜一进去。"

"唉!"伊摩根叫出来。

大家都望着詹姆士。他用一只手招着耳朵身子向前伛。

"什么事?"他说,"他讲的什么?我听不见。"

爱米丽探出身来拍拍法尔的手。

"没有事情,只是法尔参加了皇家义勇兵,詹姆士;对他说是好事情。他穿起军装一定非常漂亮。"

"参加——狗屁!"詹姆士说,声音又大又抖,"你连眼面前的路都摸不清楚。他——他要开到南非洲去。唉!他能打什么屁仗。"

法尔看出伊摩根的眼睛里显出钦佩,看见母亲静静坐着,十分时髦,用一块手绢挡着嘴。

忽然他的舅舅开口了。

"你还不到年龄。"

"我想到过,"法尔微笑说,"我报的年龄是二十一岁。"

他听见外婆在夸奖:"啊,法尔,你做得的确勇敢。"

他觉得瓦姆生卑顺地给他在香槟杯里斟酒;外公的声音埋怨着:"你这样下去,我可不知道你会变成什么样子。"

伊摩根拍拍他的肩膀,索米斯舅舅从侧面望着他;只有他母亲坐着一动不动,终于被她的安静打动了,法尔说:

"没有关系的,你们知道;我们不久就会把他们赶走的。我只希望还来得及做点事情。"

他的感觉是又得意,又难过,又不可一世,这一切全掺杂在一起。这可以叫索米斯舅舅,以及所有福尔赛家的人看看怎样做一个好汉。把自己的年龄写成二十一岁肯定说是做了一件英勇而且少有的事情。

爱米丽的声音使他回到地面上来。

"你不能再来第二杯,詹姆士。瓦姆生!"

"悌摩西家里那些人可要奇怪呢!"伊摩根脱口而出,"我真巴不得能看看他们的表情。法尔,你有军刀吗,还是只有支橡皮手枪?"

"你是什么缘故去报名?"

他舅舅的声音使法尔微微吃了一惊。什么缘故去报名?这怎样回答?他外祖母安慰的声音使他很感激。

"总之,我觉得法尔做得很勇敢。我敢说他一定会是一个漂亮士兵;他的身材长得正好。我们全都为他感到骄傲。"

"这跟小乔里·福尔赛有什么关系?为什么你们要一同去报名?"索米斯追着问,丝毫不肯放松,"我还以为你跟他合不来呢,是不是?"

"并不好。"法尔嗫嚅说,"不过我不能被他比下去。"他看见舅舅望着他的神情完全改变过来,好像很赞成似的。他外祖父也在点头,外祖母在摇头。他们全都赞成他不让这个表哥把他比下去。这一定事出有因!法尔隐隐觉得在他的视线距离以外有一个骚动点,就好像一阵旋风还没找到的骚动中心一样。他凝望着舅舅的脸,忽然莫名其妙地想起一个女子的相貌来,黑眼睛、金黄头发、白颈子,身上的香味很好闻,穿着很漂亮的绸衣服,他很小的时候就喜欢用手去摸。天哪,对了!伊琳舅母啊!当初她常常亲他,而且有一次他还咬了一

下她的胳膊,闹着玩,因为他喜欢她的胳膊——那样地柔软。他外祖父这时开口了:

"他父亲在做什么?"

"上巴黎去了。"法尔说,瞠目看着他舅舅脸上非常古怪的神情——就像一头狂犬。

"这班画家!"詹姆士说。这句从他灵魂深处说出来的话结束了晚餐。

在回家的马车里,法尔坐在母亲对面,重又尝到英雄主义的最后果实,就像熟透了的枸杞子一样。

她只说,的确,他得立刻去到自己的服装店里,好好裁一套军服,不要让他们给他什么就穿什么。可是法尔能觉察到她的心绪很乱。他心里的话到了嘴边上又咽了下去,他想安慰她,说这一来那个混蛋离婚案子他总算摆脱掉了,不过当着伊摩根的面,而且明知他母亲并不因此就能摆脱,所以没有说话。等伊摩根去睡了以后,他冒险说了这样一句感情流露的话:

"这样丢下你我很难受,妈。"

"是呀,我只好尽量看开些。我们得早早给你弄一张委任状;那样你就用不着吃那些苦头了,你操练过没有,法尔?"

"一点没有。"

"我希望他们不要麻烦你太厉害。明天我得带你去置办东西。晚安,吻我一下。"

法尔点了一支香烟,在将烬的炉火前坐下,刚才两颊之间的又软又热的一吻还有点觉得,那句"我希望他们不要麻烦你太厉害"还在他耳朵里嗡。现在卖弄的劲儿下去了。这件事情他妈的真叫人心里不好受。"我非找回乔里那个家伙不可。"他在想,一面缓缓爬上楼梯,经过他母亲的卧室;卧室内他母亲正把头埋在枕头里,尽量在压制着那种要使她呜咽的孤苦伶仃之感。

没有一会儿,詹姆士家这次参加宴会的人里面,只有一个人醒着了——就是索米斯,睡在他父亲卧室上面自己的房间里。

原来乔里恩那个家伙上巴黎去了——他在巴黎干什么,缠着伊琳!包尔第得上次报告里暗示到不久说不定会有点名目。会不会就是这件事呢?那个家伙,留了那样的胡子,而且讲话是那种可恶又可笑的派头——他父亲还给自己起了"有产业的人"那样的绰号,并且买下他那所不吉利的房子。索米斯对自己逼得要卖掉罗宾山的房屋一直感到不痛快;而且永远不能原谅自己伯父买下这座房子,以及这个堂兄住在里面。

他不顾寒冷,把窗子向上推开,向公园那边凝望出去。正月里的夜晚荒凉而黑暗;车马声简直听不见;快要上冻的样子;光秃秃的树;一点两点的星儿。"明天我要看包尔第得去,"他想,"天哪,恐怕我还想她呢,真是疯了。那个家伙!如果——哼!不会的!"

第十章　伯沙撒之死

乔里恩连夜从加来渡过海峡,在星期日早晨抵达罗宾山。事前他也没有通知家里,所以从车站一路走回来,穿小树林的边门进入自己的领土。走到那个用老树身凿出的木凳前面时,他先把大衣铺在上面,然后坐下。"腰好酸啊!"他想,"在我这样的年纪,爱情的结局就是这样!"忽然间,伊琳好像就在他身边一样,就像那一天两人同游枫丹白露、坐在一条树身上同吃午饭时那样靠近他。近得有点像见鬼!透进林子里来的淡淡日光把落叶的气味蒸发出来,输进他的鼻管。"幸亏不是春天。"他想。春天加上树叶的香味、鸟儿的歌声和花儿盛开,那就会叫人吃不消!"我希望春天来时,已经能够处之淡然了,尽管是这样一个傻瓜。"他一面想,一面拿起大衣,向那片田地走去;经过小池子,慢吞吞上了小山。快走上山顶时,一声粗嗄的犬吠向他迎来。就在凤尾草圃上面那一带草地上,他能望见自己的老狗伯沙撒。那狗的一双昏花老眼把主人当作生人,正在警告外界提防它呢。乔里恩照往常那样吹一声口哨。虽则离开有一百多码远,他还能看得见那个肥硕的黄白身影猛然领悟过来。老狗爬了起来,一条尾巴反过来紧贴在脊背上,身体来了一阵微弱而兴奋的颤动;歪歪倒倒向前走,脚下慢慢快起来,最后在凤尾草圃边上消失掉。乔里恩指望在柴门那边和老狗碰上,可是柴门那里并没看见它;乔里恩有点着慌,转身进了凤尾草圃。那只老狗的胖身体斜躺在那里,带着已经呆滞的眼神向上望着。

"怎么回事,我可怜的老朋友?"乔里恩叫。伯沙撒蓬松的弯尾巴微微动了一下;一双蒙眬的眼睛好像在说:"我站不起来了,主人,可是我高兴看见你呢。"

乔里恩跪下来;眼睛花得很厉害,简直看不出狗身胁下正在慢慢停止起伏。他把狗头托起一点——头很沉。

"怎么回事,老兄?你受了伤吗?"狗尾巴又颤动了一下;眼睛里的生意消失了。乔里恩用手把那个僵硬的温暖身体整个摸了一下。一点气都没有了——那个肥硕身体里的小心由于听见主人回来一阵高兴,就那样停止不动了。长了几根淡白髭毛的口鼻部分,和乔里恩的嘴唇碰着时,已经有点凉了下来。他跪了有几分钟之久,手托着僵硬的狗头。当他托着狗身体上坡向田里走去时,觉得手里很沉重;田里飘的满是落叶,他用叶子把狗身盖好;还好没有风,这些树叶将会为它遮着好奇的眼睛,直到当天下午。"我要亲自来埋它。"他想。自从他口袋里揣了一只小狗走进圣约翰林自己那所房子起,已经有十八年了。怪的是这个老东西偏偏会在这个时候死去!是预兆吗?他走到园门时又回过头来望望那毛茸茸的一堆,然后慢慢向大房子走去,喉咙里就像有一大块东西塞着似的。

琼在家里;她听到乔里入伍的消息,赶不及地就下来了。乔里的爱国心把琼对布尔人的同情都征服了。乔里恩进了屋子,告诉大家伯沙撒的死讯,家里的空气变得又古怪又沉闷。伯沙撒的死讯起了一种团结的效果。这狗一死——一根过去的线索突然中断了。这狗是跟他过了苦日子来的;两个小的根本不记得;在琼的眼睛里,它只代表祖父的晚年;在乔里恩的眼睛里,它代表自己重新又回到自己父亲慈爱怀抱和财富王国之前的那种家庭苦境和艺术奋斗的生活!现在它是死了!

那天下午,乔里恩和乔里携着鹤嘴锄和铲子到了田里。两人就在那个褐黄堆子附近选择了一块地方,省得把狗搬动太远;小心铲开地面上一层草地,两人就挖起土来。有这么十分钟,父子两个都默不作声挖着,后来都停止不挖了。

"孩子,"乔里恩说,"你觉得自己有责任,是不是?"

"对了,"乔里回答,"当然一点讲不上愿意。"

这句话不多不少恰好道出乔里恩自己的心情。

"我很佩服你,孩子,敢说,我在你这样年纪未见得肯这样做——我未免仍是个福尔赛,大约是这个缘故。不过我想,这种典型性格一代代下去也就变得不显著了。如果你有一个儿子的话,说不定会是个十足的利他主义者;谁晓得?"

"那样的话,他就一点不像我了,爹;我自私得厉害。"

"不对,孩子,自私你当然不是。"乔里摇摇头,两人又挖起土来。

"狗的生命真是古怪,"乔里恩忽然说,"在四足动物中是唯一有一点利他主义根子,和上帝的感觉的!"

乔里看看父亲。

"你信上帝吗,爹?我从来弄不清楚。"

碰到这样一个深刻的问题,而提问的人又不是随随便便可以回答得了的,乔里恩有这么一会儿站在那里,觉得脊背挖得很酸。

"你说的上帝是指什么?"他说,"有两种不能调和的上帝概念。一种是不可知的创造原理——这是人相信的。还有一种是人的利他性的总和——人自然也相信。"

"我懂了。这样就把基督撇开了,可不是?"

乔里恩眼睛睁得多大,基督,就是连接这两种概念的桥梁啊!偏偏从童子的嘴里说了出来,在这里,正宗的教义终于科学地被说明了!基督一生的崇高诗篇就是表现了人连接这两个不可调和的上帝概念的企图。而且由于人的利他主义的总和与自然、与宇宙的任何其他事物一样,同是那个不可知晓的创造原理的一部分,当初说不定会选出更坏的桥梁来呢!好笑的是——人过了大半辈子却从没有能够看出这一点!

"你怎样看呢,孩子?"他说。

乔里皱起眉头。"当然,我在一年级时,这类问题我们谈得很多;可是到了二年级时,就不去理会了;我也不懂得为什么——非常之有意思。"

乔里恩想起自己在剑桥上一年级时,这个问题也谈得很多,到二年级时就不谈了。

"我想,"乔里说,"你指伯沙撒感觉到的是第二种上帝。"

"对了,否则的话,它就不会为一个自己以外的东西弄得心脏突然停止。"

"不过会不会事实上这不过是一种自私情绪呢?"

乔里恩摇摇头。"不是,狗跟十足的福尔赛不同,它除掉自己还爱一些东西。"

乔里笑了。

"那么,我想我倒是个十足的福尔赛呢,"他说,"你知道,我所以入伍只是为了将法尔·达尔第的军。"

"可是为什么?"

"我们合不来。"乔里短短说了一句。

"啊!"乔里恩哼了一声。原来仇恨已经结到第三代了——这种不露形迹的现代仇恨!

"我要不要把过去的事情讲给这孩子听呢?"他想,"可是讲了算什么呢——如果他自己弄得要半途而废的话?"

乔里也在想:"那个家伙的事情还是让好丽告诉你吧。如果她不告诉,那就说明她不愿意你知道,我讲了就是搬弄是非。反正,我已经将事情挡住了,还是不要啰唆的好!"

两个人所以又默不出声挖着,后来乔里恩说:

"哎,孩子,我看够大了。"两人撑着铲子望望下面的坑穴,晚风已经把几片落叶吹了进去。

乔里恩忽然说,"抬我最受不了。"

"让我来,爹。它跟我向来没有什么感情。"

乔里恩摇摇头。

"我们轻轻地把它抬进去,连叶子一起抬,我不想再看见它那个样子。我抬它的头,来!"

两个人极其小心地抬起老狗的尸体;落叶被晚风吹动,东一块,西一块露出消褪的黄白毛色来。两人把那具沉重、寒冷、木然无知的尸体放在坟墓里,乔里在上面又铺些叶子,乔里恩唯恐在儿子面前暴露自己的感伤,连忙铲了泥土洒在那静止的形体上。过去就这样埋葬了!如果有什么欢乐的将来可以指望的话,那还好受些!这样就像把自己的生命活活埋掉一样。两个人重又小心地把那片草泥铺在光滑的小坟上面,挽着胳膊一同回大房子去,都有点感激对方没有引起自己伤心。

第十一章　悌摩西辟谬

乔里和法尔参军的消息在福尔赛交易所里很快就传开来,同时又有人前来报信,说琼也不甘落后,正预备当红十字会的看护去。这些事情太出格了,太危及纯粹的福尔赛主义了,对这家人家来说,简直是没法子置若罔闻,所以接着在星期天的下午,悌摩西家里就挤满了福尔赛家的人,都想知道大家是怎样的看法,同时还想相互交换一下家族的信心。加尔斯·海门和吉斯·海门不再保卫海岸了,没有几天就要开到南非去;乔里和法尔四月间也要去了;至于琼——她真正会做出什么来谁也没法知道!

斯皮温山的撤退①,和战地没有好消息传来的事实,给上述的一切加上一层真实性,也被悌摩西紧紧掌握着。悌摩西是老一辈福尔赛中最年轻的一个,事实上八十岁还没有到;大家公认他长得最像自己的父亲——"杜萨特大老板",连他父亲出名的饮马德拉酒的特点他也继承过来了。多年来,悌摩

---

① 英国撤换布尔战争中的统帅布勒,改派罗伯茨赴南非任统帅后,战局稍有好转。布勒在纳塔尔作战,经过三次努力,总算解了莱迪史密斯城之围,便乘胜渡过图盖拉河,绕过布尔人右翼,但是布尔人迅速布了新阵地;英军虽于一次夜袭中占领了斯皮温山,但以牺牲太大,终于在1990年1月24日撤退。

西由于从不出面,简直成了神话人物。他在四十岁时,因为做出版社生意有风险,受了一点刺激,洗手不干时只剩得三万五千镑的财产。从那时起,他就靠这点钱从事小心的投资以维持生活。今天算起来已经是长长的半世了。在这四十年间,他每年都积攒一点,再加上复利,他的资本已经翻了一倍,从来就不知道为钱财担惊受怕的事情。他现在每年都要余个两千镑下来,再加上自己那样的保重,正如海丝特姑太说的,在他归天之前,财产总可以再翻一番。那时候他那些姐姐死了,连他自己也死了,这些钱他拿来怎么办,是福尔赛家那些自由精神的人时常当作玩笑提出来的问题;那些人包括佛兰茜、尤菲米雅、尼古拉家的小老二、克里斯朵佛;克里斯朵佛的自由精神最厉害,的确说过自己要去演戏。可是谁都承认,这件事情只有悌摩西本人知道得最清楚,还有索米斯可能也知道,不过索米斯是从来不透露秘密的。

　　那些看见过他的少数几个福尔赛,说他外表生得又壮又大,个子不太高,肤色红褐,花白的头发,眉目长得还算清秀;据说"杜萨特大老板"的妻子相当有姿色,而且性情温和,所以多数的福尔赛子孙都长得不错。听说他对战争极其关心,从战争一开始,就一直拿小旗子插在地图上面;有些人很不放心,想到如果英国人被赶到海里去时不知他怎么办,因为那时候他就找不到适当的地方插他的小旗子了。至于他怎么会知道族中的动静,或者对族中的事情有些什么看法,谁也说不上来,只听见海丝特姑太经常说他很烦。斯皮温山撤退后的那个星期天,福尔赛家人到达之后,他们都陆续觉察到有一个人坐在那把唯一真正舒适的椅子上,身子背着光,一只大手遮着下半个脸庞,同时海丝特姑太带着战战兢兢的声音招呼着:

"你悌摩西叔叔,亲爱的。"由于见到他的人很少,大家都觉得今天的情形不大对头。

悌摩西招呼每一个人的口气几乎都是一样的,而且与其说是表示,还不如说是对付。

"你好!你好!恕我不站起来了!"

在座的有佛兰茜,还有欧斯代司;他是坐了自己的汽车来的。维妮佛梨德也带了伊摩根来了,族中人对法尔参军的热烈称赞总算冲破了她自己复合诉讼的抑郁心情;玛林·狄威第曼也来了,并且告诉大家加尔斯和吉尔的最后消息。这些人之外,再加上裘丽姑太、海丝特姑太、小尼古拉、尤菲米雅和乔治(来得最叫人想不到,是欧斯代司的汽车带他来的),就是这个家族鼎盛时代的集会也不过如此。整个一座小客厅里,把把椅子都坐满了人,还有人暗暗着急,想万一再有人来时怎么办。

当着悌摩西大家不免比平时感到拘束;等到空气稍微缓和一点,话头就急转直下。乔治问裘丽姑太几时参加红十字会,逗得裘丽姑太简直呆了;乔治于是转身问尼古拉:

"小尼克不是个好汉吗?他几时换上黄衣裳呢?"

小尼古拉带着十分谦逊的微笑,说他母亲当然很着急呢。

"我听说,德罗米欧哥儿俩已经走了,"乔治说,转身望着玛林·狄威第曼,"我们不久全都要去的。冲锋呀,福尔赛!扔球呀!哪个要冷饮的?"

裘丽姑太咯咯笑了,乔治真是发噱!海丝特去把悌摩西的地图取来好不好?有了地图他就可以指给大家看是什么情形。

悌摩西哼了一声,海丝特姑太理解这是答应的意思,就出了屋子。

乔治继续描绘他的福尔赛进军的幻象,称呼悌摩西是战地指挥员;伊摩根,他一眼就看出是个"美人儿",就像随军女小贩;自己把大礼帽夹在膝盖中间,用想象的鼓槌敲起来。在座的人对他这一套幻想的看法并不一致。全都笑了——乔治就是这样的人;可是全都觉得有点"糟蹋"福尔赛家人;眼看着有五个福尔赛都要为女皇效忠,这样说话未免不大对头。大家很怕乔治会弄得不识相,就在这时,乔治站了起来,和裘丽姑太挽起胳膊,大步走到悌摩西面前,行一个军礼,装作热烈的样子吻了裘丽姑太,说,"真有趣呀!亲爱的爸爸!来吧,欧斯代司。"说完就走了出去;严肃而愠怒的欧斯代司始终没有笑过一次,当时也跟了出去;大家才算松了口气。裘丽姑太弄得莫名其妙,"奇怪,连地图都不等!你别生气,悌摩西。他就是这样发噱!"这句话打破了屋内的沉寂,悌摩西一只遮着嘴的手放了下来。只听见他说:

"我不知道事情会闹成什么样子。这些人上南非去是什么意思?这哪里会打败得了布尔人。"

佛兰茜总算有种,"那么怎样打败呢,悌摩西叔叔?"她问。

"这些新式的参军和花钱的玩意儿——把钱全流到国外去了。"

就在这时,海丝特姑太拿了地图进来,捧在手里就像捧了一个要出牙的婴孩似的。尤菲米雅帮助海丝特姑太把地图摊在钢琴上面;那是一架考尔伍德式的小三角式钢琴,据说还是那年夏天安姑太去世以前有人弹过一次;那已经是十三年前的事情了。悌摩西站起来,走到钢琴面前,站在那里看地图,余下的人都拢近来。

"你们看见吗,"悌摩西说,"这就是最近的形势;而且情形很糟。嘿!"

"对了,"佛兰茜说,非常之大胆,"可是你不增兵,又怎样改变这种局势呢,悌摩西叔叔?"

"增兵!"悌摩西说,"你不需要增兵——糟蹋国家的钱,你需要的是一个拿破仑,他在一个月内就可以解决问题。"

"可是如果你没有拿破仑呢,悌摩西叔叔?"

"那是他们的事情,"悌摩西回答,"我们养军队为的什么用处——难道是让他们平时拼命吃饭的吗?他们应当惭愧,弄得要国家这样来支援他们。顶好各人管各人的事,事情就好办了。"

他把大家环视一下,几乎是愤怒地又接上去说:

"志愿军,真是!这叫拿好钱去救坏钱!我们一定要储蓄!保全实力——唯一的办法。"他发出一声长长的又不像冷笑、又不像咆哮的声音,踏了一下尤菲米雅的足趾,就出去了,屋内只剩下一阵轻微的麦糖香味和骇异的空气。

悌摩西的话说得非常坚决,而且说这些话时看得出暴露了自己的真情实感,所以给大家的印象相当深刻。屋内余下八个人——除掉小尼古拉之外全是女人——有这么一会全围着地图不作声。后来还是佛兰茜开口了:

"你们知道,的确,我觉得他说得对。我们的军队究竟做什么用的?他们应当早就知道了。这样只会鼓励他们。"

"亲爱的!"裘丽姑太说,"可是他们很进步呢。你想连红军装都不穿了。① 他们过去对自己服装一直很引以为豪；现在穿得就像犯人一样。海丝特和我昨天还说，我们敢断定，这件事情使他们很难受。铁公爵②要是活着的话，不晓得他要怎样说呢！"

"新军装的颜色很漂亮，"维妮佛梨德说，"法尔穿起军装来很不错。"

裘丽姑太叹口气。

"我真想知道乔里恩的孩子长得什么样子。连看都没有看见过！他父亲对这个儿子一定很得意。"

"他父亲在巴黎呢。"维妮佛梨德说。

海丝特姑太的肩膀看得出忽然耸了一下，就好像要挥开自己姐姐下面要说的话似的，原来裘丽姑太老皱的双颊忽然红了起来。

"昨天小马坎德太太来看望我们，她刚从巴黎回来。她在街上碰见一个人，你们想是哪一个？你们决计猜不到。"

"我们也不想猜到，姑姑。"尤菲米雅说。

"伊琳！你想得到吧！这么多年了；跟一个一撮漂亮胡子——"

"姑姑！你真要命！一撮漂亮胡子——"

"我是说，"裘丽姑太板着脸说，"一撮漂亮胡子的绅士。而且伊琳长得一点不老；永远是那样美。"最后一句话说得就像深深带有憾意似的。

"呀！姑太，跟我们谈谈她呢，"伊摩根说，"我只记得她

---

① 英国军服一般是大红色，在布尔战争中，因受布尔人游击战的威胁才改穿黄色军服，不过在以前殖民地战争中也曾经换过。
② 指威灵顿公爵(1769—1852)，他在滑铁卢一战中击败拿破仑。

238

一点点。她不是福尔赛家橱柜里的不能给人看的骷髅吗?真有趣。"

海丝特姑太坐下来。的确,裘丽的乱子现在已经闯定了。

"我记得的,她并不大像具骷髅,"尤菲米雅喃喃说,"肉长得很好。"

"亲爱的!"裘丽姑太说,"这话说得多么怪里怪气的——不大好。"

"对啊!可是她究竟美到什么程度呢?"伊摩根紧紧追问着。

"我告诉你吧,孩子,"佛兰茜说,"一个摩登的维纳斯,穿得极其讲究。"

尤菲米雅尖刻地说,"维纳斯可从来不穿衣裳,而且她有一双和蓝宝石一样柔和的蓝眼睛。"

小尼古拉就在这当儿和大家告辞。

佛兰茜笑了一声,"尼克太太管教得很严呢。"

"她有六个孩子,"裘丽姑太说,"防备些儿完全对的。"

伊摩根毫不容情地又追问下去,"索米斯舅舅是不是非常爱她?"一双逗人的黑眼睛把一张张脸望过去。

海丝特姑太做了一个绝望的姿势,就在这时候,裘丽姑太回答说:"对了,你索米斯舅舅跟她非常之好。"

"我想她是跟人溜掉的吧?"

"没有,当然没有跟人溜掉;事情——不完全像。"

"那么,她究竟做了些什么呢,祖姑?"

"走吧,伊摩根,"维妮佛梨德说,"我们得回去了。"

可是裘丽姑太毅然决然说了一句:"她——她一点不守妇道。"

239

"呀,糟糕!"伊摩根叫道,"我猜到的也是这样。"

"亲爱的,"佛兰茜说,"她跟人家发生爱情,后来那个男人死掉,事情就完了;之后她就离开你舅舅。我倒比较欢喜她。"

"她常给我巧克力糖吃,"伊摩根说,"而且身上很香。"

"当然喽!"尤菲米雅说。

"一点不当然!"佛兰茜说;佛兰茜自己也搽一种非常贵重的紫罗兰精油。

裘丽姑太两只手举起来,"我不懂得你们讲这些事情是什么意思!"

"她离了婚没有?"伊摩根走到门口时问。

"当然没有,"裘丽姑太说,"离婚——当然没有。"

大家听见另外一边的门响。是悌摩西又进了后客厅。"我来拿地图的。"他说,"哪个离了婚?"

"没有人离婚,叔叔。"佛兰茜十分老实地说。

悌摩西从钢琴上面把地图取下来。

"我们家里可不要来这种事情,"他说,"这些参军的事情已经够糟的了。国家简直垮了;不晓得我们怎样一个了结呢。"他伸出一只胖指头向屋内指指,"时下的女人太多了,她们全是些糊涂虫。"

悌摩西说完话,就两手紧紧抓着地图走了出去,好像生怕有人答话似的。

七个受了他言语的女子开始低声咕哝起来,只能听得出佛兰茜的声音:"的确,福尔赛家人——!"和裘丽姑太的声音:"海丝特,今天晚上一定要给他芥末和热水洗脚;你告诉吉痕好吗?他恐怕血气又上头了……"

那天晚上,吃了晚饭之后,裘丽姑太和海丝特姑太两个人对坐时,裘丽姑太在活计上绣上一针,抬起头说:

"海丝特,我不记得在哪里听说索米斯要伊琳回来。是哪个告诉我们乔治给索米斯画了一张滑稽画,题的'他非到手决不甘心'的?"

"欧斯代司,"海丝特姑太在《泰晤士报》后面回答她,"他就放在口袋里,可是不肯拿给我们看。"

裘丽姑太不响了,一个人在寻思,钟声在嘀嗒着。《泰晤士报》簌簌响,炉火发出呼呼的声音,裘丽姑太又绣上一针。

"海丝特,"她说,"我有个相当糟糕的想法。"

"那么就不要告诉我。"海丝特姑太赶快说。

"唉!可是我非告诉你不可,糟糕得你想不到!"她的声音低得像捣鬼一样。

"他们说乔里恩——乔里恩现在留了一撮漂亮胡子呢。"

第十二章　侦查的进展

詹姆士家那顿晚宴之后两天,包尔第得先生给索米斯提供了思索的食粮。

"一个男子,"他说,一面参看藏在手里的一张密码,"我们称作47的,上个月在巴黎对17非常殷勤,但目前好像还得不出什么具体结论。会面都是在公共场所,一点不避人耳目——饭馆子、歌剧院、喜剧院、卢浮宫、卢森堡公园、旅馆客厅里等等。双方都还没有进过对方的房间,一同去过枫丹白露——可是没有可述的。总之,情形是有希望的,但要耐心等。"他突然抬起头又接上一句:

"有一点很奇怪——47和嗯——31——同姓!"

"这个家伙已经知道我是她丈夫了。"索米斯想。

"名字很特别——叫乔里恩,"包尔第得先生又说下去,"我们知道他在巴黎和在英国的住址,当然,我们并不想盯错人。"

"你盯下去,可是小心些儿。"索米斯硬着头皮说。

他从本能上断定这个私家侦探已经探得他的秘密,所以更加不肯多说话。

"对不起,"包尔第得说,"我去看看有没有什么新材料。"

他带了几封信回来,把门重新锁上,看看那些信封。

"对了,这是 19 给我写的一封私信。"

"讲的什么?"索米斯问。

"嗯!"包尔第得说,"她讲的:47 今日返英,行李上有他的住址:罗宾山。三点三十分和 17 在卢浮宫美术馆分手;没有什么了不起的事情。还是留在巴黎继续察看 17 的好。当然,你认为有必要的话,可以在英国盯着 47。"包尔第得这时抬起眼睛,非常职业性地把索米斯看了一眼,说不定是搜集一点材料,等洗手不干这一行之后,好写一本关于人性的书。"19 真是个聪明女人,而且化装得很好。价钱不便宜,可是赚的硬钱。到目前为止。对方好像还没有疑心到有人窥伺。可是过一个时期之后,你知道,敏感的人自己没有事情干时,总会有点觉察到的。我倒赞成暂时放下 17,注意 47 的行动。侦查双方的通信要冒很大的危险。在目前阶段我完全不赞成。不过你可以告诉贵当事人,事情很有指望。"讲到这里时,包尔第得眯起眼睛,又朝他的沉默主顾瞧了一下。

"不必,"索米斯忽然说,"我还是赞成在巴黎那边小心地侦查,这一头你不要管。"

"很好,"包尔第得回答,"我们做好了。"

"他们——他们相互之间是怎样的态度?"

"我把她信上的话找给你看吧,"包尔第得说;他打开一只抽屉柜,把一包文件拿出来;"她在一封信里概括讲了她私人的看法。对了,在这儿!'17 很美——这是 47 的看法,47 牙齿长些'(俗话指年纪,你知道)——'很清楚不行了——等他的机会——17 也许在搭架子,等对方的条件,事情知道得不多,没法说。可是整个看起来——她自己也糊里糊涂——可能有一天会冲动起来。双方都有派头。'"

"这话什么意思?"索米斯板着脸问。

"哦,"包尔第得先生一笑,露出许多牙齿,"这是我们的行话。换句话说,看上去不大像会成为那类周末事件——要么就认真要好起来,要么就一点事情没有。"

"哼!"索米斯说,"就这么些吗?"

"对了,"包尔第得说,"可是很有希望。"

"毒蜘蛛!"索米斯心里想。"再见!"

他走进格林公园,打算穿过公园到维多利亚车站,再坐地铁进城。虽则是一月下旬,天气还很暖和;日光穿过雾气,在凝霜的草地闪烁着——这样一个日子真像照亮的蜘蛛网。

小蜘蛛——和大蜘蛛!到处是蜘蛛!而所有这些蜘蛛里面,最大的蜘蛛却是他自己的顽强性格,永远用自己的蛛丝把一切出路都封锁起来。那个家伙缠着伊琳做什么?真如包尔第得说的那样吗?还是仅仅可怜伊琳寂寞就像他时常嘴里说的那样?这家伙总是那样的极端感情用事。可是如果真如包尔第得暗示的呢!索米斯站着不走了,不可能!这家伙比自己还大六岁,并不比自己漂亮!钱也不比自己多!有什么可爱的地方?

"而且,他已经回来了,"他想,"这就看上去不像——我要去看他!"就掏出一张名片,在上面写道:

> 本星期不论哪一天下午,希望能谈这么半小时;每天下午五点半到六点之间在鉴赏家俱乐部恭候;或者我上什锦俱乐部来也可以,听候尊便。我想和你见见。索米斯。

他一直走到圣·詹姆士街,亲自关照什锦俱乐部的看门的。

"乔里恩·福尔赛先生一进门,你就把这个交给他。"他说,随即叫了一部新出租汽车上商业区去了……

乔里恩当天下午接到名片,当即转身上鉴赏家俱乐部来。索米斯现在还转什么念头呢?难道巴黎的风声传到他耳朵里来了吗?穿过圣·詹姆士街时,他决定并不隐瞒自己去看望伊琳。"不过让他知道伊琳在巴黎可不行,"他心里想,"除非他已经知道了。"俱乐部的人领他到了索米斯面前时,他就是这种复杂的心情。索米斯正坐在一扇小拱窗面前喝茶。

"不喝茶,谢谢你,"乔里恩说,"不过我可要继续抽烟。"

虽则外面路灯已经亮了,窗帘还没有拉下来;两个堂弟兄我等你,你等我地对坐着。

"听说你上了巴黎。"索米斯终于开口了。

"是啊;刚回来。"

"小法尔已经告诉我了;那么他跟你的孩子都要走吗?"乔里恩点点头。

"你恐怕没有碰见伊琳吧?好像她也在国外呢。"

乔里恩在烟雾中转侧了一下,方才回答:"我见到她了。"

"她怎么样?"

"很好。"

又是一阵沉默;后来索米斯在椅子里伸动了一下。

"上次我们见面时,"他说,"我还是三心二意。我们谈了话,你还表示了你的看法。我不想再来一次那样的讨论。我只想说:我跟她的关系非常之难处。我不愿你影响伊琳对我的感情。事情已经隔了多年。我打算跟她讲,过去的事情就算过去了。"

"你知道,你已经跟她讲过了。"乔里恩说。

"那时候对她是突如其来;所以她有点震动。可是她只要多考虑几次,就会看出这对我们两个人都是唯一的解决办法。"

"我的印象是,她并不这样想,"乔里恩极其心平气和地说,"而且,你不要介意,如果你以为理智在这种事情上会有什么影响的话,那你就把事情看错了。"

他看见索米斯苍白的脸变得更苍白了——他讲的话就是伊琳讲过的话,连他自己都没有觉察到。

"谢谢你的忠告,"索米斯说,"不过我看事情也许比你想的清楚些,我只想你答应我不去影响伊琳对我的感情就行。"

"我不懂得你怎么会想到我会影响伊琳,"乔里恩说,"可是,要是我真有影响的话,我一定把我的影响用来为她的幸福打算,照我的看法。我敢说,我是一个人家称作的女权主义者。"

"女权主义者!"索米斯跟着说了一句。好像借此等一下。"你的意思是不是反对我呢?"

"告诉你老实话,"乔里恩说,"我反对任何女子跟她肯定不喜欢的男子住在一起。我觉得简直卑劣。"

"我想你每次碰见她时,都把你这些意见灌输给她。"

"我跟她也不大会碰见了。"

"不回巴黎去吗?"

"眼前还没有这个打算。"乔里恩说,同时觉察到索米斯脸上一种密切注意的神情。

"好吧,我就是这两句话。你知道,挑拨人家夫妇关系,你要负重大的责任的。"

乔里恩站起来微微一鞠躬。

"再见。"他说,也不跟索米斯拉手,就走开了,气得索米斯眼睁睁在后面望着他。乔里恩叫了一辆马车,心里想,"我们福尔赛家非常文明。头脑单纯一点的人说不定会弄得吵起来。如果不是孩子要去参加战争的话——"战争!往日那些怀疑又涌上心来。高尚的战争!或者要统治些民族,或者要统治些女人!都是为了控制和占有那些不要你的人!恰好是文雅的上流派头的一个对照!财产,既定权利;而且任何人只要"反对"这些事情——就是社会败类!"谢天谢地!"他想,"反正我总是从心里'反对'这些事情的!"对了!便在他第一次不幸的结婚之前,他记得自己看到爱尔兰屠杀事件,或者提出和自己厌恶的男子离婚的诉讼,也都是满腔义愤。牧师总要说灵魂的自由和身体的自由完全是两回事!吃人的教义!身体和灵魂不能这样分开。自由意志是婚姻的一种力量,不是弱点。"我应该告诉索米斯,我觉得他是个滑稽角色。唉!不过他也是个悲剧角色!"

的确,一个人做了自己财产意识的奴隶,弄得目光如豆,甚至别人是怎样的心情也不能完全体会,世界上还有比他更可悲的吗?"我一定要写信警告伊琳,"他想,"他准会又去要求跟她复合。"在回罗宾山的途中,一路上他都恨着自己对儿子的那种责任感,使他没法子赶回巴黎……

可是,索米斯在椅子上坐了很久很久,和乔里恩一样感到那种椎心的痛苦——一种忌妒的痛苦,就好像这次谈话使他发现这个家伙比自己有优先权,而且在他的出路上布下新的蛛网似的。"你的意思是不是反对我呢?"连这个促狭的问题也没有弄出一点眉目来。女权主义者!花言巧语的家伙!

"我可不能操之过急,"他想,"时间很从容;他并不打算回巴黎,除非他是说谎。等到春天再说!"不过春天来了之后,除了增加他的痛苦之外,对他还有什么用处,他也说不出。他瞠目望着外面的街道,高高的路灯泻下一摊摊光线,行人就在一摊摊光线下走过去;他心里想:"什么事好像都没有道理——什么都好像不值得,我很寂寞——就是这个毛病。"

他闭上眼睛;忽然间,他好像看见伊琳,就在一座教堂下面的黑暗街道上——她在街上走过时,脖子回了过来,他好像瞥见她眼睛里的光彩和小黑帽子下面的白额头,帽子上还钉了些金片子,后面拖了一条面纱。索米斯睁开眼睛——刚才清清楚楚看见她的!下面街上走过一个女人,不过不是她!不对,街上并没有人啊!

第十三章 "我们又见面了!"

整整一个三月,为了伊摩根第一个交际季节的衣服,维妮佛梨德用足了心思,詹姆士也花足了钱。她以一种福尔赛家的韧性力求做到尽善尽美。开庭的日子慢慢近了,可是这种法律仪式给予她的自由,她还决定不了要不要;战地传来的消息仍旧闹得人心惶惶,但是法尔却很快就要开出去了;总算为了伊摩根,这些她都能暂时忘怀。那个"小女儿"差不多长得和她一样高,胸部的尺寸和她也差不了多少;母女两个就像夏天忙忙碌碌采花的蜜蜂一样,又像秋天的牛虻在那些穗状花中间兜过来,穿过去;摄政街的那些服装公司,证券街、汉诺威广场的那些大商店,哪儿都看得见她们的踪迹,或者在那些五光十色的衣料面前呆呆出神,或者看得眼花缭乱。总有几十个仪态动人、举止特别的年轻女子,穿着新装在这母女面前展览过。"新样子,太太;顶时髦的式样"——这类被她们勉强割爱的新装把一座博物院都摆得满;而她们逼得不能不买的那些衣服却又把詹姆士的银行几乎扒空了。维妮佛梨德觉得,女儿的第一个而且唯一不受离婚玷辱的交际季节非获得显著成绩不可,既然如此,事情就要做得彻底。那些无动于衷的女子在她们面前兜来兜去,真是有耐性,而她们也真有耐性来磨炼别人的耐性;这种耐性可以说只有在受宗教信仰感动的人身上还找得到。对于维妮佛梨德来说,这等于好久好久匍匐在自己最亲爱的"时髦"女神面前,和天主教徒狂热地匍匐在圣母马利亚前面一样;对伊摩根来说,这些经验一点说不上讨厌——自己经常打扮得很漂亮,而且到处都听见人家话里夹着恭维,总而言之,"很有趣"。

三月二十号的下午,母女两个先把斯吉华德服装店"扒"了过来,然后到对面卡拉米尔-拜格去用茶点;等到把肚子里装满一大杯满放奶油的巧克力之后,才在微感春意的暮色中穿过贝克莱广场回家。维妮佛梨德打开大门——大门新漆了一层浅橄榄色;为了捧伊摩根出来交际,今年什么事情都没有放过——维妮佛梨德开门时,走到银丝篮子那儿看看有没有人来过,忽然间鼻子一皱。什么气味?

伊摩根才拿起图书馆送来的一本小说,站在那里正看得出神。维妮佛梨德由于心里有种说不出的感觉,声音说得相当硬:

"带上楼去看,亲爱的,休息一会下来吃晚饭。"

伊摩根仍旧一面读着小说,一面上了楼。维妮佛梨德听见她把门砰的一声关上;若有所思地透了一口长气。是不是春意撩人呢?道理说尽了,心被他伤透了,然而她对自己那个"小丑"的旧情又引起来了。是男人的气味!一股隐隐约约的雪茄烟和紫薄荷水的味道,自从在六个月前那个初秋的晚上,她骂了他"瘪三"之后,还没有闻到过。哪里来的呢,还是自己疑神见鬼——完全是记忆在作祟?她向周围看一下。一点看不出什么——穿堂里一点没有人动过,餐室里也没有人动过,什么都没有。那气味就像个白日梦——虚幻、愁人、愚蠢!银丝篮子里有几张新名片,两张写着"保尔盖特·汤姆先生和太太",一张写着"保尔盖特·汤姆先生";她嗅一下名片,可是味道很难闻。"我一定疲倦了,"她想,"我要去躺一下。"楼上的客厅很暗,在等待什么人的手给它添上夜晚的灯光;她掠过客厅进了卧室。卧室里也很暗,窗帘拉下来一半,因为已经六点钟了。维妮佛梨德扔下大衣——又是那股气味——随即像中了枪弹一样,抵着床栏杆站在那儿一动不动。长沙发的远角落上站起一个黑魆魆的人来。她不由得叫了出来——在福尔赛家这是句不能入耳的话——"天哪!"

"是我——蒙第。"一个声音说。

维妮佛梨德紧紧抓着床栏杆,伸手过去把悬在梳妆台上的电灯开关扭一下。达尔第刚好站在一圈灯光的边子上,从腰间到脚上都照得通亮,表链子没有了,一双干净的褐色皮靴——可是——对了!——靴头裂了一条缝。胸口跟脸看不大清楚。肯定他是瘦了——还是灯光作怪呢?他走近两步,现在从脚上皮靴头一直到黑头发都照到了——肯定有点胡子拉碴的!脸色黑了一点,又黑又黄,两撇小黑胡子一点不像往日那样挺括,看上去很可笑,脸上的那些皱纹好像从前没有看见过。领带上没有戴别针。衣服——对了!——这一套她是认得的——可是简直没有熨过,毫无光彩!她又看看他的皮靴头。他"遭了"大事情了,他遭的事情而且是那样残酷无情,转他、扭他、刺他、刮他?她站着不说话,一点不动,眼睛一直盯着皮靴头上那条裂缝看。

"我收到信,"他说,"所以回来了。"

维妮佛梨德胸口起伏起来。随着那股气味涌起的夫妇旧情正在和一种从来没有感觉过的强烈妒意搏斗着。现在人站在这里——原来那样一个身体强壮的人儿,被毁得好像只剩

251

一个影子!是什么力量给他受这样的折磨——把他像只橘子一样挤得只剩皮和核子!就是那个女人啊!

"我回来了,"他又说,"我受的罪真不是人受的。天哪!我是坐统舱回来的。只剩身上这点衣服,和那只皮包。"

"那么其余的哪个拿了?"维妮佛梨德高声说,忽然劲头起来了,"你居然敢回来?你明知道给你那封信叫你回来是为了离婚。不许碰我!"

两个人隔着多少年来同床的栏杆互视着。有好多次,对了——有好多次她都想他回来。可是现在他回来了,她心里却充满了一种冷酷的敌意。他伸手去摸自己的胡子;可是并不像往常那样捻一下,只把胡子朝下抹抹。

"天哪!"他说,"你不知道我受的那些罪!"

"不知道顶好!"

"孩子们都好吗?"

维妮佛梨德点点头。"你怎么进来的?"

"用我的钥匙开的门。"

"那么用人还不知道呢,你不能耽在这儿,蒙第。"

达尔第发出一声自嘲的笑声。

"那么上哪儿去呢?"

"随便哪儿。"

"唉,你看看我这副样子!那个——那个狗——"

"你再提那个女人,"维妮佛梨德高声说,"我就立刻上公园巷去,永远不回来。"

忽然间他来了一个简单的表示,可是完全不是他平日的派头,连维妮佛梨德心都动了。他闭上眼睛。那意思就好像说:"好吧!我这个人就算死了吧!"

"今天给你一个房间过夜,"她说,"你的铺盖还没有动。家里只有伊摩根一个人。"

达尔第身子倚着床栏杆,"好吧,随你发落,"手摆一下,"我是个落难的人。你用不着逼人太甚——不值得。我是受过惊吓的;受过惊吓的,佛梨第。"

这个亲热的旧称呼,已经有多少年不用了,使维妮佛梨德感到一阵战栗。

"我把他怎么办呢?"她想,"真的把他怎么办呢?"

"有香烟吗?"

维妮佛梨德在一个小盒子里放了有几支香烟,原是预备晚上睡不着时抽的,现在给了他一支,给他点上火。经过这一举动,她性格中的实际一面又恢复了。

"你先去洗个澡。我给你找点衣服放在更衣室里。别的话以后再谈。"

他点点头,两只眼睛盯着她看——眼睛就像半死的人一样,还是因为眼皮上那些纹路深了一点的缘故呢?

"他不是原来的人了,"她想,"他永远不会像从前一样了!可是他会变成怎样的一个人呢?"

"好吧!"他说,就向门口走去。连走动的样子也变了,就像一个人经过种种幻灭之后,拿不准究竟值得不值得走动似的。

维妮佛梨德眼睛看着达尔第出了卧室,又听见浴室里放水的声音,就去取出一套里里外外的衣服放在更衣室的床上,又下楼把饼干罐和威士忌拿上来。她重新穿上大衣,在浴室门口倾听一会,就下楼出了大门;到了街上,人又踌躇起来。七点钟过了!索米斯不知道在俱乐部,还是在公园巷?她转身向公园巷走去。回来了!索米斯一直就害怕这件事情——她自己有时候倒盼望这样。回来了!就像他的为人——十足的一个小丑——用"我们又见面了!"①这样的话来开所有人的玩笑——开法律的玩笑!可是把法律这样对付掉,不让那片乌云笼罩在自己和孩子们的头上,倒也痛快之至!可是回来怎样收容他呢?那个女子把他全剥光了,把他所有的情意,他从来没有加之于她的情意,全剥光了。痛心的就在这上面!她这个自私自利、呱啦呱啦的小丑自己从来没有煽起过他的热情,却被另一个女人俘虏过去,剥得一干二净!简直是侮辱!极大的侮辱!再收容他不但不公平,而且不成话!可是这是她自己要的;法院可能要逼着她收容他。他像往常一样仍旧是她的丈夫——她在法庭上就承认过。而他呢,心里想的肯定只是钱,有钱买雪茄,买薄荷水。那股气味!"反正我还不老,"她想,"还不老!"可是那个女人真是可恨!害得他讲出那样的话:"我是个落难的人!我是受过惊吓的——受过惊吓的,佛梨第!"她快到父亲家了,思绪一下冲到这边,一下冲到那边,而那股福尔赛的回潮却始终拖她到这样的结论上来,他总是她的财产,不应当交给一个掠夺的世界。她就这样到了詹姆士家里。

"索米斯先生呢?在他房间里吗?我自己上楼;不要提起我来了。"

索米斯正在换餐服。她看见他站在镜子前面,在打一根蝴蝶结,那神气就好像看不起领结的两头似的。

---

① 戏台上小丑常说的话,作者用这句话和本部第一卷第二章"下台"的题目对照。

"你!"他说,从镜里望着她,"有什么事情?"

"蒙第!"维妮佛梨德木然说。

索米斯转过身来。"什么?"

"回来了!"

"这叫自己打自己嘴巴,"索米斯说,"当初为什么你不让我提出虐待呢?我一直就觉得这样太危险了。"

"唉!不要再提那些了!我怎么办呢?"

索米斯只哼了一声,算是回答。

"怎么办?"维妮佛梨德忍不住又问。

"他自己怎么说的?"

"什么也没有。一只皮靴头上裂开一条缝。"

索米斯瞪眼看着她。

"当然啊!"他说,"穷途末路了。所以——又重新来过!这样真要送掉爹的老命呢。"

"我们不能瞒着他吗?"

"不可能,只要是烦心的事情他就有那种说不出的本领觉察到。"

他指头钩着蓝背带沉思起来。"法律上总该有个法子叫他放安稳些。"他说。

"不行,"维妮佛梨德说,"我决不再做傻瓜。我宁可忍受他。"

兄妹两个互视着。两个人心里都充满了感情,可是没法表达出来——福尔赛家人就是这样。

"你走的时候把他怎么办的?"

"叫他洗澡,"维妮佛梨德苦笑了一下,"他只带回来一样东西,就是紫薄荷水。"

"不要着急!"索米斯说,"你已经弄得六神无主了。我陪你回去。"

"有什么用处?"

"我们应当跟他讲条件。"

"讲条件!讲不讲还不是一样。等到他复原——还不是打牌、赌钱、吃酒——!"她不作声了,想起刚才丈夫脸上的那种神情。灼伤的小孩子——灼伤的孩子啊!也许——

"复原?"索米斯反问了一句,"他病了吗?"

"没有;灼伤罢了。"

索米斯从椅子上拿起背心穿上,又拿起上衣穿上,在手绢上洒些花露水,系上表链,然后说:"我们的运气真坏。"

维妮佛梨德尽管满腔心事,也替他难过起来,就好像这句短短的话说出了他的无限心事似的。

"我想去告诉母亲。"她说。

"她和父亲在房间里。你悄悄地到书房里去。我去找她。"

维妮佛梨德蹑着脚到了楼下小书房里,房里很暗,唯一足述的陈设是一张卡纳莱托的画,因为假得不像样子,别的地方都不好挂,就只好挂在这里;另外就是一套很漂亮的法律报告,有好多年都没有人打开过了。维妮佛梨德站在书房里,背朝着深重的枣色窗帘,瞠目望着壁炉的空炉架子;后来她母亲走进来,索米斯跟在后面。

"唉,可怜的孩子!"爱米丽说,"你在这儿的样子多难受啊!他这个人实在太坏了!"

这家人过去一直都小心避免一切不时髦的感情语言,所以爱米丽没法上去使劲地搂一下女儿。可是她的温柔的声

音,和名贵黑花边下面的溜肩仍旧给了女儿安慰。为了不想使母亲难受,维妮佛梨德鼓起自尊心,用自己顶随便的声气说:

"不要紧,妈;用不着大惊小怪。"

"我不懂得,"爱米丽说,眼睛看着索米斯,"为什么维妮佛梨德不能跟他说,要是再耽在家里,就去告他。他偷了她的珍珠项链;既然珍珠项链没有带回来,这已经够告他的了。"

维妮佛梨德笑了。他们全都会抢着建议她这样办,那样办,可是她早已知道自己将怎么办了,那就是——一点不做什么。反正她已经取得一个小小的胜利,保存了自己的财产,这个感觉在她心里愈来愈占优势了。不!她如果要惩他,可以在家里惩他,不让外人知道。

"不要难受,跟我上餐厅去,"爱米丽说,"你得跟我们吃晚饭,告诉你父亲的事情让我来。"维妮佛梨德向门口走去时把电灯扭熄掉。这时候三个人才觉出走道里出了事情。

原来詹姆士注意到一间从来不用的房间有了灯光,用一条灰褐色驼毛披巾裹着上身,正站在过道里;由于胳膊被披巾裹着,那只银色的脑袋和下面裤子裹着的很时髦的大腿,望上去就像隔了一大片沙漠似的。他站在那里,活像一只灰鹳,脸上的神情就像灰鹳看见一只大得吞不下的蛤蟆一样。

"这都算是什么?"他说,"告诉你父亲听听。你什么事情都不告诉我。"

爱米丽一时答不出话来。倒是维妮佛梨德上去,手抓着詹姆士的一只束缚着的无能为力的胳膊,说道:

"蒙第没有破产,爹。他不过回家了。"

三个人都料到准有严重的事情发生,都高兴维妮佛梨德把詹姆士的胳膊紧紧抓着,可是他们没有懂得这个阴影似的老福尔赛根株长得很深。他剃了胡子的嘴唇和下巴稍稍扭动了一下,两撇银色的长腮须之间就像有东西磨了那么一声。接着詹姆士就岸然说:"他真要我的命。我早知道会这样了。"

"你不要烦神,爹,"维妮佛梨德安静地说,"我一定要他乖乖的。"

"啊!"詹姆士说,"来,把这个东西拿掉,我觉得热呢。"他们给他拿掉披巾,詹姆士转过身,稳步走进餐厅。

"我不喝汤。"他跟瓦姆生说,就在自己的椅子上坐下。三个人也坐下来。维妮佛梨德仍旧戴着帽子,瓦姆生给添上了一副餐具。等到瓦姆生出去之后,詹姆士就问:"他带回来什么东西没有?"

"什么都没有,爹。"

詹姆士的眼睛盯着汤匙上面自己的影子看。"离婚!"他说,"狗屁!我做什么的?我早就该给他一笔钱叫他在外国不要回来。索米斯!你去找他谈话。"

这个建议非常及时,而且非常简单,连维妮佛梨德提出反对时,自己也不由得诧异起来;可是她毕竟说了,"不要,他现在既然回来了,我就留他下来;只要老老实实的——就行了。"

大家全看着她。维妮佛梨德真有勇气,这是他们一向知道的。

詹姆士撇开这个不谈,他说,"住在你那里,有什么杀人放火的事情做不出来!你把他的手枪找出来!睡觉时记得带着。你应当叫瓦姆生睡在房子里。明天我亲自去找他。"

这句话使大家都感动了,爱米丽轻描淡写地说:"对的,詹姆士,胡闹我们可不许。"

"啊!"詹姆士抑郁地说,"我可说不上了。"

瓦姆生送鱼进来,谈话转到别的上面去了。

晚饭一吃完,维妮佛梨德就吻了父亲告辞;詹姆士抬起一双充满疑虑和愁苦的眼睛看着女儿,所以她说话时尽量在声音里面夹进安慰。

"不要紧,爹;你不要烦神。我不要人陪——他很平和。只要你不烦神,我就没有什么不放心的事情。再见,上帝保佑你!"

"上帝保佑你!"詹姆士跟着说了一句,就好像不懂得这话是什么意思似的,眼睛把维妮佛梨德一直送到门口。

维妮佛梨德到家时还不到九点,一直上楼。

达尔第躺在自己更衣室的床上,换上一套藏青哔叽的衣服,脚上穿一双漆皮便鞋;两只胳膊交叉放在脑后,嘴边叼了一支熄灭的香烟。

维妮佛梨德忽然想起夏天窗口木箱里养的那些花草来,一天烤下来之后,那些花草都干枯憔悴地倒在那里,或者站在那里,可是太阳一落山,就苏醒过来。想起这种事情,真是可笑,可是她灼伤的丈夫就像那些花草一样已经受到一点露水了。

达尔第木然说:"我想你是上公园巷去的。老头子好吗?"

维妮佛梨德忍不住愤愤地回了一句:"还没有死。"

他退缩了一下,的的确确退缩了一下。

"你弄明白,蒙第,"她说,"我决不让他烦神。你如果不老实的话,你可以回去,随便你去哪儿。你吃了晚饭没有?"

"没有。"

"要不要吃一点?"

他耸一下肩膀。

"伊摩根给了我一点。我不想吃。"伊摩根!在感情极端激动之下,她已经忘掉伊摩根了。

"原来你见到她了?她说了什么?"

"她吻了我。"

维妮佛梨德看见那张阴沉而轻蔑的脸松了下来,感到一阵屈辱。"对了!"她想,"他爱的是伊摩根,对我毫无情感可说。"

达尔第的眼睛骨碌碌在转。

"她知道我的事情吗?"他问。

维妮佛梨德脑子里掠过一个念头,她正需要这个挟制的武器,他很怕孩子们知道呢!

"不知道。法尔知道,几个小的都不知道;他们只知道你走了。"

她听见他如释重负地叹了一口气。

"可是如果你再有什么把柄的话,"她说,"我就让他们知道。"

"好吧!"他说,"你打好了!我反正完了!"

维妮佛梨德走到床面前。"你听我说,蒙第!我不要打你。我也不想伤你的心。什么事我全不想提。我也不想去烦神,有什么用处!"她沉默了一下,"不过,我不能容你胡闹,决不!你还是明白些。你使我受了许多痛苦。不过我有一个时期曾经欢喜过你。为了这个缘故——"他的厚眼皮抬了起来,一双褐色眼珠刚好和她朝下看的灰绿色眼珠碰上;她突然碰一下他的手,转过身进自己的房间去了。

她在镜子面前坐上大半天,一会儿摸摸自己的结婚戒指,一会儿想想一个屈服的阴沉男人,睡在隔壁房间床上,就像个陌生人一样;她打定主意不去烦心,可是想到他在国外的一切,不禁妒火中烧,然而不时又偏偏会不忍起来。

第十四章　外国风光之夜

　　索米斯一肚子不愿意看见春天到来——对他来说,这是一件不容易的事,因为他感到光阴在飞逝,而他的天鹅并没有靠近嘴边一点,从他的蛛网里望出去,仍旧看不见一条出路。包尔第得除掉报告侦查继续进行而外,什么消息都没有——钱倒花了不少。法尔和他的表哥已经出发到战地去了,战事的消息稍微好了一点;达尔第到目前为止还算老老实实;詹姆士的健康总还没有坏下去;自己的律师生意简直兴隆得不得了——所以除掉"一筹莫展"之外,索米斯可以说简直没有心事。

　　索霍区他也不是绝迹不去,千万可不能叫她们当作他,用詹姆士的一句口头语说,"打退堂鼓"了——他说不定随时"打上场锣"呢。可是他得非常持重、非常小心,弄得屡次经过布列塔尼饭店门口都不敢进去,只在那个地区的污秽街道上乱跑一阵回来;而且每次这样做了之后,自己总有一种不正常的占有欲。

　　五月里一天晚上,索米斯就是这样漫游到摄政街,在街上撞见一大群从没见过的古里古怪的人:吵吵嚷嚷、推推搡搡、嘴里吹着口哨、脚下跳着舞、光怪陆离、快活得令人侧目的人群,有的戴着假鼻子,吹着口琴,有的吹着哨子,插着羽饰,在他看来简直是丑态百出。马弗京!① 当然马弗京是解围了!好事!可是难道这就是借口吗?这些是什么人呢?做什么事情的,从哪儿拥到西城来的?羽饰拂过他脸,哨子向着他耳朵吹。女孩子们喊:"把你的头发抹抹,醉鬼!"一个年轻人的大礼帽被人打落下来,好不容易才被他找到。炮仗在他鼻子前面和脚下放起来。他弄得又慌张、又着恼、又生气。这股人流是从城里各个角落里来的,就好像冲开了人欲的闸门,放出一股他可能听说到但是从不信其有的水流。平民原来就是这样子,无数活生生事例,刚好是礼教和福尔赛主义的一个对照。天哪,民主原来就是这样子!发臭、叫嚣、丑恶!在东城,甚至索霍区,也许会——可是在摄政街,皮卡迪利大街这边!那些警察到哪儿去了!在一九〇〇年,索米斯以及他们千千万万的福尔赛,从来就没有看见这座熔炉的盖子揭开过;而现在当他们向熔炉里窥望时,却简直信不过自己烤热的眼睛。这事整个儿没法形容!那些人一点拘束没有,还有点觉得索米斯可笑;那样密匝匝的人,那样地粗野,大声笑着——多难听的笑声啊!对于他们,没有一件事是庄严的!如果他们开始砸破窗子,他也不觉得奇怪。在蓓尔美尔大街那些堂皇的、入会费要六十镑的俱乐部建筑面前,那堆叫嚷、嘴里吹口哨、脚下跳着舞的托钵僧似的人群蜂拥而过。俱乐部的窗子里,他的同类正以约束着的兴趣望着这些人群。他们可不懂得!的确,这是非同小可的——这些人有什么事做不出来!这些群众很高兴,可是有一天他们将会带着另一种心情跑来。他记

---

① 马弗京在纳塔尔,于1899年10月12日起被布尔人围困,到次年5月17日方才解围。

得八十年代的末后两年,自己在布赖顿时,就出现过一群暴徒;那些人当时就打坏东西,并且公开演讲。可是比恐惧更甚的是一种深深的惊异。这些人都像是疯了一样——这不是英国味道!就为了六千英里外一个和沃特福德那样大的小城的解围!克制、拘谨!这些在他看来几乎比生命还宝贵的品质,这些财产和文化所不可或缺的属性,哪里去了?这不是英国味道!不是英国味道!索米斯就这样一面沉吟,一面向前挤。这就像忽然看见有人从他那些法律文件中把所有"悄悄保存"的契约都抽掉似的;或者看见什么怪物在未来的路上潜伏着,潜蹑着,用自己的影子挡着路。这些人既不够麻木,又不够恭敬!这就像发现英国十分之九的民族全是外国人似的。如果真是这样的话——那就什么事情都可能做得出来了!

他在海德公园三角场碰见乔治·福尔赛,因为看赛马晒得黝黑,手里拿着一只假鼻子。

"你好,索米斯!"他说,"送你一只鼻子!"

索米斯只对他淡然一笑。

"从一个跑马鬼那里抢来的,"乔治接着说,看得出他吃了晚饭来的,"他想把我的帽子砸扁,只好一拳打倒他。我说,总有一天我们非跟这些家伙开仗不可,太没上没下了——全是些过激党和社会主义派。他们要我们的东西。你把这话告诉詹姆士伯伯,他准会睡得着觉。"

"酒后吐真言。①"索米斯想,可是他只点一下头,就向前走去,到了汉密尔顿广场。公园巷只有一小队叫嚷的人,并不

---

① 原文为拉丁文。

264

太闹,索米斯抬头望望公园巷那些房子,心里想:"我们毕竟是国家的栋梁。要推翻我们还不那么容易呢。财产差不多就是全部的法律啊!"

可是,当他关上父亲房子的大门时,所有街头的那些古怪的外国风光的噩梦都在脑子里一时消失得无影无踪,就好像梦醒之后,在一个温暖、清净的早晨,舒舒服服躺在自己弹簧褥子的床上一样。

他走进那间空荡荡的大客厅,站在客厅正当中一动不动。

他要个妻子!有一个人谈谈心。一个人有权利这样做!他妈的!一个人有权利这样做!

第 三 卷

第一章　索米斯上巴黎

索米斯很少出门旅行；十几岁时曾经随父母和维妮佛梨德兜过一个"小圈子"——布鲁塞尔、莱茵河、瑞士，然后经过巴黎回家；二十七岁那一年，自己刚对油画发生兴趣，曾经在意大利待过五个星期，看看文艺复兴博物馆——觉得有点名不副实；回来时在巴黎待了两个星期，什么都没有看；像法国人这样一个极端自我中心、极端"外国气"的民族，把一个福尔赛放在他们当中，必然会是如此。他的法文还是在中学时代学的，那些人说话他也听不懂；觉得在人前还是沉默为上；不至于弄得像个傻瓜。男人的衣服样子他看了就不喜欢，轿式马车他也不喜欢，戏园子就像蜂窝，美术馆一股蜜蜡气味。他做人又太小心，而且胆也太小，因此巴黎的另外一面，福尔赛家人称作的秘密趣味的一面，也不敢去涉足；收藏家找的那些油画——休想捞得到半张便宜货！正如尼古拉说的一句口头禅一样——都是些一毛不拔的人。他回来时心里很不痛快，说巴黎被人捧得过头了。

有这些缘故，所以一九〇〇年他上巴黎时，在他还是第三次见识这个文明的中心。这一次可是移樽就教，因为他觉得自己现在比巴黎的文化程度高，而且可能真正是如此。还有，这一次他是抱有固定的目标来的，并不是上这座艺术修养和伤风败俗的神庙来顶礼膜拜,而是为了处理自己的法律事件,老实说,他所以去是因为事情已经再不能看作是儿戏了。侦查老是那样进行下去,可是永远没有结果——没有结果!乔里恩从来没有回过巴黎,除了他之外更没有别的"嫌疑犯"!由于近来忙着接许多关系私人秘密的新业务,索米斯愈加觉得一个律师的名誉关系多么重大,可是到了晚上,或者闲暇的时候,想到光阴飞逝,钱财滚滚地进来,然而自己的前途却照样"动弹不得"。自从那次马弗京解围的夜晚之后,他就觉察到有个"傻头傻脑的年轻医生"追随安耐特的左右。他有两次撞见这家伙——一个高高兴兴的小傻瓜,顶多不过三十岁。再没有比看见人高高兴兴更使索米斯生气的了,这是一种下流的、华而不实的品质,毫无事实的根据。总之,在欲望和希望的夹攻之下,索米斯已经愈来愈吃不消了,近来他的念头又转到伊琳身上,想到她也许发觉有人在盯自己的梢。就因为这个缘故,他最后决定亲自上巴黎去看看;再一次设法破除她对自己的厌恶,破除她拒绝重新使自己和他的前途比较顺当的决心。如果他再失败了——那么,他就要看看她平时究竟怎样过的!

他在古马丁街找到一家旅馆,旅馆里简直没有人讲法文,对于福尔赛是再适合没有了。他也没有定下什么步骤;他不想惊动她;但要想个方法不给她机会避不见面。第二天早上,天气非常之好,他就出发了。

巴黎是一片欢乐的气象,五星形①上面照着大太阳,索米斯看了简直着恼。他庄重地在路上走着,鼻子抬得微微偏向

---

① 这是指巴黎凯旋门一带。

一边,显出真正的好奇心。他现在也愿意懂得一点法国的风俗人情,安耐特不是法国人吗?这一次旅行的确可以有不少收获,只要他有办法去取。在协和广场时他就是处在这样的健康心情下,有三次几乎被马车撞倒。皇后道到了;伊琳的旅馆就在这里;到得未免太快,因为他还没有决定下一步怎么办呢。过河到了对岸,他从一片悬铃木叶子中间望见旅馆的白房子,很是悦目,挂着绿色的遮阳帘。想想上旅馆去找她太危险,还是在露天的场合不期而遇要好得多;索米斯就找了一条长凳坐下,从这里正好留意着旅馆门口。时间还不到十一点,人不可能已经出去了。悬铃木的影子中间日光照在地上就像一摊摊的水,一些鸽子昂然走着,或者在剔羽修翎。一个穿蓝上衣的工人打从这里经过,从装午饭的纸包里扔些面包屑给鸽子吃。一个头上扎缎带的小女佣领着两个扎辫子、穿绉边衬裤的小女孩过去了。一辆马车迂回地驶了过去,车夫穿一件蓝上衣,戴一顶又黑又亮的帽子。在索米斯眼中,这一切好像全都有一种做作神气,虽则入画,可是已经不入时了。法国人真是一个戏剧性的民族!他想到自己被造化捉弄到异域来这样东飘西荡,很觉得委屈,就点起一支自己的名贵的香烟来。这种外国生活敢说伊琳过得很开心呢;她从来就不是真正的英国味儿——连外表也不像!他开始盘算起那些绿遮阳帘下面的窗子,不知道哪一扇会是她的窗子。这次来找她谈话原是企图攻破她那道骄傲顽固的防线的,这些话怎么样措辞呢?他把烟头向一只鸽子扔去,心里想,"这样永远坐在这里空想总不成。还是不要等吧。下午再来看她。"可是他仍旧坐下去,听见敲十二点,敲十二点半。"既然等了,"他想,"就等到一点钟。"可是就在这时候,他惊得跳起来,又缩起头颈坐下去。旅馆里出来一个穿奶油色衣服的女子,打了一顶淡褐色的阳伞正要出门。偏偏就是伊琳!他等她走远了,不至于望得见是自己时,才起身跟在她后面走去。她就像没有固定目标似的在路上闲荡;要是他的记性没有错的话,她是朝着布洛涅森林的方向去的。至少有半小时他都是远远地在马路对面尾随着她;后来望见她走进森林。难不成真是跟人碰头吗?也许是什么狗法国人——"漂亮朋友"①之流,成天没有事情做,就是缠着女人——原来那本小说他过去看过,看起来很困难,又厌恶,又觉得有趣。他沿着一条绿荫小路紧紧跟在后面,有时候路转弯时就会望不见她。这时候,他忽然想起多年前一个晚上,自己对伊琳和小波辛尼怀着火一样的妒意,在海德公园里从这棵树后面溜到那棵树后面,从这个座位窥视到那个座位,在那里盲目地、非常可笑地到处搜索。小路转了一个大弯,他急忙赶上去,只见伊琳正坐在一处小喷泉前面——一座尼俄柏②的绿铜像;长发一直遮到苗条的臀部,在凝视着她向着哭泣的一泓清泉。这样突然间和伊琳碰个正着,使他来不及转身脱下帽子,就擦了过去。伊琳并没吃惊。她永远是极端的镇定——这一点最使他佩服,也最最使他不痛快,因为他永远猜不出她心里想些什么。她可觉察到有人尾随她吗?这样若无其事的派头使他非常生气;也不屑解释自己怎样跑来的,只指指那座悲伤的小尼俄柏说:

"这个像还不坏。"

~~~~~~~~~~~~~

① 莫泊桑的一本小说的名字,索米斯借用来指拆白党之流。
② 希腊神话人物,尼俄柏由于自矜子女众多,引起阿波罗和阿耳忒弥斯的愤怒,用箭射死她的所有儿女,尼俄柏自己也被天帝化为一座石像,一到夏天石像必滴泪。

这时候,他才看出她是竭力故作镇静。

"刚才我不想吓着你,所以没有招呼;你常上这儿来吗?"

"常来。"

"太冷清一点。"他话才说完,一位太太逛过来,停下来看一会铜像,又走了。

伊琳眼睛望着那个女子的后影。

"不冷清,"她说,用阳伞捣捣地,"从来不冷清,总有个影子跟着你。"

索米斯懂得这话的意思;他狠狠望着她,叫道:

"哼,这是你自作自受,你要没有影子跟你还不容易,伊琳,回家吧,影子就没有了。"

伊琳大笑。

"不许笑!"索米斯大声跺着脚说,"这是不人道的,你听我说!有什么条件你可以提出来的,只要你肯回家?如果我答应你单住——隔这么一个时候来看看你,行吗?"

伊琳站起来,脸上和身上忽然射出愤怒。

"没有条件!没有!没有!你可以一直追到我死,我也不回去。"

索米斯弄得又难堪又生气,反而畏缩起来:

"顾上一点面子!"他厉声说,两个人站着不动,望着小尼俄柏,日光把尼俄柏的绿色肌肤晒得透亮。

"那么,这是你最后的回答,"索米斯说,两只手紧紧勒着,"你把我们两个人都判了死刑了。"

伊琳头垂下来。"我没法回去。再见!"

索米斯一股怨气从头顶上冒出来。

"住嘴!"他说,"你听我讲几句话。你给我一个神圣的誓言——你给我一个便士的妆奁也没有。我能够买给你的东西你全有了。你毫没来由就背弃你的誓言,你害得我被人家当作笑话讲;你连孩子都不给我生一个;你把我丢在泥坑里;你——你现在还使我不能忘情,所以我要你——我要你。你想想你自己成了怎样的人了?"

伊琳转过身来,脸色雪白,眼睛里燃着怒意。

"上帝把我造成这个样子,"她说,"你要说坏,就说坏吧——可是还没有坏到要把自己送给一个她仇恨的男人。"

她走开了,日光照得她头发闪闪的;而且好像把她那件紧身奶油色衣服从头到脚都抚爱到了。

索米斯没有说话,也没有动。"仇恨!"这样不留余地。这样原始的两个字,使他的整个福尔赛性格都在发抖。他深深诅咒着,向着她走去的相反方向大踏步走去,那位太太正逛回来,索米斯和她撞个满怀——蠢货,盯梢的蠢货!

没有一会,他在林中深处已经走得汗流浃背了。

"好吧!"他想,"现在她对我一点顾惜没有,我对她也不用有所顾惜了。今天我就要给她颜色看,叫她知道她还是我的妻子。"

可是在回旅馆的途中,他又不得不承认自己这些话讲得不知道是什么意思。总不能在大庭广众之下闹起来;不能在大庭广众之下闹起来,他又能够有什么作为呢?他简直对自己的死皮赖脸着恼起来。本来就不该对她那么重视;可是他——唉!都是咎由自取。旅馆里游览的人川流不息地在他面前走过,手里拿着游览指南,他坐在那里午饭也没有吃,却感到一种极度的沮丧。捆得动弹不得!他的整个一生就这样糟蹋掉,所有的本性,所有正正经经的欲望都被封闭起来,束缚起来,所以弄到如此,全因为造化捉弄他在十七年前全心全意爱上了这个女人——真是全心全意,弄得他到现在对任何女子都没有一点真心实意!那一天碰见她真是倒霉;而且偏偏就看不出她是这样一个害人精的维纳斯,真是瞎了眼!可是,他眼睛里看见的仍旧是日光照着的那件紧身中国绸衣服;他发出一声呻吟,正好被一个经过他面前的游人听见;那人心里想,"这人病了!我来看看。啊呀,我今天午饭不知吃了些什么啊!"

下午,他在歌剧院附近一家咖啡店门口坐着,用一根麦管饮着面前的柠檬茶,忽然来了一个恶念头,决定到她旅馆里去吃晚饭。她如果在场,就上去跟她说话;不在,就给她留个条子。他回到旅馆里小心换上晚餐服,写了下面的条子:

你跟乔里恩那个家伙的风流韵事反正我已经知道了。你再搞下去的话,我就把什么事情都翻出来,叫他无地自容。

索·福

他把便条封好,可是没有写信封。她现在又用娘家姓了,真是无耻;写她的娘家姓他不甘心,写福尔赛的姓又怕她信也不看就拿来撕掉。他随即出了旅馆,穿过许多尽是寻欢作乐人的热闹街道,到了她的旅馆;在餐厅的一个远角落找到位子坐下,从这里所有的进口和出口都看得见。她没有在。他晚饭吃得很少,吃得很快,而且一直留意着。她没有来。他在客座里慢吞吞饮着咖啡,又喝了两杯白兰地。可是她还是没有来。他走到旅客牌的地方看看上面的名字。十二号,就在二楼!他决定亲自把便条送上去。上了铺红地毯的楼梯,走过一间小客座;八号——十号——十二号！敲门呢,还是把便条从门底下塞进去,还是——？他鬼鬼祟祟向周围看一下,就去旋动门把手。门开了,可是走进一点还有一道门,他在门上敲敲——没有人答应。里面门锁着,而且紧贴地板,连便条都塞不进。他把便条揣在口袋里,立了一会,耳朵倾听着,莫名地肯定她不在家了。忽然拔起脚走了,经过小客座,下了楼梯,到了柜台面前站住。

"请你把这个条子交给海隆太太好吗?"他说。

"海隆太太今天动身了——下午三点钟忽然走的。家里有人病了。"

索米斯嘴嘟起来。"噢!"他说,"你们知道她的住址吗?"

"不知道,先生。想是英国。"

索米斯把便条收回口袋,出了旅馆,叫住一辆过路的敞篷马车。

"随便去哪儿!"

车夫显然不懂得他说的什么,笑了笑,就扬起鞭子。索米斯就这样坐在那辆黄色轮子的小敞篷马车里跑遍了星形的巴黎;马车东停一下,西停一下,同时来一句"是这儿吗,先生?""不是,再走!"终于车夫完全付之绝望,一任那辆黄色轮子的马车在那些平门面、百叶窗的高房屋和悬铃木的大街上飞驰着——就像荷兰人的凶船[①]一样。

"就像我的一生,"索米斯想,"没有目的,尽是向前跑!"

[①] 传说有荷兰水手因作恶多端受天罚,终身在大海里航行,凡是见到他的船的,都认为不祥。

第二章 蛛 网

索米斯第二天就回英国,第三天早上包尔第得先生就来看他,衣服上插了一朵花,戴一顶褐色圆顶帽。索米斯邀他坐下。

"战事的消息还不算坏,可不是?"包尔第得说,"您身体好吗,先生?"

"很好,多谢。"

包尔第得身子向前微俯,微笑一下,张开手掌,望着自己手掌轻声地说:

"我觉得您的事情我们总算替您办到了。"

"什么?"索米斯脱口而出问。

"19号忽然来了一个报告,在我看来,可以称得上证据确凿。"包尔第得讲到这里停了一下。

"怎么样呢?"

"就在本月十号的中午,19先是看见17和一个男子晤谈,到了晚上十点钟光景,19还亲眼看见这人从17旅馆的卧房里走出来。做证时只要当心一点就行,尤其是17已经离开巴黎——无疑是跟这个男人一同离开的。事实上,两个人就那样溜掉了,而且我们到现在还没有找到他们,不过总会找到——总会找到。19在很困难的环境下,费了很大的劲才达

277

到目的,我真替她高兴。"包尔第得取出一支香烟,在桌子上捣捣,看看索米斯,又把香烟放回去。他的当事人脸上的神情并不怎样好看。

"那个新男人是谁呢?"索米斯突兀地问。

"这个我们倒不知道。她可以发誓这是事实,而且那人的相貌她也记下来了。"

包尔第得取出一封信,念起来。

"一个中年人,中等身材,下午穿一套蓝的、晚上穿的晚礼服,苍白的脸色,黑头发,黑上须,两颊瘦削,下巴长得很好,灰色眼睛,脚很小,贼头贼脑的——"

索米斯站起来到了窗口,站在那里又是生气、又是好笑,彻头彻尾的蠢货——蜘蛛一样的彻头彻尾的蠢货。七个月的工夫,每星期花上十五镑钱,落得个被人家认作是自己妻子的情人!贼头贼脑的!他打开窗子。

"太热。"他说,又回到自己位子上。他跷起大腿,低头向包尔第得傲慢地看了一眼。

"我认为这样证据还不够,"他说,把下面的话故意懒洋洋地说出来,"姓名、地址,都没有。我觉得你不妨叫 19 休息一下,把我们的朋友 47 这一头抓起来。"包尔第得是否已经猜到是他,他也说不了;可是他想象中好像看见包尔第得在一班熟朋友中间尽情狂笑。"贼头贼脑"!他妈的!

包尔第得带着着急、简直可怜的声音说:"我不瞒你说,我们有时候连这一点证据都不足,就对付过去了。你知道,这是巴黎啊!漂亮女人单身住着。你何妨冒一下险呢,先生?说不定把事情逼得紧一点。"

索米斯忽然看出了苗头。这个家伙的职业心鼓舞起来了。"我一生事业的最大胜利;帮一个人闹离婚,抓到他上自己妻子的卧房去,就这样离掉了!等我退休之后,这件事倒值得聊聊呢!"他忽然来了一刹那的狂想:"为什么不可以?反正中等身材,脚很小,贼头贼脑的男人多着呢!"

"冒险的事情,不在我的委托之内。"他简短地说。

包尔第得抬起头来。

"可惜,"他说,"实在可惜!另外那件事情好像很花钱呢?"

索米斯站起来。

"这个你别管了。你去留意47,不过小心些,不要扑个空。再见!"

包尔第得听见"扑个空"三个字,眼睛眯了起来。

"很好很好。有事情我就来告诉您。"

室内又剩下索米斯一个人了。这种生意经真是害人,下流、可笑!他两条胳膊放在桌上,把额头抵在上面。足足有十分钟他都这样憩着,后来还是一个管理员将他惊醒。管理员送进来一家新发行股票的说明书草稿,股票很不错,是曼尼福德与托宾发行的。那天下午他很早就下班,一直向布列塔尼饭店走来。只有拉摩特太太一个人在饭店里。先生跟她一起喝茶好不好?

索米斯鞠一下躬。

两个人在小房间里成一个直角地坐下来时,索米斯就率直地说:

"我要跟你谈一件事情,太太。"

拉摩特太太明亮而褐色的眼睛迅速地抬了一下,看出她早就指望这样的谈话了。

"我得先问你一件事情:那个年轻医生——叫什么名字的? 他跟安耐特有什么瓜葛没有?"

拉摩特太太的整个人格,就好像变成一块黑玉似的——轮廓分明、漆黑、坚硬,而且发光。

"安耐特年纪还轻,"她说,"医生先生年纪也很轻。年轻人中间的事情总是进行得很快的;可是安耐特是个孝顺孩子。啊! 脾气真是太好了!"

索米斯嘴边形成一丝微笑。

"那么事情并没有具体?"

"具体——当然不是! 这个男孩子很不错,可是——你怎么说呢? 目前又没有钱。"

拉摩特太太举起手里的柳叶花纹茶杯;索米斯也举起来。两个人的目光碰上了。

"我是个结了婚的人,"他说,"多年来都和我的妻子分开住。我正在设法和她离婚。"

拉摩特太太放下茶杯。"真的吗? 有这种不幸的事情!"她的话讲得一点感情没有,使索米斯不由而然产生一种鄙视。

"我是一个富有的人。"他又说,自己完全明白这句话不大得体,"目前多说也没有用,不过我想你是懂得的。"

拉摩特太太眼睛睁得多大,连眼白也露出来了;她直视着索米斯。

"啊,这个——可是我们的时间是从容的!"她只讲了这一句。"再来一杯茶?"索米斯拒绝了;和拉摩特太太告别,他就向西城走去。

这件事情算是放心了;她决不会让安耐特跟那个高高兴兴的小傻瓜有什么花样,总要等他——可是他几时才能有机会说:"我自由了"呢?几时才有机会?前途茫茫,简直不像是真事,他觉得自己就像陷在蛛丝网里的一只苍蝇一样,一双发愁的眼睛在望着空中可欣羡的自由。

他觉得近来运动很少,所以一路漫步走到肯辛顿公园,一直到女皇门,再向切尔西走去。也许她已经回到自己的公寓了。这一点他至少可以打听出来。原因是自从上回遭到那次可耻的严词拒绝之后,他又重新向自己解说,认为她一定有个情人。他在吃晚饭的时间到了那座小公寓的前面。不用打听了!一位白发老太太正在她窗子口浇那只花草箱呢。他慢慢走过公寓,趁着夜色沿着河边走回去;夜色清静美丽,一切都那样地和谐,那样地舒适,只有他的心情完全两样。

第三章　里士满公园

就在索米斯渡海上巴黎去的那一天下午，乔里恩在罗宾山收到一封电报：

令郎染肠炎症，尚无生命危险，将续电。

琼的卧铺已经订好了，第二天就要动身，一家上上下下本来就已经心绪不宁，又来了这个消息。电报送来时，琼正打算把伊立克·考柏莱的一家人托给自己父亲照应。

在乔里参军的刺激下，琼去报名当红十字会看护的决定，虽说是忠实履行了，却不免有点着恼和懊悔，这是福尔赛家人碰到剥夺他们个人自由时都会感觉到的。开头她还热心，满口说事情"有意思至极"，一个月后，就慢慢觉得由她自己训练自己要比别人训练自己好得多。如果不是因为好丽硬要学姐姐的样子，也要去受训练，她准会退出不干了。四月间，乔里和法尔随部队出发之后，她这种三心二意的情况就更加稳定下来。可是现在就要离开了，一想到要丢下伊立克·考柏莱和一个妻子两个儿女在一个冰冷的、不懂艺术的世界上漂泊，心里非常难过，所以会不会去，她自己都很难说。读到那封令人焦灼的活生生的电报，她的事情才算敲定了。她想象自己已经看护乔里起来——他们当然会让她看护自己兄弟的啊!乔里恩为人总是比较随便而且不大有信心,并不存这种希望!琼真是糟糕!人生是多么的粗暴和残酷啊!她这一代的福尔赛家人有没有一个真正懂得的?自从获悉儿子抵达开普敦之后,他一想起来就要不快个半天。他总没法不使自己感到儿子经常处在危险之中。电报里面的情况虽则严重,他倒为之心情一宽。至少,枪弹是打不到乔里了。可是——肠炎确是个厉害病呢!《泰晤士报》上登满了得这个病送命的人。为什么不能够让他儿子安安稳稳耽在家里,他自己睡在那个接近大陆的医院里呢?的确,三个儿女的非福尔赛牺牲精神把乔里恩足足搞糊涂了。他自己巴不得能跟乔里换一换,因为他爱自己的儿子;可是这种个人的动机他们却完全感觉不到。他只能有一个想法,就是福尔赛的类型看上去已经日趋没落了。

下午三四点钟光景,好丽跑出来到那棵老橡树下面找他。最近几个月来,离开家在医院里训练,她已经成熟不少了。乔里恩看见好丽跑来,心里想:"她比琼懂事,虽说还是个孩子;看事情清楚得多。感谢上帝,她还不会出去。"好丽在秋千架上坐了下来,很是沉静。"她跟我一样,"乔里恩想,"感到很难受呢。"他看见好丽的眼睛盯着他望,就说:"不要老是放心不下来,孩子,他假如不生病的话,说不定还会碰上更大的危险呢。"

好丽从秋千架上下来。

"我要告诉你一件事情,爹。乔里是因为我的缘故才去从军的。"

"怎么讲?"

"你在巴黎的时候,法尔·达尔第和我,我们两个人要好起来。我们时常上里士满公园去骑马;我们订了婚。乔里发现了,认为应当阻止我们;所以他就向法尔挑战,一同去参军。这全是我的不好,爹;所以我也要出去。他们两个人只要有一个出了事情,我就活不了。而且,我跟琼受的是一样训练。"

乔里恩呆呆看着女儿,惊异中微微有点好笑。原来自己一直问自己的那个疑团,解答就在这里;原来他的三个儿女终究还是福尔赛。好丽早就该把一切经过告诉他!可是这句带有讽刺味道的话到了嘴边又被他咽了下去。对年轻人的慈爱在他的所有信仰里面恐怕是最神圣的一条了。当然,这就是他慈爱的报应!订婚了!怪不得他跟好丽近来没有什么接触呢!而且是和小法尔·达尔第,索米斯的外甥订了婚——属于敌人的阵营!这事简直太叫人不开心了。他收起画架,把水彩画倚着树身放着。

"你告诉了琼没有?"

"告诉了;她说她总有办法把我塞在她的房间里;她住的是单人房间;可是我们两个人得有一个睡地板。你答应的话,她马上就进城去请求批准。"

"答应?"乔里恩想,"这个时候要我答应未免太迟了一点!"可是他仍旧止住自己没有说。

"你年纪太小了,亲爱的;他们不会让你看护他。"

"琼认识的几个人,就是她帮助着上开普敦去的。他们如果不让我看护他,我可以跟她们待在一起,在那边受训练。放我走吧,爹!"

乔里恩微笑了,原因是自己哭都哭得出来。

"我从来不阻挡任何人做任何事情。"他说。

好丽张开胳膊搂着他的颈子。

"爹！你是世界上顶好的人。"

"这等于说我是顶坏的人。"乔里恩想。他对自己的容忍主义如果说有什么怀疑的话，那就是在这种时候。

"我跟法尔的家里人不好，"他说，"而且我也不知道法尔怎样，不过乔里是不喜欢他的。"

好丽眼睛茫然看着。

"可是我爱他。"她说。

"这就行了。"乔里恩淡淡地说了一句，后来瞥见好丽的神情，就吻了她，同时心里想："年轻人的信念真是再可怜不过了！"要么自己真的不许她走，否则的话，他显然只能尽点人事，因此他就跟琼一同进城。是不是由于琼非达到目的决不罢休，还是由于他们见到的那位长官是乔里恩旧日的一个老同学，他也说不出来；总之，好丽跟琼住一个房间算是批准了。第二天傍晚，乔里恩带着两个女儿上了塞必东车站，给她们身边带了钱，带了病人的营养食品，并且带了支款的介绍信——福尔赛家人不带这种介绍信是决不出门的——两个人就这样扬长而去。

他在夕阳灿烂的天空下面坐马车回到罗宾山；晚饭吃得很迟；为了表示同情，那些用人伺候晚饭时特别当心，乔里恩为了表示领会这种同情，也吃得特别仔细。一直到晚饭吃完，到了铺着青石板的走廊上点起雪茄时，才算真正松了一口气，走廊上那些石板的形状和颜色都是小波辛尼匠心独运地挑选来的。四围的夜色渐深，景色真美啊，树头一丝风也没有，而且香气是那么浓郁，使人闻到简直有点惆怅。草地上满是露水，所以他只在石板上来回走着；不久他就感觉到自己好像只是三个人里面的一个，每走到尽头时三个人并不一同兜过来，而是各人转一个身,所以他父亲总是最靠近房子的一边,他儿子总是最靠近走廊的一边。两个人都用一只胳膊轻轻挽着他的胳膊;他生怕惊动他们,连手都不敢抬起来,雪茄就这样烧光,烟灰落到自己身上,终于变得太烫了,从他嘴边落了下来。两个人这时都离开了他,他的两只胳膊忽然感到寒冷。刚才是三个乔里恩合在一个乔里恩身上在走啊!

他站着不动,在辨别耳朵里听到的那些声音——大路上一部过路的马车,远远开着的火车,盖奇农场上的那只狗,低语的丛树,小马夫在吹他的便宜口笛。上面无数的繁星——明亮而沉寂,那样地辽远!月亮还没有出来!那点光线勉强使他能辨别出那些黑魆魆的石板和沿走廊边上的鸢尾花上面的黑旗和刺刀——这是他心爱的花,那些蜷曲起皱的花瓣,颜色就和夜晚的颜色一模一样。他转身进了屋子。房子又大、又黑,这么大的地方除掉他住着之外,连个鬼都没有。真是寂寞得要死!这样孤单单在这儿住下去可不成。然而只要眼前是这样美,一个人又为什么要感到寂寞呢?回答是——就像回答一个白痴提出的问题一样——他就是感到寂寞。景色越美,人越是感到寂寞,因为美的本质是和谐,而和谐的本质是——结合。如果把灵魂剔掉,美就不能给人以安慰。夜色尽管这样美得令人发疯,那些星光就像一簇簇葡萄开的花,而且传来青草香和蜂蜜的味道,他也不觉得开心,原因是她已经和他隔开了,现在被尊贵的自爱完全隔开了;他觉得,她在他的眼中就是美的生命、美的化身和精华啊!

他想睡,但是睡不好;他拼命想把事情看开,可是做不到;对于一向随心所欲,而且舒舒服服承受祖宗余荫的福尔赛家人来说,要做到看得开是很难的。可是天快亮时,他总算睡去,而且接着就做了一个怪梦。

他梦见自己站在一座戏台上,台前挂着又高又厚的帘幕,高得跟那些星斗一样——沿着那一串脚灯拉成一个半圆。自己个子很小,就像个小黑点在台上跑来跑去;最奇怪是台上并不只是他一个人,索米斯也在场。他自己的小个子和索米斯都在想法子从帘幕后面钻出去,可是又重又黑的帘幕却始终挡着他。有好几次他都钻到帘幕前面,可是,随即看见一条窄缝——一条非常之高的鸢尾花颜色的美丽缝隙,就像一刹那看见的天堂那样辽远,那样无法形容。看得他满心的喜悦。他赶快走前几步,钻了进去,可是帘幕在他前面又抬了起来。在极端失望之余——是他还是索米斯——他又向前走,前面的帘幕又开了一条缝,接着又很快抬起来了。就这样一直钻下去,永远钻下去,后来他醒了,嘴里喊着"伊琳"。这个梦使他觉得心神非常不宁,尤其纳闷的是怎么弄得自己和索米斯变成一个人了。

那天早上,他觉得没有心思作画,就骑上乔里的马出去,骑了很长的时间,把自己骑累了才回来。第二天,他打定主意上伦敦去,看看有没有法子请求批准他继两个女儿之后上南非去。第三天早上,他才开始收拾行装时,就收到这样一封信:

格林旅馆,里士满
六月十三日

亲爱的乔里恩:

你想不到我会住得跟你这样近,巴黎住不下去了——所以我住到这里来,想就近能找你给我拿个主意。我很愿意能再看见你。自从你离开巴黎之后,我觉得就没有碰见什么人可以真正谈得来的。你和你的儿子都好吗?目前恐怕还没有人知道我住在这里。

永远是你的朋友

伊琳

伊琳离开他三英里都不到!——而且仍旧是逃难!他站在那里,嘴边浮出一丝怪笑。连他想象的都没有这么好!

快到中午时,他出门步行穿过里士满公园,一边走,一边想:"里士满公园!对我们福尔赛真是再合适没有了!"并不是有福尔赛家人住在那边——公园里除了皇族、管园子的和驯鹿之外,什么人也不住在那里——可是,里士满公园里的大自然恰恰就是自然到那种程度,决不过分,表面装点得花团锦簇,就像大自然一样,那样子好像说:"你们看我的本性表现——简直说得上是热情奔放,几几乎控制不住,可是当然并不是把持不住自己啊!"对啊!便是在六月里这样一个晴朗的日子,布谷鸟像飞矢一样从一棵树移到另一棵树叫唤着,布谷鸟宣布盛夏来临的时候,里士满公园还是把握得住自己的。

乔里恩在一点钟进了格林旅馆;这家旅馆差不多就在那座更加有名的皇家酒店的紧对面;地方不算大,十足的上流气派,冷牛肉、醋栗果排,供应从来不缺,而且总住了一两位阔寡妇,所以门口经常停着一辆双马马车。

伊琳在一间房间里,正坐在钢琴凳上用一本老乐谱弹着《汉塞尔和格蕾泰尔》①,凳子上铺的绒线绣花;房间里挂的全是滑不唧溜的印花窗帘,一点唤不起什么情绪。房间的墙壁

---

① 德国作曲家洪佩尔丁克(1854—1921)1893 年所作的儿童歌剧。

还没有糊上莫里斯的那些花纸①,就在伊琳头上挂了一张印刷品的女皇像,骑着一匹小驹,围着许多猎犬、戴苏格兰帽子的人和杀死的牡鹿;在女皇像旁边的窗沿上放了一盆淡白和粉红的倒挂金钟。房间里的维多利亚时代气息简直像活了一样;而伊琳穿了一件紧身衣在乔里恩眼中看来简直像维纳斯从已往世纪的蚌壳里钻出来似的。

"如果旅馆经理有眼睛的话,"他说,"他就会请你出去;你把他的陈设全破坏了。"他就这样轻轻对付掉一个情不自禁的场合。吃完冷牛肉、咸胡桃、醋栗果排和石头瓶子装的姜啤酒之后,两个人就漫步进了公园,继着适才轻松的谈话是乔里恩所害怕的沉默。

"你还没有告诉我巴黎的情形呢。"他终于说。

"我有好长一个时候都被人尾随着;弄得也习惯了。可是后来索米斯来了。就在那座小尼俄柏铜像旁边——还是老话;问我肯不肯回家?"

"荒唐!"

她说话时眼睛本来垂着,这时才抬了起来。那双深褐色的眼睛紧紧盯着他,比任何言语都说得清楚:"我已经走上末路了;你如果要我的话,我是现成的。"

单以感情的程度来说——尽管他活到这么大——这样一个场合他还没有经验过。

那句"伊琳,我真爱你!"几乎脱口而出。随即他几乎不相信自己的眼睛起来,清清楚楚看见乔里躺在那里,一张雪白

---

① 威廉·莫里斯(1834—1896),英国作家、空想社会主义者和工艺美术家。他创制的糊壁纸当时很受欢迎。

的脸向着白墙。

"我的孩子在南非病得很厉害。"他静静地说。

伊琳拿胳膊和他挽上。

"我们再散步吧;我懂得。"

用不着愁眉苦脸地来一套解释!她懂得!两人一直走到凤尾草中间,草长已经及膝,他们就在那些兔穴和橡树中间谈论着乔里。两小时后,他在里士满公园门口和她分手,转身回家。

"那么,她已经知道我对她的心意了,"他想,"当然!这种事哪里能瞒得过这样的女子呢!"

第四章 往河那边

　　乔里被那些梦缠死了,现在梦也不来了,因为人已经憔悴到连梦都做不动了;丢下他不死不活地躺着,隐隐约约回忆着辽远的事情;只有一双眼睛勉强能够转动,从靠近自己小床的窗子口瞅着沙漠里流动着的一湾细水,瞅着那片大高原后面一片蔓生的白树丛。尽管还没有看见过一个布尔人像兔子一样从上面滚下来,或者听见枪弹呼呼从上面飞过去,他现在也懂得什么是大高原了。他连火药味还没有闻到就被瘟疫偷偷找上。也许是渴了一天,见到水就随便喝下去的缘故,也许是吃了一只坏水果——谁知道?他无法知道,他连恼恨这个瘟病的胜利也没有气力了——他病得仅仅知道有很多人都跟他一起躺在这里,仅仅知道自己被那些怪梦缠得很苦;仅仅知道瞅着那条小河,还有就是能隐隐约约回忆那些辽远的事情……

　　太阳快要下去了。过一会就会凉快些。他很想知道是什么时候——很想摸摸自己那只旧表,像牛油一样滑的面子,听听它打簧报时。那样就会觉得很亲切,就像家里一样。那只旧表还是他睡到这儿来的那一天开的,他病得连这个也记不起了。他脑子里的脉搏跳得非常微弱,连那些进进出出的人脸,护士的、医生的、勤务兵的,都分辨不出来,都是一式的一张脸;而且人家对他讲的那些话也都是一式的话,几乎都没有什么内容。那些他经常做的事情,虽则辽远而且隐约,还比较清楚些——在哈啰点名时从那些台阶下面走过去——"到!到!"——用《威斯敏斯特公报》包上皮靴,绿油油的纸,雪亮的靴子——爷爷从一个黑暗的地方跑出来——泥土的气味——草菇房!罗宾山!把可怜的伯沙撒埋在树叶子下面!爹!家!……

他又恢复知觉了,发现那条河里面没有水——有人在讲话。要什么?不要。有什么可要的?病得什么都不要了——只等他的表报时辰……

好丽!她扔不好的。啊呀!把球朝上扔!不要靠地……"转头,二号和头号!"他是二号呢!……他的知觉又回来了,看出外面淡紫的暮色,和一钩血红的新月升了起来,他的眼睛盯着月亮看,觉得很有趣;在头脑空洞无物的漫长分秒中,那钩新月逐渐升了起来……

"他要走了,医生!"再不能包皮靴了吗?永远不能了吗?"注意你的姿势,二号!"不要哭!安静地走吧——往河那边——睡吧!……黑吗?有个人能——使——他的表——敲一下就……

第五章 索米斯行动

整整有两个钟点,索米斯都集中精神办理新煤矿公司的事情;这家公司从老乔里恩辞退董事长的那天起,几乎就没有起色过,到了最近简直愈来愈维持不下去了,所以现在只好宣告歇业。在这两小时中,包尔第得先生亲笔写的一封盖了火漆的信,始终放在索米斯口袋里没有拆开。中午他上城里自己的俱乐部去吃午饭时,这才把信掏了出来。在七十年代的早几年中,索米斯时常跟自己的父亲上这儿来吃饭;詹姆士当时总是喜欢他来,可以亲眼看看自己未来生命是怎么一个样子;就因为这个缘故,这个俱乐部对索米斯来说,颇有点像家庙一样。

这时他远远坐在饭厅的一个角落里,面前放了一盆烧羊肉和土豆泥,开始读起信来:

索米斯先生:

我们遵照您的建议,当即在这一头注意起来,结果非常令人满意。我们由侦查47获知17就住在里士满的格林旅馆。据悉两人在过去一星期中每天必在里士满公园会面。绝对有关的行为至今尚未见到。但与年初我们从巴黎所获得的情报联系起来,敢说我们现在已经可以使法庭满意了。当然,在未接到您的指示之前,我们当继续进行侦查。

克劳德·包尔第得

索米斯把信读了两遍,就向侍役招招手。

"把这个拿走;菜冷了。"

"您还要什么吗,先生?"

"不要了。给我送一杯咖啡到隔壁房间来。"

他把那盘没有吃的菜账付掉,就出了餐厅,走过两个熟人的面前都没有招呼。

他坐在一张大理石的小圆桌面前,桌上放了咖啡。"使法庭满意!"他想,"乔里恩这个家伙!"他把咖啡倒了出来,放了糖,喝掉。他要叫他当着自己儿女的面丢脸!当这个决心在心里变得愈来愈激动时,他才第一次发现自己做自己的律师实在不便。这件丑事没法子交给他的事务所办。他得把私人尊严的灵魂交给一个陌生人,一个专门办理家庭风化案子的事务所去办。有哪一家能够找呢?柏基场的林克曼-莱佛事务所也许成——做事可靠,不太显眼,而且跟他们只有点头之交。可是去找他们之前,他得和包尔第得再碰一次头。一想到这里,索米斯简直踌躇起来。把秘密告诉包尔第得吗?怎么一个措辞呢?简直是叫人家看不起,叫人家暗地里嘲笑他!可是,这个家伙反正早已知道——对啊,他早已知道了!他觉得这件事情立刻就得办掉,所以就叫了一辆马车上西城去。

天气很热,包尔第得先生房间的窗子老老实实地开着,室内唯一的防卫只是一块防蝇纱。有两三只苍蝇打算飞进来,刚好被纱布粘住;弄得只能吊在那里眼看着自己不久就要被吃掉。包尔第得先生顺着他的当事人的眼睛望去,歉意地站起身来,把窗子关上。

"装模作样的混蛋!"索米斯想。就跟所有基本上相信自己的人一样,在要紧关头时却会振作起来;他的脸微微偏过去一点,带着微笑说:"你的信我收到了。我打算动手。我想你总知道你侦查的这位太太到底是谁吧?"

包尔第得先生这时候脸上的神情简直称得上杰作。那意思说得很清楚:"对了,你怎么看的呢?可是你请放心,不过是为了职业关系才知道的——你也不必介怀!"他一只手做了一个轻微的缥缈的动作,等于说:"这种事情——这种事情我们都会碰到的!"

"那么,很好,"索米斯说,舔一下自己的嘴唇,"不必多讲了。我要委托柏基场的林克曼-莱佛法律事务所代表我起诉。我不要听你的证据,可是请你在五点钟的时候上他们那儿去讲好了,同时要继续绝对保守秘密。"

包尔第得眼睛半睁半闭,就好像立刻遵命似的。"我的好先生。"他说。

"你有没有把握说证据够了吗?"索米斯问,忽然变得起劲了。

包尔第得的肩膀极其轻微地动了一下。

"你只管放心好了,"他低声说,"有我们手里的这些材料,再加上人类的天性,你只管放心好了。"

索米斯站起来。"你去的时候找林克曼先生谈。谢谢;不要站起来。"他不想包尔第得像往常一样,抢前穿到他和房门之间,实在受不了。在皮卡迪利大街的阳光下面,他揩揩额上的汗。这是顶可恨的一刻——和那些陌生人谈话要好受得多。他又回商业区办理余下的事情了。

295

那天晚上回到公园巷,看着自己父亲吃晚饭时,索米斯盼望有个儿子的老心思又涌上来了;有个儿子当他一年年衰老下去时,能够看着他吃饭,能够抱来放在自己膝盖上玩,就像詹姆士当初有一个时期常抱着他玩一样;有个亲生的儿子,因为是自己的骨肉,所以能够了解他——了解他,安慰他,而且因为基业比自己的还要好,将会变得更加有钱、更加有文化修养。像目前这样,哪一天自己老了,就像坐在对面的老父这样消瘦,这样白发苍苍,这样憔悴——而且一个人孤苦伶仃的,左右前后全堆着财产;对什么都不感兴趣,因为这些都没有前途,迟早要从他手中转到那些他一点不喜欢的人的手里、嘴里和眼睛里!不,不!他现在要彻底解决,使自己获得自由,结婚,生一个儿子下来照应自己,等到自己老得像父亲这样一个老头儿时,也可以深思地一会儿看看面前的牛肝,一会儿看看儿子。

他怀着这样的心情上楼去睡觉。可是当他温暖地睡进爱米丽给他铺的那些细麻纱被单中间时,回忆和痛苦又袭来了。伊琳的影子,连她身体的那种实感,都在他脑子里萦绕着,惹得他心绪很乱。真是傻瓜!为什么又去看她,弄得旧情在脑子里又涌起来,一想到她跟那个家伙,跟那个偷情的贼在一起,心里就难受!

第六章　夏　日

乔里恩自从跟伊琳第一次在里士满公园散步之后，这些天来脑子里始终记挂着自己儿子。后来并没有消息；向陆军部打听也打听不出个所以然来；琼和好丽至少还要三个星期才会来信。这些日子，他觉得自己记得起来的乔里实在太少了，而且过去也不大像个父亲。他就记不起曾经跟儿子生过气；从来没有一次言归于好过，因为从来就没有决裂过；也没有一次知心的谈话，连乔里的母亲去世时也没有这样谈过。他对儿子总是心照不宣，他最怕明白表示什么，那样不但会使他失掉自由，也会干涉到儿子的自由。

只有跟伊琳在一起时，他才感到慰藉，但因此愈来愈看出自己实在是一半心思在伊琳身上，一半在儿子身上，所以弄得心情非常复杂。想到乔里同时也就逗起自己年轻时期，后来又在中学和大学时期，被灌输的嗣续观念和伦常观念——以及没有尽到父亲责任的感觉。想到伊琳同时逗起的是那种对美和对自然的喜悦。这两种感觉在他心里究竟哪一种占得多些，他好像愈来愈分不清了。可是有一天下午，他却从这种情感麻痹中被人突然唤醒了；当时他正起身上里士满公园去，一个骑自行车的小厮，面孔非常熟悉，隐隐含着笑意骑了过来。

"乔里恩•福尔赛先生吗？您的信。"说时把一封信交在乔里恩手里,就踏着车子走了。乔里恩弄得莫名其妙,就把信拆开。

"遗产与离婚诉讼庭通告,福尔赛对福尔赛与福尔赛!"乔里恩先是一阵羞愧和厌恶,随即就想:"怎么!这不正是你求之不得的吗,你还要不高兴!"可是,伊琳一定也同样会收到,他非立刻去找她不可。他一面走,一面盘算。这事真有点叫人啼笑皆非。《圣经》上那些诛心之论①姑且不管,要说在法律上构成罪行,单是爱慕是不够的。他们可以振振有词地打这场官司,至少可以理直气壮地这样做。可是乔里恩对这种做法非常反感。他纵使不是她真正的情人,至少心里是愿意的,而且她也随时会顺从的。她脸上的神情看得出来。并不是说她对他爱得不得了。她曾经有过一次热恋;在他这样的年纪,他也不指望她会再来一次。可是她信任他,对他有感情;而且一定会觉得他是自己的一个归宿。他肯定她不会要他进行辩护,因为她知道他是对她倾心的!所幸的是她并没有那种为了否定而否定自己幸福的疯狂英国良心!十七年心如死灰——现在有这样一个获得自由的机会,她一定会高兴。至于顾忌社会舆论,反正火已经放了!进行辩护仍旧挽救不了面子。乔里恩跟所有福尔赛家人的私生活受到威胁时的正常想法一样:如果法律非要判决你的死刑不可时,那就索性多捞他一把!再一想到要他站在证人席上、赌咒发誓说在他们两人中间一点爱情的表示没有,甚至一句相爱的话都没有过,在他看来这比默然承受奸夫的罪名来还要丢脸——从心里觉

---

① 见《新约·马太福音》第5章第28节:"凡看见妇女就动淫念的,这人心里已经犯奸淫了。"

得真正的丢脸,而且对他的儿女来说,还不是一样糟糕、一样痛苦?想到在法官和十二个陪审员面前尽量解释他跟伊琳在巴黎的会晤和在里士满公园的散步,简直是刑罚。这种整个审讯的过程就是非人性的、完全是虚伪的诛求;很可能他们讲的话不会有人相信,而且单单看见伊琳——他眼中的这个自然和美的化身——站在那许多双疑忌兼色眯眯的眼睛面前,就使他感到极端丑恶。不行,不行!进行辩护只会闹得满城风雨,报纸大销特销。还是接受索米斯和神明的恩赐要好得多,好得多多!

"再说,"他一本正经地想,"即便是为了儿子的病,我也不能让这个官司把我拖得太久,谁晓得会来个什么变化!反正她那种骑虎难下的境况总算结束了!"由于想得出神,他连天气那样酷热简直都不觉得了。天色变得阴沉沉的,紫红色的云,上面一条条白纹。走进公园时,一个大雨点落在路上泥土中间的小星形花床上。"哟!"他想,"雷来了!但愿她没有来会我,那边有个躲雨的地方!"可是就在这时候,他望见伊琳向公园门口走来。"我们得赶回罗宾山才行。"他想。

*　　*　　*

雷雨在四点钟时经过鸡鸭街那些事务所时,职员都乐得暂时停一下工作。索米斯正在喝茶,就在这时候有人给他送来一封短柬:

索米斯先生:

　　福尔赛对福尔赛与福尔赛诉讼案

　　根据足下指示,敝所已亲自分别通知里士满及罗宾山之答辩人与第二答辩人,特此奉闻。

　　　　　　　　林克曼-莱佛法律事务所

有这么几分钟索米斯都在对着信呆看着。自从吩咐了这件事情之后,他一直都装作好像没有事情似的。这样丢脸的事情,太有伤风化了。而且他听到的那些报告,作为证据也还不够;不知道怎样的,他愈来愈不相信这两个人会好到那种程度。不过,这样一告当然会成全他们,想到这里,他很不好受。自己没有得到她的爱,反而被那个家伙得到了!是不是无法挽回呢?现在这张状子使他们猛然惊醒过来,这不正是一个逼着他们分开的借口吗?"可是他们中间已经有这回事了,"他想,"如果不立刻动手的话,那就会来不及。我要去看看那个家伙,就下乡!"

他又急又气,神经非常不宁,所以叫了一辆那种"最新式"的汽车。要叫那个家伙断了念头也许要很长的时间,天晓得经过这次震动之后,他们会想出什么鬼主意来!"我要是一个装腔作势的傻瓜的话,"他想,"恐怕就会带上一根马鞭子或者手枪之类的东西去!"可是他却带了一束"马剑蒂对威克讼案"的文件,预备在下乡的路上看。他连打开都没有打开,只是一动不动坐在车子里,颠颠簸簸,风一直朝他颈子后面灌也不觉得,汽油味也不觉得。他得看那个家伙的颜色行事;最最要紧的是保持头脑冷静!

汽车快到普尼桥时,伦敦已经开始吐出那些做工的人;蝼蚁似的人群正向城外拥去。这么一大堆蝼蚁,全都为了衣食,全都在这个大逐鹿中死命抓着那一点点机会!索米斯一生中第一次在想:"我要放手就可以放手!什么也碰不了我;我可以挥一挥手,照自己的心意过活,逍遥自在。"不行!一个人就没法子照他过去那样生活,然而随便放弃一切——在安乐窝里住下来,把自己挣来的钱财和名誉拿来花掉。一个人的生命就系在他所占有的和他所企图占有的上面。只有傻子才有不同的想法——傻子，社会主义者，和纵情声色的人！

汽车这时正经过那些乡间别墅，开得非常之快。"恐怕每小时有十五英里呢！"他盘算着，"这一来，就会有些人搬到城外来住了！"他想到自己父亲有房地产的那一部分伦敦将会受到的影响——他自己对这种投资从来就不感兴趣，他的赌博天性在那些画上面已经足够他发挥了。汽车向山下疾疾开去，经过温布尔登草坪。这次会晤！一个五十二岁，儿女都已长大的人，而且有头有脸，决不会不顾一切。"他决不肯玷辱家声的，"他寻思着，"他爱自己父亲跟我爱我父亲一样，而且他们是弟兄啊。害人精的是那个女人——她究竟有什么好呢？我从来就不知道。"汽车转到小路上，沿着一片树林的边缘开，他听见一只暮春的布谷鸟在叫，在他今年可以说还是第一次听见，这时候，迎面快要看见自己原来选择造房子的那块地基了，当初都是被波辛尼非常无礼地拒绝了，偏要他挑的那块地基。他开始用手绢揩揩自己的脸和手，一面深深透气稳着自己。"要冷静！"他想，"要冷静！"

汽车转弯开到那条很可以是他自己的驰道上，迎面传来音乐声。他把那个家伙的女儿都给忘记了。

"我也许马上就出来，"他跟车夫说，"也许要多耽一个时候。"说完就去按铃。

他随在女佣后面穿过帘幕进了后厅，一面想，这次会面有琼或者好丽——不管弹琴的是哪一个——在里面缓冲一下倒也不错；所以看见伊琳在弹琴，而乔里恩坐在沙发上听着，完全出乎他意料之外。两个人同时站了起来。索米斯血全冲到头上来，什么顾虑这个、顾虑那个的心思全丢开了。他的那些农夫祖先——"杜萨特大老板"以上的那些住在海边的顽固的福尔赛——的尊容在他脸上狞笑出来。

"真美!"他说。

他听见那个家伙低声说:

"这个地方不好讲话——我们到书房去,如果你不介意的话。"两个人都掠过他从帘幕开着的地方走了。他随着他们进了那间小书房,伊琳站在窗子口,窗户开着,那个"家伙"靠着她站在一把大圈椅旁边。索米斯砰的一声把身后的门关上;那声音使他想到多少年前那一天他把乔里恩砰的一声关在门外的事情——为了不许他管自己的闲事。

"你们自己还有什么话说?"他说。

那个家伙竟老脸厚皮地笑着。

"我们今天收到的通知已经使你失去质问的权利了。我想你一定很高兴可以脱身呢。"

"噢!"索米斯说,"你是这样想法吗?我是来告诉你们,如果你们不从现在起赌咒互不来往的话,我就跟她离婚,教你们两个人丢尽了脸。"

他对自己这样口若悬河颇有一点意想不到,因为他心里正觉得讷讷不能出口,而且两只手正在没处抓。那两个人都没有答话;可是脸色却带有鄙视。

"怎么样,"他说,"伊琳——你怎么说?"

伊琳的嘴唇在动,可是乔里恩用手按着她的胳膊。

"你放开她!"索米斯愤怒地说,"伊琳,你肯发誓吗?"

"不。"

"哦!那么你呢?"

"更不。"

"那么,你们都有罪,是不是?"

"对的,有罪。"是伊琳的声音,说得那样安详,那样高不可攀的神气,过去时常就是这样使他发火;他一时忘其所以,就说:

"你是个魔鬼。"

"出去,离开这里!不然我就打你。"那个家伙竟敢喊打人!连死期将临都不知道呢。

"委托人,"他说,"盗窃委托的财产!一个窃贼,偷他堂兄弟的老婆。"

"随便你骂什么。你是自己找的,我们也是自己找的。出去!"

如果索米斯带了武器的话,这时候很可能用上。

"我要叫你付很大的代价!"他说。

"我非常之愿意出。"

这样恶毒地歪曲他说话的原意使索米斯想起这个家伙的父亲来,就是那个给他起"有产业的人"的绰号的人;他站在那里,脸色非常狰狞。真是荒唐!

三个人站在这里,一股隐秘的力量使他们没法动武。打既然打不了,又没有适当的话好说;可是,他又没法转身就走,想不出来。他眼睛紧盯着伊琳的脸看——这是他最后一次看着这张害人的脸——肯定是最后的一次了!

"你,"他突然说,"我希望你待他跟你待我一样——就是如此。"

他看见她眼睛眨了一下,就带着似胜利非胜利,似轻松非轻松的感觉,夺门而出,穿过厅堂,上了汽车。身子倚在靠垫上,闭上眼睛。在他一生中,他从来没有这样粗暴得像要杀人过,从来没有这样完全忘掉已经成为自己第二天性的矜持过。他有一种孑然无存的感觉,就好像自己所有的道德修养都丧失了似的——生命变得没有意义,心灵在罢工。日光不断地射到他脸上来,可是他却觉得寒冷。刚才经过的一幕已经过去了,在他前面的还没有成形,他什么都把握不到;他觉得怕起来,就像挂在悬崖的边上,就像再紧一下自己就会精神失常似的。"我身体吃不消,"他想,"一定吃不消——我吃不消。"汽车疾疾开着,树木、房屋、人都机械地挨次扫了过去,可是一点没有意义。"我觉得很不对头!"他想,"我要去洗个土耳其浴,我——我几乎做出事情来。这可不行。"汽车呼呼地重又经过普尼桥,上了富尔汉路,沿着海德公园开来。

"上哈曼姆①去。"

奇怪的是在这样热的夏天,人会热得这样舒服!穿过那间热屋子时,刚碰见乔治从里面出来,身体又红又亮。

"你好!"乔治说,"你又不胖,你锻炼什么?"

小丑!索米斯带着侧面的微笑掠过他,他向后靠起,一面不自在地擦着皮肤看看出汗没有,一面寻思:"让他们笑去!我什么都不去理会!发脾气我可受不了!对我不相宜!"

---

① 即土耳其浴浴室。

第七章 夏　夜

　　索米斯走后,小书房里一片寂然。
　　"多谢你那句好谎话,"乔里恩忽然说,"出去吧——屋内空气和刚才不同了!"
　　两个人沿着长长一堵朝南的高墙默默然来回走着,墙上栽的是一排修剪得很整齐的桃树。在这条草径和长满毛茛花和牛眼菊的倾斜草地之间,老乔里恩曾经种了些疏疏落落的龙柏;十二年来,这些龙柏已经长得很茂盛了,那些深绿的螺旋形状望去简直像意大利。着雨的灌木丛里小鸟轻飞,燕子掠空而过,迅疾的小身体闪出铁青色的光彩;蝴蝶在相互追逐。经过适才痛苦的一幕,大自然的静穆特别给人一种清新的感觉。墙上的日光似水,沿墙脚跟是一条窄窄的花床,满种的木樨草和三色堇,蜜蜂传来一阵低微的嗡嗡声,杂着各种各样的其他声音——失去小犊的母牛哞声,草地尽头那棵榆树上布谷鸟的叫唤。在这一切的后面,哪个会想到十英里之内就是伦敦的起点呢?——那个福尔赛的伦敦,有它的财富,有它的贫穷;有它的污秽,有它的嘈杂;有乱石堆成的美丽岛屿,也有可憎的砖头和灰泥塑成的灰色大海!这个伦敦曾经目击过伊琳的早年悲剧,目击过乔里恩自己的穷困日子;一个蛛网似的伦敦;一个占有欲的华丽的贫民窟!

两个人散步时,乔里恩心里却在盘算着那句话:"我希望你待他跟你待我一样。"这要看他自己。他信得过自己吗?造化可会容许一个福尔赛不把自己爱慕的人当作奴隶呢?他有资格把美人托付给他吗?还是让她仅仅做个客人,高兴来就来,暂时占有她一下,接着就走开了,等到她自己愿意时再回来?"我们天生就是破坏者!"乔里恩想,"又深沉,又贪婪;生命的花朵交在我们手里是不妥当的。让她愿意找我才找我,愿意的时候才来,不愿意的时候丝毫不要勉强。让我只做她的一个支持者,她的落脚点——永远——永远不要做她的笼子!"

她就是他那个梦里的美丽缝隙。他现在要不要钻到幕子外面捉着她呢?可是梦里的那个为无数占有欲所形成的厚帘幕,在他自己那个小黑点子和索米斯心里为占有天性所环堵的厚帘幕——是不是非要拉开才能使他进入光明境,并且找到一种不仅仅属于感官的东西呢?"啊,"他想,"世界上有些东西到手反而会毁掉,我只要能懂得这个道理就行了!"

可是晚饭时,他们却得计划一下。今天晚上,她回旅馆,可是明天他得带她上伦敦去。他得吩咐自己的律师——杰克·海林在起诉的过程中,一点不要有所留难。示儆性的赔偿、法律上的申诉、讼费,随便他们好了——一开庭就赶快结束,让她赶快脱离火坑!明天他就去看海林——两个人一同去看他。之后——就上国外去,这样当然在证据上不会留下任何困难,因为她的那句谎话将会成为真话了。他转身看看她;在他爱慕的眼中,坐在那里的好像不仅仅是个女子。她是宇宙间美的精气所聚,深邃而神秘,是那些老画家提香、乔尔乔涅、波堤切利都知道怎样去掌握着,并且借来表现在他们那些女子的脸上的——在他看来,好像在她的额上、发上、唇上和眼睛里全刻画着这种缥缈的美。

"而这个将是我的了!"他想,"真使我害怕!"

晚饭后,他们又到走廊上去喝咖啡;暮色太可爱了,两人在走廊上坐了好久,一面观赏夏夜徐徐降临。空气还很温暖,而且闻得出菩提花的香味——今年夏天菩提花开得早。两只蝙蝠带着微弱的神秘声音在飞翔。他把椅子就放在书房落地窗口上,许多蛾子都从他们身边飞过去,扑向书房里的暗淡灯光。没有风,二十码外的那棵老橡树一点声息没有!月亮从小树林后面升起来,差不多快圆了;于是日光和月光交斗起来,终于月光战胜了,把园子里所有的颜色和气质全改变过来,沿着那些石板移动着,到了他们脚下,爬上来,把他们脸上颜色也改变了。

"啊!"乔里恩终于说,"你恐怕很倦了;我们还是动身吧。叫女佣带你到好丽房间里去一下。"他去拉一下铃。女佣来时递给他一封电报。他眼望着女佣领伊琳走了,心里想:"这个电报一定早一个小时或者更早些就来了,可是她不送给我们!这还不清楚吗!哼!反正事情不久就要闹开了!"他拆开电报读着:

> 罗宾山。乔里恩·福尔赛——令郎六月二十日逝世,并无痛苦。敬致唁。一个不认识的人署名。

电报从他手里落下来,他转一个身,一动不动地站在那里。月光照在他身上;一只蛾子扑上他的脸。他天天都经常想着乔里,偏偏今天没有想到他。他茫然向落地窗走进去,碰上那把旧圈椅——他父亲坐的——就在椅子靠手上坐下来;

身子向前伛起,凝望着夜色。他的孩子!像烛焰一样忽然灭掉;离家万里,离开自己的亲人,孤孤零零地,在黑暗里!他的孩子!从那么小的时候起一直就跟他那么好——那么亲热!二十岁了,像草一样割掉——一点生命都不剩!"我并不真正了解他,"他想,"他也不了解我;然而我们相互爱着。只有爱是要紧的。"

一个人在那边死掉——孤孤零零的——想着他们——想着家!这在他福尔赛的心里好像比死还要痛苦,还要可怜。没有躲避、没有保护,最后连爱都没有!这一想,他所有根深蒂固的部落天性、家族感情和舐犊之爱——过去老乔里恩身上最特出,在所有福尔赛家人身上也最特出——都因为儿子这样孤独地死去而激动起来,就像受了重创一样。在作战中阵亡要好得多,那样他就来不及盼望他们去,或者叫唤他们,就像儿子在昏迷状态时可能会做的那样!

月亮这时已经移到老橡树后面去了,给橡树添上一重怪诞的生命,那神气就像在遥望着他似的——他儿子过去就喜欢爬这棵橡树,而且有一次还从树上跌下来,跌伤了,可是没有哭!

门吱呀一声。他看见伊琳走进来,从地上拾起电报看了一遍。他耳朵里传来一阵轻微的窸窣声。看见伊琳挨着他跪着,他勉强向她一笑。她伸开胳膊搂着他的头贴着自己肩头,身上一阵温香将他裹了起来,慢慢占有了整个的他。

第八章　詹姆士在等

索米斯出了一身汗后,头脑恢复了平静,便去除旧俱乐部吃晚饭,然后向公园巷走去。他父亲近来身体不大好。这件事情可得瞒住他!一直到这个时候,他才体会到那种担心詹姆士的老骨头忧伤而死的念头在他心里是多么的重要;跟他自己担心出丑简直是一而二,二而一。他跟父亲的感情一直很深,近年来明白到詹姆士就是靠儿子撑着自己的衰年,这就更加深了。以一个一生谨慎,而且那样千方百计保持家声的人——人提到詹姆士·福尔赛时都说他是朴实、殷实的上流人士典型——会在自己最后只剩一口气时看见自己的姓氏在所有的报纸上都登了出来,实在有点可怜。这就像给死神帮凶,那个福尔赛的最后死敌。"我得告诉母亲,"他想,"等到事情闹出来时,一定要想法子把报纸给他藏了起来。外人他是简直不见的。"他用钥匙开了大门进去,正要上楼梯,觉得楼梯口闹吵吵的。他母亲的声音在说话:"你听我说,詹姆士,你要着凉的。为什么不能安静地等着!"

他父亲的声音在回答:

"等?我一直在等?为什么他不回来?"

"你可以明天早上跟他谈,用不着站在楼梯口这副鬼相。"

"我敢说,他会一直上楼去睡觉。我可睡不着。"

"回去睡觉吧,詹姆士。"

"嗯!你有把握说明天早上我不会死掉吗?"

"你用不着等到明天早上;我下去找他上来。你不要闹!"

"你又来了——总是这样自命了不起。他也许根本没有回来呢。"

"好吧,他如果没有回来的话,你穿着长袍站在这里也等不到他。"

索米斯绕过楼梯最后一个转弯,看见父亲的高个子裹着一件褐色的丝绵长袍,从栏杆上面弯着腰朝下看。灯光照出他银色的须发,在他头上添上一圈神光。

"他来了!"他听见父亲带着伤心的声音说,和他母亲在卧室门口的安慰回答。

"行了。进来,我来给你笸头发。"詹姆士伸出一只瘦瘠而弯曲的指头,就像骷髅向人招手似的,随即进了自己的卧房。

"什么事情?"索米斯想,"他这一次抓到了什么呢?"

他父亲坐在梳妆台前面,偏着身体向着镜子,爱米丽一面用两把银托子梳子缓缓地把他头发梳了又梳。她一天总要这样梳好几次,这就像搔猫耳朵后面一样,有一种安定的效果。

"你来了!"他说,"我等你呢。"

索米斯在父亲肩膀上拍拍,就拿起一根纽钩,察看上面的痕子。

"你气色好些了。"他说。

詹姆士摇摇头。

"我有句话要跟你讲。跟你母亲也没讲过。"他声明没有跟爱米丽谈过,就好像是带有宿怨似的。

"你爹今天晚上一直很激动。我完全不懂得是什么事情。"梳子的沙沙声紧接着她的声音进行着抚慰。

"你当然一点不懂得,"詹姆士说,"索米斯懂得。"这时他两只灰色眼珠盯着儿子,眼睛里的紧张神情叫人看上去很不舒服。

"我老了,索米斯,"他说,"在我这样年纪,什么也没有个准。我什么时候都会死。死后会留下一大笔钱。莱西尔和茜席丽都没有儿女。法尔又出去了——他那个父亲是什么钱都要抓的。而且伊摩根总会有人看上,这也是意想得到的。"

索米斯马马虎虎听着——这些话过去全听过了。沙——沙——沙!梳子仍旧梳着。

"就是这些——!"爱米丽说。

"这些!"詹姆士叫出来,"这些都不是正文。我的话还在下面。"这时他的眼睛重又可怜相地紧紧望着索米斯。

"是你,孩子,"他突然说,"你应当想法子离婚。"

这句话不从别人嘴里,偏偏从自己父亲嘴里说出来,使索米斯几乎忍不住要哭出来。他的眼睛赶快重新盯着纽钩望,詹姆士就像是抱歉似的,连忙又说下去。

"我不知道她是什么情形——有人说出国了。你三叔斯悦辛从前总是夸她——真是个可笑的家伙。"(他总欢喜提到自己的孪生兄弟——人家总是称呼他们"胖子和瘦子"。)"她不会一个人过的,我敢说。"詹姆士总结了这句美色对人性的影响之后,就不再作声,两只眼睛像小鸟一样疑惑地留神着儿子。索米斯也不作声。沙——沙——沙!梳子仍旧梳着。

"好了,詹姆士!索米斯完全懂得。这是他的事情。"

"哈!"詹姆士说,下面的话完全是从心里说出来的,"可是我那么多的钱,还有他的钱——这些钱归谁呢?而且他死了之后,连福尔赛的姓氏也绝了。"

索米斯把钮钩放回到梳妆台上,台面上铺有一条淡红色的绣花丝台布。

"姓氏?"爱米丽说,"还有那么多的福尔赛呢。"

"好像这有什么用似的。"詹姆士喃喃说。"我不久就要死了,除非他再结婚,下面就没有人了。"

"你说得很对,"索米斯静静地说,"我正在想法子离婚呢。"

詹姆士的眼睛几乎从脑袋里跳出来。

"什么?"他叫道,"原来这样!什么事都不告诉我。"

"哪个想到你会管到这些事情?"爱米丽说,"亲爱的孩子,这的确叫人意想不到。隔这么多年了。"

"丢人是要丢的,"詹姆士说,然后又自言自语,"可是我也没有办法。不要梳得这样重。几时开庭?"

"歇夏之前,对方不打算辩护。"

詹姆士嘴唇动着,在暗自盘算。"孩子我是见不到了。"他说。

爱米丽停下梳子。"当然会见到,詹姆士。索米斯会很快就结婚的。"

长久的沉默,后来是詹姆士伸出胳膊来。

"来,把花露水拿来,"他把花露水放在鼻子上闻闻,额头向着儿子。索米斯弯下腰在他头发下面吻一下。詹姆士脸上来了一阵颤抖,人松了下来,就好像心里焦急的轮子忽然慢下来似的。

"我要睡了,"他说,"报纸上登出来时我也不想看。那些人都是疯子;可是我也管不了他们,人太老了。"

索米斯带着莫名的感动,向门口走去;听见父亲的声音说:

"我倦了。在床上做祈祷吧。"

他母亲回答说:

"好的,詹姆士;床上做要舒服得多。"

第九章　出　网

在福尔赛交易所里,那些人从一批骑兵名单中获悉乔里的死讯时,心情很有一点说不出来。奇怪的是,看到了乔里恩·福尔赛(正支的第五代)在为国效劳中病死,却没法感到一种私痛。以往对他父亲的那些不痛快又引起来了,谁叫他跟大家疏远的! 在这些福尔赛家人的心里,老乔里恩的威信仍旧很高,所以他们永远不能如人们料想的那样,认识到为了老乔里恩的儿子行为不端而和他断绝来往的是他们自己。这个消息当然也使他们越发关心和担心起法尔来;不过法尔究竟姓达尔第,就算他阵亡或者得到维多利亚十字勋章,也不能和一个福尔赛家人相提并论。连海曼家两个孩子的死亡或者荣誉也不够过瘾。的确,大家的家族自豪感都有点受伤似的。

那句"亲爱的,有件很糟糕的事情"要闹出来了的谣言是怎样来的,也因此没有人说得出;尤其是从索米斯的嘴里,一句话也探听不出,他什么事都瞒住人。说不定哪一个在诉讼日程上看到"福尔赛对福尔赛与福尔赛"的案子;而且又加上了一句"伊琳在巴黎跟一个长了漂亮胡子的人在一起"的话,说不定是公园巷隔墙有耳。不管怎样,事情总是传开了——老一辈的相互耳语,年轻一辈的公开讨论——大家的家族自豪感不久非受到打击不可。

索米斯照常在星期天上悌摩西家来看望大家——心想等到官司打起来之后,他就决计不来了;一进门,就感到大家神色有异。当然,没有一个人会当着他的面说出来,可是,在座的另外四个福尔赛,一个个都怀着戒心,知道裘丽姑太非使得大家不舒服决不罢休。她十分怜惜地望着索米斯,几次三番欲言又止,急得海丝特姑太只好借口替悌摩西洗眼睛——悌摩西要生麦粒肿——溜了出去,索米斯始终装作不感觉得到,微带一点鄙夷的神情,不久就起身告辞;出门时一句诅咒的话到了带笑的苍白嘴唇中间又被他咽了下去。

所幸的是,虽则想到未来的出丑时心里极端痛苦,他总算能够从百忙中获得一点心情的宁静;他现在日夜都忙着安排自己退休的事情——他盘算的最后结果就是这样坚决。那些人一直认为他是个精明家伙,是个足智多谋的法律顾问;在这事之后还继续跟那些人见面——决不来!和他迟钝的财产意识纠缠在一起的是一种难以取悦的傲慢性格,这种性格现在起来反抗了。他要退休,过着隐居生活,继续买他的画,做一个大收藏家——说到底,他一直就喜欢画,不大喜欢法律。主意打定,就要着手进行;他得神不知鬼不觉地把自己的事务所跟另一家事务所合并,原因是人家知道会觉得奇怪,而且会预先给自己罩上耻辱的影子。他挑上了克司考特、霍立代与金生法律事务所,其中有两个都已去世。合并之后,事务所的全名将是克司考特、霍立代、金生、福尔赛、勃斯达、福尔赛法律事务所。可是,究竟死掉的人对活着的还有什么影响呢?经过一番辩论,双方都同意把名称缩成克司考特、金生、福尔赛法律事务所;金生实际负责,索米斯挂名。这样仍旧留下自己的名字、号召和那些主顾下来,索米斯就可以得到一笔不小的报酬。

有一天晚上,正如一个人在一生事业中这样一个紧要关头时常会做的那样,他把自己的财产计算了一下;因为战争的影响,不免有些贬值,但是打了一个很大的折扣之后,他发现自己的财产还值到十三万镑左右。他父亲死后——遗憾的是不会拖多久了——他至少还会再加上个五万镑,而他目前每年的开支不过只有两千镑。他站在自己藏画中间,仿佛看见自己在不久的将来可以捞到许许多多的便宜货,这都由于他训练有素,眼光比人家高明,并不是凭空得来的。一张画看跌就卖出去,看涨就留在手里,对未来的行市所趋要看得准,不带丝毫偏见,这样他的收藏就会独一无二;等到他死后就以"福尔赛氏藏画"的名义捐赠给国家。

离婚解决之后,他决定跟拉摩特太太打一次交道。他知道她只有一个野心——靠近自己的孙儿孙女在巴黎住下来,靠利息过日子。他要用一笔高价把布列塔尼饭店盘下来。你太太靠利息就可以像个皇太后一样在巴黎住下来,至于怎样盘钱太太当然知道。(附带一句,索米斯有意任用一个有才干的经理来代替拉摩特太太,使这个饭店给他的钱挣一笔厚利息。索霍区很有前途呢。)在安耐特身上,他预备赠予一万五千镑(是否故意如此不得而知),和老乔里恩赠给"那个女人"的数目恰巧一样。

从乔里恩的委托律师给他的律师的信里,他发觉"那两个人"已经上意大利去了。而且刚巧有人看见他们先在伦敦的一家旅馆住下来。事情已经昭然若揭了,大约半小时的光景就可以判决;可是,在这半小时里面受罪的却是他,索米斯;而且半小时之后,所有姓福尔赛的人都将有一种水流花谢之感。他没有莎士比亚的那种幻觉,认为玫瑰花不论叫什么名字都会一样香。姓氏也是一种财产,一件具体的,没有毛病的古玩,这一来,价钱至少要打个八折。除掉罗杰有一次拒绝过竞选国会议员外,还有——哦,真是个讽刺——乔里恩,在艺术界有点名气,福尔赛家人从来没有什么出名的人过。可是,不出名正是这个姓氏最大的长处。它是一个属于私人的东西,有个非常独特的个性,是他自己的财产;它从来没有牵涉上什么闲是闲非过。他和他家里的每一个人都全部地、清醒地、隐秘地保有这个名字,除掉不可避免的生育、结婚、死亡之外,更没有受到外界干涉过。多少星期以来,在他期待法律和准备放弃法律的过程中,他对于法律忽然感到极端厌恶,简直痛恨法律即将对他姓氏加上的暴力,都为了要根据合法手续使自己的姓氏延续下去逼得他如此。这件事情整个儿就不合人道精神,使他成天都生着闷气。他不过想清清白白地过他的隐居生活,然而就为了这个,多年来弄得枉费心机,而且连个老婆都保不了——招致那些同行的可怜、好笑和鄙视。这简直是黑白不分。受罪的应当是她跟那个家伙,然而他们——反而上意大利去了!多少星期来,他一直忠诚为它服务的、尊为一切财产保障的法律,现在看上去好像可怜得厉害。告诉一个人老婆是他的,可是当别人非法地把他的老婆夺走之后,却要惩罚他,还有什么事情比这个更近乎疯狂的呢?一个人的姓名就是他的眼珠子,而且被人看作乌龟比被人看作奸夫要难堪得多,试问法律可懂得这个吗?人家会谈论,索米斯没有到手的,乔里恩反而到手了,想到这里他的确妒忌。还有赔偿的问题也弄得他很烦神。他要叫那个家伙感到肉痛,可是他想到那句"我非常之愿意出"的话,又局促不安起来，觉得要求赔偿不但不会使乔里恩肉痛，反而使自己痛苦。他有种怪里怪气的感觉，乔里恩一定愿意出钱——这个家伙就是那么不爱惜钱财。再者，要求赔偿也不大对头。诚然，赔偿要求已经照例提了出来；可是日期愈近，索米斯愈加看出自己又上了一次当，那个麻木不仁、昏天黑地的法律将会使他变得非常可笑；人家会嗤笑说："对啊，他在她身上弄到手了一大笔钱呢！"他关照自己的辩护士声明这笔钱将要捐助给济良所。他好久好久才选定了一个非常恰当的慈善事业；可是决定之后，时常半夜里醒来想着："不行，太难堪了；会引起人家注目的。要做得不露痕迹——得体一点。"他不喜欢狗，否则的话就会提出狗来；总算挖空心思——他对慈善事业的知识本来很有限——被他想到盲人院。这总不能算不得体了，而且这样一来，那些陪审员就会把赔偿定得高些。

　　那一年夏天的离婚案子异乎寻常地少，而且有不少都撤回了，所以不到八月就可以轮到他的案子开审。日期快到时，他的唯一安慰就是维妮佛梨德。维妮佛梨德是过来人，所以对他有一种同病相怜的心情，而且是一个"经济独立的女子"，他跟她讲的那些话决不会拿去告诉达尔第。那个流氓知道的话准会开心死了！七月终，开庭的头一天下午，索米斯去看望维妮佛梨德。维妮佛梨德家里今年谁也没有能出去度夏，原因是达尔第的暑期已经度过了，维妮佛梨德又不敢再向父亲要钱，因为詹姆士虽不想知道索米斯的事情，心里却在盼望着。

　　索米斯看见维妮佛梨德手上拿了一封信。

　　"法尔的信吗？"他郁然问，"信上讲的什么？"

　　"讲他结婚了。"维妮佛梨德说。

"天哪,娶的什么人?"

维妮佛梨德抬头望望他。

"娶的好丽·福尔赛,乔里恩的女儿。"

"什么?"

"他有一次休假,就跟她结了婚。我连他认识她都不知道。尴尬事情,可不是?"

就这样淡淡的一句,完全是维妮佛梨德的为人,索米斯不由得发出一声短笑。

"尴尬!哼,我想他们回来之后才会知道有这件事情。他们顶好就在非洲住下来。那个家伙会给女儿钱的。"

"可是我想法尔回来呢,"维妮佛梨德说,简直有点可怜相,"我想他,靠着他我才过得了。"

"我知道,"索米斯说,"达尔第近来怎么样?"

"还算好;不过总是要钱。明天要不要我陪你上法庭去,索米斯?"

索米斯伸手给她。这个姿态等于和盘托出他心里的寂寞,所以维妮佛梨德用两只手握着。

"不要紧,老兄。事情过去之后你人就好得多了。"

"我不懂得我作了什么孽,"索米斯嗄着声音说,"我从来没有过。事情全不对头。我是喜欢她的;一直就喜欢她。"

维妮佛梨德看见他把嘴唇咬得血都出来了,深深地打动了。

"当然,"她说,"一直都是她做事太不像话了!可是我拿法尔这个婚事怎么办呢,索米斯?现在有了这件事情,我简直不知道怎样给他写信了。你看见过那个孩子没有?好看吗?"

"好看的,"索米斯说,"黑黑的——倒是大家风范。"

"这听上去倒还不坏,"维妮佛梨德想,"乔里恩本来有派头。"

"这事情真是麻烦,"她说,"爹不知道怎么说呢?"

"不能告诉他,"索米斯说,"这次战事眼看着就要结束了,你顶好叫法尔就在非洲办农场吧。"

这等于说这个外甥算是丢了。

"我还没有告诉蒙第呢。"维妮佛梨德抑然说。

索米斯的案子第二天不到中午就开了庭,半小时多一点全部结束。索米斯穿得整整齐齐的、脸色苍白、一双愁眼站在证人席上——由于事前痛苦过甚,就像个死人一样回答一切问题。离婚判决一宣布,他就离开法庭。

还有四小时,他就会变成公共的财产!"律师离婚案啊!"一阵乖戾、顽梗的怒气代替了原来绝望的心情。"滚他妈的!"他想,"我决不溜。我要装得若无其事的样子。"他从弗利特街和拉德盖特山冒着炎暑一直走到城里的俱乐部,吃了午饭,再回事务所。整个下午都在事务所里木然工作着。

出事务所时,他看出那些职员都知道了;他对那些人的不由自主的眼光极端鄙视地回敬了一下,吓得那些眼光赶快避开去。在圣保罗教堂面前,他停下来买了一份最上流的晚报。果然!自己的名字在上面!"名律师离婚案。堂兄为第二被告。赔偿费捐助盲人院。"——原来连这个也登出来了!看到每一张脸时,他都想:"不知道你们知道没有!"忽然间,他觉得人很特别,就像脑子里有东西在转似的。

这是怎么回事?他怎么老是心里摆脱不开呢?这样不行!要病倒的!决不能想!他要到河边住下,划划船,钓钓鱼。"病倒我决不来。"他想。

他脑子里掠过一个念头,在出城之前,他还有一件重要的事情要做。拉摩特太太!他得向她解释法律规程。还要过六个月他才能真正获得自由!不过,他不想跟安耐特见面!他用手摸摸自己的头顶心——头上很热。

他从科文特加登广场穿过去。在七月下旬这样一个闷热的天气,旧菜市的那股垃圾臭闻上去非常难受,索霍区比平时看上去更加露骨地像个匪类巢穴。只有布列塔尼饭店是那样的整洁,粉刷得非常雅致,几只蓝木箱子和里面的小树仍旧保持着一种超然的和法国派的个人尊严。还没有到上客时间,几个苍白的瘦削女侍正在铺那些小桌子准备晚饭。索米斯一直向住宅部分走去,敲敲门。开门的是安耐特,使他感到一阵失望。安耐特脸色也很苍白,一副受不了热的样子。

"你是个稀客。"她懒洋洋地说。

索米斯笑了一下。

"我并不是故意不来;我很忙,你母亲呢,安耐特?我有个消息要告诉她。"

"妈不在家。"

索米斯觉得她看自己的神情有点古怪。她知道了什么呢?她母亲告诉她些什么呢?他想把这件事情搞搞清楚,可是才一烦神,头上就来了那种可怕的感觉;连忙抓着桌子边,昏昏然看见安耐特抢前几步,眼睛里显出诧异。他闭上眼睛说:

"不要紧。大约是太阳太大了,中了点暑!"太阳!他碰上的是黑暗啊!安耐特的法国声音非常镇定地说:

"坐下来吧,是中暑,一会儿就好了。"她一只手按着他的肩膀,索米斯就在椅子上坐下来。等到那种黑暗的心情消失掉,他睁开眼睛时,安耐特正低头看他。一个二十岁的女孩子,神情这样莫测高深,这样地古怪!

"你觉得好些吗?"

"没有关系。"索米斯说。他本能地感觉到,在她面前显得体力不济对自己很不利——不这样子自己的年纪已经够大了。在安耐特眼睛里,毅力就是他的财产;近几个月来,他就是为了迟疑不决才吃亏的——可经不起再吃亏了。他站起来说道:

"我给你母亲写信好了。我预备下乡到我河边别墅那边过一个很长的假期。不久希望你们两人来玩,并且住上两天。现在正是顶好的时候。你来吗?"

"顶高兴。"带着一点点卷舌音,只是热情不足。他则有点沮丧地说:

"你是不是也受不了热呢,安耐特?到河边来住对你很有益处。再见!"安耐特身子向前微倾一点。动作中好像带有一种悔意。

"你走得了吗?要不要我给你来杯咖啡?"

"不要,"索米斯坚定地说,"来拉拉手。"

她伸出手,索米斯把手抬到嘴边碰一下。当他抬起头来时,她脸上又显出那个古怪的神情来。"我真弄不懂,"他出去时心里想着,"可是我不能想——我不能烦神。"

可是向蓓尔美尔大街走去时,他一路上仍旧烦着。他是英国人,又不信她的教,已经是中年人,家庭悲剧使他满心都是创伤,他有什么可取呢?只有财富、社会地位、悠闲的生活和人们的羡慕!这不算少,可是对一个二十岁的女孩子来说,这样够吗?他觉得自己对安耐特完全不了解。他而且对母女两个的法国人天性怀着莫名的恐惧。她们完全清楚自己要的是什么。简直就是福尔赛,她们决不会把影子当作实物,扑个空的!

到了俱乐部之后,他写了一张便条给拉摩特太太,这样简单的事情都使他感到非常吃力,使他越发警觉到自己已经是强弩之末了。

亲爱的太太——
　　你从信里附的剪报可以知道,我今天已经获得离婚判决。不过,根据英国法律,要等到六个月没有人对判决提出异议之后,我才能有资格重新结婚。目前,我谨正式向令爱求婚。几天后,我再写信来请你们两位到我河边别墅来玩。

　　　　　　　　　　　　　索米斯·福尔赛

他封好信寄掉就走进餐厅。三口汤下肚之后,他肯定自己吃不下去;就叫人雇一辆马车上了帕丁顿车站,坐头班火车到了雷丁。到达别墅时,太阳刚好下山;他随便到草地上去走走。空气里充满那边一带花床上种的石竹和康乃馨的香气。从河上袭来一阵清凉。

休息吧——静下来吧!让一个倒霉人儿休息吧!不要让烦恼、羞耻和愤怒像不祥的夜禽一样在他脑子里追逐了!让他摆脱一下自己——就像憩在鸽棚上的那些半醒半睡的鸽子,就像树林深处的走兽和草屋里的单纯的人,就像在暝色中迅速变白的树木和河流,就像星儿涌出来的蔚蓝无际的暮天——休息吧!

第十章　一个时代的消逝

　　索米斯和安耐特的婚礼于一九〇一年一月的最后一天在巴黎举行，事前严守秘密，连爱米丽都是在婚礼举行之后才告诉她的。结婚后的第二天，索米斯带着安耐特在伦敦的一家清静旅馆住下，这里的费用比世界上哪儿都高，而得到的实惠却比哪儿都少。安耐特穿上巴黎最讲究的服装越发美了，所以索米斯比买到一件完美的瓷器，或者一张精品的画还要踌躇满志。他已经开始计算哪一天带她上公园巷、上格林街、上悌摩西家去展览了。

　　在那些日子里，如果有人问他，"说真心话——你爱上这个女孩子吗？"他就会回答："爱上？什么是爱呢？如果你的意思是问，我对她的情意是不是和我当初第一次碰见伊琳，而且伊琳无意要我时我对伊琳的情意？是不是也会那样唉声叹气、如饥似渴地非要她顺从就一分钟也不能安静？我的回答是——不会！如果你的意思是问，我对她的青春和美丽是不是动心，或者看见她走动时有没有那一点销魂的感觉？我的回答是——会的！你假如问我，她会不会忠实于我，做一个贤妻良母？我的回答仍旧是——会的！此外我又何所求呢？而且女子嫁人，绝大部分从娶她们的男子那里所得到的还不就是这些吗？"如果问的人接着又问，"你既然不敢说已经真正打动这个女孩子的心,你引诱她把终身托付给你,这样做公平吗?"他那时就会回答:"法国人对这些事情的看法跟我们不同,他们把婚姻看作是成家立业、生儿育女;而且根据我的经验,敢说他们的看法还是合情合理的?这次结婚我也不存什么奢望,她能给我多少我就拿多少。多年以后,如果跟她处得不好,我也不奇怪;可是那时候我已经快老了,儿女也有了。我就装聋作哑好了。我的热情已经过去;她的热情也许还没有来,我也不认为那份热情会是给我的,我给了她很多,我也不指望多大的回报,只想生几个儿女,或者至少给我生个儿子。可是有一点我是有把握的——她非常懂事!"

再者,如果问的人还不满足,继续又问他,"那么,你这次结婚是并不指望什么灵魂结合了,对吗?"这时索米斯就会抬头侧过脸去笑一下,回答说:"也可以这样说。如果我能够感官上得到满足,宗祧上得到延续,门庭雅洁,闺阁欢娱,在我这样年纪,所望也仅于此了。那些不切实际的、全凭感情用事的勾当看来我也不大会胡乱去搞了。"听了这些,那个问话的人如果是个雅士的话,一定不再追问下去。

女王晏驾了;在这个世界上最大的城市,灰沉沉的天气,就像噙着眼泪似的。在大出殡那天的早上,索米斯穿着皮大衣,戴着大礼帽,带着穿黑皮大衣的安耐特在身边,穿过公园巷,到了海德公园的铁栏杆边上。虽说他对公共事件向来不关心,可是这件事情有极大的象征意义,总结了一个绵长的、富足的时代,因此他的印象也非常深刻。记得一八三七年她登基时,"杜萨特大老板"还是造那些使伦敦变得丑陋的房子,詹姆士那时是个二十六岁的小伙子,正在给自己的律师业务打根底。马车到处驶着;男人都戴皮领子,上唇剃得光光的,吃木箱里装来的生蚝;穿着漂亮的小马夫站在大马车后面摇摇晃晃的;女人开口就是"啦"①,而且没有财产权;富人讲礼貌,穷人住狗窝;倒霉的小鬼犯一点点法就处绞刑,而狄更斯不过才开始写小说。两代人将近消逝了——这两代人亲眼看见了轮船、火车、电报、自行车、电灯、电话,眼前又有这些汽车——亲眼看见这么多的财富积累,看见八厘钱跌到三厘钱,和数以千计的福尔赛!社会风气变了,习尚变了,人变得跟猴子更疏远了,上帝变了财神爷——财神爷被人捧得连自己也搞糊涂了。六十四年的太平盛世,助长了财产,造就了中上层阶级;巩固了它,雕琢了它,教化了它,终于使这个阶级的举止、礼貌、言谈、仪表、习惯、灵魂和那些贵族几几乎变得一模一样。这是一个给个人自由镀了金的时代!一个人有钱,他在法律上和事实上都是自由的;一个人没有钱,他在法律上是自由的,但是事实上是不自由的。这是一个尊崇虚伪的时代,只要装得像个上流人士。这是一个伟大的时代,任何东西都逃不脱它的影响,都要变质,逃得过的只是人的本性和宇宙的性质。

现在为了亲眼看着这个时代的消逝,伦敦——时代的宠儿和幻想——正把它的居民从各个入口驱进海德公园——那个维多利亚主义的中心和福尔赛的快乐的逐鹿场所。细雨才停,灰色天空下黑压压的人群都集合在这里看这一幕戏剧。这是他们年高德劭的老女王最后一次从孤寂生活中②钻出来给伦敦来一个假日。在死神就要经过的那些马路上拥来了大

---

① 俚语"是啊"。
② 维多利亚女王自1861年她的丈夫阿尔伯特亲王逝世后,即避免游宴。

街小巷的人,来自猎狗沟、阿克顿、伊灵、汉普斯特德、伊斯灵顿和拜什那尔格林区;来自哈克尼、霍恩西、莱顿斯通、巴特西和富咸;来自福尔赛长得茂盛的那些绿草原——梅费尔和肯辛顿,圣詹姆士和贝尔格莱维亚、湾水路和切尔西,和摄政公园;全都要瞻仰一下那种死沉沉的威仪和浮华。再不会有一个女王在位这样久了,也再没有机会看见那样多的历史为他们的金钱鞠躬尽瘁了。可惜是战争还在拖着,没有能在女王的灵柩上放上胜利的花圈!其他的一切全都会在这里恭送如仪和悼念她——兵士、水手、外国王侯、半旗、丧钟,特别是那一片波澜壮阔的衣服深暗的人群,在规定的黑衣服里面,他们的心灵深处也许零零落落有那么一点单纯的哀感。说到底,这里安息了的并不仅仅是个女王,而是一个排除了忧患,度过自己无咎的一生、苦心孤诣的一生的妇人啊!

索米斯杂在人群中间,跟安耐特勾着胳膊靠栏杆等着,是啊!这个时代是过去了。只要看这些工联主义,以及下议院里面那些工党家伙,以及大陆上的小说①,和那种无法用言语形容的从各方面都感到的那种空气;世情的确是大变了;他想到马弗京解围那天晚上的群众,和乔治·福尔赛的那句话:"他们全是社会党人,他们要我们的东西呢!"和詹姆士一样,索米斯可不晓得,也说不出——爱德华登基之后是什么情形!决不会像老"维多利"王朝那样地平安!他不自禁勒一下自己年轻妻子的胳膊。这一点点至少是真真实实属于自己的,在家庭关系上总算重新又确定了;财产因此才有了价值,成为一个真实的东西。索米斯和她紧紧挨着,同时竭力避免和别

---

① 指法国的自然主义和写实主义小说。

人碰上,很是心满意足。人群在他们周围动荡着,吃着三明治,落着面包屑;男孩子爬到悬铃木上面,唧唧喳喳像一群猴子,把树枝和橘子皮往下扔。时间已经过了;应当就到了!忽然在他们身后左面不远的地方,索米斯看见一个高高的男子,戴一顶软呢帽,留一撮蓬松的短下须,和一个高高的女子,戴一顶小小圆皮帽和面纱。就是乔里恩和伊琳,就像他跟安耐特一样,挨在一起,一面谈,一面相视而笑。那两个并没有看见他;索米斯心里有一种说不出的感觉,偷眼看着这两个人,他们看上去很快乐!这两个上这儿来做什么——两个不法成性的家伙,维多利亚王朝理想的叛徒。他们杂在人群里是什么意思?每一个都一再被礼教唾弃过——还要夸口什么爱情和浪漫。他津津有味地看着他们;虽则自己的胳膊和安耐特的胳膊套在一起,心里却不得不承认她——伊琳——不!不要承认;他的眼睛望开去。不要看着他们,不要让旧痛或者旧情在心里又引起来!后来是安耐特转身向他说:"索米斯,那两个人,我敢说,他们认识你呢。他们是谁?"

索米斯偏着脸看一下。

"什么人?"

"那里,你看他们;刚转过身。他们认识你。"

"不认识,"索米斯回答,"搞错了,亲爱的。"

"那张脸真漂亮!走路多美!真是个绝色女子!"

索米斯这时看了一下。她过去就是这样走进他的生命,又走出他的生命的——腰肢婀娜刚健,可望而不可即,不可捉摸,永远避免和他的灵魂碰上!他毅然掉过头,不去看那边正在走远了的既往。

"你还是看热闹吧,"他说,"行列来了!"

可是当他抓着安耐特的胳膊时,站在那里,表面上像在注视仪仗的前列,心里却在发抖,带着若有所失的感觉,和从本性里发出的那种不能两全其美的惋惜。

音乐和仪仗队慢慢近了;在一片沉默中,那个长长的行列蜿蜒地进了公园大门。他听见安耐特低声说,"多么哀痛又多么美啊!"感到她踮起脚尖时紧紧抓着他。群众的感情也把他抓着了。那边——女王的灵车,时代的灵柩在缓缓过去!在它经过的地方,从那些长长的观众行列中间发出一声低微的呻吟——索米斯从来没有听见过这样的声音,那样地不自觉,那样地单纯、原始,那样地深沉而粗犷,不论索米斯,不论哪一个人都弄不清是不是也有自己的声音在里面,真是怪声音!是一个时代对它自己的死亡的致敬……唉!唉!……生命终于撒手了……那个表面像是永恒的东西已经完了!上帝保佑女王!

那片呻吟随着灵车向前移动,就像草原上一条细长的火焰一路烧过去;它保持着步伐,沿着多少英里密匝匝的人群前进。它是人声,然而又不像人声,就像潜意识里的兽性亲切认识到普遍的死亡和变化而发出的哀唤。谁也不能够——谁也不能够永远抓着不放啊!

殡葬的行列过后只留下短短的沉寂——很短的时间,接着就有人说起话来,急于想回味一下刚才的一幕戏。索米斯稍为逗留片刻,以满足安耐特,就带她出了公园,上公园巷自己父亲家来吃午饭……

詹姆士一个上午都坐在自己卧室的窗口张望着。这将是他看到的最后一幕戏——多少幕戏的最后一幕!她也死了!是啊,她已经是个老太婆了。斯悦辛跟自己曾经看她加冕——一个苗条的女孩子,还没有伊摩根大!她近来养得很胖了。老乔里恩跟自己曾经看她跟那个德国家伙,她的丈夫的大婚——那个家伙死前总还算不错①,而且给她留下那个宝贝儿子②。那家伙年轻时很不懂事,记得自己跟那些弟兄和他们的知交有不少的晚上,都是一面喝酒吃胡桃仁,一面谈着摇头。现在他登位了。据说人安分些了——他也不知道——也说不了!敢说,钱还是会胡花一气的。外面的人真多!记得自己跟斯悦辛杂在威斯敏斯特外面人群当中看她加冕的,那好像没有好多年似的,后来斯悦辛还带他上克里蒙公园去——斯悦辛真是个荒唐家伙;对了,的确没有多久,就像那一年他跟罗杰在皮卡迪利大街租了一家凉台看登极五十年大典同样在眼前似的。乔里恩、斯悦辛、罗杰全死了,他呢,八月里就是九十岁了!索米斯又讨了个法国女孩子。法国人都很特别,不过听人说倒是贤妻良母。世事变了!说是那个德国皇帝也来参加殡礼,不过他打给老克留格尔的电报未免太不像话。③敢说这个家伙有一天总要找麻烦。变了!哼!他死了之后,他们只好自己照顾自己了;他自己怎么样还不知道呢!爱米丽又请达尔第来吃午饭,跟维妮佛梨德和伊摩根一同来,和索米斯的妻子见面——爱米丽总是欢喜出花样。还有伊琳,听说已经跟乔里恩那个家伙同居了,他恐怕要跟她结婚。

"我哥哥乔里恩活着时,"他想,"不知道他会怎样说?"这个生前他十分景仰的哥哥,现在却完全没法知道他会怎样说,

---

① 阿尔伯特亲王因为是德国人,英国人对他总有点歧视。
② 即英王爱德华七世。
③ 德皇威廉二世曾电贺德兰士瓦总统克留格尔击溃詹姆森的联合军队。

好像使詹姆士非常烦恼,所以他从窗口椅子上站起来,开始在屋子里缓步走动着。

"而且她长得很美,"詹姆士想,"我从前很喜欢她。也许跟索米斯不合适——我可不知道——也说不出来。我们的妻子,就从来没有麻烦过。"女人也变了——什么都变了!现在女王也死了——你看吧!外面的人群骚动了一下,引得他在窗口一动也不动站着,鼻子顶着玻璃都冻白了。他们一直送她到三角场,——仪仗过去了!爱米丽为什么不上这里来看,忙着午饭做什么。这时候他很想她——想她!从悬铃木光秃的树枝中间他勉强看得见殡葬的行列,望得见人脱下帽子——敢说有不少人要冻得着凉呢!他身后一个声音说:

"你这儿看出去太妙了,詹姆士!"

"你来了!"詹姆士说,"为什么不早些来?几乎看不见!"

他默然向四周巡视。

"哪儿来的声音?"他忽然问。

"没有声音,"爱米丽回答他,"你在想的什么——他们不会欢呼的。"

"我听得见呢。"

"胡说,詹姆士!"

屋内的双层玻璃窗并没有声音传来;詹姆士听见的只是他看见这个时代过去自己内心的呻吟罢了。

"你可不要告诉我葬在哪里,"他忽然说,"我就不想知道。"他从窗口转过身子。她去了,老女王;她一生经过不少忧患——敢说她很乐得这样脱身而去呢!

爱米丽拿起头发刷子。

"他们来之前,还来得及给你梳梳头,"爱米丽说,"你应

331

当看上去很神气才是,詹姆士。"

"啊!"詹姆士喃喃说,"他们说她很美呢。"

跟新媳妇见面是安排在餐室里。詹姆士坐在火炉旁边的椅子上等她进门,然后手扶着椅子靠背缓缓站起来。他伛着身子,一身大礼服穿得无疵可击,人瘦得像几何学上的一条线,用手握着安耐特的手;一张苍白的满是皱纹的脸,焦虑的眼睛怀疑地朝下看。大约是光线的屈折作用,她的红颜使他的眼睛温和了一点,两颊也红润一点起来。

"你好!"他说,"你看女王出殡的吧,我想是?过海峡没有风浪吧?"他以这种方式接待这个指望给他生个孙子的女子。

安耐特眼睛睁得多大地望着他,这样老,这样瘦,这样苍白,这样的整洁,她咕噜了一句法文,詹姆士听不懂。

"对了,对了,"他说,"你们恐怕要吃饭了吧。索米斯,按一下铃;我们不等达尔第那个家伙了。"可是就在这时,他们到了。达尔第决意不肯费那么大的事去看那个"老太婆"。他上了伊昔姆俱乐部,大清早叫了一杯鸡尾酒放在面前,从吸烟室的窗口就那么张了一眼,弄得维妮佛梨德和伊摩根从公园里出来还得上俱乐部去接他。他的一双棕色眼睛盯着安耐特看时简直是又惊又喜。又被索米斯那家伙弄到一个美人儿!不知道女人看上他什么地方!嘿,她准会跟那一个一样出他的丑;可是眼前他总算艳福不浅!他把两撇小胡子朝上抹抹,格林街九个月的家庭生活总算使他的人差不多长得复原了,信心也恢复了。索米斯觉得这顿午饭给他的新妇的印象并不怎么成功,尽管爱米丽那样竭力招待,维妮佛梨德那样庄重,伊摩根那样问长问短地表示要好,达尔第那样卖弄自己,詹姆士那样照应安耐特吃东西。饭后不久他就带她走了。

"那位达尔第先生,"安耐特在马车里说,"我不喜欢那种派头!"

"当然!"索米斯说。

"你妹妹很温柔,女孩子也很美。你父亲太老了。恐怕给你母亲不少麻烦呢;我要是她,可吃不消。"

索米斯点点头,很佩服自己年轻妻子的精明,把事情看得这样清楚,这样准;可是自己却有点不安起来。也许他脑子里也掠过了这样的念头:"等到我八十岁时,她不过五十五岁,那时候她也会嫌我麻烦了!"

"我还有一家亲戚要带你去跑一下,"他说,"你会觉得很特别,可是我们只好对付一下;之后我们就去吃晚饭看戏去。"

他这样预先打好招呼,才带她上悌摩西家里来。可是悌摩西家里却大为两样。那些人好久没有看见亲爱的索米斯,见面时高兴极了;原来这就是安耐特呀!

"你真漂亮,亲爱的!太年轻,太美了,索米斯简直不配,可不是?可是他人很殷勤,很小心——真是个好丈夫。"——裘丽姑太停止不说,注意到安耐特两只眼睛的下眼皮——她后来形容这些下眼皮给佛兰茜听:"淡蓝的颜色,真美,我简直想上去亲一下。亲爱的索米斯真不愧是个道地的收藏家。她那种法国派头,然而又不完全像法国派头,我觉得简直跟——跟伊琳——一样美,不过没有伊琳那样高贵,那样迷人。伊琳的确迷人,可不是?皮肤那样雪白,眼睛那样深褐色,还有头发的颜色,法文叫什么的?我总是记不起。"

"落叶色。"佛兰茜提她一下。

"对了,落叶色——真特别。我记得我做女孩子时,那时候我们还没有来伦敦,我们养了一只——当时叫作'散步'的小猎狗;头上有一块黄斑,胸口全是白毛,深褐色的眼睛非常漂亮,而且是个雌的。"

"是啊,姑姑,"佛兰茜说,"可是我不懂得提这个做什么。"

"哦!"裘丽姑太说,有点搞糊涂了,"它真是迷人呀,你知道,它的眼睛和毛——"裘丽姑太忽然停下来,就好像看出这话太粗鄙而吃惊似的。"落叶色,"她忽然又接上一句,"海丝特——你还记得吧!"……

两个老姊妹辩论了好半天,要不要请悌摩西出来和安耐特见面。

"不要麻烦了!"索米斯说。

"可是并不麻烦,要么,当然喽,他看见安耐特是法国人也许不大开心。他被那次法绍达的事件可吓死了。我想我们还是不要冒险的好,海丝特。只有我们两个人招待这个美人儿,可真开心呀。还有,索米斯你怎么样了?是不是已经完全摆脱——"

海丝特赶快插进来:

"你觉得伦敦怎样,安耐特?"

索米斯捏着一把汗,等待安耐特回答。回答来得很得体、很镇静:"哦!伦敦我是熟的,从前也来过。"

他从来没有敢跟她提到开饭店的事情。法国人对家世的看法完全和英国人不同,害怕人家知道开过饭店说不定在她看来非常可笑;所以,他要等到结婚之后再跟她提这件事;现在倒懊悔以前没有说了。

"伦敦哪个地方你顶熟呢?"裘丽姑太问。

"索霍区。"安耐特简单答道。

索米斯咬紧牙关。

"索霍区!"裘丽姑太接了一句,"索霍区吗?"

"这要在族中传开去了。"索米斯想。

"很富于法国情调,很有趣味。"他说。

"对了,"裘丽姑太喃喃说,"你罗杰叔叔从前还有些房产在那边;我记得,他总是弄得要把房客撵走。"

索米斯把话题转到买波杜伦上来。

"当然啊,"裘丽姑太说,"你们不久就会下去住起来了,我们全都盼望有一天安耐特生个可爱的小——"

"裘丽!"海丝特姑太急得叫出来,"你按铃叫送茶吧!"

索米斯没有敢等喝茶,就带安耐特走了。

"我要是你的话,决不提索霍区,"他在马车里说,"在伦敦这是个相当不光彩的地方;而且你现在的身份已经完全不是开饭店的了;我的意思是说,"他又接上一句,"我要你认识一些上流人士,英国人都是势利鬼。"

安耐特清澈的眼睛睁大了一点;嘴边浮出微笑。

"是吗?"她说。

"哼!"索米斯心里想,"这句话是对待我的!"他死命地朝她看看。"她是很懂得生意经的,"他想,"我一定要叫她一下就懂得,省得以后再麻烦!"

"你听我说,安耐特!事情很简单,不过要把话说清楚。我们这些职业界和有闲阶级仍旧自命比生意人高一等,除掉那些非常阔气的生意人。这也许很愚蠢,可是你知道,事实就是这样。在英国,给人家知道你开过饭馆子或者开过小店或者做过任何小生意,都是不大相宜的。其实做生意也可以是很尊贵的,不过它总给你加上一条罪名;你就玩得不会开心,也不会认识那些有意思的人——就是那样。"

"我懂了,"安耐特说,"在法国也是一样。"

"哦!"索米斯说,心虽则放了下来,同时又感到吃惊,"当然,一切都看阶级,的确。"

"对了,"安耐特说,"你真聪明呢。"

"这也罢了,"索米斯想,留意看着她的嘴唇,"不过她未免太讽刺一点。"他的法文程度还不够使他为了她没有用"tu"①而感到不快。他伸出一只胳膊搂着她,勉强用法语说:

"你是我的美人儿。"

安耐特格格笑了起来。

"哦,不对!"她说,"哦,不对! 不要讲法文,索米斯。那位老太太,你那个姑母,盼望的什么?"

索米斯气起来。"天知道!"他说,"她总是话说个没有完。"可是他比天知道得还清楚。

~~~~~~~~~~

① 法文第二人称用 tu,表示亲热。

第十一章 疲沓的兴致

战事仍旧拖延下去,听说尼古拉已经发过这样的牢骚,一个钱办得了的事情,叫他们做就要花上你三亿！所得税受到了严重的威胁。然而,花了钱还有个南非,总还算痛快。而且虽则半夜里醒来时,人们的占有欲会感到非常沮丧,到了吃早饭时一想,在这个世界上哪有不花钱白得的事情。所以人们照旧做自己的事情,就好像完全没有战争,没有集中营①,没有神出鬼没的德·威特②,没有大陆上的舆论,没有任何令人不快的事情似的。的确,国人的态度就像悌摩西的那张地图,代表一种疲沓的兴致——那些小旗子悌摩西已经不再去移动,它们自己又移动不了,连应有的那些进进退退都看不出来了。

疲沓的兴致还不止表现在这里；它侵入了福尔赛交易所,产生一种弄不清下面会发生什么事情的普遍空气。《泰晤士报》婚姻栏登出的"乔里恩·福尔赛与海隆教授独养女伊琳"的结婚消息,引起了一些疑问,觉得这样形容伊琳好像不大确切似的。不过,大体说来,报上没有把伊琳说成"索米斯·福

---

① 布尔战争后期,罗伯茨将军交参谋长基钦纳主持；为了对付布尔人的游击战术,基钦纳采取了清乡政策,将所有和平居民都关在集中营里。
② 布尔人里面最勇敢的将军,用兵如神；在南非战争后期坚持游击战争。

尔赛"之"前妻"或"离婚妻",总算使大家松了口气。总而言之,这一家人对这个"事件"从开头就采取一种崇高的态度。正如詹姆士说的,"事情就是如此!"闹也没有用处!承认这件事情"不堪入耳"——当时的一句流行话——对你没有一点好处。

可是现在索米斯和乔里恩都结婚了,下面还有什么戏可看呢?这的确是件让人感兴趣的事情。听说乔治跟欧斯代司六对四打赌,一定是小乔里恩在小索米斯的前头出世。乔治真是滑稽!传说他还跟达尔第打赌詹姆士能不能过得了九十岁,不过哪一个撑詹姆士腰,却没有人说得了。

五月初,维妮佛梨德跑来说,法尔被流弹打伤了腿,退伍了。他的妻子在看护他。走起路来要有点跛脚——没有什么大了不起。他要外公给他在南非买个农场,可以养马。好丽的父亲给女儿八百镑一年,两个人可以过得很舒服,因为法尔的外公说过给他五百镑一年;不过讲到农场,他可不晓得——也说不了;他不愿意法尔把自己的钱胡花掉。

"可是你们知道,"维妮佛梨德说,"法尔总得有点事情做。"

海丝特姑太认为法尔的亲爱的外公也许很有眼光,因为不买农场的话就不会弄得赔钱。

"可是法尔就是喜欢马啊,"维妮佛梨德说,"这个职业对他太合适了。"

裘丽姑太认为养马最没有把握,"蒙达古不是上过当的吗?"

"法尔不同,"维妮佛梨德说,"他像我。"

裘丽姑太肯定说亲爱的法尔为人一定很聪明。"我一直记得,"她说,"他怎样把坏便士给叫花子的。他的外公非常高兴。认为孩子很有脑筋。我记得他说这孩子应当进海军。"

海丝特姑太插进来:"维妮佛梨德认不认为年轻人还是安稳些好,在这样年纪最好不要冒险。"

"是啊,"维妮佛梨德说,"他们要是在伦敦的话,也许这样好;在伦敦不做事情顶有意思了。可是在南非,可要把他闷死了。"

海丝特姑太认为,只要他有把握不会赔钱,做点事情也好。反正他们又不是没有钱。悌摩西当然退休之后混得很好,裘丽姑太问蒙达古怎么说的。

维妮佛梨德没有告诉她,原因是蒙达古只讲了一句话:"等老头儿死了再说。"

这时用人来通报佛兰茜到了。佛兰茜的眼睛里浮现着笑意。

"我说,"她开口就问,"你们怎样一个看法?"

"看什么,亲爱的?"

"今天早上的《泰晤士报》。"

"我们还没有看报呢,总要到晚饭后才看。悌摩西一直要留到那个时候。"

佛兰茜眼睛骨碌碌地转。

"你看应当不应当告诉我们呢?"裘丽姑太说,"什么事情?"

"伊琳在罗宾山生了一个儿子。"

裘丽姑太吸进一口气。"可是,"她说,"他们三月里才结婚的呀!"

"对了,姑姑;有趣吧?"

"我很高兴,"维妮佛梨德说,"我很替乔里恩死掉的儿子难受。要是死掉的是法尔,我怎么样;这并不是不可能的。"

裘丽姑太好像沉入一种梦想。

"不知道,"她喃喃地说,"亲爱的索米斯听到会有什么感想!他极其盼望自己能有个儿子,我一直就听见人家这样说。"

"啊!"维妮佛梨德说,"他快要有了——除非出事。"

裘丽姑太眼睛里流出快乐来。

"大喜事!"她说,"哪个月份呢?"

"十一月。"

十一月很吉利!可是她真愿意能够早一点,这要詹姆士等得太长久了,偌大的年纪!

等!她们担心詹姆士要等,可是她们自己却是一直等惯了的。的确,这是她们最大的消遣。等!等《泰晤士报》看;等这一个侄女或者那一个侄儿来逗她们开心;等尼古拉健康的情况;等克里斯朵佛决定上台演戏;等马坎德太太侄儿开矿的消息;等医生来诊视海丝特姑太一清早就醒的毛病;等图书馆里那些经常派人借出去的书;等悌摩西伤风;等哪一天天气非常温暖,然而不太热,她们就可以上肯辛顿公园去转一趟。等!两姊妹分头坐在客厅壁炉两边,等当中那架钟报时,她们疲瘠的、满是青筋和骨节的手拨弄着缝衣针和绒线钩子,她们的头发——就像克努特①的风浪一样——永远不许再变颜

---

① 即克努特大帝(约995—1035),10世纪时丹麦、英国和挪威国王,继他的父亲被立为英王,传说他曾命令海浪不要打到自己脚下。

色。穿着她们的黑绸子或者黑缎子的衣服在等,等宫里敕令海丝特可以穿她的深绿衣服,裴丽可以穿她更深的枣色衣服。① 等!一面等,一面把她这个小家族世界里的小小欢乐、小小忧愁、小事情、小期望,在她们老头脑里缓缓地翻过来、覆过去,就像母牛在自己熟悉的田野里耐心啮草一样。而且这件新事情的确是值得等的。索米斯一直就是她们的宠儿;他总喜欢送给她们画,过去差不多每个星期都来看望她们,真叫人惦记,而且他头一门亲事的不幸遭遇也的确需要她们的怜惜。这件新事情——索米斯生一个继承人——对他说实在太重要了,而且对他亲爱的父亲说也实在太重要了,恐怕他不等到一个水落石出,决不会轻易就死。詹姆士就恨事情没有把握;而且蒙达古又是那样,叫他除掉那些小达尔第之外,一个孙子都没有,当然不会心满意足的。说到底,自己的姓氏确是重要!所以詹姆士的九十岁生日快到时,姊妹两个很不放心他是怎样保重的。在福尔赛家人中间,他是第一个活到这样高龄,就好像给抓着生命不放的人树立了一个新的表率似的。两个人觉得这件事情太重要了,因为她们一个是八十七,一个是八十五啊;不过她们并不想替自己打算,因为悌摩西还不到八十二,她们得替他打算打算。当然,还有更好的世界。裴丽姑太顶爱说的一句话就是:"在我父亲的家里有许多住处。"——这句话总给她安慰,因为使人连带想起房产,而亲爱的罗杰就是在房产上发的财呢。《圣经》真是个宝库;而且星期天天气非常之好时,早上总有做礼拜的事情;有时候,裴丽姑太肯定悌摩西不在家时就会偷偷走进他的书房,在他那

---

① 指停止戴国孝。

张小桌子上面的书籍中间随便放上一本翻开的《新约全书》——当然他是顶喜欢看书的,从前还办过出版事业。可是,事后她却看出悌摩西吃晚饭时总是生气。而且,史密赛儿不止一次地告诉她,打扫书房时在地板上拾到书。尽管如此,她仍旧觉得天堂未必有她们和悌摩西现在等着的,而且等得很久的那些房间舒适。海丝特姑太想到那么费事,尤其吃不消。任何改变,或者不如说任何改变的想法——因为从来就没有过——总使她非常烦恼。裘丽姑太兴致比较好,有时觉得一定很有玩头,那一年亲爱的苏珊去世,她上布赖顿的那一趟就玩得很开心。不过布赖顿是大家都知道好的,天堂究竟是什么一个样子却很难说,所以整个说来,她并不是那样安心安意在等着。

八月五号,詹姆士过生日那天的早上,她们觉得特别兴奋,坐在床上吃早饭,就由史密赛儿给她们把些小纸条子在她们中间递来递去。史密赛儿一定得去跑一趟,把她们的祝贺和些薄礼带了去,并且打听一下詹姆士先生身体可好,头一天夜里可曾开心得睡不着。回来时,史密赛儿可不可以上格林街去看一下——稍微要绕点路,不过出来时可以在证券街搭公共马车;史密赛儿也可以散一下心——记着跟亲爱的达尔第太太说,在离开伦敦之前务必要来看望她们一下。

所有这一切史密赛儿全照做了——真不愧是安姑太三十年前亲手训练的,这种十全十美的用人现在哪里去找。詹姆士先生,詹姆士太太这样说的,夜里睡得非常之好,叫我回来致意;詹姆士太太说他闹脾气,埋怨说不懂得这样乱糟糟算什么。对了!还有达尔第太太也说问候,她下午来喝茶。

裘丽姑太和海丝特姑太听见没有特别提起自己的那些薄

礼,一方面相当地不高兴——她们忘记年年詹姆士都吃不消人家送礼,总是说,"在他身上乱花钱。"——一方面又很开心;这说明詹姆士精神很不坏,这对他太要紧了。两个人开始等起维妮佛梨德来。四点钟时,维妮佛梨德来了,带了伊摩根,还有毛第,刚从学校里回来,而且"也长成这样一个漂亮姑娘了",不过这一来要打听安耐特的消息就非常困难了。裘丽姑太仍旧鼓起勇气来,问维妮佛梨德可听到些什么,还有索米斯是不是很担心。

"索米斯舅舅总是担心的,"伊摩根打断她们,"他到了手就开心不了。"

这些话在裘丽姑太的耳朵里听上去非常之熟。啊! 对了;乔治的那张滑稽画呀,不肯给她们看的! 可是伊摩根这话怎么讲呢?是说自己的舅舅永远贪心不足吗? 这样看是完全不应该的。

伊摩根的声音又清晰,又干脆。

"你想想! 安耐特不过比我大两岁;嫁给索米斯舅舅一定不是滋味。"

裘丽姑太骇异得两只手举了起来。

"亲爱的,"她说,"你不晓得你讲的什么。你舅舅索米斯跟哪一个配不上? 他非常聪明,而且漂亮,而且有钱,而且人非常体贴,非常谨慎,而且各方面加起来一点不算老。"

伊摩根明媚的眼光先把这个看看,又把那个看看——两个"老宝贝",——只是微笑。

"我希望,"裘丽姑太相当严厉地说,"你能嫁到这样好的男人。"

"我不要嫁好男人,祖姑,"伊摩根说,"好男人都没有趣。"

"你要是这样下去的话,"裘丽姑太回答,仍旧很不痛快,"你就一世嫁不了人。我们还是不谈这个。"她转身向维妮佛梨德说:"蒙达古好吗?"

那天晚上,姊妹两个等着开晚饭时,裘丽姑太咕噜说:"海丝特,我告诉史密赛儿预备了半瓶甜香槟酒。我觉得我们应当为詹姆士的健康——和索米斯妻子的健康干一杯;不过要严守秘密。我只说这样一句,'你懂吗,海丝特?'说完我们就喝酒。我怕悌摩西不好受。"①

"很可以使我们不好受呢,"海丝特姑太说,"可是真应当庆祝一下,我觉得;难得碰见。"

"是啊,"裘丽姑太陶然说,"的确难得碰见!不过你想,如果他有个男孩子,能够传宗接代就好了!现在伊琳都有了孩子,我觉得这件事非常重要。维妮佛梨德说乔治给乔里恩起个绰号,'三迭舰',因为他有三房儿女,你知道!乔治真是滑稽,还有,你想,伊琳弄到后来仍旧住进索米斯替他们两个人造的房子里去。这的确使索米斯太难堪了;而他一直是那样安分守己的。"

那天晚上,裘丽姑太睡在床上,晚饭时候的那杯酒和第二次举杯时的秘密心情仍旧使她感到兴奋和微醺;她躺在那里,一本祈祷书摊在面前,眼睛注视着被台灯照黄的天花板。小东西!对于他们全都太妙了!只要她能够看见亲爱的索米斯开心,她就太开心了。可是他现在当然开心呢,伊摩根讲他的

---

① 怕悌摩西不好受是因为他没有子女。下面海丝特回答怕自己不好受,是怕吃醉了。

那些话未见得对。他要的全部都有了！财产,妻子,孩子！他而且会活到精神矍铄的高年,就跟他亲爱的父亲一样,完全忘掉伊琳和这次头痛的离婚案子。她要是还能够活着,给他的孩子第一个买匹木马就好了！史密赛儿将会给她从铺子里挑来、又好看、又是满身的花斑！当初罗杰就是喜欢摇她,一直摇到她睡觉的！呀,那是好久好久以前的事了。的确！"在我父亲家里有许多住处——"一阵轻微的簌簌声传进她耳朵——"可不是老鼠！"她机械地想着。声音大起来了。你听！真是只老鼠呢！史密赛儿真是淘气,硬说没有老鼠！这样糊里糊涂下去,就会把护壁板咬破,那就得把瓦匠找来才行了。老鼠是顶顶会破坏的东西！于是她躺在那里,眼睛微微转动着,脑子里留心着那个轻微的簌簌声,等待睡眠来将她救走。

第十二章　一个福尔赛的诞生

索米斯走出园门,穿过草地,在河边的小路上站了一会,转身又向园门走去,始终没有觉得自己走动过。在驰道上马车轮子隆隆的声音使他识得时间的过去,以及医生已经去远了。方才医生究竟讲的什么呢?

"事情就是这样,福尔赛先生。如果开刀,我有把握可以保全产妇,可是孩子保不了。如果不开刀,孩子很可能活得了,可是产妇要冒非常大的危险——极大的危险。不管开刀不开刀,她总不会再生孩子了。她目前这种情形当然自己拿不了主意,可是我们又等不及她的母亲。现在要你打定主意,我现在去拿应用的器械。一个钟点就回来。"

拿主意!在这种情形下拿主意!请个专门医生来会诊一下都来不及!什么都来不及!

马车轮子的声音消逝了,可是索米斯仍旧聚精会神站在那里;接着突然把耳朵堵起来,走回河边。这样没有足月就要分娩,什么都来不及预防,连接她母亲都来不及!这个主意要她母亲来拿,可是她要到今天夜里才能从巴黎赶到!如果他能弄懂医生那些行话,那些医学上的细节,也就好了,那样权衡开刀不开刀的利害就比较有把握;可是医生讲的那些道理,就跟外国话一样——跟外行听人家谈法律问题一样。然而非要他拿主意不可！他的手从额上拿下来,空气虽则寒峭,手心已经沾上了汗。从她房间里传来的这些声音！回房间只有使人更加没有主意。他必须冷静、清醒。一个情形是保全他年轻的妻子,差不多可以保全,可是孩子肯定保全不了;而且——以后也不会再有孩子！另一个情形是他的妻子也许保全不了,可是孩子差不多有把握保全下来;而且——以后也不会再有孩子！这两者选择哪一个呢？两个星期来一直下雨——河水涨了；他的私人碰船就靠着自己修的小码头停泊着,碰船四周漂着许多落叶,是一次寒讯从树上刮下的。树叶子落下来,生命随波逐流而去！这就是死！他要决定死！而且没有人能帮他一下。生命是一去不复返的！眼前保得了的切莫要放手；一放手,你就永远找不回来。死使你变成空人,就像那些树木落掉叶子后的空枝一样；终于愈来愈空,连你自己也凋谢了,也落了下来。这时他的思想莫名其妙地忽然翻一个身；太阳正照在那扇窗格子上,窗子后面就睡着安耐特,可是他眼睛里看见的好像已经不是安耐特,而是十六年前的伊琳睡在她蒙彼利埃广场房子的卧室里,就好像命运可能会安排她的那样。如果在那个时候,他会迟疑吗？一下子也不会！开刀,开刀！保她活命！根本不要决定——只有一种发自天性的呼援,尽管是在那时候他已经知道伊琳不爱他！可是眼前这个！啊！他对安耐特的感情一点没有那种叫人抵御不了的力量！最近几个月来,尤其是自从她开始觉得害怕以后,他有好多次都弄不懂。她有自己的打算,她有她法国人的那种自私。然而——却是那样美！她愿意怎样呢——冒一下险？"我知道她要这个孩子,"他心里想,"如果生下来死掉,而且以后也不会再生——她就会非常伤心。再没有什么指望！全变得一场空！一年年跟她过着婚姻生活,而没有一个孩子。没有一件事情使她安定下来！而且她太年轻:弄得她什么指望也没有——弄得我也！弄得我！"他双手捶胸！为什么他一想就要把自己牵进来——不能撇开自己,看自己该怎么办吗？这念头使他很痛苦,后来变得像胸铠一样,不觉得有锋刃了。撇开自己！不可能！等于进入一个无声、无臭、无色、无触的真空！这种想法的本身就是可怕的,徒然的！这样探到现实的河底,也就是福尔赛精神的底蕴,索米斯的脑子就休息一下。当一个人停止时,世界也停止了;它也许继续动着,可是里面已经什么都没有了！

他看看表,半小时内医生就要回来。他非决定不可！如果他反对开刀,弄得她死掉,有什么脸去见她母亲,又有什么脸看见这位医生？自己良心又怎么说得过去？她生的毕竟是他的孩子啊。如果赞成开刀——那就是罚他们两个人都没有子嗣。可是除掉为了生一个合法的继承人外,他又为什么要娶她呢？还有他的父亲——死期迫在眉睫,还在那里等着消息！"太残忍了,"他想,"实在不应当要一个人决定这种事情！太残忍了！"他转身向房子走去。想一个奥妙的、简单的办法来决定！他掏出一个钱币,又放回去;转出什么来他知道自己也不会照做！他走进餐室,这里离开传出声音的那间房间最远。医生说过可能性还是有的。在这里这个可能性好像大了起来;这里河水不流,树叶也不落下来了。室内点了一个火。索米斯打开酒柜。他从来不饮烈酒,可是现在却给自己倒了一杯威士忌,一饮而尽,期望血液流得快些。"乔里恩那个家伙,"他想,"他已经有儿有女了。他有了我心爱的女人;而且还替他生了一个儿子！而我呢——我却被逼得非要毁灭我唯一的孩子不可!安耐特不会死的;不可能。她身体很强壮呢!"

他站在酒柜旁边正在佗傺不安的时候,听见医生的马车到了,就出来会他。他得等医生从楼上下来才能问他。

"怎么样,医生?"

"情形还是一样。你决定了没有?"

"决定了,"索米斯说,"不要开刀!"

"不开刀?危险很大——你知道吗?"

索米斯板着一副脸,只有嘴唇在动。

"你不是说可能性还是有的吗?"

"有是有,但是不大。"

"你不是说开刀孩子一定保不了吗?"

"是啊。"

"你仍旧认为她不可能再生一个吗?"

"要说绝对不能生也不是的,不过可能性不大。"

"她很强壮,"索米斯说,"我们冒一下险。"

医生极其严厉地看着他。"你要负责的,"他说,"是我自己的妻子,我就做不了决定。"

索米斯的下巴朝上一抬,就像吃了人家一拳似的。

"上面能派我什么用场吗?"他问。

"没有。你不要来。"

"那么我在画廊里等着;你知道那个地方。"

医生点点头,上楼去了。

索米斯仍旧站在原来的地方,凝神在听。"明天这个时候,"他想,"我手上也许沾满了她的血呢。不!这不公平——说得太可怕了!"方才的佗傺心情又来了;他上楼进了画廊,在窗口站着。外面刮的是北风;空气很冷,很清澈;天色碧蓝,一片片厚重的白云追逐过去,从颜色开始金黄的众树中望出去,河水也是蓝的;树林全染上富丽的色彩,像烧着的火,像擦亮的铜——一片早秋景色啊!如果是他自己的生命,他肯冒这样的危险吗?"可是她宁可丧失我,"他想,"也不肯丧失孩子!她并不真正爱我啊!"一个女孩子,又是法国人——你能指望什么?对他们两个人来说,对他们的婚姻、对他们的前途来说,最最要紧的就是一个孩子!"我为这件事情吃的苦头可多了,"他想,"我决不放手——决不放手。有可能两个都保得了——有可能的!"人总是不肯放手的,一直抓到从他手里拿走时才——人是天生不肯放手的!他在画廊里开始兜起来。最近他买了一张画,在他看可算是一笔小财气,所以在这张画前站着——画的是一个女孩子,暗金的头发看上去就像一头金属丝,眼睛凝视着手里拿着的一个金黄的小怪物。便在这种痛苦的时候,他还能够微微感到这是天大的便宜货——还能够欣赏画上面的桌子、地板、椅子、女孩子的身条、脸上专注的神情、暗金丝的头发、小怪物的鲜明金黄色;真是妙手!收藏油画;人愈来愈发财!这有什么用处呢,如果——!他猛然转身,背对着画,走到窗口,他养的鸽子有几只已经从鸽棚四周的鸽埘上飞了起来,正在北风中展翅飞翔。雪白的羽毛在明澈的日光里简直耀眼。鸽子飞远了,在天上划着字。这些鸽子是安耐特亲自喂的;她喂鸽子时看上去真美。鸽子都在她手上吃食;它们都知道她是个直心眼儿。他喉咙口忽然觉得堵着。她不会死——不能够死!她太——太懂事了;而且很强壮,的确强壮,跟她母亲一样,尽管那样白皙、美丽!

等到他开门,站在那里倾听的时候,天已经快黑了。一点声音没有!乳白的黄昏蹑进楼梯和下面的楼梯口。他才要转身,耳朵里听见一点声音;朝下望时,他看见一个黑影在走动。心提了起来。这是什么?是死神吗?从她房间里出来的死神的形状?不是!只是一个没有戴帽子、没有束围裙的女佣。女佣走到楼梯下面,上气不接下气地说:

"医生要见您,老爷。"

他飞奔下楼。女佣身体贴着墙让他过去;她说:

"老爷!事情完了。"

"完了?"索米斯说,语气中带有威胁,"你是什么意思?"

"生下来了,老爷。"

他三脚两步上了楼梯①,在阴暗的过道里忽然和医生碰上。医生正在揩额头。

"怎么样?"他说,"快!"

"大小都活着;我想,没有事情了。"

索米斯站着不动,手蒙着眼睛。

"恭喜你,"他听见医生说,"只差一点儿就完了。"

索米斯一只蒙着眼睛的手放了下来。

"多谢,"他说,"多谢多谢。男的还是女的?"

"女的——幸亏好;要是儿子,就会断送了她——头出不来啊!"

女的?

"多多当心大人和孩子,"他听见医生说,"就行了,她母

---

① 楼梯在半当中分向二楼和三楼,所以索米斯从三楼下来一半,还要走上几步才到达二楼。

亲几时来?"

"我想大概是今天晚上九十点钟。"

"那么,我等她来了再走,你要看她们母女俩吗?"

"我现在不去,"索米斯说,"你走之前,我叫人把晚饭送上来。"说完就下楼去了。

说不出的轻松心情,然而——是一个女儿!他觉得太不公平了。冒了这么大的危险——经过这样的痛苦蹂躏!——只落得一个女儿!穿堂里木柴生的火很旺,他站在火前,用脚尖碰一下火,想使自己重新适应一下眼前的情况,"我父亲啊!"他想。对他不用说,将是极度的失望!人生在世决不会样样满足的!而且下面又不会再生了——就是有,也无济于事,至少!

他站在穿堂里,用人送上一封电报。

急来。父病危。母字。

他看了电报涌起一阵呜咽。经过适才的几个钟点的痛苦,人会以为他什么都不会动心,可是这事使他动心了。现在是七点半,九点钟有一班火车从雷丁开出,拉摩特太太要是赶得及的话,将在八点四十分到达——他去接了火车再走。他吩咐备好马车,木木然吃了一点晚饭,就上楼来。医生出来见他。

"两个都睡了。"

"我不进去,"索米斯说,心放了下来,"我父亲病重;我得上伦敦去。没有关系吧?"

医生脸上显出一种又像是疑惑,又像是佩服的神情。那意思好像是说:"如果他们全像你一样冷漠的话。"

"行,我看你放心去吧。你就回来吗?"

"明天,"索米斯说,"这是我伦敦的地址。"

医生好像徘徊在同情的边缘上。

"再见!"索米斯没头没脑说了一句,就转身走了。他穿上皮大衣。死!真是冷酷的事情!他在马车里点一支香烟抽起来——他的那种名贵香烟。夜晚风很大,就像鼓着漆黑的翅膀;马车的灯光探索着前进。他的父亲!那样老的老人!却在这样一个不舒服的晚上——去世!

他到达车站时,伦敦开来的列车刚好进站,拉摩特太太肥硕的身躯,穿一身黑衣服,灯光下照得人黄黄的,拎一只小手提箱向出口走来。

"你就是这一点行李吗?"索米斯问。

"可不是;我哪里来得及呢。我的小宝贝怎么样?"

"都好。生了一个女儿!"

"女儿!大喜,大喜!过海峡过得糟透了!"

拉摩特太太黑黑胖胖的身材——虽则过海峡过得糟透了,可是,一点没有瘦减——爬上马车。

"你不上来,亲爱的?"

"我父亲病重,"索米斯忍痛说,"我要上伦敦去。替我吻安耐特。"

"真的吗!"拉摩特太太说,"太不幸了!"

索米斯除一下帽子,向自己的火车走去。"这些法国人!"他心里想。

第十三章　告诉了詹姆士

在他那个有双层窗子的房间里着了点凉,詹姆士就弄得狼狈不堪;平时房间的空气和看望他的人可以说都要滤过才能进来,而且从九月中旬起他就没有出过房门。就是着了点凉,他的一点点体力,撑持不住,迅速就进入他的肺部。医生曾经关照过他,"切不能着凉。"可是他偏偏就着了凉。开头时他感到喉咙不舒服,就跟看护说——他现在用看护了——"你看,我早知道坏事,哪有这样透空气的!"一整天他都在疑神疑鬼,而且一切的预防和治疗全用到了;呼吸极端小心,每一小时都要量一下热度。爱米丽并不慌。

可是第二天早上她进房时,看护小声气说:"他不肯量热度。"

爱米丽走到他躺着的床边,轻声说:"你觉得好些吗,詹姆士?"把温度表送到他嘴边,詹姆士抬头看看她。

"量了有什么用?"他嗄声说,"我不想知道。"

爱米丽这才慌了起来。他呼吸很困难,一张脸看上去非常消瘦、苍白,隐隐有几块红斑。他过去也跟她闹过"别扭",天晓得;可是他究竟是詹姆士,差不多五十年一直是詹姆士;她无法回忆或者想象什么生活里没有詹姆士的——詹姆士虽则表面上那样的唠叨,那样的悲观,那样的顽固,可是家里个个人他都疼爱,待他们的确很慈祥,很宽厚!

整整那一天和第二天他简直不说话,可是从眼睛里看出,人家服侍他,他也知道,而且脸上的神情显出他是在挣扎着;所以爱米丽仍旧存着希望。他的身体一动也不动,以及那种储备一切零星力量的派头,说明他正在顽强搏斗。爱米丽看了深为感动;虽则在病室里时她脸上神色很镇定,很给人安慰,出了房门眼泪就簌簌地落下来。

第三天喝茶时分,她刚给他换了衣服,而且,因为什么事情都逃不出他眼睛,为了怕他惊慌,脸色装得很自如;在这时候,她看出情形大变。那张苍白的脸上说得很清楚:"没有用;我不行了。"她走到他跟前时,他说:"叫索米斯来。"

"好的,詹姆士,"她温和地回答,"好的——立刻去叫。"她吻了他的额头。一滴眼泪落在他额头上,她揩掉时看见他眼睛里显出感激。爱米丽这时心乱如麻,而且已经没有指望,就打给索米斯那个电报。

索米斯从刮着狂风的黑夜里钻出来,进了门;一所大房子正像坟墓一样静。瓦姆生的一张阔脸看上去简直变得又狭又长了;他加倍小心地接过皮大衣,一面说:

"你要不要来杯葡萄酒,少爷?"

索米斯摇摇头,抬起眉毛询问地望着他。

瓦姆生的嘴唇颤动了一下。"他要找你呢,少爷,"忽然擤起鼻子来,"我服侍福尔赛先生多年了;少爷,"他说,"——多年了。"

索米斯丢下他折自己的大衣,走上楼梯。这所他出生和居住过的房子在他的心目中从来没有这一次他最后朝拜他父亲房间时显得这样温暖、富丽、舒适过。房子并不合他的胃口;可是单就它本身的那种坚固的油布板壁风格而言,这房子却称得上百分之百的安适。而夜晚是这样黑,风这样大;坟墓里又是那样冷,那样孤寂啊!

他在房门外面逗留了一下。里面一点声音没有。他轻轻转动门钮,在没有人觉察下走进房间。灯上加了罩子。他母亲和维妮佛梨德都坐在床对面;看护正从床这边走开去,让出一把空椅子来。"给我坐的!"索米斯想。他母亲和妹妹看见他进来都站起来,可是他做了个手势,两个人又坐下去。他走到椅子面前,站着望他父亲。詹姆士的呼吸就像有人扼着脖子似的,眼睛闭着。索米斯看见自己父亲这样消瘦、苍白、憔悴,听见他呼吸这样困难,心里不禁对造化涌起一阵激烈的愤怒,残酷而无情的造化,跪在这样一个瘦条子身体的面前,缓缓地把他的呼吸挤出来,把他这个世界最亲近的人的生命挤出来。在所有的人类中间,他父亲是一个一生最小心谨慎、处世中和、食用有节的人,然而这就是他的报酬——要把他的生命缓缓地、痛苦地挤掉! 他连自己也不知道就喊了出来:"太残忍了!"

他看见母亲两手蒙上眼睛,维妮佛梨德头朝着床低了下来。女人! 她们处理这类事情比男子要好得多。他向父亲靠近一步。詹姆士已经有三天没有刮脸,嘴唇上、下巴上长满了胡子,简直跟额上的白发一样白。胡子使他的脸变得柔和,已经有一种不属于尘世的古怪神情。詹姆士的眼睛睁开。索米斯拢近床边,弯下身子,嘴唇动了一下:

"我来了,爹。"

"哼——有什么——什么消息? 他们从不告诉——"声音没有了,一阵悲痛的心情使索米斯苦着一副脸简直说不出

话来。告诉他?——对了。可是告诉他什么呢?他使劲忍着悲伤,合拢嘴唇,说道:

"好消息,亲爱的,好的——安耐特,生了个儿子。"

"啊!"极其古怪的一声,又丑陋,又轻快,又可怜,又得意——就像个婴儿满足自己愿望时发出的声音一样。詹姆士闭上眼睛,窒息的呼吸又开始了。索米斯退到椅子跟前,木然坐下。这句使他父亲死后也不会知道真相的谎言就好像发自他天性的最深处似的;这话一说完,他所有的感情力量一时都消耗尽了。他的胳膊扫过一样东西。原来是他父亲的一只光脚。在挣扎着呼吸时,詹姆士把脚从被里蹬了出来。索米斯把脚握在手里,一只冰冷的脚,又轻、又瘦、又白,冷得厉害。这只脚不久就要变得更冷,所以又何必送进被里,把它盖起来呢!他机械地用自己的手使它暖一点;心里不由得又涌起一阵悲痛。维妮佛梨德发出了一声呜咽,赶快又忍住,可是他母亲坐着一动不动,眼睛紧盯着詹姆士望。索米斯向看护招招手。

"医生呢?"他低声说。

"去请了。"

"有什么办法使他的呼吸好一点呢?"

"只有打针;可是他恐怕受不了。医生说,他在挣扎时——"

"他不在挣扎,"索米斯低声说,"他是慢慢阻塞起来。太难受了。"

詹姆士不安地动一下,就像知道他们说的什么。索米斯站起来,弯下腰看他。詹姆士无力地举起双手,索米斯握着。

"他要拉了坐起来。"看护轻声说。

索米斯就拉他起来;自己以为拉得很轻,可是,詹姆士脸上显出一种几乎是愤怒的神情。看护拍拍枕头。索米斯把两手放下来,弯腰在父亲额上吻了一下。当他直起身子时,詹姆士的眼睛抬起来看着他,那种神情就好像是把他全身剩下的力量全部使用出来似的。那意思像说:"我不行了,孩子,你要照应他们,照应自己,照应——我全留给你了。"

"是的,是的,"索米斯低声说,"是的,是的。"

看护在他身后不知做些什么,使他父亲来了一个微弱的抗拒动作,就像厌恶她扰乱似的;几乎就在同一时候,他的呼吸松下来,变得平静了;人躺着一动不动;脸上的紧张神情消失了,变为一种古怪的苍白的静谧;眼皮抖动一下,就不动了,整个的脸也不动了,安静的神气。只有唇间轻微呼气声音使人知道他还在呼吸。索米斯重新在椅子上坐下,又去弄暖那只脚;听见看护靠火坐着在轻轻啜泣;奇怪的是她这样一个外人,会是他们之间唯一哭出来的一个!他听到炉火的轻轻毕剥声。福尔赛老一辈子里又有一个要永远安息了——他们真了不起——他这样撑着真了不起!他母亲和维妮佛梨德正伛着身子看詹姆士的嘴唇。可是索米斯却斜靠着床摸两只脚,使它们暖一点;这样使他觉得舒服,虽则脚上变得愈来愈冷了。忽然他站了起来;他父亲的唇间发出一声,一种他从来没有听见过的可怕的声音,就像一颗心遭到暴力而破裂时发出的长长呻吟。好一个坚强的心,道出这样的告别!它停止了。索米斯看看那张脸。没有动作了;没有呼吸!死了!他在父亲额上吻一下,转身出了房间;上楼跑进自己卧室,那间仍旧给他留着的卧室;伏在床上呜咽起来,一面用枕头堵着自己……

过了一会,他下楼又进了父亲的房间。詹姆士一个人躺着,神情极其安详,看不出一点忧伤和焦虑,一张毁灭的脸上带着高年的庄严,就像古钱币上被岁月消磨了的美丽庄严。

索米斯紧紧盯着那张脸看,又盯着炉火看,盯着室内的一切看;室内窗子已经完全打开来,向着伦敦的深夜。

"永别了!"他低低说了一声,就走出屋子。

第十四章 他 的

那天夜里和第二天整整一天，索米斯都忙着办许多事情。早饭时接到一个电报，使他很放心得下安耐特的健康，后来总算搭到最后一班火车回雷丁，额上还带着爱米丽的一吻和耳朵里的那句：

"亲爱的孩子，要是没有你，我真不知道怎么办呢。"

他半夜到达自己的房子，天气已经变得暖和起来，就好像办完了事情，把一个福尔赛最后一笔账算清之后，可以轻松一下了。晚饭的时候，他收到第二封电报，更加证实了安耐特的健康情况很好，所以他并没有进大房子，反而趁着月光穿过花园到了河边碇船上。船上可以睡得很踏实。他已经疲倦不堪，所以穿着皮大衣躺在长沙发上就睡着了。醒来时天已经亮了，他走到甲板上，凭栏向西面望去。这一面的河流沿着岸上一带树林拐了一个大弯。古怪的是，索米斯对自然美的欣赏颇有点像他的那些农夫祖先，如果找不到美的话，就会感到一种埋怨，而且这种埋怨感觉，无疑的，又因他在风景画方面的研究而变得敏锐，变得开化了。可是黎明有一种力量能使最最平凡的想象丰富起来，所以连索米斯也心动了。在那种悠悠的、清凉的光线下面，眼前完全是另外一个世界，和他平日熟悉的那条河完全不像；这是一个人类从来没有进入的世界,一个不真的世界,就像探险者远远瞭望到的一些陌生海岸似的。它的颜色和常见的颜色全不同,简直不像颜色;万物都在沉吟,然而又很清晰;它的岑寂使人发呆;而且没有气味。为什么这样一个世界会使他心动,索米斯也说不出来,要么是感到自己在这个世界里极端的寂寞,自己所有的关系,所有的财产全被剥夺了。他父亲说不定就是启程向这个世界去的,尽管它和他离开的世界还有许多相似之处。索米斯寻思,不知道哪个画家有本领画出它,想借此避免和它接触到。那片灰白的水就像——就像个鱼肚子!哪个敢说他眼前眺望的这个世界全部都是私人财产呢?除非是这片河水——然而连河水也有人抽出去!树木、林丛、一根草、一只鸟儿、一头走兽,甚至一条鱼,都没有一个没有主儿的。然而从前有个时候,这一切都是丛莽、沼泽和水,许多奇形怪状的动物在这里遨游,玩耍,也没有人注意到它们,给它们取上名字;在那片一直伸到水边的小心经营的高树林的地方过去,可能遍地是葱茏和腐烂的丛莽,对岸的那片草原,过去可能长满了沼雾笼罩着的芦苇。是啊!人把它一把捉着,关在笼子里面,贴上签条,送到律师事务所里归档了。而且是做了一件好事情!可是不时的,就像眼前这样,过去的阴魂却会跑出来,找上一个碰巧清醒的人缠着他,向他沉吟,并且悄声说:"你们全都是从我的无主的孤寂里出来的,有一天你们全都要回去。"

对于索米斯,这是一个新的然而又非常古老的世界;是一个无主的世界在回溯自己的过去;他感到有点不寒而栗,就下了甲板在酒精灯上烧一杯茶。喝完茶,他取出纸和笔,写了下面两段:

本月二十日詹姆士·福尔赛卒于公园巷本寓,享年九十一岁。葬礼于二十四日在海格特墓地举行。鲜花谨辞。①

本月二十日索米斯·福尔赛之妻安耐特在买波杜伦栖园诞生一女。

在下面吸墨纸上面索米斯描了一个"son"。②

当他穿过草地向大房子走去时,已经是一个平凡的秋天世界的早晨八点钟了。对河的丛树耸立在四周围,被乳白的朝霞衬得非常鲜明;木柴烟升起来又青又直;他的那些鸽子在咕咕叫唤,在阳光中剔着羽毛。

他悄悄进了自己的更衣室,洗澡、修面、换上干净衬衣和一套黑衣服。

索米斯下楼时,拉摩特太太正开始吃早饭。

她看一下他的衣服,就说,"不要告诉我了!"说时按一下他的手。"安耐特很好。可是医生说她不能再生孩子了。你知道吗?"索米斯点点头。"可惜。不过小家伙真惹人爱啊。你要咖啡吗?"

索米斯尽快地躲开她。她使人感到厌恶——人又大、又庸俗,头脑又快、又清楚——真是法国人。他受不了她那些母音,那些喉音;而且他恨她看着他的样子,就好像安耐特不能生儿子是他的过失似的!他的过失!他甚至于恨她对他还没有见过面的女儿那样虚伪地疼爱。

奇怪的是,他总是害怕看见自己的妻子和孩子。

---

① 索米斯于晚上9点钟离开雷丁,詹姆士在20日12时前逝世,实在有点牵强。
② son:即儿子,这是表明索米斯因生了一女,心犹未甘。

别人会以为他一有空子还不立刻赶上去看她们。相反地,他却从心里感到一种畏怯——尽管他是那样一个贪得无厌的占有者。他生怕安耐特对他有什么不满,怪他使自己吃那么多苦,怕看见孩子的模样,怕显出自己对目前——以及将来的失望。

他在客厅里来回总共走了一个钟点,最后才鼓起勇气上楼,敲敲她们的房门。

拉摩特太太来开门。

"啊!你总算来了!她等着你呢!"她掠过他出去了,索米斯轻步走进屋子,咬紧牙关,眼睛偷看着。

安耐特躺在床上脸色苍白,可是很美。孩子不知藏在哪里,他没有看见。他走到床前,忽然感动起来,俯身在她额上吻了一下。

"你来了,索米斯,"她说,"现在我好得多了。可是之前太痛苦了,太痛苦了。我很高兴不会再有孩子。噢!真痛苦啊!"

索米斯站着不作声,轻轻拍着她的手;什么亲爱的话、同情的话,全都没法出口;他脑子里掠过一个念头:"一个英国女孩子决不会讲这种话!"这一刻他完全知道自己在精神和理智上永远没法和她接近,她也没法和他接近了。他不过像收了一张画一样收藏了她——如此而已!他忽然想起乔里恩的那句话来:"我想你一定很高兴可以脱身呢。"是啊,他是出来了!他是不是又陷了进去呢?

"我们非给你弄好东西吃不可,"他说,"不久你就强壮了。"

"你要不要看看孩子,索米斯?她睡着了。"

"当然,"索米斯说,"当然要看。"

他绕过床脚头到了床那边,站在那里望着。才一上来看见的也不过如他料想的那样——一个婴儿。可是就在他一边看着,婴儿一边呼吸,一边小手小脚做着睡梦的动作时,他好像看见她变成个有个性的东西,慢慢变得像一张画,使他看了还想再看;一点不讨厌,非常娇艳而且动人。头发是黑的,他拿指头碰一下头发,想看看婴儿的眼睛。眼睛睁开了,深颜色的眼珠——是蓝色还是褐色还说不出来。眼睛眨了一下,瞪视着,好像藏着深深的睡意似的。忽然间,他的心觉得很特别,很温暖,就像是加进生命一样。

"我的小芙蕾①呀!"安耐特柔声说。

"芙蕾,"索米斯接了一句,"芙蕾!我们就叫她这个名字。"

胜利和重新占有的感觉又在他心里涌起了。

天哪!这个——这个东西才是他的!

---

① 芙蕾,法文为花。

插曲

觉醒

下午五点钟时分,七月的阳光从罗宾山厅堂那扇大天窗里一直照进来,刚好落在宽大楼梯转弯的地方,小乔恩·福尔赛穿一身青麻纱衣服;就站在那道耀眼的光线里。他的头发梳得很亮,眉头皱着,一双眼睛在闪闪发光,原来他在盘算一个怎样下楼的法子;这是他过去无数次这样盘算的最后一次,因为一会儿他父亲和母亲的汽车就要开回家了。四步一跨,以及最后五步一跨呢?乏味!从扶手上滑下去,可是怎样滑法?脸朝下,脚先下去?更乏味!肚子贴在上面,横着下去?毫无意思!仰着下去,两只胳膊分垂着?不行!还是脸朝下,头先下去呢?这个方法除了他谁也不知道。小乔恩被阳光照亮的脸上所以皱眉头就是这个原因……

　　在一九〇九年的夏天,那些在当时便想使英语简单化①的头脑简单的人,当然不知道有小乔恩这个人,否则的话,他们说不定会认他做一个信徒。可是人生在世有些事情就会做得过分简单,就像他的真正名字原是乔里恩,可是他过世的兄长和在世的父亲老早就把"乔""乔里"那些简称抢掉,所以他只好叫乔恩了。事实上,小乔恩根据习惯把自己的名字拼来

----

① 指当时的英语拼写简化运动。

拼去总是拼不对,一直等到他父亲向他解释为什么要这样叫时,他才算明白。

一直到现在,他这个父亲在小乔恩的心里只占一个很小的部分;大部分都被那个拉手风琴的马夫保布和他的保姆"大"占去了;"大"每逢星期天都要穿紫衣服,而且在家庭佣工所能偶尔享受的一点私人生活中,也喜欢人称呼她史白拉金。他母亲在他心目中只像梦里面那样一个模模糊糊的人,气味很好闻,在他快要入睡的时候抚摸他的前额,有时候给他剪头发,他的金褐色的头发。碰到他在自己卧室里炉栏上跌破头时,她就会来为他难受;碰到他做了噩梦,她就会坐在床边上用脖子偎着他的头。她很可爱,但是很远,因为"大"非常之近,而且男人的心里在一个时候只能有一个女人啊!至于跟他的父亲,当然,他也有一种特别的情谊;因为小乔恩大起来也想当一个画家——只有一点点不同,就是他父亲画的是画,而小乔恩打算画的却是天花板和墙壁,两只撑梯中间放一条板,自己站在上面,束一条肮脏的白围裙,满身都是石灰水的可爱气味。他父亲还带他上里士满公园去骑马,他骑的小马名叫"老鼠",因为毛色就像老鼠。

小乔恩就是俗语说的嘴里含了银匙生的①,而且那张嘴生得又巧又大。他从没有听见自己父母说过生气话,不论相互之间,或者对他,或者对任何人。马夫保布、厨娘剑因、蓓拉和其余的用人,跟小乔恩讲话时,声音都特别亲切,连唯一管束他所作所为的"大"讲话时也是这样。所以他觉得这个世界是一个万年不变的、十足的高尚而自由的地方。

───

① 谓生于富贵之家。

他是一九〇一年出世的,到他有了知识时,他的国家刚生过一场厉害的猩红热——布尔战争——刚才害好,现在正准备着一九〇六年的自由主义复兴。① 压制是最不吃香的事情,做父母的都兴高采烈地要让自己的儿女开心一下。他们惯坏了戒尺,爱惜了孩子,②而且热烈期望有好结果。还有,小乔恩投胎投到这样的父母也真算他聪明,父亲已经五十二岁,性情温和,一个独养儿子早已去世了;母亲是三十八岁,而他又是她的头生子和唯一的孩子。他很可能长成一个介乎娇养的小狗和狂妄的小畜生之间的混合种,所以没有如此全由于他父亲十分爱他的母亲,连小乔恩都看得出来她并不仅仅就是他的母亲,而且他在父亲的心里不过占第二位。他在母亲心里占什么地位,还没法知道。至于琼"姑",他的异母姐姐(可是太老,做他姐姐已经不相称了),当然也爱他,不过太莽撞一点。他心爱的"大"也有一点斯巴达人味道。给他洗冷水澡,膝盖都是光着;从来不鼓励他为自己难受。他的教育问题使他很伤脑筋,小乔恩的意见跟某些人一样,认为最好不要强迫孩子念书。那位法国小姐每天早上来两个钟点教他法文,另外还教他历史、地理和加法,他倒还欢喜;他母亲给他上的钢琴课也不讨厌;她有办法逗他把一个一个调子弹过来,不喜欢的从来不要他练习,所以他始终弹得很起劲,非把指头练得灵活不可。他跟他父亲学画小猪和其他动物。拿年纪说,他受的教育不能算多,可是大体说来,富贵还算没有娇惯了他,不过"大"有时候却说有别的孩子一起玩对他有很大

---

① 英国自由党自 1886 年分裂后至 1905 年方重新执政。
② 西谚:爱惜了戒尺,惯坏了孩子。

好处。

　　有这些原因,所以当他快长到七岁,"大"忽然按着他的脊背叫他伏着,不许他做一件她不赞成的事情时,对于他简直是当头一棒。这是对一个福尔赛的个人自由主义第一次干涉,气得他简直要发疯。那种完全无可奈何的状态,以及拿不准几时才会结束的感觉,想起来简直可怕。试想她从此不放自己起来呢,那怎么办!他受了五十秒钟的罪,一面大声叫唤。顶顶糟糕的是,他看出"大"经过这么长的时间才意识到把他吓倒了。这件事情使他初次看到人类那样的缺乏想象力,真是糟糕的事情。便是放他起来之后,他仍旧坚决认为"大"做了一件很糟糕的事情。他虽则不想抓着她这个把柄,可是生怕她再来,逼得只好找到他母亲说:"妈,不要再让'大'把我按得伏下来。"

　　他母亲两只手举过头,手里拿着两条发辫——小乔恩的法文还不懂得称她的头发是落叶的颜色——当时眼睛把他看一下,眼睛就像他穿的丝绒外衣那样褐黄,回答说:"好的,乖乖,我不让她。"

　　小乔恩很满意,因为她就像一个有灵验的女神;尤其满意的是,有一天早饭时他藏在餐桌下面,碰巧在等待一只鲜菌①,被他窃听到他母亲对他父亲说:

　　"那么,亲爱的,你去跟'大'说呢,还是我去?她非常之疼他。"当时他父亲回答说:

　　"总之,她不应当这样管他,我完全懂得被人按得伏着的

---

① 菌类长得最快,小乔恩因此想看它长出来,当然事实上是不会那样快的,不过小乔恩可能在童话里读到过,所以也想找。

那种滋味。福尔赛家人一刻也不能忍受,没有一个。"

小乔恩知道他们并没有发觉自己藏在桌子下面,所以弄得很尴尬,这在他完全是一种新感觉;他只好仍旧耽在那里,苦念着那只鲜菌。

他第一次跌进人生黑暗深渊的情形就是这样。这事以后,一直都没有什么新的经验;后来有一天,他上牛房喝加拉特挤下的新鲜牛奶,被他撞见苜蓿的小牛死掉了。他弄得心情很不宁静,就去找"大",加拉特垂头丧气跟在他后面;忽然间他发觉"大"并不是他要找的人,就奔去找他父亲,却一头撞见母亲被她抱住。

"苜蓿的小牛死了!唉!唉!样子多么地没劲!"

他母亲搂着他,说了一句:"是啊,乖乖,好了,好了!"总算止住他的呜咽。可是如果苜蓿的小牛会死,什么东西都可以死——不仅是蜜蜂、苍蝇、甲虫、小鸡——而且样子也是那样的没劲!这真可怕啊——可是不久就忘了!

底下的一件事情是坐在一只大蜂上面,这倒是新鲜经验,他母亲对这个比"大"懂得多;这事以后,一直到年底都没有什么真正重要的事情发生;过了年,有一天,人过得简直不好受到了顶点,第二天他就患上开心的麻疹,睡在床上,用小匙吃蜂蜜,还吃了许多橘子。一直到这时候世界才算开了花。这次开花可要感激琼"姑";琼才听见他成了个可怜虫,立刻就从伦敦赶下来,带来许多书,原来她这个在有名的一八七〇年①出生的人就是靠这些书养成她的侠客精神的。这些书都

---

① 1870年7月法国向普鲁士宣战,这个侵略战争遭到法国工人反对,9月4日,巴黎爆发革命。

很旧了，而且颜色各种各样，里面却装满了惊天动地的事情。先是琼读给他听，后来就容许他自己去读；这时候，她匆匆又回伦敦去了，丢给他的书有那么一大堆。这些书燃起他的幻想，终于白天脑子里想的、晚上梦见的全是些海军准尉、三角帆船、海盗、木筏、檀木商船、火车、鲨鱼、战争、鞑靼人、红印第安人、气球、北极，以及其他匪夷所思的趣事。等到放他起床时，他立刻就把自己的小床当作大船，从船头到船尾装上索具，再从大船上了小船——那是一只小澡盆，这样划过地毯的绿色海洋，靠了桃花心木抽屉的滑轮，爬上一座岩石，用自己喝水的玻璃杯紧抵着眼睛瞭望天边，搜寻救应的船只。他用手巾架、茶盘和枕头做了一只日用的木筏；把法国李子的甜汁省下不吃，放在一只空药水瓶里，当作甜酒装上木筏；还装了有印第安人吃的碎肉干，这是省下来的碎鸡肉，先拿来坐扁了，再在火上烘干；还有治坏血病的菩提果汁；是用橘子皮和一点没有挤净的橘汁榨出来的。有一天早上，他把床上所有的被褥（只有长枕头除外）堆成北极的样子，自己坐了一只桦木小艇（私生活里的炉栏）划过去，在到达之前还和一只北极熊——就是长枕头加上四只滚球戏柱子，再穿上"大"的睡衣——大大厮杀了一阵。这次以后，他父亲想使他的想象力稳定下来，就给了他《艾凡赫》[1]，《贝维斯》[2]，一本亚瑟王[3]的故事和《汤姆·布朗的学生时代》[4]。他先读了《艾凡赫》，

---

[1] 英国作家司各特的著名历史小说。
[2] 英国14世纪韵文骑士传奇。
[3] 传说中的英国古代历史人物，曾联合不列颠各部落人民抵抗撒克逊人的入侵。
[4] 英国小说家托马斯·休斯（1822—1896）的一本描写学校生活的小说。

这就整整三天工夫都在造弗龙·德·伯夫①的宫堡,保卫宫堡、攻打宫堡,除掉丽贝卡和罗伊纳②住的那一部分外,全打得稀里哗啦,同时还尖声尖气地喊"冲呀,德·布雷西!"③以及类似的话。读了亚瑟王的书之后,他就变成一个独一无二的拉莫拉克·德·卡利斯④爵士,原因是虽则书里谈到他的地方很少,他觉得这个名字比别的武士的名字都好;他还骑在自己的木马上,手里拿一根长竹竿,把那匹木马骑得都快要死了。《贝维斯》他觉得不够劲;而且玩起来要有树林和野兽,这些在他的卧室里全没有,只有两只猫儿,费兹·福尔赛和拍克·福尔赛,可是都不好惹。《汤姆·布朗》他还不够年纪看。总之,到了第四个星期,放他下楼出去玩时,一家人全都如释重负。

　　时间正是三月,树木看上去特别像船上的桅杆;在小乔恩的眼中,这简直是大好春光,可是对于他的膝盖、衣服和"大"来说,简直是折磨够了,因为又要给他洗衣服,又要补衣服。天天早上,只要早饭一吃完,就会看见他从书房里出来——他父亲和母亲的窗子恰巧朝着这边开着——穿过走廊,爬上那棵老橡树,脸上一副坚决的神情,头发闪闪发亮。清早这样子玩是因为读书之前的时间有限,来不及跑出去多远。那棵老树的花式真多,使人从来玩不厌,主樯、前樯、上樯,而且他总可以借升旗的辘轳——或者秋千索滑下来。十一点钟念完书之后,他会上厨房去要一块薄干酪,一片饼

---

① 即里金诺尔爵士,《艾凡赫》中的人物。
② 《艾凡赫》中两个女角色。
③ 《艾凡赫》中莫里斯爵士。
④ 亚瑟王的三个最勇猛的骑士之一。

干,两只法国李子——作为小划子上的粮食至少够了——自己以一种想象的方式吃掉;然后带着长手枪和刺刀,把自己全副武装起来,就认认真真开始上午的爬山,一路上遇见了无数的三角帆船、印第安人、海盗、野豹和大熊。一天里只要在这个时候碰见他,嘴里大都咬着一把弯刀(就像狄克·尼达姆一样),杂在一大堆迅速爆炸开来的瓶盖子中间。不少的园丁都被他小枪里射出来的黄豆打倒了。他过的就是这种行为最最粗暴的生活。

有一天,他父亲坐在橡树下面对他母亲说,"乔恩太不像话了。恐怕总有一天去干水手,或者其他没出息的行当。你可曾看见他有什么欣赏美的地方呢?"

"一点看不出。"

"谢天谢地,他对于轮子或者机器还没有兴趣!别的我都还可以,就是这个最受不了。不过,我真希望他能够对大自然稍稍产生一点兴趣。"

"他有想象力的,乔里恩。"

"是啊,不过火性太大了。他现在可爱哪一个人呢?"

"没有;只是人人都爱。世界上再没有一个人比乔恩更爱别人,或者更可爱的了。"

"因为是你的孩子,伊琳。"

就在这时候,小乔恩就躺在他们头上一个高枝上,用两粒黄豆把他们的谈话打断了;可是谈话的片断却深深盘踞在他的小头脑里面。爱情,恋爱,想象力,火性!

树叶子现在已经长得快密了,他的生日也快到了;这是每年的五月十二,他总记得有一顿好晚饭吃,肝脏、蘑菇、杏仁饼和姜汁啤酒。

可是在他的八岁生日和他站在楼梯转弯地方七月阳光里那一天之间,却发生了几件重要事情。

"大"不知道是替他洗膝盖洗厌了,还是发自那种神秘天性,逼使保姆们有时也要抛下自己抚育的孩子,都很难说;总之,就在他的生日的第二天哭哭啼啼走了,说是要"嫁一个男人"——真是想不到的事情。"大"要走本来一直瞒着小乔恩,可是那天他有一个下午心里都不是滋味。这事就不应该瞒他呀!两大盒的铅兵和一些大炮,再加上一本《年轻的号角手》①——这些都是他收到的生日礼物——和他的悲哀携起手来要改变他的信仰;他不再去亲自铤而走险,冒生命的危险了,而玩起想象的游戏来,叫许许多多的铅兵、弹子、石子和豆子去冒生命的危险。他收集了一大堆这类的"炮灰",替换着使用来打半岛战争②,七年战争③,三十年战争④,和其他的战役,这些都是他最近从祖父过去的那本大《欧洲史》里读来的。这些战争全按照他的天才随意更动,就在他日间儿童活动室的地板上打了起来,弄得谁也走不进房间,怕打搅了瑞典王古斯塔夫斯·阿道夫⑤,或者踏上奥地利的军队。他最最热爱奥地利人,因为声音听上去好听,可是当他发现奥地利人很少有什么仗打胜时,自己只好编一套来玩。他最喜欢的大

---

① 英国儿童文学作家亨蒂(1832—1902)写的一本儿童读物。
② 英国1808—1814年与西班牙、葡萄牙联盟对法国的战争。
③ 1756—1763年,英国、普鲁士、汉诺威对法、奥、俄、瑞典、萨克森和西班牙的战争。
④ 1618—1648年的欧洲战争。
⑤ 即古斯塔夫斯二世(1594—1632),瑞典国王。在三十年战争中支持新教徒的一方。

将是尤金王子①,查理大公爵②和华伦斯坦③;蒂利④和马克⑤尽管是奥地利人,实在叫人没法喜欢(有一天他听见他父亲说这些称呼是"音乐厅的玩意儿",不管这是什么意思)。为了好听的理由,他还喜欢蒂雷纳⑥。

这个阶段很使他父母着急,因为这使他成天耽在室内,连应当到室外来玩的时候也不出来了。整个五月一直到六月中都是这样,后来他父亲带了《汤姆·索亚历险记》和《哈克贝利·费恩历险记》⑦给他,才算断掉。读了这两本书之后,他又来了一个念头,跑到外面一股劲儿要找小河。罗宾山园子里哪儿来的小河,他无奈只好把小池子当作小河,所幸是池子里还有睡莲、蜻蜓、蚊蚋、灯心草和三棵小柳树。他父亲和加拉特把池子测量了一下,发现池底很平,而且没有一个地方有两英尺深的,就给了他一条可以折叠的小艇;他就成天坐在小艇里划着,平躺着身子避免被印第安人老约⑧和其他仇人看见。他在池子边上还用旧饼干罐子造了一间印第安人的草房,约莫四英尺见方,上面覆着树枝。他在草房里升一个小火,把树林和田里没有打到的鸟儿,池子里没有钓到的鱼儿——因为池子里就没有鱼——都在这里烧起来。六月的下

---

① 尤金王子(1663—1736),奥地利将领。
② 查理大公爵(1771—1847),奥地利将领,曾参加法国革命战役和拿破仑战争。
③ 华伦斯坦(1583—1634),神圣罗马帝国军队统帅。
④ 蒂利(1559—1632),巴伐利亚著名将军,三十年战争率领天主教联军的名将。
⑤ 卡尔·马克(1752—1828),奥地利将领,1805年降法。
⑥ 蒂雷纳(1611—1675),法国元帅,屡建战功。
⑦ 都是马克·吐温的小说。
⑧ 《哈克贝利·费恩历险记》里面的人物约·哈普。

半月和七月都这样过掉。他父母在七月里上爱尔兰去了；这五个星期的长夏他都是跟他的枪、草房、河水和小艇过着一种寂寞的"空想"生活；而且不管他的活跃小头脑怎样竭力把美感挥走，她不时还是会在这么一刹那偷偷找上他，或者憩在蜻蜓的翅膀上，或者在睡莲上面闪映着，或者当他仰面躺着装作埋伏时，用她的蔚蓝在他的眼睛里扫这么一下。

他父母走后，房子是由琼"姑"来照料的；她带了一个"成年人"来住，老是咳嗽，还带来一大块石膏用来雕成人脸；有这个原因，所以琼"姑"简直不到池子这边来看他。可是，有一次，她又带来了两个"成年人"。小乔恩刚好用他父亲水彩盒子里的颜色在自己身子上画了许多鲜明的蓝条子、黄条子；这时看见他们来了，就埋伏在柳树后面。果然不出他所料，他们一直就走到草房那儿，跪下来朝草房里面看，所以他就大吼一声，那一声真是吓得人魂飞魄散，简直把琼"姑"和那个女"成年人"的天灵盖完全取到手了①；之后，他们就吻了他。两个成年人一个是好丽"姑"，一个是法尔"叔叔"，他生了一张黄脸，脚有点跛，向他笑得厉害。他对好丽"姑"很中意，好像也是他的姐姐；可是当天下午两个人都走了，后来就没有见过。在父母回来的前三天，琼"姑"也急急忙忙带了那个咳嗽的"成年人"和那一大块石膏走了。走后，法国小姐说："可怜的人儿，他病得很重呢。乔恩，我不许你进他的屋子。"小乔恩很少因为人家叫他不要做什么事情而偏要去做的，所以并不进那间屋子，不过觉得人又厌烦、又冷清。说实在话，那个池子的阶段已经过去了，他的小头脑里这时正充满了一种无

---

① 印第安人作战，杀死对方时不取首级而取脑骨为胜利品。

所适从和想望的感觉——并不是期望一棵树、一支枪——而且想一点温柔的东西。这最后的两天过得就像几个月似的,尽管还有一本《大海流浪记》①可看,里面看到李嬷嬷的事情和她升起的引诱船舶的野火。② 在这两天里面,他上楼梯、下楼梯总有上百次,而且时常从他现在睡觉的儿童活动室里偷偷跑进他母亲的房间去,把什么东西都看看,并不用手去碰,然后又到了她的更衣室;一只脚站在浴缸旁边,就像斯林斯比③一样,低着声音神秘地说:

"啊,啊,啊!死瘟的猫。"④这在他算是吉利话。后来,又回到母亲卧房里,打开她的衣橱,深深嗅一下,这样好像使他更加接近些——接近什么,他也不知道。

这时他正从母亲房间里出来,站在那道阳光里,反复盘算着几种滑下楼梯栏杆的办法。这些全好像很愚蠢,忽然觉得意兴阑珊,就一步一步走下了楼。下楼的时候,他能记得自己的父亲很清楚——短短的花白胡子,眨动的凹眼睛,两眼之间的皱纹,怪异的笑,瘦瘦的身材,在小乔恩眼中一直显得非常之高;可是他母亲他就完全记不起,只记得是袅袅娜娜那样一个人,两只深褐色眼睛回头望着他;还有就是她衣橱里的那种香味。

蓓拉就在厅堂里,正把大帘幕拉开,去开前门。小乔恩用好话求她。

---

① 英国探险家贝克(1821—1893)的作品。
② 这是用野火引诱风暴中的船舶误会是灯塔,在向灯光驶来时触礁,是海盗惯用的伎俩。
③ 爱德华·李耳《荒唐言》一书中的青年角色。
④ 原为诅咒语。

"蓓拉!"

"哎,乔恩少爷。"

"他们回来的时候,让我们在橡树下面喝茶好吧? 我知道他们最喜欢这样。"

"你是说你顶喜欢这样。"

小乔恩想了一下。

"不是,他们会喜欢的,为了使我高兴。"

蓓拉笑了,"好的,只要你在他们回来之前耽在这儿安安静静的,不要顽皮,我就把茶摆到外面去。"

小乔恩在楼梯的最下一层坐下,点点头。蓓拉走近些,低头看看他。

"起来!"她说。

小乔恩站起来。她从后面把他上下打量一下。他并不像有病容,而且膝盖好像也很干净。

"好的!"她说,"哎呀! 你晒得多黑啊! 给我亲一下!"

小乔恩的头发被她嘬了一声。

"什么果酱?"他问,"我等得都厌倦了。"

"醋栗酱和草莓酱。"

妙啊! 这些都是他喜欢吃的!

蓓拉走后,他有这么一分钟坐着不动。大厅堂里很静,东面的窗子完全开着,从这里可以看得见他玩的那些树里的一棵,就像一条双桅帆船缓缓地驰过那片高草地。外厅地下横着许多柱子影子。小乔恩站起来,跳过一道柱影;把厅堂中间灰白大理石池子里栽的一簇鸢尾花绕了一圈。这些花很美,可是不大香。他站在门口向外看。假如! ——假如他们不回来呢! 他觉得自己一定受不了,因为等得太久了,可是他的心思立刻又从这类最后的肯定移到照进来的淡青日光的尘点上去。他举起手来,想要抓点灰尘。蓓拉应当把这片空气打扫打扫才是!可是也许不是灰尘——只是一点点太阳光罢了,他看看外面的阳光是不是一样的。并不。方才说过,他要安安静静地耽在厅堂里,可是他简直耽不下去;他穿过驰道上面的石子路,在驰道外面的草地上躺下;在草里摘了六朵延寿菊,一个个小心给它们取上名字,拉莫拉克爵士、特里斯特拉姆爵士、兰斯洛特爵士、帕利梅德斯爵士、博尔斯爵士、高文爵士,①一对一对地拿来斗,最后只剩下拉莫拉克爵士的脑袋还没有丢掉,因为他给他挑了一根梗子特别粗的,不过三次交锋之后,连拉莫拉克爵士也显得乏力而且摇摇晃晃了。草里一只甲壳虫慢慢在爬,这草差不多快要剪了。每一株草都是一棵小树,甲壳虫得把那些树干一棵棵绕过去。小乔恩把拉莫拉克爵士的脚伸了出去,拨拨那个小东西。小东西痛苦地溜走了。小乔恩大笑,意兴索然,叹了一口气。他觉得心里空空的。他身子仰面躺着。菩提树正开花,闻上去又香又甜,天上的青颜色真美,几片白云望上去就像柠檬冰淇淋,也许味道也一样呢。远远能听得见保布拉手风琴,"在那遥远的萨旺尼湖畔"②;他听了又喜欢又难受。他又翻个身,拿耳朵贴着地——印第安人能够听见老远老远的声音——可是他什么也听不见——只听见手风琴!可是几乎是一刹那间,他真的听见一阵沙沙的声音,和隐隐的呜呜声。对了!是汽车——来了——来了!他一跃而起。在门口等呢,还是溜上楼去,当他

---

① 都是亚瑟王手下的武士。
② 这是著名的美国歌曲《故乡的亲人》中的第一句歌词。

们进门时,喊一声:"看哪!"就从楼梯栏杆上滑下来,而且是头先下来?怎么办呢?汽车转弯开上驰道。已经来不及了!他只好等着,一面兴奋地跳来跳去。汽车来得真快!呼的一声,就停住了。他父亲从车上下来,的确是他父亲。一个弯下腰,一个朝上蹦——两个人撞上了。他父亲说:

"天哪!呀,小家伙,你晒得真黑呢!"跟他平时说话一样;小乔恩一肚皮的想望——指望的那一点东西——尽在翻泡泡,并没有平息下去。他腼腆地看了母亲一眼,她穿了一件青衣服,一条青丝巾裹着便帽和头发,在那里微笑。小乔恩使劲一跳,两条腿钩着她背后,和她搂了起来。他听见母亲抽进一口气,觉得她也在搂还自己;一双深蓝的小眼睛盯着她的深褐色眼睛看,后来她的嘴唇贴上他的眉毛,他用足力气搂她,听见她咯咯笑起来:

"你力气真大呢,乔恩!"

听到这话,他就滑下来,拉着她的手进了厅堂。

在橡树下吃着果酱时,他注意到自己母亲有些地方好像是从来没有见到过的,比如说,两颊很滋润,暗金色的头发夹些银丝,喉颈间不像蓓拉那样长了一个结,而且脸上高高低低的地方都很柔和,他还看出她眼角上带有几条小皱纹,眼睛下面有点黑晕,看上去很好看。她长得真美,比"大"和法国小姐或者琼"姑",甚至他一度喜欢过的好丽"姑"都美;甚至比蓓拉都美,蓓拉两颊红红的,可是有些地方鼓出来太突兀了。这种新发现的他母亲的美具有特别重要的意义,他吃得都比预料的少了。

喝完了茶,他父亲要他到园子里去遛遛。他跟父亲谈了大半天的话,谈的是一般事情,自己的私生活方面——像拉莫拉克爵士、奥地利人,以及最近三天来那种心里空空的感觉,不过现在忽然装满了——都避而不谈。他父亲告诉他,他们去的一个地方叫作格兰苏芬特里姆①;夜静的时候就有许多小人从地下钻出来。小乔恩忽然站住,两只脚后跟分开。

"爹,你真的相信有小人从地下钻出来吗?"

"不,乔恩,不过我想你可能会相信。"

"为什么?"

"你比我年纪轻;这些小人都是仙人。"

小乔恩把下巴的小酒窝一嘟。

"我不相信有仙人,我从来就没有见过。"

"哈!"他父亲说。

"妈相信吗?"

他父亲笑起来,就是他那种古怪的笑。

"不相信;她只看见潘。"

"潘是什么?"

"一种山羊神,在野外和美丽地方到处跳跳蹦蹦的。"

"他就在格兰苏芬特里姆吗?"

"妈这样说。"

小乔恩拔起脚又向前走。

"你看见没有?"

"没有;我只看见维纳斯·安娜狄俄墨尼。"

小乔恩寻思一下;维纳斯在那本讲希腊和特洛伊人战争中的书里有的。那么安娜一定是她的名字,狄俄墨尼一定是她的姓了。可是再一问时,原来这是一个字,意思是说从浪花

---

① 恩特里姆谷,小乔恩记错,便读成这样。

里升起来。

"那么她是不是在格兰苏芬特里姆的浪花里升起来呢?"

"对了;每天都出来。"

"她是什么样子,爹?"

"就像妈。"

"哦!那么她一定——"可是他没有往下说,就向一座墙奔去,爬上墙头,随即又爬下来。这件发现他母亲美丽的事情必须绝对不能告诉人呀。他父亲的雪茄抽的时间可真长,终于他弄得只好说:

"我想去看看妈带回来些什么,你不怪我吧,爹?"

他把自己的动机说得很低,为了免得被人说他没有男人气,可是他父亲一眼就把他看透了,像煞有介事地叹一口气,回答说:

"好吧,小家伙,你去爱她吧。"

这话说得他很有点窘,可是走的时候还故意走得很慢,后来脚下快起来,补偿刚才损失的时间。他自己房间通往母亲卧室的门刚好开着,他走了进去。她正跪在一只箱子面前,他挨着她站着,非常之安静。

她直起上半截身子,说:

"怎么样,乔恩?"

"我想到就这样跑来看看。"

两个人相互又搂了一下之后,他就爬上窗前的长凳,把腿盘在身子下面,望着她把箱子里的东西顺出来。这种事情他从来就不懂,可是看着很开心,一半因为她拿出来的东西看上去叫人摸不着头脑,一半因为他很喜欢这样看她。她走动起来跟别的人都不像,跟蓓拉尤其不像。她准是他生平所见过的一个最优雅的人。她把箱子总算理完了,就走到他面前在地上坐下。

"你想我们吗,乔恩?"

小乔恩点点头,这样供认了自己的心情之后,就连着点下去。

"可是你不是有琼'姑'吗?"

"噢!她带来一个咳嗽的男人。"

他母亲的脸色变了,带有怒容。他赶快又接着说:

"他是个可怜的人,妈;咳得真厉害;我——我欢喜他。"

他母亲两只手兜着他的腰。

"你什么人都喜欢吗,乔恩?"

小乔恩想了一下。

"到一个限度,"他说,"琼'姑'有一个星期天带我去做礼拜。"

"做礼拜?哎呀!"

"她想看看我会不会感动。"

"你感动没有呢?"

"感动,我浑身怪难受的,所以她赶快就带我回家了。我总算没有生病。睡上床,喝了一杯开水冲白兰地,看《白桦林的孩子们》。真有味道。"

他母亲咬着嘴唇。

"那是几时的事情?"

"哦!差不多——有好久了——我还要她带我去,可是她不肯。你跟爹不是从不去做礼拜吗?"

"我们不去。"

"为什么不去?"

他母亲笑了。

"是啊,亲爱的,我们小时候都去做过。也许我们去做礼拜的时候年纪太小了。"

"我懂了,"小乔恩说,"这是很危险的。"

"这类事情你大起来,自己会弄清楚的。"

小乔恩带着盘算的神情回答说:

"我不想大起来,不想太大。我也不想进学校。"他感到一阵突如其来的强烈冲动,想要多说一点,说他真正心里话,把脸都涨红了。

"我——我要跟你在一起,做你的爱人,妈。"

随即出于本性要掩盖一下这种局面,他赶快又接下去说:

"今天晚上我也不想睡觉。我睡觉简直都睡厌了,天天晚上这样。"

"你还做噩梦吗?"

"好像只有一次。妈,今天晚上我可以把通你房间的门开着吗?"

"可以,开一点点。"

小乔恩满意地叹口气。

"你在格兰苏芬特里姆看见些什么?"

"就是看见美呀,乖乖。"

"究竟什么是美呢?"

"究竟什么是——唉!乔恩,这倒是个难题呢。"

"比如说,我能够看见吗?"

他母亲站起来,坐在他身边。

"你能,天天都能。天就美,有星星、有月亮的夜晚,还有鸟儿、花儿、树儿——这些全都美。你向窗外看看——美就在你的眼前呢,乔恩。"

"哦,对了,那是景致。就是这些吗?"

"就是这些? 不是的。海就非常之美,那些海浪带着浪花飞起来也美。"

"你是不是天天从海里升起来,妈?"

他母亲笑了。"是啊,我们洗海水浴呢。"

小乔恩忽然伸出手来搂着她的颈子。

"我懂了,"他神秘地说,"你就是美,的确,其余的全是假话。"

她叹口气,大笑起来,又说:

"唉! 乔恩!"

小乔恩带着批判口吻说:

"比如说,你觉得蓓拉美吗? 我简直不觉得。"

"蓓拉年纪轻;这总不错。"

"可是你样子比她还要年轻,妈。你跟蓓拉撞一下,她就要叫痛。现在想起来,'大'我也不认为美。法国小姐简直丑。"

"法国小姐脸生得不错呀。"

"噢,对了;不错。我爱你那些小光线,妈。"

"光线?"

小乔恩用指头指指她的外眼角。

"噢,这些皱纹吗? 可是这是说明人老了。"

"你笑的时候就看得见。"

"可是从前并没有啊。"

"噢! 反正我喜欢这些皱纹。你爱我吗,妈?"

"爱你——真的爱你,乖乖。"

"你永远爱吗?"

"永远爱!"

"比我想象你爱我的还要多?"

"还要多——多得多。"

"我也一样;所以这就扯平了。"

他觉得自己有生以来从没有这样吐露真心过,忽然想起要模仿一下拉莫拉克爵士、狄克·尼达姆、哈克·芬和其他英雄的丈夫气概。

"要不要我显点本领给你看?"他说;就从她胳膊里滑出来,竖了一个蜻蜓。看出母亲显然甚为称赏,随即上了床,来了一个"吊毛"。这样连来了几次。

那天晚上,他把父母带回来的东西都检视过之后,就留下来吃晚饭;晚饭开在他父母平时单独用饭的那张小圆桌子上,他坐在父母之间,人感到极端兴奋。他母亲穿了一件淡紫灰衣服,领子四周镶了一道一朵朵不规则形玫瑰花缀成的奶油色花边,颈子的颜色比花边还要黄。他尽是朝她看,后来是他父亲的怪笑才使他忽然注意到面前的一片波罗蜜。那天晚上睡觉从没有那样地晏过。他母亲陪他上楼;脱衣服时他故意脱得很慢,好使她留在房里。等到脱了只剩一件睡衣时,他就说:

"你答应我,等我做了祈祷再走!"

"我答应你。"

小乔恩在床边跪下来,脸覆在床上,低着声气赶快祈祷起来,不时睁一只眼睛,看见她站着一动不动,脸上带着笑容。"主啊!"——他就这样念着他的晚祷,"我们在天上的父,愿人都尊你的妈为圣,愿你的国妈——行在地上如同行在天上。

387

我们日用的妈今日赐给我们,并饶恕我们地上的过犯,如在天上对我们的过犯,因为罪恶、权柄、荣耀全是你的,直到永远,阿妈。小心着!"①他跳了起来,让自己抱在她怀里有好长的一分钟。上了床,他仍旧抓着她的手不放。

"那扇门你可不要再关小了,可以吗?你不会太久吗,妈?"

"我得下楼弹钢琴给爹听呢。"

"噢!那么,我可以听你弹。"

"我看不可以,你应该睡觉了。"

"睡觉我随便哪个晚上都可以。"

"那么,今天晚上也跟随便哪个晚上一样。"

"哎!不一样——今天是特殊的例外。"

"在特殊例外的晚上,人总是睡得最沉的。"

"可是如果我睡着了,妈,我就听不见你上来了。"

"那么这样,我上来时亲你一下,那时你如果醒着的话,你就会知道,如果你睡着的话,你还是会知道的。"

小乔恩叹了口气。"好吧!"他说,"我想我只好这样凑合一下了。妈。"

"呃?"

"爹相信的那个女神的名字叫什么?安娜·狄俄墨得斯?"

"是我的天使啊!安娜狄俄墨尼?"

"对了!不过我给你起的名字我觉得要好得多呢。"

~~~~~~~~~~~~~~~~~~~~~~~~~~
① 这段晚祷的原文见《新约·马太福音》第 6 章第 13 节,被小乔恩胡乱念成这个样子,可以说是面目全非了。

"你起的名字是什么,乔恩?"

小乔恩不好意思的样子回答:

"圭尼维尔!① 是圆桌故事里面的——我不过才想起来,不过她的头发当然是披下来的。"

他母亲的眼光掠过他看出去,就像在荡漾不定。

"你不要忘记来,妈。"

"你要是睡觉,我就不忘记。"

"那么就这样谈定。"小乔恩眯上眼睛。

他觉得她嘴唇碰了一下自己额头,听见她的足声,睁开眼睛时看见她正从门里出去,叹口气,又把眼睛眯上。

长长的时间开始了。

有这么十分钟,他是诚心诚意想要睡觉,把一大堆蓟茸摆成一排数着,这是"大"用来催眠的老方法。他好像数了总有几个钟点似的;心里想,现在总快到她上来的时候了。他掀开被。"我热呢!"他说,黑暗中自己的声音听上去很古怪,就像别人的声音似的。她怎么还不来呢?他坐起来。想自己去看一下! 就下床到了窗口,把窗帘拉开一点。窗子外面并不黑,可是说不出是日光还是月亮。② 月亮很大,一张刁钻而古怪的脸,就像在笑他,弄得他不想去看。接着想起母亲说过月夜很美,又继续随便向外面望出去。树木都投出浓厚的影子,草地看上去像一摊牛奶;他可以看出去很远很远,真远呀!世界就在他的眼底,而且缥缥缈缈的,跟平时完全不同。开着的窗户还传来一阵香气,很好闻。

---

① 亚瑟王之妻。
② 这是因为英国夏季天黑得很迟。

"我希望有只挪亚①的鸽子!"他心里想。

月亮呀月亮,又圆又亮,
它照了又照,到处是光。

这两句诗几乎是突然到他脑子里来的,接着他仿佛听见琴声——很柔和——很美!妈在弹琴呢!他想起自己有一块杏仁饼放在五斗橱里,就取了出来,又到了窗口;把头伸出窗外,一会儿吃饼子,一会儿支颐倾听琴声。"大"常说天使在天上弹竖琴;可是跟妈在月夜弹的,自己吃着杏仁饼听的琴一半也够不上。一个大甲虫呼呼飞过去,一只蛾子扑上他的脸,琴声停了,小乔恩把头缩进来。她一定来了!可不能让她看见自己醒着。他又上了床,把被拉得几乎蒙着头;可是留下一道月光照了进来。月光落在地板上,就靠近他的床脚,他留心看着月光缓缓向他移过来,就好像有生命一样。琴声又起了,可是他现在只能勉强听见了;瞌睡的琴声——美——瞌睡——琴声——瞌睡——瞌——。

时间悄悄地过去,琴声由悠扬而低沉,终于停止了;月光爬上了他的脸。小乔恩在睡梦中翻了个身,仰面躺着,一只晒黑的小拳头仍旧紧抓着被。眼角抽搐了一下——他已经开始做梦了。他梦见月亮是只罐子,他正在喝罐子里的牛奶,对面一只黑猫看着他,带着他父亲的那种怪笑。他听见黑猫悄声说:"不要喝得太多啊!"当然这是猫吃的牛奶,所以他伸出手来和蔼地拍拍这个家伙;可是猫已经不在了;罐子变成一张床,他就躺在床上;他想下床,可是摸不着边;摸不着边——

---

① 《旧约·创世记》:挪亚在地球上洪水退后,首先从方舟里放一只鸽子去探测世界情况。

他——他——下不了床！真糟糕！

他在梦里叫喊起来。床也开始转起来；床在他外面，又在他里面，转了又转，转了又转，愈转火愈大，《大海流浪记》里面的李嬷嬷还在搅它！啊呀！她的样子多可怕啊！越来越快了！——最后自己、床、李嬷嬷、月亮、黑猫全变成一只大轮子在转啊，转啊，朝上升！朝上升！可怕——可怕——可怕——可怕！

他叫了一声。

一个声音说："乖乖，乖乖！"轮子冲破了，他醒过来，站在床上，眼睛睁得多大。

是他的母亲，头发披着，就像圭尼维尔；他紧紧抱着她，头埋在她头发里：

"唉！唉！"

"不要紧的，宝贝。你现在醒了。不要哭，不要哭！这不算什么！"

可是小乔恩仍旧叫着："唉！唉！"

她的声音继续说着，在他耳朵里非常温柔。

"是月光照在你脸上呀，心肝。"

小乔恩向着她的睡衣呼气：

"是你说月光美的。唉！"

"不是在月光下面睡觉的，乔恩。哪个放进来的？你拉过窗帘吗？"

"我要看看时间，我——我望了外面，我——我听见你弹琴呢，妈；我把杏仁饼吃了。"心神慢慢定下来，一种掩饰自己害怕的本能又引起了。

"李嬷嬷在我肚子里搅，烧得好凶啊。"他嗫嚅说。

"怎么,乔恩,上床之后吃杏仁饼还怕不做噩梦吗?"

"只吃了一个,妈;杏仁饼使琴声更好听了。我是在等你——我几乎当作已经是明天了。"

"我的小鸟儿,现在才不过十一点呢。"

小乔恩不作声,用鼻子擦她的颈项。

"妈,爹在你房间里吗?"

"今天晚上不在。"

"我能去吗?"

"你要,可以的,宝贝。"

小乔恩神志已经恢复了一半,这时朝后退一点。

"妈,你的样子变了;年轻得多呢。"

"是我的头发披下来的缘故,乖乖。"

小乔恩把头发拿在手里,头发又密、又黄,夹了几根银丝。

"我喜欢这样,"他说,"我顶顶喜欢你把头发这样披着。"

他抓着母亲的手,拉她向那扇门走去。进门立刻把门关上,放心地叹了口气。

"你喜欢睡哪一边,妈?"

"左边。"

"好的。"

小乔恩再不耽搁时间,免得她一下改变主意。他上了床;这床好像比自己的床要软得多。他又叹口气,头向枕头里钻钻,就躺在那里察看毛毯外面许多战车、刺刀和长矛的战争,都是被那些竖起的羊毛迎光照出来的。

"实在没有什么,是不是?"他说。

他母亲从镜子里看着他回答:

"完全是月光和你自己升起来的幻想。你不要这么紧张呢,乔恩。"

小乔恩的惊魂还没有完全安定下来,但是要说大话:

"当然,我并不真正害怕!"他说;于是又躺着看那些长矛和战车了。时间好像很长。

"唉!妈,快一点呢!"

"乖乖,我得打好辫子。"

"唉!今天晚上不要打了。打了明天早上你又得拆。我已经瞌睡了;你再不来的话,一会儿我就不瞌睡了。"

他母亲站了起来,在那三折镜子里看上去那样地白,又那样地花枝招展;他能看见三个她,颈子回过来,头发在灯光下面照得非常鲜艳,深褐色的眼睛含着笑。实在用不着,所以他说:

"来嘛,妈;我等着呢。"

"好的,心肝,我就来。"

小乔恩闭上眼睛。一切都非常称心如意,就是她得快一点!他觉得床动了一下,她上床了。他仍旧闭上眼睛,带着瞌睡说:

"妙啊,是不是?"

他听见母亲的声音说了两句,觉得她的嘴唇碰一下自己的鼻子,就紧紧偎在她身边;他母亲躺在床上醒着,满脑子都是对他的爱。他睡着了,睡得非常之沉,好像把过去的岁月全补足了。